KB108373

군대유머, 그 유쾌한 웃음과 시선

정재민

박문사

:: 책을 내면서

국민개병제가 법규화된 지 60여 년이 지났다. 그 이순의 역사를 거치는 동안, 무수한 할아버지, 아버지, 형과 아우들이 신성한 병역의 의무를 수행해 왔다. 민족상잔의 처절한 6·25전쟁도 그들의 몸으로 막아냈다. 베트남, 아프가니스탄, 이라크 등지에서의 승전보도 모두 그들의 팔과 다리로 일구어냈다. 또한 지금 이 순간에도 155마일 휴전선과 바다와 하늘을 그들의 두 눈이 지키고 있다.

그들은 국민개병제의 이름으로 주어진 병역의 의무를 자랑스럽게 생각했다. 그렇기에 자기 일생에 있어 가장 활기찬 20대의 일부를 나라를 위해 기꺼이 내놓았다. 입영열차를 부르면서 들어서던 신병훈련소, 그 낯선 곳에서 만난 새로운 얼굴들과 대오를 갖추어 강역을 지키는 방패가 되었다. 결코 짧지 않은, 또한 무엇 하나 쉽지 않은 소명의 체험 속에서 군대유머는 태어났다. 그리고 오늘날까지 찬연하면서도 눈물겨운 웃음의 꽃을 피워 왔다.

군대유머는 우리나라 남성들의 싱그러운 웃음이고, 애틋한 눈물이며, 유쾌한 외침이다. 그들의 뜨거운 가슴으로 말갛게 우려낸 애증의 서사시이다. 군대유머 속에는 군복무 경험과 관련된 희노애락이 깃들어 있다. 그러한 온갖 감정과 생각들이 실타래처럼 얽혀 언제 어디서나 우리들의 웃음을 끄집어내고, 무덤덤한 우리들의 오감을 자극한다. 따라서 군대유머는 군복무와 관련된 한국인들의 생각과 정서를 소금에 절여 발효시킨 장아찌 같은 것이다. 나아가 군대유머는 우리나라에 존재하는 독특한 문화현상 중의 하나이며, 우리사회를 규정짓는 각별한 문화코드 중의 하나라고 할 수 있다.

이 책은 군대유머의 속살을 뒤집어 본 몇 편의 글을 모은 것이다. 그동안 군대유머는 가벼운 농담거리 정도로 치부되어 왔다. 존재의 흔적도 없이 그저 스쳐가는 바람 같이 생각되어 왔다. 더러는 비스듬한 시선을 가진 사람들의 편파적인 의도를 충족시켜주는 소재로 활용되기도 했다. 그러나 이는 군대유머에 대한 정당한 대접은 아니다. 균형적 시선을 가지고 있는 그대로의 모습을 가감 없이 조망하는 것이 필요하다. 이런 생각에서 출발했던 것이 어느덧 책 한 권의 분량이 되었다.

모쪼록 이 책이 이미 제대한 할아버지와 아버지와 형들에게 예전의 추억을 되살려주고 조금이나마 그들의 마음을 위로할 수 있었으면 좋겠다. 또한 지금 현재 병역의 의무를 수행하고 있거나, 앞으로 대를 이어 드높은 소명을 수행할 청년들에게도 웃음을 주었으면 좋겠다. 여러 가지 어려운 여건 속에서 좋은 책을 만들어주신 박문사 관계자 여러분께 진심으로 감사를 드린다.

2011년 7월

화랑대에서 저자

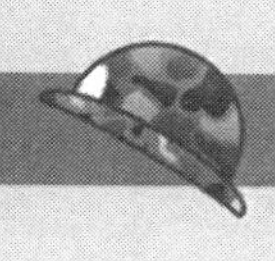

C·O·N·T·E·N·T·S

C·O·N·T·E·N·T·S

C·O·N·T·E·N·T·S

유머와 웃음의 세계

유머의 일반적 성격

유머와 현대사회 그리고 리더

웃음에 대한 철학적 사색

웃음의 다양성과 그 어휘들

유머와 웃음의 효용성

근대유머,
그 유쾌한 웃음과 시선

유머와 웃음의 세계

유머의 일반적 성격

우리나라 선현 중에서 남을 잘 웃겼던 인물을 찾는다면 아마 백사(白沙) 이항복(李恒福 1556~1618)을 손꼽을 만하다. 그것도 혼자서 웃기는 것이 아니라 한음(漢陰) 이덕형(李德馨 1561~1613)과 함께 온갖 우스갯소리를 양산했다. 이른바 '오성과 한음' 이야기가 그것들이다. 두 대감은 솔로가 아닌 듀엣으로 웃겼던, 당대의 대표적인 콤비 코미디언이 아닌가 한다. 이 때문에 그들을 소재로 한 재미있는 이야기들은 조선시대를 거쳐 지금에 이르기까지 널리 사랑받고 있다.

조선후기 실학자 성호(星湖) 이익(李瀷 1681~1763)이 남긴 『성호사설(星湖僿說)』에 보면, 오성과 한음이 어떻게 사람들을 웃겼는지 알려주는 한 편의 일화가 실려 있다.

백사 이항복 대감은 우스갯소리를 잘 했다. 어느 날 밤에 경연을 베풀게 되었는데, 백사는 시골구석의 비루한 일들까지도 왕에게 기탄없이 다 아뢰는 것을 즐겁게 여겼다. 마침내 임제(林悌)의 일에까지 미치자 임금은 듣고서 웃음을 터트렸다.

백사는 또 아뢰기를 "근래에 또 웃기는 사람이 있습니다." 하니 임금이 "누구인가?" 하고 물었다. 백사가 답하기를 "이덕형이 왕의 물망에 올랐답니다." 하였다. 그 말을 듣고 임금은 또 한 번 크게 웃었다.

백사는 이어 아뢰기를 "성상의 큰 덕량이 아니시라면 제 놈이 어찌 감히 천지 사이에 용납되오리까?" 하였다. 임금은 "내 어찌 가슴속에 담아 두겠느냐?" 하면서, 이덕형을 빨리 불러오게 하여 술을 내려주며 실컷 즐기고 파했다. 『시경(詩經)』에 이르기를 "희학(戲謔)을 잘하도다." 하였는데 백사가 그런 재주를 지녔다 하겠다.[1]

주위사람들을 웃게 만들었던 백사 이항복의 성품과, 그가 지녔던 '희학'의 재주를 잘 설명해주는 기사이다. 그런데 이 기사의 내용을 이해하려면 먼저 '임제의 일'이란 무엇인지 알아둘 필요가 있다. 임제(林悌 1549~1587)는 편당을 지어 당쟁을 일삼던 속물적 관리들을 풍자하면서 스스로 벼슬을 버리고 자유분방하게 떠돌았던 조선중기의 문장가이다. 그는 서도병마사로 부임할 때 황진이 무덤을 찾아가 "청초 우거진 골에 ᄌᆞᄂᆞᆫ다 누엇는다"라는 시조[2]를 지어 바쳤다가 임지에 도착하기도 전에 파직될 정도로 자유분방한 성품을 타고났다. 한편, 이익이 『성호사설』

....

1) 이익, 『성호사설』, 권9, 〈선희학(善戲謔)〉(민족문화추진회, 『국역 성호사설』, 권4, 중판, 민문고, 1989, 82쪽)

2) 박을수 편, 『한국시조대사전』, 아세아문화사, 1992, 1117쪽에 실린 시조 전문은 다음과 같다.

청초(青草) 우거진 골에 ᄌᆞᄂᆞᆫ다 누엇는다
홍안(紅顔)은 어듸 두고 백골(白骨)만 무쳣ᄂᆞ니
잔(盞) 자바 권(勸)ᄒᆞ 리 업스니 그를 슬허 ᄒᆞ노라에서 언급한 임제의 일이란, 호방하기로 유명했던 그가 희롱조로 "내가 만약 오대(五代)나 육조(六朝) 같은 시대를 만났다면 돌려가면서 하는 천자(天子) 쯤은 의당 되고도 남았을 것이다."라고 큰소리를 쳐서, 세인(世人)들의 웃음거리로 전해진다는 일화를 가리킨다. 임제는 죽을 때도 자손들에게 곡을 하지 말도록 명했다고 한다. 사해(四海)의 모든 나라가 스스로 황제를 일컫는데, 유독 우리나라만 그렇게 부르지 않았으니, 이렇게 좁은 나라에 살다가 죽은 것을 그다지 애석해 할 일은 아니라는 것이다.

이렇듯 백사 이항복은 임제의 일과 같은 궁궐 밖의 우스갯소리들을 임금에게 전해주는 것을 좋아했다. 그런데 임제 이야기에 이어서, 그는 평생의 단짝인 이덕형이 왕의 물망에 올랐다는 엉뚱한 말을 늘어놓아 좌중의 가슴을 서늘하게 만들었다고 한다. 생사여탈의 절대적인 권력을 가지고 있는 임금에게 이렇게 위험한(?) 말을 전했다는 것이다. 그러나 백사의 이런 위태로운 발언에도 불구하고, 임금은 그저 너털웃음으로 화답하고 있어 흥미롭다. 만약 선조가 속 좁은 임금이었다면, 한음은 반역의 누명을 쓰고 능지처참(陵遲處斬)을 당했으리라.

이렇게 백사 이항복이 뒷골목의 시시콜콜한 소문이나 이야기까지, 나아가 농담 치고는 너무나 위험천만한 우스갯말까지 임금에게 전할 수 있었던 까닭은 무엇일까? 해답은 바로 유머가 가지고 있는 보편적인 특성에서 찾아볼 수 있다.

첫째, 유머는 즐거움과 낙관의 세계를 지향한다는 점이다. 유머의 목적은 듣는 사람들의 웃음을 유발시켜 그들에게 즐거움을 선사하는 데 있다. 이를 위해 우스운 익살이나 재치 있는 말이 필수적이다. 이렇게 웃음과 즐거움을 주고받기 위해서는 말하는 사람이나 듣는 사람이 낙관적일 때 더욱 효과적이다. 일상을 바라보는 낙천적이고 긍정적인 마음 그리고 세상과의 거리를 유지하면서 여유 있게 현실을 바라보는 태도야말로 유머를 즐길 수 있는 기본요건이라 하지 않을 수 없다.

백사 이항복은 스스로 해학을 하는 것을 즐겼다. 이뿐만 아니라 그는 당쟁과 임란으로 인해 시달려온 선조를 위해 웃기는 이야기를 전하고자 노력했다. 여러 가지로 어려운 현실을 낙관적이고 긍정적인 시각으로 바라보면서 익살스런 우스개를 향유했다고 하겠다. 윗사람을 즐겁게 하여 전란의 고통을 잊게 하고, 조정의 분위기를 밝게 만들기 위한 처방의 하나라고 할 수 있다.

둘째, 유머는 무해(無害)와 긍정의 시각을 가지고 있다. 좋은 유머는 현실적인 이해타산과 직접적 관련이 없어야 한다. 우스갯소리를 통해 이득을 보는 사람이 생기거나, 손해를 입는 사람이 나타난다면, 이는 무해성이라는 유머의 본질과 거리가 있다. 만약 어떤 유머가 특정한 이해득실과 관련되어 있다면 또는 처음부터 그러한 계산적인 의도를 품고 있다면, 그 유머는 이미 유머로서의 본바탕을 잃었다 할 수 있다.

태생적으로 유머는 상대방에 대한 연민과 동정 혹은 관용의 정신에 기초하고 있다. 따라서 유머는 말하는 사람이건 듣는 사람이건 간에 유머 그 자체로 즐겨야 하며, 좋지 않은 의도나 사심(邪心)을 내포하지 말아야 한다. 부적절한 의도와 사심이 은닉되어 있는 유머는 말하는 사람과 듣는 사람 사이에 불편한 악감정(惡感情)을 남기기 쉽다. 따라서 좋은 유머가 되기 위해서는 처음부터 이러한 악감정을 생기지 않도록 불순한 의도를 갖지 않아야 한다.

백사가 임제의 일을 선조에게 고한 것은 그를 해치려는 의도에서 말한 것은 아니었다. 또한 한음 이덕형이 왕의 물망에 올랐다고 한 말도 그를 모함하려는 의도가 아니었다. 오히려 명나라 장수인 이여송(李如松)이 이덕형의 인품을 왕재(王才)로 칭찬하면서 발생된, 선조와 이덕형 사이의 불편한 감정을 풀어주려 한 것이다. 또한 이는 어렸을 때부터 가꾸어 왔던 이덕형과의 돈독한 우정을 역설적으로 드러내기 위함이기도 하다.

선조도 유머를 듣고 즐길 줄 아는 사람으로서 백사의 속마음을 알아채고, 화를 내기는커녕 도리어 이덕형을 불러들여 잔치를 벌였다고 한다. 이런 점에서 선조는 해학을 해학으로서 받아들일 줄 알고, 또한 유머를 유머로서 즐길 줄 아는 인물이라 생각된다. "유머는 유머일 뿐 오해하지 말자!"라고 소리치던 어느 코미디언의 외침을 상기시켜 주는 대목이라 하겠다.

셋째, 유머는 일탈과 파격(破格)의 세계를 포함하고 있다. 일상적인 사건, 평범한 생각 그리고 익숙한 말은 유머가 되기 힘들다. 유머는 그 범위가 크던 작던 간에 일상적인 궤도에서 벗어나야 한다. 좋은 유머일수록 일탈과 파격의 정도가 크다. 그래서 범상한 것을 생경하고 낯설게 만들기 위한 상황 설정이 필요하고, 기지와 재미를 겸비한 매혹적인 표현이 있어야 한다. 일탈과 파격의 폭이 넓을수록 유발되는 웃음의 강도도 강해지기 마련이다.

백사는 그의 삶 자체가 파격이다. 우선 영의정까지 지낸 고관대작인데 희학을 잘 했다는 점도 그렇고, 유교 경전과 정치 현안을 논하는 경연장(經筵場)에서 누항(陋巷)의 소소한 우스갯소리를 늘어놓는 것도 그렇다. 임금 앞에서 감히 왕에 대한 물망을 운운하는 것은 파격 중의 파격이다. 이런 말들은 받아들이는 사람의 시각에 따라서 임금을 능멸

하는 말로 오해할 수도 있기 때문이다. 백사가 전한 임제의 일 역시 일탈적이다. 임제는 당대의 명문장가(名文章家)였음에도 불구하고, 동서의 당파싸움을 개탄하면서 일생 동안 팔도를 떠도는 방외인(方外人)의 삶을 살았다. 그의 행위와 말들은 사대부의 일상을 벗어난 것들이 대부분이었다. 이 때문에 백사의 해학과 임제의 호방한 언행들은 유머의 좋은 소재가 될 수 있었다고 하겠다.

넷째, 유머는 상황적 소통을 통해 이해된다. 유머는 말하는 사람과 듣는 사람 간에 특별한 설명이 없더라도 그 상황 속에서 즉각적으로 이해될 수 있어야 한다. 그렇지 않으면 유머에 대한 이해도가 떨어지고, 나아가 웃음을 유발시킬 수도 없게 된다. 만약 즉석에서 이해가 충분하지 않아 잘못 이해하게 되면, 즐거움 대신 불쾌감을 촉발시킬 수도 있다. 이렇게 되면 더 이상 유머로서의 기능을 수행하기 어렵다. 따라서 좋은 유머가 되려면 듣는 자리에서 부수적인 설명을 굳이 곁들이지 않아도 전후 상황과 맥락 속에서 소통이 이루어질 수 있어야 한다.

상황적 소통의 효율을 높이기 위해서는 유머 화자는 듣는 사람들의 특성을 분석하고, 그 결과에 근거하여 유머의 소재와 말투, 표현 등을 결정하는 것이 좋다. 말하는 사람이 우습다고 생각하는 유머일지라도, 듣는 사람의 입장에서는 그다지 웃기지 않을 수도 있음을 항상 명심해야 한다. 따라서 상황적 맥락을 정확하게 짚지 못하고, 전반적인 흐름에서 벗어나게 되면, 도리어 유머는 상대방의 불편한 감정을 불러일으키기 십상이다. 이처럼 화자와 청자 간의 문화적, 사회적, 종교적, 지역적 관계에서의 맥락에 있어서 별다른 무리수가 없어야 유머의 소통력이 한층 더 커질 수 있다.

만약 임금과의 소통 통로가 막혀 있었다면, 백사의 말들은 커다란

화를 불러 일으켰을지도 모를 일이다. 임금과의 의사소통 맥락이 부드럽게 연결되어 있었기에 가능한 해학이었다고 생각한다. 이는 듣는 사람이 임금이었기 때문에 문제되지 않을 수 있다고 하겠다. 중세 봉건시대에는 임금만이 자신에 관한 일에 대하여 가부간의 결단을 내릴 수 있었다. 또한 저녁시간에 행해지는 석강(夕講)이었기에 가능했다고 할 수 있다. 밤중에 이루어지는 경연은 심리적, 정서적으로 이완되어 있는 상태에서 자연스럽게 술자리로 연결될 수 있다. 아침이나 한낮에 실시하는 경연에서 이런 말을 했다면 상황은 달라졌을 수 있다. 호방한 시풍으로 일세를 풍비했던 임제의 말 역시 그러한 호언을 내뱉을 수밖에 없었던 당대의 시대적 맥락을 이해하고 있었기에, 큰 무리 없이 웃음을 이끌어 낼 수 있었다고 본다. 이처럼 유머는 상황에 맞게 사용되어야 하고, 상황적 맥락에 대한 이해가 전제되어야 원활하게 소통될 수 있다.

다섯째, 유머는 즉응성(卽應性)의 원리를 따른다. 짧지만 촌철살인(寸鐵殺人)의 기지와 재치를 가지고 있어야 한다는 말이다. 마지막 반전의 순간에는 결정적인 말이나 표정 또는 행위로써 상대방의 뇌리에 강한 충격을 줄 수 있어야 한다. 이때 구구한 설명이 곁들이면 유머의 재미는 반감된다. 유머는 통상적인 이야기에 비해 길이가 짧다. 어떤 것은 하나의 문장 또는 하나의 어구로 이루어지기도 한다. 그래서 속담이나 수수께끼처럼 단편적이고 단발적이다. 그래서 유머를 잘 구사하는 사람이 되기 위해서는 순간적으로 임기응변할 수 있는 능력이 요구된다. 그러므로 유머는 마라톤이 아니라, 십여 초에 승부가 결정되는 단거리 육상경기에 비유될 수 있다.

백사는 한음을 소재로 한 해학을 미리부터 준비했을까? 아마 그렇지 않았을 가능성이 많다. 처음에는 세간의 비루한 이야기들을 가지고 선조임금을 즐겁게 해드리고자 했을 가능성이 크다. 그러나 선조가 연방 웃음을 터트리자, 백사는 뜬금없이 한음을 끌어 들였을 것으로 보인다. 이야말로 이항복의 임기응변의 유머감각을 돋보이게 하는 대목이 아닌가 한다. 그것도 이리저리 에둘러가는 방식이 아니라 곧바로 핵심을 치고 들어가, 선조와 이덕형 간의 불편한 감정을 일순간에 풀어주고 있다. 이처럼 유머는 결정적인 순간을 놓치지 않아야 유머로서의 제 기능을 수행할 수 있다.

여섯째, 유머는 가벼운 풍자의 세계를 지향한다. 특정인물을 비웃거나 혹은 세태를 비꼬되, 과도한 비판으로 흐르지 않아야 한다는 말이다. 궁극적으로 비판은 사물의 옳고 그름을 가려내어 잘잘못을 판단하는 데 초점이 있다. 시비곡직(是非曲直)을 밝혀내는 데 온힘을 쓰고 나면 유머의 웃음은 어느새 사라지고 만다. 웃음이 사라진 유머는 이미 유머가 아니다. 따라서 유머는 나무라거나 꾸짖을 수는 있으나 지나치게 심각해지면 안 된다. 세상에 대한 불만을 거칠게 토로하거나, 특정한 인물을 세워놓고 과도한 공격성을 드러내지 말아야 한다.

백사의 입장에서 볼 때 임제의 호언은 공감되는 부분도 있을 것이고, 공감하기 어려운 부분도 있을 것이다. 조선 중기에 심각하게 진행되고 있었던 당파간의 분쟁은 혐오감을 불러일으키기에 충분하다고 하겠으나, 그렇다고 해서 세상을 완전히 등지고 유랑하는 삶 또한 최선의 선택이라 할 수 있을까. 적지 않은 고민이 필요한 대목이다. 백사도 이 대목에서 고심했을 것으로 생각한다. 이에 그는 임제의 호방한 언행을 풍자하면서도 가벼운 웃음을 일으키는 수준에서 멈추고 있다. 적어도 임제를 비판하거나 공격하는 선까지 나아가지 않는다.

또한 이덕형이 왕의 물망에 올랐다고 한 백사의 발언은 조선에 대한 명나라의 시각을 가볍게 풍자한 것으로 해석된다. 이덕형이 왕재(王才)로서의 국량(局量)을 갖추었다는 말은 기실 명나라 장수 이여송으로부터 비롯된 말이다. 처음부터 명나라가 대규모의 천병(天兵)을 보내어 조선을 지원한 것은 진정 조선을 구하기 위함은 아니었다. 명군은 그들의 지배 아래 조선을 묶어두고, 왜구에 대한 방패막이로서 조선을 이용하기 위한 불순한 의도가 강했었다.

이 때문에 명군은 겉으로는 대의명분을 앞세우면서도, 속으로는 왜적과의 싸움을 피하거나 지연시키기 위해 온갖 핑계를 찾아내기에 바빴다. 당연히 이여송은 조선의 임금을 얕잡아 보고, 그의 위상을 가급적 낮게 격하시키기 위한 불온한 언행들을 일삼았다. 이런 의도에서 이덕형을 칭찬하면서 '감히 하지 못할 말'을 지껄인 것이다. 백사는 명나라의 불순한 의도를 간파하고, 선조 임금의 국량이 만만치 않게 크다는 점을 희학을 통해 보여주고 있다고 하겠다.

일곱째, 유머는 기품(氣品)의 세계를 추구한다. 익살스러운 내용과 표현을 담고 있는 유머라고 할지라도, 기본적인 품위를 지켜야 한다는 말이다. 유머는 비속한 말장난이 아니라 지적 유희의 하나이다. 다소 상스러운 내용도 유머 속에서 일정한 의미와 기능을 가지고 있다면 크게 문제가 되지 않는다. 그러나 아무런 의미와 기능이 없는, 단지 저급하고 속되기만 한 것은 유머의 품격을 깎아 내릴 뿐이다. 그런 내용과 표현들은 유머를 즐기는 데 별다른 도움을 주지 못한다. 따라서 유머의 내용과 표현은 꼭 필요한 경우가 아니라면 적절한 품격을 지니고 있어야 한다.

선조 임금이 보여준 반응은 유머의 품격을 높여준다. 한음과 관련된 말들은 임금의 위상을 저하시킬 우려도 있고, 임금의 감정에도 얼마든지 잔적(殘跡)을 남길 수도 있는 위태로운 수준이다. 그러나 선조는 크게 웃는 것으로써 그의 덕량을 보여주었다. 이러한 내용들은 등장인물의 품위는 물론, 후대 독자들의 품위까지 적절하게 지켜주고 있다 하겠다.

유머와 현대사회, 그리고 리더

현대는 사회구조가 점점 복잡해짐에 따라 개인은 다양한 조직체에 들어가 생활할 수밖에 없다. 현대인들은 사회에서 요구하는 교양인으로서의 자질을 갖추기 위해 초 · 중 · 고등학교와 대학교를 다니고, 필요에 따라 대학원에 진학하기도 한다. 생업을 위해서 또는 자아실현을 위해서 관공서와 기업체에 몸담아야 한다. 이에 더하여 남자들은 정해진 기간 동안 군대에도 다녀와야 한다.

또한, 함께 학창시절을 보냈던 친구들과 동창회를 만들기도 하고, 개인별 기호와 취미활동을 지속하기 위해 다양한 동호회에 가입하기도 한다. 자신의 의지와 상관없이 친인척으로 이루어진 친족공동체에 속해 있으며, 자신이 거주하는 지역의 특성에 따라 마을공동체, 그리고 자신이 선택한 종교에 따라 신앙공동체에 소속되기 마련이다. 이와 같이 현대인들은 횡적 · 종적으로 연결된 수많은 집단 속에 자의반 타의반 발을 들여놓을 수밖에 없다.

이러한 복잡하고 다층적인 현대인들의 생활에서는 유머 있는 사람이 환영을 받는다. 예전에는 여자들이 씩씩한 남자, 박력 있는 남자를 좋아했다지만, 요즘에는 부드러운 남자, 착하고 자상한 남자를 좋아한다고 한다. 특히 유머 있는 남자는 결혼 1순위로 꼽히는 경향도 있다.

또 어떤 회사에서는 신입사원 면접에서 '즉석에서 1분 동안 면접관을 웃겨 보라!'는 돌발적인 문제를 내기도 한다.[3] 학교성적이나 인성 혹은 적성평가만으로 기업의 미래를 책임질 수 있는 창의적이고 도전적인 유능한 인재를 뽑기 어렵다는 판단에 따른 것이다.

지금은 또 개인기의 시대이다. 예전에는 코미디언들이 자신의 장기를 드러내기 위한 방편의 하나로 개인기를 선보이는 것이 일반적이었다. 다른 가수의 노래를 흉내 내거나, 선배 코미디언이나 배우들의 우스꽝스러운 말투 혹은 표정을 모방하는 정도였다. 그러나 지금은 가수, 탤런트, 영화배우 등의 연예인들뿐만 아니라 평범한 학생이나 운동선수, 직장인들까지 한두 가지 정도의 개인기를 가지고 있다. 개인기의 종류도 모창에서부터 성대 모사하기, 표정이나 몸짓을 모방하기, 비트박스, 간단한 마술, 자기만의 특별한 재능에 이르기까지 매우 다양해졌다. 나만의 개인기는 나와 다른 사람과의 차별성을 강조함으로써 자기 자신의 존재감을 한층 부각시키는 데 매우 효과적이다. 이러한 개인기의 저변에는 특유의 천부적 재능과 함께 후천적으로 갈고 닦은 유머감각이 자리하고 있다. 개인기는 다른 사람들을 감탄시키거나 놀라게 하려는 의도와 더불어, 그들을 웃게 만들려는 의도가 강하기 때문이다.

한편, 최근에는 펀(Fun) 경영이 유행한다. 일명 유머 경영이라고도 한다. 펀 경영은 일하기에 즐거운 회사 분위기를 조성하거나, 소비자들이 즐겁게 사용할 수 있는 상품을 제작하거나, 이용자들의 웃음을 자아내는 서비스를 제공하는 여러 가지 경영기법을 통칭하는 말이다. 미국의 아메리카 은행은 직원들이 동료를 웃기거나 즐겁게 만들었을 때는 회

....

3) 〈1분 동안 면접관을 웃겨 보세요〉, 매일경제신문 2003년 9월 4일자.

사 측에서 해당 직원에게 책이나 티셔츠 같은 작은 선물을 제공한다고 한다. 독일의 자동차 생산업체인 다임러 크라이슬러에서는 간부사원들에게 필수적으로 유머연수를 받도록 한다. 이런 유머훈련 프로그램을 제공하는 유머 컨설턴트 전문업체가 새로운 업종으로 등장한 것도 펀 경영이 확산되는 추세에 따른 것이다. 또한 소비자의 유머감각에 맞추어 그들의 경계심을 풀어내 제품 구매 욕구를 향상시키는 유머 광고(humor advertising)도 활발하게 제작되고 있다. 이러한 접근방법을 유머어프로치(humor approach)라고 부른다.

펀 경영의 중심에는 펀 리더가 있다. 그 조직의 지도자나 회사의 CEO가 유머감각을 가지고 있어야 하고, 그 자신이 유머를 즐기고 활용할 줄 알아야 한다. 펀 리더는 낙천적이고 긍정적이다. 그의 낙천적 세계관 뒤에는 수준 높은 유머 감각이 버티고 있다. 특히, 조직이 위기 상황에 처했을 때 혹은 부하가 곤경에 처했을 때, 리더의 유머 한마디는 가뭄 끝의 단비처럼 조직의 유연성을 높여 줄 것이다. 또한 조직원들의 긍정적 사고를 강화시켜 당면한 위기와 곤경을 이겨낼 힘이 솟아나게 해줄 것이다.

조직 구성원들의 유머 감각이 높을수록 그 직장의 생산성은 높아진다고 한다. 유머가 구성원 간의 관계를 원활하게 해주는 윤활유 역할을 해주기 때문이다. 틈틈이 유머를 즐김으로써 구성원들은 정신적 스트레스를 줄일 수 있으며, 좀 더 여유 있는 사고를 하게 된다. 그 결과 조직 구성원 사이의 대인관계는 한층 매끄러워질 수 있으며, 수평적 관계가 활성화된 열린 조직이 만들어질 수 있다. 이런 분위기 속에서 일하는 사람들은 그렇지 않은 사람들보다 창의성이 뛰어나고, 자발적으로 업무에 몰입하며, 매사에 긍정적으로 임한다고 한다.

군 지휘관도 어느 정도의 유머감각이 필요하다. 시종일관 권위적인 말투로 지시와 통제를 일삼던 시대는 지나갔다. 지휘관의 유머감각은 수직적 위계질서로 인한 경직된 조직분위기를 유연하게 바꾸어 줄 수도 있고, 업무수행 과정에서 발생하는 과도한 스트레스를 줄여주는 좋은 방법이다. 옛말에도 급할수록 돌아가라고 했다. 다급한 일처리는 자칫하면 실수를 유발시키거나, 주위사람들에게 뜻하지 않은 상처를 줄 수 있기 때문이다. 그래서 천천히 돌아가는 것이 약이 되는 경우도 흔히 볼 수 있다. 절박할수록 웃을 필요가 있다. 때로는 부드러운 것이 강한 것을 이긴다는 진리를 상기해야 한다.

제1차 세계대전이 한창일 때, 처칠은 참호 속에서 부하들에게 "좀 웃으시오. 그리고 부하들에게도 웃음을 가르치시오. 웃을 줄 모른다면 최소한 빙글거리기라도 하시오." 하고 당부했다고 한다. 생사가 오락가락하는 전장에서도 지휘관의 재치 있는 유머와 낙천적인 웃음은 부하들의 전장공포를 줄여줄 수 있다. 나아가 그들의 사기를 높여줌으로써 전투에서의 승리를 이끌어내는 원동력이 될 수 있다. 그러므로 군의 지휘관 또는 상급자는 더 많은 유머감각을 기를 필요가 있다. 이제 군 간부의 유머감각은 리더로서 요구되는 필수적인 자질 중의 하나라고 할 수 있다.

웃음에 대한 철학적 사색

서양에서는 그리스·로마 시대부터 유머 혹은 웃음에 대한 철학적 사색이 지속되어 왔으며, 또한 이를 비중 있게 다루어 왔다. 먼저, 플라톤(Platon)은 이상국가를 건설하기 위해서는 시인들을 공화국에서 추방해야 한다고 하면서, 우스꽝스러운 것에 대한 자신의 생각을 밝히고 있다.

> 우스꽝스러운 것에 관해서도 똑같은 말을 할 수 있지 않을까? 만일 자네가 스스로 행한다면 부끄러워하게 될 익살을 희극 공연이나 사적인 모임에서 듣고 대단한 쾌감을 느끼게 되고 그것을 나쁜 것이라고 증오하지 않는다면, 자네의 행동은 연민의 정을 불러일으켰던 장면에서 취한 행동과 똑같은 것이 되네.[4)]

실제 생활 속에서도 우스꽝스러운 익살을 행하는 것은 부끄러운 일이며, 또한 희극 공연이나 사적 모임에서도 익살을 보면서 쾌감을 느끼는 것을 잘못된 일이라는 것이다. 그러한 익살이나 웃음은 이성을 이용하여 억제되어야 한다는 말이다. 그렇지 않고 계속 익살을 즐기다가는 희극배우가 될 지도 모른다고 했다.

이처럼 플라톤은 웃음에 대해 바람직하지 않게 생각했다. 그러나 그는 희극적인 것의 성격에 대해 처음으로 진지하게 논하고 있다는 점에서 충분히 주목받을 만하다. 플라톤이 우스꽝스러운 공연물이라고 말한 것은 '바보들에 대한 우스꽝스러움'이다.[5)] 자신보다 못난 사람을 설정하고, 그들이 만들어내는 상식 이하의 비현실적인 바보짓에서 웃음이 일어난다는 것이다.

아리스토텔레스는 『시학(詩學)』에서 희극은 실제 이하의 악인을 모방하는 것이라고 하면서, 이때 악은 사악한 것을 의미하는 것이 아니라

....

4) 플라톤, 「시학」(아리스토텔레스, 『시학』, 천병희 역, 문예출판사, 1976, 224쪽.)
5) 유종영, "고대 그리스와 로마 시대의 웃음이론," 『독일어문학』, 제23집, 한국독일어문학회, 2003, 118쪽.

우스꽝스러운 것 또는 추악한 것을 뜻한다고 했다.

> 우스꽝스러운 것은 추악의 일종이다. 우스꽝스러운 것은 남에게 고통이나 해를 끼치지 않는 일종의 실수 또는 기형이다. 비근한 예를 들면 우스꽝스러운 가면은 추악하고 비뚤어졌지만 고통을 주지는 않는다.[6]

추악이란 사악(邪惡)하다는 의미도 포함하고 있으나, 원래는 어떤 사물이 그 기능을 제대로 발휘하지 못하는 상태를 말한다. 무언가 정상적인 것에서 벗어난 것, 일반적이지 않은 모습이나 행위들이 여기에 해당한다. 훼손되고, 삐뚤어지고, 구겨지고, 일그러진 것들이다. 이는 보통 이하 수준에 해당하는 악인들이 지니고 있는 우스꽝스러운 속성들이다.

여기서 중요한 점은 이러한 우스꽝스러운 것들이 다른 사람들에게 고통을 주거나, 해를 끼치지 말아야 하며, 감정을 손상시키지도 않아야 한다는 언급이다. 그래야만 관객들의 웃음을 자아내는 희극이 될 수 있다는 것이다. 일종의 실수나 기형 같이 웃음을 유발할 수 있는 추악함, 이것이 바로 진정한 웃음의 근원이 된다는 것이다.

플라톤과 아리스토텔레스가 제시한 웃음이론은 이른바 우월론의 근간이 되고 있다. 우월론이란 유머 속에 등장하는 인물보다 우월감을 느낄 때 웃음이 발생한다는 이론이다. 즉 희극의 등장인물이 어리숙하고 바보스러운 행동을 하는 것을 보면서 사람들은 우월감을 느끼게 되고, 그 결과 웃음을 일어나게 된다는 것이다.

우월론과 달리, 기대했던 상황과 현실 사이의 불합리한 대조에서 웃음이 유발된다는 대조론 또는 불일치론도 있다. 예상과 반전의 메커니

6) 아리스토텔레스, 『시학』, 천병희 역, 문예출판사, 1976, 42쪽.

즘에 의해 유발되는 웃음이 이에 해당한다. 큰 것과 작은 것, 참과 거짓, 정상과 비정상, 숭고와 비천, 규범과 일탈 등이 서로 얽혀 역전되거나, 어긋나는 지점에서 웃음이 발생한다는 견해이다. 이런 경우에 일어나는 웃음을 불일치 또는 부조화의 웃음이라고 부른다.[7]

한편, 우리나라에서는 웃음이나 해학에 관한 논설이 많은 편은 아니나, 아주 없는 것은 아니다. 주로 다양한 종류의 글들을 실은 문집이나, 우스운 이야기를 모아놓은 소화집(笑話集)에서 웃음에 관한 단편적인 논의를 살펴볼 수 있다.

먼저, 고려후기의 대학자이자 문인인 이제현(李齊賢 1287~1367)이 남긴 『역옹패설(櫟翁稗說)』 후집(後集)의 서문을 보기로 하자. 『역옹패설』은 일화, 시화(詩話), 골계(滑稽) 등을 엮은 것으로 전집과 후집으로 구성되어 있다.

> 어떤 사람이 역옹(櫟翁)에게 말하기를,
> "그대의 전집에는 선조들의 계통을 서술하고 이름난 공경(公卿)의 언행도 비교적 많이 실었는데 도리어 골계로 끝맺었습니다. 또한 후집에는 경전과 역사에 대하여 논한 것은 얼마 안 되고 나머지는 모두 시구를 다듬어 꾸민 것뿐이니, 어찌 특이한 풍조가 그렇게 없습니까? 이것이 어찌 품행이 단정한 선비로서 해야 할 일이겠습니까?" 하였다.
> 역옹이 답하기를,
> "둥둥 북을 치는 격고장(擊鼓章)도 국풍(國風)에 들어 있고 너울너울 춤추는 빈지초연장(賓之初筵章)도 소아(小雅)에 편입되어 있는데, 더구나 이것들은 본디 무료하고 답답함을 달래기 위하여 붓가는 대

....

7) 그리스 로마 시대 이래로 홉즈, 베르그송, 프로이트 등 서양철학의 대가들이 희극과 웃음에 대해 철학적 고찰을 내놓았다. 이에 대해서는 유종영, 『웃음의 미학』, 유로, 2005에서 종합적으로 다루고 있다.

로 기록한 것이니, 우스개[戱論]가 있은들 뭐 괴이할 것이 있는가. 공자께서도 '박혁(博奕 쌍륙과 바둑)놀음이 아무것에도 마음을 쓰지 않는 것보다는 낫다.' 하였으니, 시구를 다듬어 꾸미는 것이 박혁놀음보다는 오히려 낫지 않겠는가. 또 내용이 이렇지 않다면 패설이라 이름하지 않았을 것이다." 하였다.[8]

어떤 사람과 역옹이 주고받는 형식으로 되어 있지만, 실은 역옹이 자문자답하는 형식의 글이다. 질문의 요점은 골계와 시구에 대한 평설이 들어 있는데, 이는 특별한 풍조가 있는 것도 아니고 점잖은 선비가 할 만한 일도 아니라는 것이다. 이에 대해 역옹은, 무료하고 답답함을 달래기 위해 쓴 것이니 그리 괴이하게 여길 바가 아니라고 답하고 있다. 역옹의 태연스러운 말을 뒤집어 생각해보면, 그는 우스개를 수록하면서 몹시 신경이 쓰였던 것 같다. 당대의 대표적인 선비이자 고관이었던 사람이 항간의 우스운 이야기들을 모아 기록했으니 당연한 심정이라 하겠다.

이를 보면 역옹은 골계 이야기를 높게 평가했다고 하기는 어려우나, 적어도 그 가치를 인정한 것은 분명하다. 당대의 기준으로 본다면 골계적인 이야기들은 희론(戱論), 즉 실없는 이야기일 뿐이다. 그러나 역옹은 그러한 이야기들을 즐겼으며, 또한 책으로 묶어 놓았다. 그리고는 이러한 희론들은 『시경』에 실린 것들과 견주어 손색이 없다고 주장하면서 그 가치를 역설하고 있다. 이런 점에서 이제현이 남긴 〈역옹패설 후집 서〉는 골계와 웃음의 존재가치를 인정했다는 점에서 높이 평가될 만하다.

....

8) 이제현, 〈역옹패설 후집 서〉(민족문화추진회, 『국역 익재집』, 권2, 중판, 1989, 민문고, 133쪽의 번역을 일부 수정하여 이용하였다.)

한편, 서거정(徐居正 1420~1488)은 그의 나이 58세 때에 한가롭게 지내면서 친구들과 유희 삼아 즐겼던 이야기들을 모아 『골계전(滑稽傳)』이라는 책을 묶어냈다. 이 책에는 서거정 자신이 쓴 서문이 실려 있는데, 객과 서거정이 서로 문답하는 형식으로 되어 있다. 객이 먼저, 골계전은 한갓 자질구레하고 맹랑한 것들을 주워 모아 호사가들의 웃음거리를 만들었으니, 이는 광대들이 잘 하는 짓거리라고 했다. 이런 책은 세교(世敎)에 보탬이 되는 바가 없다는 것이다. 또한 한가한 시간을 이용하여 심성을 기르지 않고, 도리어 괴상하고 기이한 것에 마음을 쏟아 오직 재주를 부리는 데에만 조바심을 치고 있다고 비판한다.

이에 서거정은 공자의 말을 들어 골계전이 갖는 의미를 다음과 같이 강조한다.

> "그대의 말씀이 옳도다. 그러나 그대는 듣지 못했는가? '우스갯소리를 잘 하신다.'라는 말과, '문왕과 무왕도 한 번 당겼다 한 번 늦추었다 하는 방법을 쓰셨다.'는 것을. 제해(齊諧)가 남화(南華)에 기록되었고, 골계는 반사(班史: 반고가 지은 漢書의 별칭)의 열전(列傳)이 있다.
>
> 내가 이 골계전을 지은 것은, 처음부터 후세에 전하려는 데에 뜻을 둔 것이 아니라, 다만 세상에 대한 근심을 잊어버리고자 한 것이다. 하물며 공자께서도 장기나 바둑을 두는 것이 마음을 아무 곳에도 쓰지 않는 것보다 낫다고 하셨다. 이 골계전 또한 내가 아무 곳에도 마음 쓰지 않는 것을 스스로 경계하고자 할 따름이다."[9)]

답변의 첫 번째 요지는 유교와 도교의 주요경전을 비롯하여 역사서에도 골계와 해학이 포함되어 있다는 것이다. '우스갯소리를 잘 하신

9) 서거정, 박경신 역, 『태평한화골계전(太平閑話滑稽傳)』, 권1, 국학자료원, 1998, 40~43쪽.

다.'라는 시구는 시경에 들어 있으며,[10] 한 번 당기면 한 번 늦춘다는 문왕과 무왕의 일장일이(一張一弛)의 도는 『예기』에 언급되어 있다.[11] 남화경은 곧 장자(莊子)의 다른 이름이며, 반고가 쓴 『한서』에도 골계열전이 있으니, 옛 성현들도 해학을 인정했다는 것을 강조하고 있다. 즉, 시경과 예기, 그리고 반고의 역사서에도 골계가 포함되어 있듯이, 자신이 엮은 골계전이 그만한 가치를 가지고 있다는 주장이다.

답변의 두 번째 요지는 자신이 골계전을 엮은 이유를 두 가지로 제시한다. 하나는 세속적인 잡된 생각들을 떨쳐버리기 위해서, 또 하나는 아무 것도 하지 않는 마음을 경계하기 위해서 골계전을 만든다는 것이다. 그리고는 아무 것에도 마음을 쓰지 않는 것보다 바둑이나 장기를 두는 것이 낫다는 공자의 말씀을 둘러댄다.[12]

한편, 1918년에 출판된 『소천소지(笑天笑地)』라는 재담집에는 국국도인(局局道人)이 쓴 서문이 실려 있다. 국국도인은 "환호하면서 힘써 일하는 것은 우리 옛 백성의 특성"이라 하면서 우리 민족은 웃기를 좋아하는 사람들이었다고 했다.[13] 그러면서 사람들의 웃음에는 다음과 같

10) 『시경(詩經)』 기욱(淇奧) 편에 "우스운 말씀을 잘도 하셔라 모진 점은 조금도 없으시고나"(善戲謔兮 不爲虐兮)라는 구절이 있다. 이는 위나라 사람들이 무공(武公)이 적당히 우스갯소리를 잘 하면서도 지나침이 없이 중용의 도를 지킬 줄 아는 덕을 지녔음을 찬미하는 노래이다.(이기석 · 한백우 역, 『신역 시경』, 홍신문화사, 1984, 120쪽.)

11) 『예기(禮記)』 잡기(雜記) 편에 활의 시위줄을 당기고 늦추는 것처럼 강약을 잘 조절해야 백성들을 잘 다스릴 수 있다는 내용이 실려 있다.(권오돈 역, 『예기』, 홍신문화사, 1982, 454쪽.)

12) 『논어(論語)』 양화(陽貨) 편에 밥을 배불리 먹고도 하루 종일 마음을 쓰는 바가 없으면 곤란하며, 차라리 장기바둑을 두는 것이 아무것도 안 하는 것보다 낫다는 말이 실려 있다.

13) 조동일, "웃음 이론의 유산 상속," 『웃음문화』, 창간호, 한국웃음문화학회, 2006, 14쪽.

은 종류가 있다고 설파한다.

구 분	해당되는 웃음의 종류
정을 말미암은 웃음 (由情之笑)	즐거워서 웃는 상정(常情)의 웃음 즐겁지 않은데 웃는 반정(反情)의 웃음 사람에 따라서 다른 이정(異情)의 웃음 함께 웃는 동정(同情)의 웃음
정을 말미암지 않은 웃음 (不由情之笑)	어린 아이[赤子]의 웃음 미친 사람[狂人]의 웃음 바보[痴者]의 웃음

먼저 주목되는 것은 웃음을 정을 말미암은 것[由情之笑]과 그렇지 않은 것[不由情之笑]으로 양분하고 있다는 점이다. 그런 다음 유정지소에는 상정·반정·이정·동정의 4가지 웃음이 있고, 불유정지소에는 적자·광인·치자의 3가지 웃음이 있다고 했다. 일단 웃음의 성격에 따라 그 종류를 구분하려 한 고민의 흔적을 엿볼 수 있다는 것은 의미가 있다 하겠다.

그런데 특이한 것은 유정지소보다 불유정지소를 '참된 웃음'으로 평가하고 있다는 점이다. 국국도인의 말에 의하면 유정지소는 때때로 죄가 된다고 했다. 이는 웃을 때 상대방과 나와의 관계를 반영하기 때문이라는 것이다. 특히, 비통·분노·번민·공포의 감정에서 나오는 반정(反情)의 웃음, 남녀·노소·빈부·귀천과 같이 상대방에 따라서 달라지는 이정(異情)의 웃음은 진실한 웃음이 아니라는 것이다.

그에 비하여 어린 아이, 미친 사람, 바보의 웃음은 선악(善惡)도 없고, 사정(邪正; 사특하고 올바름)이 없기에 참되다는 말이다. 이들의 웃음은 오로지 진솔하고 다만 스스로 웃을 따름이라 웃어도 죄가 되지 않는다. 웃음에 대한 이러한 이분법적 구분은 다소 받아들이기 어려운 부분도 있으나 국국도인의 웃음론은 일면 수긍할 만한 생각이라 하겠다.

웃음의 다양성과 그 어휘들

말을 보면 그 민족의 사회와 문화를 들여다 볼 수 있다고 한다. 우리말은 어휘적 측면에서 감각어(sensory word)와 의성어, 의태어가 발달된 특징을 가지고 있다고 알려져 있다. 관념어(conceptive word)는 많이 발달하지 못한 반면에 감각어는 색채어와 미각어를 중심으로 세분화되어 있다는 것이다.[14] 예를 들면 '파랗다'와 관련된 색채어는 '퍼렇다, 새파랗다, 시퍼렇다, 파르스름하다, 파르족족하다, 파릇파릇하다' 등 아주 다양하게 발달되어 있다.

이와 마찬가지로 웃음에 대한 어휘들도 상당히 발달되어 있음을 볼 수 있어 흥미롭다. 특히, 큰소리를 내면서 웃는다는 뜻을 가진 단어는 많은 편이다. 소리를 내면서 웃는 것을 가가대소(呵呵大笑), 껄껄거리면서 웃으면 홍연대소(哄然大笑), 하늘을 쳐다보고 크게 웃으면 앙천대소(仰天大笑), 손뼉을 치며 크게 웃으면 박장대소(拍掌大笑), 기쁜 표정으로 크게 소리 내어 웃으면 간간대소(衎衎大笑)라고 한다. 이와 반대로 소리

14) 김윤식, 『한국 근대문학의 이해』, 일지사, 102~106쪽에는 한국어의 4가지 특질로 주어를 생략하는 관습이 있고, 빈약한 관념어 비해 상대적으로 감각어가 발달되어 있으며, 관계대명사가 부재하고, 일상용어와 학문적 · 전문적 용어 사이에 커다란 단절이 있다는 점을 들고 있다.

없이 빙그레 웃는 것을 미소(微笑) 또는 신소(哂笑), 잔잔하게 웃는다고 해서 잔웃음, 소리 없이 눈으로만 가만히 웃는 것을 눈웃음, 크게 웃지 않고 가볍게 웃는 것을 반웃음이라고 한다.

또한, 감정을 표현하는 웃음과 관련된 어휘들도 많다. 즐거움을 표현하는 것으로는 희소(喜笑), 낭소(朗笑), 쾌소(快笑)라고 불렀다. 상대방을 비웃거나 멸시하는 감정을 표현하는 어휘로는 조소(嘲笑), 냉소(冷笑), 일소(一笑), 기소(譏笑), 비소(非笑 또는 誹笑), 희소(戱笑)가 있으며, 콧소리를 내면서 코끝으로 가볍게 웃으며 비난하는 것을 코웃음이라 했다. 부끄러워 웃으면 치소(恥笑), 억지로 웃거나 거짓으로 웃으면 가소(假笑), 어이가 없어 마지못해 웃으면 쓴웃음이라고 불렀다.

웃는 모습을 표현한 말도 많다. 매우 즐거운 표정으로 활짝 웃는 것을 파안대소(破顔大笑), 입을 크게 벌리고 웃으면 탄구대소(綻口大笑), 볼살을 움직이며 웃으면 살웃음, 볼 위에 표정을 지어 웃으면 볼웃음이라고 한다. 여성적의 웃음을 낮추어 표현한 것으로 교소(嬌笑 또는 巧笑), 요소(妖笑)라고 부른다.

이와 같이 우리말에 웃음에 관한 어휘들이 풍부한 것은 웃음의 다양성을 잘 보여준다. 웃음은 인간이 가지고 있는 고유한 특성 중의 하나이며, 웃음을 일으키는 동기도 매우 많은 편이다.

> 보편적인 관점에서 보아 웃음의 동기들은, 병리학(病理學)적인 웃음들을 제외하고, 기쁨, 행복감, 오만방자함, 즐거움, 자기만족, 조롱, 모멸감, 경멸, 다른 사람의 불행을 보고 기뻐하는 마음, 비꼼, 반항심, 속임수, 교활함, 비열함, 눈물을 흘리면서 웃는 웃음 등이며, 자연적인 웃음일 수도 있고 인위적인 웃음일 수도 있으며, 순수한 마음에서 우러나온 웃음이거나 거짓된 마음에서 우러나온 웃음일 수도 있다.[15]

여기에서 언급된 것 외에도 웃음을 일으키는 동기들은 더 있을 것이다. 웃음을 유발하는 감정이나 요인이 많은 만큼, 웃음이 다양한 모습과 형태로 표출되는 것이 당연한 일이라 하겠다. 그렇게 여러 가지 양태의 웃음을 표현하는 어휘들 역시 다양하게 발달되어 있다고 할 수 있다.

나아가, 웃음을 표현하는 어휘가 많다는 것은 곧 우리 민족이 웃는 것을 좋아했고, 우스갯소리들을 즐겨 왔음을 간접적으로 보여준다. 경주 영묘사 터에서 발견된 인물기와에 남아 있는 신라인의 환한 웃음, 백제의 미소로 널리 알려진 서산 마애삼존불의 미소, 눈가에 굵은 주름이 잡히고 턱이 빠질 정도로 크게 웃고 있는 하회 양반탈의 파안대소가 상상의 산물이 아님을 말해주는 부분이기도 하다.

유머와 웃음의 효용성

웃음은 안면근육을 비롯한 200여 개의 근육이 움직여 만들어내는 표정이라고 한다. 흔히 웃음은 엔돌핀 분비를 촉진시킴으로써 스트레스를 해소해주고 고통도 줄여주는 것으로 알려져 있다. 이처럼 웃음은 생체학적으로 긴장을 이완시켜 주고 기분을 좋게 해주는 효과가 있다. 긴장이 이완되면 일의 효율도 증진될 뿐만 아니라 다른 사람과의 관계 형성에도 매우 효과적이다. 그래서 웃음은 질병치료에도 많이 이용된다고 한다.[16] 최근 이른바 유머치료가 늘어나는 것도 이러한 연구결과

15) 유종영, 『웃음의 미학』, 유로, 2005, 21쪽.
16) 〈웃는 동안엔 고통-스트레스 줄어든다〉, 동아일보 1999년 12월 8일자.

에 기초한 것이다.

앞서 살펴본 이제현과 서거정의 경우에도 무료하고 답답한 마음을 달래기 위해 골계를 즐겼다고 했다. 일종의 심화(心火)를 다스리는 방편의 하나로 유머를 활용했다고 할 것이다. 문무왕의 뒤를 이어 왕위에 오른 신문왕(神文王)과 당대의 고승 경흥(憬興)의 이야기에서도 이와 유사한 경우를 찾아볼 수 있다.

① 신문왕이 한여름에 높고 빛이 잘 드는 방에 있으면서 설총을 돌아보며 말하였다. "오늘은 여러 날 계속 내리던 비가 처음으로 그치고, 첫 여름의 훈훈한 바람도 조금 서늘해졌구나. 비록 매우 맛이 좋은 음식과 슬픈 음악이 있더라도 고상한 말과 재미있는 해학으로 울적함을 푸는 것만 못하다. 그대는 틀림없이 기이한 이야기를 알고 있을 것인데 어찌 나를 위해서 그것을 이야기해주지 않는가?"[17]

② 신문왕이 즉위하여 경흥을 국로(國老)로 책봉하고 삼랑사(三郎寺)에 살게 했는데 갑자기 병이 들어 한 달이나 되었다. 이때 여승 하나가 와서 그에게 문안하고 〈화엄경〉 속의 '착한 벗이 병을 고쳐 준다.' 하는 구절을 들어 말했다. "지금 스님의 병은 근심으로 해서 생긴 것이니, 기쁘게 웃으면 나을 것입니다." 이렇게 말하고 열한 가지 모습을 지어 저마다 각각 우스운 춤을 추게 하니, 그 모습은 뾰족하기도 하고 깍은 듯도 하여 그 변하는 형용을 이루 다 말할 수 없어 모두들 우스워서 턱이 빠질 지경이었다. 이에 법사의 병은 자기도 모르게 씻은 듯이 나았다.[18]

①은 신문왕이 설총에게 하는 말인데, 그 요지는 후텁지근한 한여름

17) 김부식, 『삼국사기』, 권46, 열전, 〈설총(薛聰)〉
18) 일연, 『삼국유사』, 권5, 〈경흥우성(憬興遇聖)〉

의 울적함을 풀기 위해서 재미있고 기이한 이야기가 좋으니, 그러한 이야기를 해 달라는 것이다. ②는 신문왕 대의 고승 경흥이 병이 들었는데, 어디서 왔는지 모르는 여승이 우스운 춤을 추어 턱이 빠질 정도로 웃고 난 후 병이 나았다는 것이다. 전자는 우스운 이야기를 통해 기분을 좋게 만들었고, 후자는 우스꽝스러운 표정과 춤을 통해 병을 치유했다는 말이다. 이렇게 우스운 이야기나 동작은 웃음을 유발시켜 정서적, 심리적인 기분 전환과 함께 신체적인 질병을 치료하는 효용이 있다.

또한, 유머는 다른 사람과의 좋은 관계를 형성하는 데도 도움이 된다. 특히 초면의 사람을 처음 만난다는 것은 즐거운 일이기도 하지만, 일면으로 심리적 스트레스를 받는 일이다. 이때 일면식도 없이 낯선 초면일 경우에는 더욱 스트레스를 받기도 한다. 이런 사람들과 만나 첫마디를 어떻게 꺼낼지, 혹은 어떤 화제로 대화를 이어갈지 고민하는 것도 이러한 초면의 부담감을 조금이라도 줄여보려는 의도이다.

6·25전쟁 때 옥수수 파이프를 물고 인천상륙작전을 지휘하여 성공시킨 맥아더 장군은 2가지 명연설을 남겼다. 하나는 미 하원에서 연설했던 〈노병은 사라지지 않는다〉이며, 다른 하나는 미 육사인 웨스트포인트에서 연설했던 〈의무 명예 국가〉이다. 웨스트포인트에서의 연설은 그의 마지막 대중연설이자 군인의 길을 설파한 노병의 심회가 절절하게 담겨 있어 많은 사람들의 심금을 울렸던 것으로 알려져 있다.

불후의 명연설로 알려진 그의 웨스트포인트 연설은 다음과 같은 재치 있는 유머로 시작된다.

오늘 아침 호텔을 나올 때 도어맨이
"장군님! 어디로 가시는 길이죠?" 하고 묻더군요.
이에 나는 "웨스트포인트로 가네."라고 대답했습니다.
그러자 그 도어맨이 "참 아름다운 곳이죠. 전에 가보신 적이 있나요?" 하고 다시 묻더군요.

이 대목에서 사람들은 큰 웃음을 터트렸다고 전해진다. 왜냐하면 웨스트포인트를 수석으로 입학하고 졸업했으며, 웨스트포인트 학교장까지 역임했던 맥아더에게 그곳에 가보신 적이 있느냐고 물었기 때문이다. 유머의 내용은 사실일 수도 있고, 아닐 수도 있다. 중요한 것은 이렇게 짧은 유머 하나로 청중들을 웃음바다에 빠뜨릴 수 있다는 점이다. 82세의 노병과 이십대의 청년 생도들 사이의 거리감도 일순간에 사라지고, 또한 청중들의 관심과 흥미를 집중시키는 효과를 거둔 셈이다.

이와 같이 사람과 사람이 처음 만나는 자리에서 적절히 유머를 사용한다면, 상대방과의 심리적 간격을 효율적으로 좁힐 수 있다. 첫 단추를 잘 끼워야 다음 단추도 순조롭게 끼울 수 있다. 영화의 서두부분에서 탁월한 영상미를 가진 장면을 배치하는 것은 관객들에게 강한 인상을 각인시키기 위함이다. 도입부에서 강하고 지배적인 인상을 주는 것은 영화의 메시지를 효과적으로 전달하고, 관객들의 몰입을 유도하는데 특효가 있기 때문이다. 이렇듯 다른 사람들을 만나 대화를 시작하는 부분에서 청중들과의 간격을 좁히려는 의도적인 장치를 마련해야 한다. 일종의 의례적(儀禮的) 성격을 가진 유머가 필요하다는 말이다.

유명한 유머 강사의 경험담을 하나 들어보기로 한다.

나는 몇 년 전에 어떤 강연에서 자기소개를 하면서 "제가 결혼하기 전에는 집사람이 없어서 어머니와 단 둘이 살았습니다."라고 말한 적

> 이 있었다. 처음엔 한두 사람이 킥킥대며 웃더니 곧이어 많은 사람들 이 폭소를 터뜨리기 시작했다. 그때까지 약간 어색하고 어수선하던 분위기는 즉시 명랑하게 변했고 난 거기에 힘입어 신바람 나는 강연을 할 수 있었다. 강사의 웃음과 청중의 웃음이 같이 나와 성공적인 강의가 된 것이다.[19)]

이처럼 웃음은 훌륭한 소통장치 중의 하나이다. 웃음은 사람과 사람 사이의 대화를 조정하고 감정을 조율해주는 훌륭한 비언어적인 의사소통 수단이다. 따라서 유쾌한 웃음을 자아내는 짧고 간단한 한 편의 유머는 수업, 회의, 협상에서 숨이 막히도록 딱딱하고 긴장된 분위기를 깨트리는 효과적인 방법이 될 수 있다. 아이스 브레이킹(Ice Breaking)이란 처음 사람을 만났을 때 어색함을 깨트리고 상호 마음의 문을 열어 좀 더 친밀한 관계를 맺는 것을 말한다. 그래서 수업이나 회의 또는 협상을 시작할 때는 짧더라도 '얼음을 깨는' 시간을 갖는 것이 필요하다. 그러므로 현대사회를 살아가는 우리들은 서먹서먹한 초면 분위기를 부드럽게, 마음속의 얼음을 깨뜨리는 아이스브레이커로서의 자질을 갖추어야 한다.

이와 같이 유머는 효과적인 아이스 브레이킹의 한 방법으로서 매우 유용할 뿐만 아니라, 차후 진행될 대화를 이끌어내는 매개체로서도 그 활용 가치가 높다. 유머는 말로 진행되는 지적 놀이로서 유머 속에 의미를 함축하여 전달할 수 있기 때문이다. 그날의 대화 주제와 연관된 유머를 선정하여 활용한다면, 유머는 대화의 매개체로서 유용하게 쓰일 수 있다. 따라서 웃음을 통해 상대방의 호감을 자극하는 유머는 대

19) 김진배, "유머 리더십,"『웃음문화』, 창간호, 한국웃음문화학회, 2006, 200쪽.

인관계 형성의 윤활유이자 유쾌한 분위기 조성의 촉매가 될 수 있으며, 주어진 과업을 매끄럽게 성사시키는 계기가 될 수도 있다. 이런 점에서 웃음은 삶을 풍부하게 하는 비타민이요, 우리를 즐겁게 만드는 묘약(妙藥)이다.

한국사회와 군대 그리고 유머

근대유머,
그 유쾌한 웃음과 시선

한국사회와 군대 그리고 유머

■ 한국사회, 군대, 유머

우리나라의 안보현실을 이야기하면서 빼놓을 수 없는 것이 남북분단의 문제이다. 제2차 세계대전을 일으켰던 일본이 1945년 연합군에게 항복한 이후, 우리민족도 36년간의 치욕적인 일제 치하에서 해방되었다. 우리민족이 그토록 소망했던 광복을 맞이했던 것이다. 그러나 우리나라는 좌우의 이념 대립과 국제적 정세에 휘말려 남북으로 분단되는 비극을 초래하게 되었다. 이렇게 시작된 남북분단 상황은 반세기에 걸쳐 더욱 고착화되어 현재까지 지속되어 오고 있다. 그 사이에 우리나라는 6 · 25전쟁이라는 초유의 민족상잔을 겪었을 뿐만 아니라, 그 이후에도 남북 사이에는 이루 헤아릴 수 없을 정도로 많은 군사적 갈등과 충돌이 계속되어 왔다.

이렇게 오랫동안 지속되어온 분단상황은 정치 · 사회 · 경제 · 교육 · 문화 등 우리사회의 모든 분야에 커다란 영향을 끼쳐왔다. 그러한 영향들이 남긴 흔적 또한 사회 곳곳에 역력하게 남아있는 것이 우리의 현실이다. 문학 분야에서도 분단으로 인한 갈등의 흔적들을 쉽게 찾아볼 수 있다. 특히, 현대문학에 있어서 남북분단과 민족이산 문제는 주요한 작품소재 중의 하나였다. 이른바 전쟁시(戰爭詩), 전쟁소설(戰爭小說) 같은 수많은 문학작품들이 분단과 전쟁의 문제를 심각하게 다루어 왔다. 이들 전쟁문학 작품들은 민족적 체험으로서의 남북분단 상황을 지속적으로 반추하고, 한국전쟁이 남긴 깊은 민족적 상처를 치유하기 위한 문학적 노력이라는 평가를 받고 있다.

한편, 이러한 남북 사이의 분단과 대립은 필연적으로 양측 모두에게 대규모 군사력을 보유하도록 만드는 결과를 가져왔다. 그에 따라 우리나라는 국민개병제(國民皆兵制)를 채택하여 남성 모두에게 일정 기간 동안의 병역의무를 부여하고 있다.[1)] 즉, 신체적 · 정신적으로 건강한 모든 남성들은 정해진 연령대에 군에 입대하여 국방의 의무를 다하도록 요구받고 있다. 따라서 우리나라 청년들에게 있어서 병역의 이행은 삶의 여정에 있어서 필수적인 통과과정으로 인식되고 있다. 물론 관혼상제와 같이 확연한 형태를 갖춘 일생의례(一生儀禮)는 아닐지라도, 그에

---

1) 우리나라는 1949년 8월 6일 국민의 병역의무를 규정한 병역법을 공포함으로써 지원병제에서 징병제로 전환하게 되었다. 그러나 병역법에 대한 시행령은 1950년 2월에 이르러 제정되었으며, 그나마 '병력 10만명 제한'으로 인해 제대로 시행되지 못한 채 6 · 25전쟁이 일어났다. 따라서 본격적인 징집체계가 잡힌 것은 6 · 25가 일어난 후에 제2국민병, 향토자위대, 국민방위군, 예비군단 등 다양한 방식으로 병력을 충원하면서 자리 잡게 되었다고 할 수 있다.(한국정신문화연구원, 『한국전쟁과 사회구조의 변화』, 백산서당, 1999, 205쪽.)

준할 정도의 남성의례로 받아들여지고 있다고 할 수 있다.

이처럼 우리사회는 군대와 불가분의 관계를 맺고 있다. 왜냐하면 병역 당사자는 물론이고, 그가 속한 가족공동체의 구성원들, 그가 다니던 학교와 직장의 동료들 모두 군과 직접적 혹은 간접적으로 관계되어 있기 때문이다. 그러므로 우리민족에게 있어서 남북분단, 한국전쟁, 군대생활은 민족적이고 국민적인 집단체험이라고 해도 과언은 아니라고 본다. 그만큼 이들 세 가지 요소는 우리의 생활과 정서와 인식 속에 깊숙이 뿌리를 내리고 있다.

이러한 연관성은 구비문학 분야에서도 유사하게 나타난다. 특히, 이야기 문학의 경우 한국전쟁과 군대생활을 소재로 하는 이야기가 활발하게 전승되고 있어 주목된다. 군대 이야기는 경험담 또는 허구담으로 다양하게 전승된다. 최근에는 인터넷 등을 이용한 정보의 공유와 전파가 더욱 용이해짐에 따라 군 관련 이야기의 향유가 더욱 활발해지고 있는 것으로 보인다.

> 그렇게 시작한 〈가츠의 군대이야기〉. 한 편, 두 편 작성을 해나가면서 예상 밖의 큰 인기를 얻기 시작했다. 수많은 누리꾼들이 호응을 해 주었다.
>
> "가츠형, 오늘 입대합니다. 그동안 고마웠어요. 덕분에 용기 내서 갑니다!"
>
> 연재를 하고 있는 중에도 블로그를 애독하던 청년들이 하나 둘씩 군대를 갔다. 아쉬움이 잔뜩 묻어있는 그들의 댓글을 볼 때마다 마음 한구석이 찡했다. 내 글을 읽고 즐거운 마음으로 군대를 간다는 댓글에는 보람을 느끼기도 했다. 이들뿐 아니라 내가 태어나기도 전에 군대를 다녀온 예비역 선배들, 자식을 군대에 보낸 어머니들, 남자친구를 기다리는 '고무신 부대' 독자들, 그리고 나와 함께 군생활을 했

던 전우들까지, 미처 생각하지도 못했던 다양한 독자들이 〈가츠의 군대이야기〉를 재미있게 읽으면서 추억과 위안과 희망을 얻게 되었다는 응원을 보내주셨다.[2)]

『악랄 가츠의 군대이야기』라는 책자가 발간되기까지의 과정을 잘 보여주는 글이다. 전역을 한 후 처음에는 정신없이 시간을 보내던 중 군생활의 기억들이 점차 흐릿해지는 것을 보고, 군복무 중에 적어 두었던 일기를 찾아내 인터넷 블로그(blog)에 연재를 시작했다고 한다. 그런데 소중한 과거의 군생활을 잊지 않기 위해서 시작했던 것이 연재 초기부터 예상 밖의 인기를 얻었고, 예비역 · 현역을 비롯하여 입영예정인 청년이나 자식을 군에 보낸 어머니 그리고 애인이 복무 중인 고무신부대 등 다양한 독차층의 우호적인 반응이 일어났다는 것이다.

이렇듯 인터넷 문화가 확산되면서 군경험담의 유통경로도 변화되었을 뿐만 아니라, 이를 향유하는 계층도 늘어났음을 잘 보여준다. 이러한 군경험담의 활발한 유통과 향유를 통해 독자들은 과거의 추억을 되살리고, 또한 사회적으로는 군생활에 대한 위안과 희망을 얻는 긍정적 효과를 가져왔음을 말해준다. 이처럼 인터넷과 같은 정보화 수준이 향상되면서 이야기의 공유방법과 유통과정도 달라지게 되었다. 나아가, 이런 사회적 추세에 힘입어 군경험담도 예전에 비해 활발한 공급과 소비가 이루어지고 있음을 잘 알 수 있다. 시대적 조류의 변화에 따라 이야기 문학에 대한 새로운 수요가 창출되고, 그런 수요에 걸맞은 이야기의 생산과 공급도 시의적절하게 행해지고 있다고 하겠다.

정보화된 사회환경은 인터넷 상에 유통되는 수많은 이야기 자료들을

2) 황현, 『악랄 가츠의 군대이야기』, 바오밥, 2009, 9쪽.

새로운 문화현상의 하나로 인식하게 만든다. 사실적 기술에 의존하는 경험적인 이야기이던지 온전히 꾸며진 허구적인 이야기이던지 간에, 인터넷을 기반으로 한 이야기 문화는 이제 현대 대중문화의 영역 안에서 다루어져야 한다고 본다. 이런 점에서 군대유머를 비롯한 군 관련 이야기에 대한 구비문학적 측면에서의 연구는 시대적 필요성에 부응한다고 할 수 있다.[3)]

이처럼 한반도가 처한 안보환경에 비추어 볼 때 한국과 군대와 유머는 나름대로 필연적인 연결고리로 묶여 있다고 하겠다. 유머는 어느 사회나 조직을 배경으로 하여 그 구성원들의 체험과 인식을 담아내는 특별한 그릇 중의 하나이다. 특히, 인터넷이 발달하게 됨에 따라 한번 만들어진 유머는 다양한 네트워크를 통해 신속하게 유통되어 웃음을 유발시키는 재료로 활용된다.

예를 들어, 1990년대에 들어서면서 PC통신과 인터넷을 통해 다량의 유머자료들이 유통되기 시작했으며, 이러한 인터넷 유머들 중 일부가 각종 언론매체를 통해 연재되기도 했다. 서울신문의 〈깔깔깔〉이나 한국경제신문의 〈비즈니스유머〉, 문화일보의 〈인터넷유머〉 등이 그러한 대표적인 예이다. 또한 이들 인터넷 유머들은 다수의 책자로 발간되어 활발하게 유통되고 있다.

3) 다음과 같은 논저에서 이미 그러한 필요성에 대하여 여러 번 역설된 바 있으며, 상당한 수준의 연구가 축적되어 있다. 신동흔, "현대구비문학과 전파매체," 『구비문학연구』, 제3집, 1996 ; 신동흔, "PC통신 유머방을 통해 본 현대 이야기 문화의 한 단면," 『민족문학사연구』, 제13집, 민족문학사연구회, 1998 ; 손세모돌, "유머 형성의 원리와 방법," 『한양어문』, 제17집, 한국언어문화학회, 1999 ; 심우장, "통신문학의 구술성에 관하여," 리의도 외, 『우리 말글과 문학의 새로운 지평』, 역락, 2000 ; 김종회 · 최혜실 편, 『사이버문학의 이해』, 집문당, 2001 ; 서대석 외, 『한국인의 삶과 구비문학』, 집문당, 2002.

이렇게 최근 들어 인터넷을 비롯한 각종 매체를 통해 유머의 유통수단이 다양화되고 있는 실정이다. 유머 유통이 양적 · 질적으로 확대됨에 따라, 그 하위범주 중의 하나인 군대유머의 창출과 유통도 활성화되어 있다. 이처럼 사회문화 환경변화에 편승하여 인터넷 군대유머도 확장 일로에 있다고 할 것이다. 그러므로 인터넷 군대유머는 우리민족의 정신과 문화의 일면을 차지할 만큼 높은 가치가 있는 문화요소로 떠오르고 있다고 해도 과언은 아니라고 본다. 이런 점에서 한국과 군대와 유머의 공존관계는 불가피한 운명적 조합이라고 생각한다.

군대유머는 군생활을 소재로 하여 향유집단에게 웃음을 유발시키는 소화(笑話)의 일종이다. 웃음을 유발시키는 것을 일차적이고 궁극적인 목표로 한다는 점에서 군대유머는 일반적인 군대이야기와 다른, 특별한 성격을 갖는 군대이야기라고 할 만하다. 이러한 목표를 달성하기 위하여 군대유머는 일반적인 유머로서의 성격과 더불어 특성화된 의식세계를 구축하고 있다고 할 수 있다. 그러므로 군대유머는 웃음을 통해 군경험에 대한 정서적, 인식적 내면세계를 되돌아보게 한다는 특화된 의미를 갖고 있다.

한편의 이야기가 활발하게 전승되기 위해서는 그 사회 속에서 이야기를 생산하고, 또한 소비하는 집단이 존재해야 한다. 이야기를 생산하는 집단은 이야기의 소비를 자극하기 위하여 가급적 흥미롭게 스토리를 엮어내려고 노력하기 마련이다. 그래야만 이야기 소비자들의 구미에 맞출 수 있으며, 이야기의 유통성을 향상시킬 수 있기 때문이다.

이야기가 생산되는 과정에서 특정사회에서 발생하는 실제사건이나, 사회구성원들이 일상을 통해 겪어내는 경험적 사건들이 이야기를 구성하는 주요한 소재로 사용된다. 그렇다고 해서 방금 일어난 사건이나,

개개인이 겪은 경험 그 자체가 이야기로 엮어지는 것은 아니다. 하지만 모든 사회적 경험들은 다양한 형태의 이야기로 만들어져서 향유될 수 있다는 가능성은 늘 열려 있다. 이야기의 소재로서 선택될 수 있는가의 여부를 판단하는 것은 이야기의 생산자와 소비자의 몫이다.

따라서 우리사회에서 군대유머가 활발하게 전승되는 것은 그와 관련된 생산과 소비의 구조가 형성되어 있기 때문이라고 할 수 있다. 우리나라의 남성들은 이십대 초반에 몇 년 동안 병역의 의무를 수행하고 있으며, 그러한 군생활 경험은 소위 군대유머 전승의 단단한 토대가 되고 있다고 해도 과언은 아니다. 그들은 군경험의 소유자로서 자신들이 겪어낸 군생활의 기억들을 정제하여 무궁무진한 군대 이야기의 원천으로 삼고 있다. 이러한 사회구조 속에서 생성된 한 무리의 이야기가 군대유머라고 할 수 있다.

문화현상으로 본 군대유머의 가치

국어사전에 정의된 바에 의하면, 문화는 "자연 상태에서 벗어나 일정한 목적 또는 생활 이상을 실현하고자 사회 구성원에 의하여 습득, 공유, 전달되는 행동 양식이나 생활양식의 과정 및 그 과정에서 이룩하여 낸 물질적 · 정신적 소득을 통틀어 이르는 것"[4]이라 할 수 있다. 이러한 정의에 따르면 문화는 의식주를 비롯하여 언어, 풍습, 종교, 학문, 예술, 제도 따위를 모두 포함하며, 자연상태와 다르거나 그를 극복한 것 일체

4) 국립국어원 홈페이지(www.korean.go.kr)에 탑재된 『표준국어대사전』에서 인용했다.

가 문화에 해당한다. 동양에서 사용하는 문화(文化)라는 말은 원래 문치(文治)와 교화(敎化)를 합친 것으로, 권력이나 형벌보다는 문덕(文德)으로 백성을 가르쳐 인도하는 일을 의미한다.

지금 우리가 알고 있는 개념의 문화(culture)라는 말은 18세기 말부터 19세기에 걸쳐 유럽에서 심화 · 발전되어 왔으며,[5] 동양에서는 일본의 에도시대 이후부터 사용되어 왔다. 현재 문화에 대한 정의는 수백 개에 달할 정도로 많다.[6] 그만큼 문화에 대한 정의는 다양하다. 하지만 일반적으로 문화에 대한 정의는 크게 총체론적 전망(totalist view)과 관념론적 전망(mentalist view)의 두 가지 범주로 나눌 수 있다. 전자는 타일러(Edward B. Tylor)가 대표적이고 후자는 화이트(Leslie A. White)가 대표적이다.[7]

먼저, 타일러는 "지식, 신앙, 예술, 도덕, 법률, 관습 그리고 사회의 구성원으로서의 인간에 의해 얻어진 모든 능력과 관습들을 포함하는 복합총체(複合總體)"를 문화라고 정의했다.[8] 이런 전통적인 정의에 따라 문화는 어떤 집단의 구성원이 지닌 사유, 정보, 행동, 생활 등 그 집단에서 습득하여 계승해 온 공통의 생활양식을 뜻한다고 하겠다. 어느 사회에 속한 사람들의 아이디어, 가치관, 관습을 비롯하여 이들이

....

5) 나시카와 나가오, 한경구 · 이목 역, 『국경을 넘는 방법』, 일조각, 2006, 147~182쪽의 여러 곳.
6) 크뢰버(Kroeber)와 크럭크혼(Kluckhohn)가 1952년 수집한 문화에 대한 정의는 166개이며, 포크너(Faulkner)와 헤츠트(Hecht)는 2006년에 313개의 문화에 대한 정의를 제시했다고 한다. 이것만으로도 문화에 대한 정의가 얼마나 다양한지 충분히 짐작할 수 있다.(박종한, "중국문화 연구의 기초: 문화의 정의, 구조 및 속성," 『제90차 중국학연구회 학술발표논문집』, 중국학연구회, 2010, 162쪽.)
7) 한상복 · 이문웅 · 김광억, 『문화인류학개론』, 서울대학교출판부, 1985, 65쪽.
8) 위의 책, 65쪽.

사용하는 제반 물질적 요소들도 모두 문화 속에 포함된다. 따라서 문화는 후천적으로 배워서 유형화되고 사회적으로 전수받은 사고방식과 행위양식 및 감정적 반응 등에 관한 모든 것을 지칭하는 개념이다.[9]

화이트는 "상징행위에 의거한 사물 및 사건들을 신체 외적인 맥락, 즉 인간 유기체와의 관련에서보다는 다른 상징물(symbolate)들과의 관련에서 고려한 것"을 문화라고 불렀다.[10] 그의 관점은 우선 '인간의 행위를 동물의 그것과 구별 짓는 요인은 무엇인가?' 하는 물음에서부터 출발한다. 그는 인간과 동물의 차이점을, 인간은 자유롭게 또한 인위적으로 의미를 창조할 수 있으며, 사건이나 사물에 의미를 부여할 수 있다는 점에서 찾았다. 인간은 상징적 의미를 부여하고 이해하는 유일한 동물이라는 것이다. 그는 상징물 그 자체가 중요한 것이 아니라, 사회적 맥락 속에서 상징물이 어떻게 인식되느냐가 중요하다고 했다.

이와 같은 문화의 정의를 감안한다면, 군대문화란 "군대의 전통 및 관습 등을 포함하여 군조직 내에서 그 구성원들에 의해 생성·발전되어 온 모든 형태의 상징체계"라고 규정할 수 있다.[11] 여기에는 군과 관련된 지식·기술·도구·의식·제도·법규·가치관·조직·언어·관습·신앙 등을 비롯하여 이들 속에 내재된 상징적 의미가 모두 포함된다. 군대문화는 구성원들에 의해 공유되고 학습되며, 세대를 거쳐 축적되고 변화된다. 또한 군대문화는 각각의 부분들이 독립적으로 존재하는 것이 아니라 상호 긴밀한 관계를 유지하면서 하나의 전체(a whole)를 이루

··············

9) 김선웅, 『개념중심의 사회학』, 한울아카데미, 2006, 61쪽.
10) 레스리 A. 화이트, 이문웅 역, 『문화의 개념』, 일지사, 1977, 10쪽.
11) 홍두승, "군사문화와 일반문화," 『화랑대 국제학술심포지엄 논문집(Ⅰ)』, 육군사관학교, 1991, 318쪽.

는 속성을 지니고 있다.

한편, 문화구조의 측면에서 보면, 문화는 사회 전체 차원의 지배적 문화(dominant culture)와 사회 속에 존재하는 특정한 집단이나 범주에 속한 사람들만이 공유하는 하위문화(subculture)로 나누어 볼 수 있다. 지배적 문화는 상위문화라고 부르는데, 사회 전체 차원에서 일반적으로 볼 수 있는 전체적 문화를 말한다. 이와 달리, 하위문화는 "한 사회집단의 특수한 부분 또는 영역에서 다른 것과 구분될 만큼 특이하게 나타나는 생활양식"을 뜻한다.[12] 사회가 복잡해질수록 사회 내부에는 다양한 모습을 가진 하위문화가 형성된다. 우리사회에 존재하는 하위문화의 예로는 도시문화, 농촌문화, 도서문화, 산촌문화, 청년문화, 노인문화, 호남문화, 영남문화, 대학문화 등을 들 수 있다.

군대문화도 이런 하위문화 중의 하나이다. 이러한 하위문화는 그들이 속한 집단의 내부적 결속력을 강화시키고, 구성원 사이의 공감대를 확산시키며 친목을 도모하는 데 도움을 준다. 하위문화는 상위문화의 흐름 속에서 존재하면서 동시에 특정 집단을 발전 · 성숙시키는 동력이 된다고 하겠다.

문화는 하나의 살아 있는 유기적인 생명체와 같다. 그것은 문화를 생산하고 유통시키는 사람들에 의해 끊임없이 발전과 변화를 추구한다. 발전과 변화의 흐름 속에서 생명력이 약한 문화는 사라지지만, 생명력이 강한 문화는 더욱 번성한다. 나아가 문화는 세대를 뛰어넘어 후속세대에게 전승된다. 이렇게 세대에 걸쳐 누적되면서 하나의 문화로서 독자적인 위상을 차지할 수 있다.

12) 한상복 · 이문웅 · 김광억, 『문화인류학』, 한국방송통신대학출판부, 1992, 74쪽.

문화는 개념적으로 볼 때 예술로서의 문화, 삶의 양식으로서의 문화, 발전으로서의 문화라는 3가지로 대별된다.[13] 첫째, 예술로서의 문화는 각종 예술 장르와 이들을 둘러싼 예술행위를 가리킨다. 여기에는 문학 · 음악 · 미술 · 조각 · 건축 · 연극 · 영화 등처럼 일종의 '교양'에 해당하는 것들이 두루 포함되며 가치함유적, 배타적, 평가적, 엘리트적 특성을 갖는다. 둘째, 삶의 양식으로서의 문화는 예술보다는 인간의 삶과 활동에 중점을 두는 관점이다. 사람들이 사용하는 상징체계, 행동양식, 생활태도 등이 주요 관심사항이다. 셋째, 발전으로서의 문화는 수련 · 수양 · 교육 · 교화와 같이 사람들의 정신적 능력을 계발하는 과정으로 보는 관점이다.

군대문화는 군대라는 조직을 토대로 하여 그에 속했거나 속해 있는 사람들이 공유 · 전승하는 사고방식, 가치관, 행동양식, 생활양식, 제도, 물질 등을 의미한다. 이는 다수의 구성원에 의해서 긴 시간에 걸쳐 형성되어 온 것으로 정신적 · 물질적 측면을 모두 포괄한다. 따라서 군대문화 속에는 오랜 시간에 걸쳐 계승되어 온 구성원들의 군을 바라보는 시각이나 안목이 담겨 있다고 할 수 있다. 이런 점에서 군대유머는 예술행위이자 삶의 양식이면서, 동시에 발전과정으로서의 문화를 두루 포괄하는 개념을 지닌다.

군대유머는 군대문화의 일부이며, 군구성원 내지 군경험자들의 생각과 가치관이 함축되어 있는 대중적 문화이다. 특히, 군대유머는 과거로부터 현재까지 전승되어 온 소화 내지 코미디 같은 대중문화의 한부분이라 할 수 있다. 그러므로 군대유머는 군대문화의 속에 존재하는 하나의

....

13) 심광현, "문화사회를 위한 문화 개념의 재구성,"『문화과학』, 제38호, 문화과학사, 56~62쪽.

문화현상이라고 할 만하다. 이런 측면에서 군대유머는 문학적 측면과 사회문화적인 측면에서 주목할 만한 가치를 지니고 있다고 생각한다.

기어츠(Clifford Geertz 1926~2006)는 문화는 '상징과 의미의 시스템'이라고 하면서 "문화의 분석은 법칙을 추구하는 실험적 과학이 되어서는 안 되며 의미를 추구하는 해석적 과학"이 되어야 한다고 말했다.[14] 이때 문화 시스템(culture system)은 역사적으로 삶을 유지하고 전개해온 수단이자 의미 있는 텍스트의 집적을 뜻한다.[15] 모든 문화는 언어활동, 결혼 규칙, 경제관계, 예술, 과학, 종교처럼 상징적 체계의 종합이다.[16] 군대유머도 이런 사회문화적 텍스트 내지 상징체계 중의 하나이다. 이런 문화 텍스트 속에 상징적으로 표현된 의미들을 분석하고, 이를 재구성하는 일은 우리사회의 이면(裏面)을 들여다보는 가치 있는 일이라 할 수 있다. 따라서 문화현상의 하나로서 군대유머 속에 내재되어 있는 사회문화적 의미를 총체적으로 해석해보는 것은 값진 일이라고 하겠다.

나아가, 군대유머 뿐만 아니라 그 외의 군 관련 이야기들 역시 현대 구비문학으로 연구될 필요가 있다. 서구에서는 일찍이 리처드 도슨(Richard Dorson)에 의해 군 관련 이야기에 대한 연구의 필요성이 제기된 이래, 많은 편은 아니지만 군 관련 이야기에 대한 문학적 연구가 지속적으로 이루어져 왔다.[17] 이런 관심을 고려한다면 군대 이야기에 대한

14) 클리퍼드 기어츠, 문옥표 역, 『문화의 해석』, 까치, 1998, 13쪽 ; 셰리 오토너, 김우영 역, 『문화의 숙명』, 실천문학사, 2003, 28~29쪽.

15) 아야베 쓰네오, 이종원 역, 『문화를 보는 열다섯 이론』, 인간사랑, 1987, 194쪽 ; 아야베 쓰네오, 유명기 역, 『문화인류학의 20가지 이론』, 일조각, 2009, 188~189쪽.

16) 김형효, 『구조주의의 사유체계와 사상』, 인간사랑, 1989, 111쪽.

17) Richard M. Dorson, *American Folklore* (Chicago: The Univ. of Chicago Press, 1959) 제7장에서 현대 구비전승의 하나로서 'GI folklore'를 제시하고 있다. 대도시의

구비문학적, 사회문화적 관심은 늦은 감이 없지 않다. 특히, 우리나라는 직접 한국전쟁을 겪었고, 월남전에 참전했다는 점을 감안한다면, 전쟁과 군대 이야기에 관한 자료수집과 연구는 상당한 의미를 부여할 만하다고 본다.

이런 점에서 군 관련 이야기에 대한 구비문학적 접근은 매우 흥미있는 연구주제를 제공해 줄 수 있다고 생각한다. 예를 들어, 군 관련 이야기는 경험담과 허구담의 관련양상을 보여줄 수 있다. 군 관련 이야기는 상당 부분이 경험적인 내용으로 이루어져 있으면서, 부연되고 첨삭되거나 과장되기도 하는 등 허구적으로 창작되기도 한다. 이는 경험과 허구 사이의 연관성을 보여줄 수 있을 뿐만 아니라 이야기의 형성과정을 보여줄 수 있는 사례를 제공할 수도 있을 것으로 보인다.

또한, 군이나 전쟁과의 연관성이 깊은 우리나라의 사정을 고려하면 군 관련 이야기는 사회문화적으로도 중요한 의미를 찾아낼 수 있다. 우리나라는 남북이 분단되어 있고, 상호간의 전쟁을 경험한 바 있다. 또한 우리나라는 징병제를 실시하는 몇몇 국가 중의 하나이다. 이런 역사적, 사회적 요인으로 인하여 대부분의 국민들은 군과 직접적으로 혹은 간접적으로 깊은 연관을 맺고 있다고 할 수 있다. 따라서 군생활이나 전쟁경험은 민족적 차원에서의 공동경험이며, 이와 관련된 구비전승이나 예술작품들은 그러한 공동경험의 사회문화적 소산이라고 간

···············

이야기나 대학생 이야기 등과 함께 군대 이야기를 주요한 현대 구비전승의 범주에 넣어 연구해야 한다고 하였다. 또한 그는 주요한 군대 이야기 유형으로서 후방담(homefront story), 훈련담(training story), 수송담(troop transport story), 생환담(survival story), 신기술담(technological story)의 5가지를 간단하게 논하고 있다. 이 논의는 군대 이야기를 학문적 범주로의 인입을 주장하였다는 점에서 그 의의가 크다고 본다.

주할 만하다.

이런 점에서 전쟁경험이나 군생활과 관련된 이야기는 당대를 살아가는 사람들의 인식과 문화를 보여줄 수 있는 하나의 좋은 척도가 될 수 있다고 본다. 한국전쟁이나 베트남전쟁에 관한 각종 증언이나 기록물은 전쟁과 관련된 경험담으로서 의미가 있으며, 나아가 전쟁상황 속의 다채로운 인간상을 생생하게 보여줄 수 있을 것이다. 아울러, 대다수의 남성들이 거쳐가야만 했던 징병제 하의 군생활 경험은 우리민족과 문화의 특성을 규정짓는 한 가지 중요한 개념으로 자리매김할 수 있을 것으로 생각한다. 이들의 군복무 경험은 다양한 상관요소로 이루어져 있기에 그러한 가능성은 높다고 할 수 있다.18)

군대유머의 범주

군대유머란 군대와 연관된 소재와 내용으로 이루어진 유머들을 말한다. 단순히 군생활이 언급된다는 의미가 아니라, 군경험을 중심적 소재로 하여 군과 관련된 내용과 인식을 담고 있는 유머를 뜻한다. 이들 유머는 듣는 사람의 웃음을 일으킬 수 있는 내용과 구조적 장치를 가지고 있어야 한다.19) 따라서 군대유머는 웃음을 유발할 목적으로 군과

18) 군에 입대하는 자원들은 연령, 성별, 생애주기, 성장환경 등에 있어서 공통된 특징을 가지고 있다. 즉, 연령으로는 20대 초반이고 성별로는 남성이며, 생애주기로는 초기 청년기에 해당한다. 성장환경은 세대별 차이를 보여주는 기준이 되는데, 이는 주로 출생 이후 성장과정에서 경험하는 사회문화적 환경을 의미한다. 이른바 전쟁경험 세대, 참전세대, 전쟁미경험 세대 등을 비롯하여 X세대, Y세대, N세대 등과 같은 구분이 가능하다.

관련된 직·간접적인 소재와 내용을 지닌 우스운 말이나 이야기라고 규정할 수 있다.

이러한 조건을 충족시키지 못하는 말이나 이야기는 군대유머에 포함될 수 없다. 예컨대, 군생활을 있는 그대로 서술하거나 그러한 사실들을 전달하는 데 중점을 둔 것은 군대유머라고 볼 수 없다. 또한 군대에 대한 단편적인 기술이나 비판 등도 군대유머에 해당되지 않는다. 사실성 여부는 군대유머의 범주를 규정하는 절대적인 기준이 아니다. 군대유머의 일부는 사실일 수 있으나, 반드시 사실일 필요는 없다. 그러므로 사실적인 군경험을 다룬 이야기들 중에서도 충분히 웃음을 유발시킬 수 있는 내용과 장치를 가진 것들은 군대유머에 포함시킬 수 있다고 생각한다.

이렇게 본다면 군대유머는 신체검사, 입영, 신병훈련, 내무생활, 훈련, 과업, 휴가, 제대, 예비군 등을 소재로 하는 우스운 말과 이야기가 두루 포함된다. 군생활의 기점은 신체검사이다. 신체검사를 받는 단계부터 심리적 차원에서의 군생활은 이미 시작되었다고 볼 수 있기 때문이다. 또한 제대 이후 예비군 시절까지도 군생활의 연장으로 볼 수 있다. 예비군 소집대상에서 해제되었을 때, 비로소 병역의 의무가 끝났다고 간주할 수 있는 것이다. 그러므로 군대유머의 폭은 신체검사로부터 시작하여 예비군훈련에 이르기까지 병역이행과 관련된 일련의 과정들을 모두 포괄하는 것으로 생각한다.

군대유머를 즐기는 주요계층은 아무래도 성인 남성층으로 추정된다.

19) 유머의 개념과 범주에 대해서는 다음과 같은 자료를 참고할 수 있다. 구현정, "유머 담화의 구조와 생성 기제," 『한글』, 제248호, 한글학회, 2000 ; 이도영, "유머 텍스트의 웃음 유발 장치," 『텍스트언어학』, 제7집, 1999 ; 류종영, "고대 그리스와 로마 시대의 웃음이론," 『독일어문학』, 제23집, 한국독일어문학회, 2003.

입대를 준비하고 있거나 혹은 현재 병역의무를 이행 중인 남성, 그리고 군복무를 마치고 제대한 남성들이 군대유머의 핵심적인 향유계층이라고 할 수 있다. 이들 성인 남성들은 군생활의 심리적 스트레스를 해소하거나 기분을 전환시킬 목적으로, 또는 군생활을 마친 이후 군에 대한 기억을 반추하거나 추억을 되새길 목적으로 군대유머를 즐긴다. 어느 경우에나 웃음을 유발시켜 유머가 주는 긍정적 효과를 즐기고 있는 것이다.

■ 군대유머의 형태와 유형

군대유머의 전승양상을 드러내기 위해서는 적절한 기준을 선정하여 분류하는 것이 무엇보다 중요하다. 선정된 기준에 따라서 군대유머의 전체적인 전승양상이 온전하게 드러날 수도 있고, 그렇지 않을 수도 있다. 아울러 어느 하나의 기준을 가지고 군대유머 전체를 명료하게 구분하기도 쉽지 않다. 이런 어려움을 감안하면서 몇 가지 기준으로 군대유머를 구분해 보기로 한다.

먼저 표현형태에 따라 군대유머는 이야기로 꾸며진 것과 말로 기술된 것으로 구분할 수 있다.

㉠ 〈군인다운 생각〉

어느 날 소대장이 쫄병에게 국기 게양대의 높이를 재라고 했다.
쫄병이 줄자를 가지고 국기 게양대 위에 올라가려고 끙끙거렸다.
그때 지나가던 병장이 궁금해 물었다
"야! 위험하게 거기는 왜 올라 가냐?"
"네! 소대장님이 게양대 높이를 재오라고 하셨습니다"

그러자 병장이 한심하다는 듯이 말했다
"야! 힘들게 왜 올라가! 게양대 밑에 너트를 풀어서 눕혀 놓고 길이를 재면 되잖아?"
그러자 쫄병이 인상 쓰면서 하는 말.
"소대장님이 원하는 건 높이지 길이가 아닙니다."[20]

㉡ 〈**계급별 구분**〉

(가장 기쁠 때)

이병 : 종교 행사에서 초코파이 두 개 줄 때

일병 : 신병이 들어와 큰 목소리로 "추웅성!" 하고 인사할 때

상병 : 고참들 내무실에 없을 때 TV 리모컨 잡을 때

병장 : 간부가 "말녀언!" 하구 부를 때[21]

㉠은 졸병이 보여준 군인다운 정신자세를 부각시킨 유머이다. 이 유머에서는 중대장 · 졸병 · 병장이 등장한다. 졸병이 가늘고 매끄러운 국기게양대를 힘들게 기어오르는 장면이 형상화되어 있고, 졸병과 병장이 주고받는 대화도 들어 있다. 이러한 행위와 대화 속에서 졸병과 병장은 의견 충돌을 일으키고 있으며, 두 사람 사이에는 미약하나마 갈등이 일어나고 있음을 엿볼 수 있다. 이런 유머는 인물이 등장하여 사건을 일으키는 이야기 형태의 유머에 해당한다.

20) 〈군인다운 생각〉, 문화일보 2005년 3월 22일자 외 여러 곳. 인터넷 및 각종 매체에 실린 자료들은 철자법이 정확하지 않거나 이모티콘을 많이 사용하는 등 일반적인 문장표현과 상이한 경우가 대부분이다. 유머 자료는 원상태 그대로 인용하는 것이 타당하지만, 우리말 표현에 비추어 과도하게 잘못된 경우가 많아서 원자료를 가감 없이 사용하는 것은 바람직하지 않다고 생각한다. 그러므로 유머 자료는 의미전달에 문제가 없는 범위 내에서 일부 내용이나 표현을 수정하여 사용하기로 한다.

21) 〈계급별 구분〉, 문화일보 2005년 5월 6일자 외 여러 곳.

㉡은 '병사들 계급별로 가장 기쁠 때가 언제인가?' 하는 물음에 대한 답을 제시하는 형태의 유머이다. 그런데 여기에는 인물이 등장하지 않고, 사건도 일어나지 않으며, 시간이나 공간적인 배경도 제시되지 않는다. 다만 병사들이 가장 기뻐할 때를 하나씩 제시하고 있다. 이와 같은 유머는 말로만 이루어진 형태의 유머라고 할 수 있다.

이와 같이 ㉠, ㉡은 그 형태상 상당히 상이한 모습을 지니고 있음을 알 수 있다. 이들은 각각 이야기 형태로 이루어진 것, 그리고 말로만 이루어진 것이라는 차이점을 가지고 있다. 전자는 이야기 형태를 가진 설화형(說話型) 유머로서, 이들은 이야기의 요건을 갖추고 있어 서사적 성격이 강하다. 후자는 웃기는 말로만 이루어진 언술형(言述型) 유머인데, 이들은 교술적 성격이 강할 뿐만 아니라 설화문학의 범주를 벗어난다. 결국, 형태상으로 볼 때 군대유머는 설화형과 언술형으로 크게 구분할 수 있다.[22)]

결국 유머의 형태로 보아 군대유머는 두 가지로 구분할 수 있다. ㉠과 같은 설화형은 이야기로서 인식되고, 이야기하는 방식으로 향유되는 유머를 말한다. 화자는 적절한 시공간적 배경을 설정하고, 전형적인 인물을 등장시켜 이야기를 전개해 나간다. 등장인물의 행위는 대부분 풍자, 희화, 과장 등과 같이 비정상적이거나 비일상적인 경우가 많다. 청중들은 이들 등장인물이 보여주는 행위와 사건 속에서 웃음을 찾아낸다. 이런 점에서 설화형 유머는 이른바 소화(笑話)와 매우 닮아 있다.

㉡과 같은 언술형은 말로 인식하고, 말로 향유하는 방식이라고 할 수

22) 참고로 형태에 따라 구비문학 갈래를 구분할 때에도 말로 된 것, 노래로 된 것, 이야기로 된 것, 이야기 · 노래 · 몸짓으로 된 것으로 구분하기도 한다.(편찬위원회, 『국문학신강』, 새문사, 1985, 250~251면.)

있다. 전승자들은 말 속에 담긴 내용과 의미 그 자체에서 웃음을 터뜨리고 즐겁게 받아들인다. 말의 형태로 이루어진 속담과 수수께끼와 비교적 근사한 방식으로 향유되고 있다고 할 것이다. 그러나 구체적인 서술 방식에서는 속담이나 수수께끼보다 훨씬 다양한 기법을 보여준다.[23)]

한편, 내용에 따라서도 군대유머를 구분할 수 있다. 시간과 공간의 성격, 등장인물의 부류, 사건의 발생과 전개 등과 같이 내용적 요소를 기준으로 삼아 군대유머를 나눌 수도 있다.

시 간 : 입대전, 복무중, 제대후, 예비군시절
공 간 : 영내, 영외, 전방지역, 후방지역
신체검사장, 신병훈련소, 훈련장, 내무반, 병원(의무실), 식당, PX, 과업장소, 민가, 고향집, 대학교
등장인물 : 신검대상자, 신병, 기간병(이병 · 일병 · 상병 · 병장), 제대병, 예비군, 단기복무자(방위병, 공익근무요원), 민간인(가족 · 애인 · 친구 · 후배), 상급자(장교 · 부사관)
사 건 : 신체검사, 입영, 신병훈련, 교육훈련, 과업, 얼차려, 내무생활, 병원진료, 휴식, 휴가

이러한 구분들은 나름대로의 특성과 의미를 지닌다고 할 수 있지만, 어느 하나의 기준만으로 군대유머의 모든 범주와 특성을 포괄하기 곤란하다는 한계를 가지고 있다. 예를 들어, 시간적 구분은 모든 범주를 포괄할 수 있지만 군대유머의 특성이 무엇인지 드러내기 어려우며, 공간적 구분은 군대유머의 배경으로 설정된 모든 공간을 나열하기 곤란

....

23) 여기서 비록 각편의 숫자는 많지 않지 않지만 일부 희곡적 형태로 이루어진 유머도 있음을 짚고 넘어갈 필요가 있다. 이런 희곡 형태의 유머는 등장인물, 배경, 대화, 지문 등의 요소를 갖추고 있어 희곡의 기본형태를 가지고 있다고 할 수 있다.

하다. 등장인물이나 사건 역시 유머 속에 형상화된 것을 토대로 구분할 수 있으나, 그 모든 것을 일일이 나열하기 쉽지 않으며, 설사 나열한다고 하더라도 효과적인 구분이라고 하기 어렵다.

그렇지만 시간과 공간, 인물과 사건이 완전히 다른 별개의 기준이 아니라는 점에서 상호 통합의 가능성을 찾을 수 있다. 왜냐하면 이들 기준은 대체로 군경험의 전개순서와 밀접하게 연관되어 있기 때문이다. 군경험은 전개되는 시간적 순서에 따라 신체검사, 신병훈련, 자대생활, 제대 전후 생활, 예비군훈련으로 이어지기 때문이다. 이 과정에서 시간과 공간, 인물과 사건이 유기적으로 연계되어 전개된다. 이와 같은 시각에서 본다면 군대유머는 크게 신체검사에 관한 것, 신병에 관한 것, 기간병[24]에 관한 것, 전역병에 관한 것, 예비군에 관한 것으로 구분하는 것이 적절하다고 생각한다.

첫째, 신검에 관한 유머는 신체검사와 관련된 제반 유머가 포함된다. 구체적으로 말하면 신체검사 과정이나 등급판정에 관한 것, 병역 면제에 관한 것 등이 이에 해당된다. 병역 면제와 관련된 것은 설사 내용상으로 신체검사와 직접적인 연관이 없을지라도 여기에 포함시키기로 한다.

둘째, 신병에 관한 유머는 입대 전후의 이야기를 두루 포함한다. 신병이란 신병훈련소에 입소하여 훈련을 받는 병사는 물론 자대에 배치된 지 얼마 되지 않은 병사를 말한다. 이들에 관한 이야기가 곧 신병에 관한 유머의 골간을 이룬다. 즉, 훈련소 입대를 다룬 유머, 신병훈련소

24) 기간(基幹)이란 어떤 분야나 부문에서 으뜸이 되거나 중심이 되는 부분을 말한다. 이런 의미를 이용하여 만든 기간병(基幹兵)이라는 말은 군에서 중심적 역할을 수행할 수 있는 능력을 갖춘 병사를 의미한다. 따라서 기간병은 어느 정도 군생활에 적응되어 있을 뿐 아니라, 주어진 임무를 충분히 수행할 수 있도록 교육되고 훈련된 병사라고 할 수 있다.

에서 일어난 사건을 다룬 유머, 자대에 배치된 이등병 유머 등이 모두 이 부류에 해당한다.

셋째, 기간병유머는 신병시절 이후부터 전역병으로 취급되기 이전까지의 생활을 다룬 이야기를 포함한다. 전입한 후 어느 정도의 기간이 지나가면 신병이라는 호칭에서 벗어나게 되며, 그 이후부터 고유한 임무를 담당하고 권한을 행사하는 기간병으로서 생활하게 된다.[25] 이렇듯 자신에게 주어진 임무를 수행할 만한 능력을 갖추고 있다고 해서 이들을 군대의 기둥이라는 의미에서 기간병이라고 부른다.

병사들의 계급에 준해서 말한다면 기간병유머는 주로 일등병, 상병, 병장 시절의 이야기가 해당한다. 병장 시절은 주로 병장으로 진급한 지 얼마 되지 않거나, 또한 제대를 한참 남겨둔 병사로서 기간병의 역할을 담당하고 있는 경우만을 의미한다. 아울러 단기복무자의 이야기도 기간병 유머에 해당한다. 방위병이나 공익근무요원은 신병훈련까지는 현역병과 크게 다르지 않기 때문에 신병유머에서는 별도로 구분하지 않았다. 하지만 신병훈련 이후 단기복무자는 현역병과는 상이한 방식의 생활과 업무를 경험하게 된다. 그러므로 방위병유머는 기간병유머에 속하는 하나의 하위범주로 설정하여 다루기로 한다.

넷째, 전역병유머는 구성원들 사이에서 제대병으로 인식되는 시기부터 제대한 직후 얼마간의 시기가 해당한다.[26] 그 기간이 일정하게 정해

···············

25) 신병에서 기간병으로 전환되는 시기, 그리고 기간병에서 제대병으로 바뀌는 시기는 물리적인 시간으로 정해져 있는 것은 아니다. 그래서 그 기간이 일정하지도 않기 때문에 기간을 물리적으로 한정할 수도 없다. 통상적으로는 신병은 자기의 뒤를 이어 새로운 신병이 전입했을 때를 전후하여 기간병으로 인식된다고 할 수 있다. 이 무렵에 새로운 신병이 전입해오면 부대와 내무실에서의 자신의 담당업무와 위상을 물려주게 된다.

져 있는 것은 아니지만 통상 최선임이 되었을 때부터 구성원들 사이에서 전역병으로 인식되며, 그에 걸맞은 융통성과 조금 여유 있는 생활이 허용되는 시절이다. 이러한 융통성과 여유는 군인에서 민간인으로의 복귀를 준비하는 과정으로서 의미를 가진다고 하겠다. 따라서 이 기간은 기간병 시절과는 다른 생활양식과 경험이 이루어진다고 할 수 있으므로, 별도의 유형으로 구분하여 다룰 만하다.

또한 제대한 이후에도 얼마간은 전역병으로서의 행위와 인식이 유지된다고 할 수 있다. 이들은 현실적으로 제대한 군인이지만 현역병 시절의 행동을 보여주기도 하여 주변의 웃음을 자아내기도 한다. 이는 다시 일반사회로 복귀했으나 군인으로서의 행동규범과 인식이 아직도 잔존해 있기 때문이다. 이렇게 제대 직후의 군인을 소재로 한 군대유머는 전역병유머에 포함하여 다루기로 한다.

다섯째, 예비군유머는 예비군과 관련된 제반 유머를 모두 포함한다. 여기에는 예비군의 소집, 훈련 등과 관련된 이야기들이 주로 전해진다. 예비군은 분명히 현역병의 신분은 아니다. 그러나 우리나라의 경우 현역병에서 제대한 이후에도 일정기간 동안 예비군으로 편성될 뿐 아니라 그에 필요한 훈련을 받도록 되어 있다. 따라서 군 관련 경험은 예비군에서 면역되는 시기까지 계속된다고 할 수 있으며, 이 기간을 소재로 하는 이야기들도 군대유머로서 다루어지는 것이 합당하다고 하겠다.

···············

26) 제대병이란 통상 자신보다 높은 고참이 전역했을 때 비로소 제대병으로서의 책임과 위상을 물려받는 것이 일반적이다. 상황과 여건에 따라서 제대병 시절이 길어질 수도 있고 짧아질 수도 있으며, 이러한 제대병으로 인식되는 병사를 '말년병장' 혹은 '갈참'이라고 부른다.

군대유머를 둘러싼 사회문화적 변수

의무로서의 병역제도 : 민족공동체적 집단경험

군조직의 특수성과 군대문화 : 일반사회와의 거리

산업화 · 민주화 · 정보화 : 신세대의 등장과 세대문제

생애주기와 군경험 : 사회화 혹은 통과의례

근대유머,
그 유쾌한 웃음과 시선

군대유머를 둘러싼 사회문화적 변수

군대유머에 대한 본격적인 고찰에 앞서, 먼저 이들 유머의 사회문화적 위치를 가늠해 볼 필요가 있다. 군대유머는 일반적인 유머와 달리 병역, 군대, 남성, 청년층 등의 다양한 변수와 밀접하게 관련되어 있기 때문이다. 군대유머를 둘러싸고 있는 이러한 개개의 변수들은 군대유머를 잉태시킨 모태이자 밑바탕이라 할 만하다. 이러한 변수들이 존재했기에 우리사회에서 군대유머가 활발하게 전승될 수 있었다고 본다. 만약 이들 변수가 존재하지 않았다면, 군 관련 유머나 이야기는 애초부터 배태되지 않았을 수 있다.

그러므로 군대유머의 사회문화적 위치를 살펴보는 일은 '우리사회에 있어서 군대유머는 어떤 좌표를 가지고 있는가?' 하는 문제를 살피는 일과 같다. 즉, 군대유머를 배태시킨 씨줄과 날줄을 가늠하여 군대유머의 사회문화적 위상을 자리매김한다는 것이다. 이러한 자리매김을 통해서 군대유머가 존재하게 된 사회문화적 환경을 두루 살필 수 있을 것이며, 나아가 군대유머 속에 형상화된 내면세계를 통찰할 수 있는 유용한 단서를 얻을 수 있을 것으로 생각한다. 따라서 이는 군대유머가 존재할 수 있는 외적 환경요인을 살펴보고, 이를 토대로 내적 의식세계를 고찰할 수 있는 길을 마련하기 위한 중간과정이라 하겠다.

의무로서의 병역제도 : 민족공동체적 집단경험

민족의 생존과 평화는 그냥 주어지는 것이 아니다. 아리스토텔레스는 『정치학(Politica)』에서 국가를 보존하기 위해서는 다른 나라보다 강력한 힘을 가져야 한다고 했으며,[1] 로마시대의 전략가인 베게티우스(Vegetius)는 "평화를 원하거든 전쟁을 준비하라."라는 명언을 남겼다. 또한 미국 워싱턴에 있는 한국전 참전기념 공원에는 "평화는 거저 얻어지는 것이 아니다."(Freedom is not free)라는 문구가 새겨져 있다고 한다. 언제든지 일어날 수 있는 전쟁을 사전에 철저히 준비하지 않는다면 민족의 생존은 장담할 수 없다는 뜻이다. 이러한 경구(警句)들이 시사하는 깊은 뜻을 곰곰이 새겨볼 필요가 있다.

우리나라가 공식적으로 국민개병제를 법제화한 것은 1949년 8월 6일에 공포된 병역법에 기반을 두고 있다. 그러나 이때 공포된 병역법은 여러 가지 혼란했던 당시 사정으로 인해 제대로 시행되지 못했다. 그러다가 6 · 25전쟁이 일어난 이후 제2국민병, 향토자위대, 국민방위군, 예비군단, 노무사단 등 다양한 방식으로 병력충원을 하게 되면서부터 국

1) 아리스토텔레스, 이병길 · 최옥수 역, 『정치학』, 중판, 박영사, 2003, 58쪽.

민개병제가 본격적으로 시행되기에 이르렀다.[2] 학도호국단도 6·25전쟁 이전인 1949년 3월에 결성되었으나, 학생군사훈련이 개시된 것은 1951년 12월부터였다. 대규모 병력과 우세한 화력으로 무력남침을 감행한 북한군과 백척간두(百尺竿頭)에 서서 절박한 싸움을 벌여야 했던 당시 상황에서 국민개병제는 국가와 민족과 민주주의를 지켜내기 위한 불가피한 선택이었다. 따라서 국민개병제는 선택의 문제가 아니라 민족생존의 문제였다고 할 수 있다.

국민개병제가 실시됨에 따라 우리나라 남성은 누구에게나 병역의 의무가 주어졌다. 병역의 의무는 상하, 빈부, 귀천을 따지지 않고 동일하게 부여되는 국민적 의무이다. 신체적·정신적인 질환이나 저학력 등의 특수한 경우를 제외하면, 군복무는 우리나라 남성 대부분이 거쳐야 하는 과정이다. 이런 점에서 군경험은 한국 남성들이 공유하고 있는 집단경험이자, 우리나라 국민으로서의 정체성을 확립하게 되는 핵심적인 기제라고 할 만하다.[3]

다음 유머는 이러한 사정을 역설적으로 보여주는 하나의 예이다.

〈군대에서 축구한 이야기〉

우리나라 여자들이 가장 듣기 싫어하는 3가지 이야기는?
첫째, 군대 이야기
둘째, 축구 이야기
셋째, 군대에서 축구한 이야기[4]

---

2) 한국정신문화연구원, 『한국전쟁과 사회구조의 변화』, 백산서당, 1999, 205쪽.
3) 위의 책, 207쪽.
4) 〈우리나라 여자들이 가장 듣기 싫어하는 3가지 이야기〉, 경향신문 1999년 10월 21일자 및 문화일보 2005년 10월 6일자 외 여러 곳.

우리나라 여성들은 만나기만 하면 시댁 이야기를 한다고 한다. 물론 이때의 시댁 이야기는 시부모, 시누이 등을 흉보는 것이 주류를 이룬다. 시부모를 모시는 것은 전통적인 미풍양속임에 틀림없지만, 그 이면에는 시부모를 비롯한 시댁식구와의 갈등이 내재하고 있다. 시댁 이야기를 통해서 여성들은 시집살이에서 연유된 갈등과 스트레스를 풀어낸다.

이와 유사하게 우리나라 남성들은 만나기만 하면 군대 이야기를 한다고 한다. 군복무를 하면서 보고 느끼고 경험했던 것들을 군대 이야기 속에 그려낸다고 할 것이다. 군복무 경험을 이야기 속에 풀어 놓음으로써 남자들은 젊은 시절의 추억을 지속적으로 반추하고 있다. 그것은 때로 과장되거나 재구성되기도 하지만, 사실 여부를 떠나 우리나라 남성들의 집단적인 공감대임에 틀림없다. 그렇기에 오죽하면 우리나라 여자들이 가장 듣기 싫어하는 3가지 이야기가 군대 이야기, 축구 이야기, 군대에서 축구한 이야기라는 유머가 만들어질 정도이다.

이러한 유머는 남성들만이 군 관련 체험을 독점하지 않는다는 것을 분명하게 시사해준다. 남성들이 직접적인 군대경험자라고 한다면, 여성들은 간접적인 군대경험자라고 하는 것이 옳다. 왜냐하면 그녀들의 부친, 남편, 아들, 손자들이 병역을 이행해야 하기 때문에, 여성들도 어쩔 수 없이 군과 관계를 맺게 마련이다. 따라서 군경험은 우리나라 남성과 여성 모두에게 밀접하게 연관되어 있다고 할 수 있다.[5)]

이런 점에서 군경험은 민족공동체적 집단경험의 성격을 띠고 있다고 할 만하다. 적어도 우리 민족에게 있어서 군경험은 보편성을 가질 수 있다고 본다. 이처럼 온 국민이 직접적, 간접적으로 관계되는 군대는

5) 한성일, "유머 텍스트의 원리와 언어학적 분석," 경원대학교 박사학위논문, 2002, 132쪽.

민족적, 집단적 경험의 현장이며, 군대유머의 원천인 셈이다. 따라서 군대유머 속에는 군경험과 관련된 우리민족의 의식과 정서가 밀도 있게 함축되어 있다고 본다.

군조직의 특수성과 군대문화 : 군과 사회와의 거리

군대는 여러 가지 측면에서 일반사회와 다른 성격을 갖고 있다. 군대가 일반사회와 상이한 특성을 가지게 된 것은 특유의 존재 이유와 가치 때문이다. 군의 가장 일차적인 존재 이유는 대내외의 군사적 도전과 위협으로부터 국가의 사활적 가치와 이익들을 보호하고 확대하는 것이라고 할 수 있다.[6] 즉, 군대는 합법적인 무력사용 집단으로서 외부로부터 가해지는 군사적 위협에 대하여 국가의 사회적 · 경제적 · 정치적 안전을 도모하고, 내부로부터 발생하는 국가 전복의 기도를 무산시키는 데에 그 존재 가치가 있다.[7]

이와 같은 군의 목적과 존재 가치를 실현하기 위해서 군대는 일반사회와는 다른 성격의 조직 구성과 운영이 이루어진다. 일반적으로 군대는 상하간의 위계와 서열을 중시하며, 상급자 중심의 일방적이고 수직적인 관계에 의해 조직이 운영된다. 각급 제대는 지휘관의 명령과 지시에 따라 일사불란하게 임무를 수행하여야 하며, 이 때문에 군대에서는 개인보다는 집단과 조직을 우선시한다. 군대의 구성원들은 정해진 복장과 태도를 준수하여야 할 뿐 아니라, 규정된 언행과 절차를 지켜야

6) 백종천, 『국가방위론』, 박영사, 1985, 5~11쪽.
7) 위의 책, 559쪽.

한다. 이처럼 군대는 일반사회와는 상이한 성격을 가진 특수조직이라고 할 수 있다.

군대사회의 특수성은 이른바 군대문화에도 그대로 영향을 미친다. 군대문화의 특성에 대한 여러 견해를 살펴보면 군대의 특수성을 이해하는데 많은 도움을 얻을 수 있다. 먼저 웸즈리(G. Wamsley)는 군사문화의 성격을 여덟 가지로 규정하고 있다.[8)]

첫째, 군대는 위계를 중시하고 그러한 위계에 복종하기를 요구한다. 둘째, 군대에서는 복장과 태도를 중시하며 규정에 따른 몸단장을 강조한다. 셋째, 군대에서는 특수한 언어를 사용하는 경우가 많다. 넷째, 군대는 명예와 완전무결을 중시하며 직무상의 책임을 강조한다. 다섯째, 군대는 동료 사이의 전우애를 중시한다. 여섯째, 군에서는 적에 대한 공격과 방어에 필요한 열정을 구비할 수 있는 전투정신을 필요로 한다. 일곱째, 군대는 역사와 전통을 존중한다. 여덟째, 군대는 부양가족에 대한 사회적 근접성이 떨어진다.

백종천 교수도 군대조직에서 중요시하는 가치와 행위규범을 규정하여 군의 특수성을 분명하게 보여주고 있다. 그는 군대조직에서 필요한 수단적 가치로 첫째, 임무수행을 위한 공동의 노력과 협조가 필요하고, 둘째, 임무수행 시에는 신속성과 정확성을 요구하며, 셋째, 개개인의 분업화된 임무수행과 그에 따른 책임이 부여된다고 했다. 또한 군에서 강조하는 행위규범에는 집단성, 단체성, 위계질서의 강조, 명령에 대한 복종, 절제, 규율 등을 들고 있다.[9)]

8) Gary Wamsley, "Constrasting Institutions of Air Force Socialization: Happenstance or Bellwether?" *American Journal of Sociology* 78(1972, September), p.401.

9) 백종천 · 온만금 · 김영호, 『한국의 군대와 사회』, 나남출판, 1994, 265~268쪽.

다음은 우리나라에서 군대사회학을 학문적 차원으로 끌어올린 홍두승 교수는 일곱 가지로 군사문화의 특징을 제시하고 있는데 그 내용을 요약하면 다음과 같다.

ㄱ. **권위주의** : 상하간의 위계와 서열을 중시하고, 상급자 중심의 일방적 수직관계를 유지하며, 상급자의 결정에 전적으로 의존한다.
ㄴ. **획일주의** : 제반 활동에 있어서 통일성과 획일성을 요구하며, 지휘관을 중심으로 일사불란하게 임무수행이 이루어진다.
ㄷ. **형식주의** : 복장 · 태도 · 몸치장을 강조하고, 형식과 절차를 중시하는데, 이는 구성원의 집합의식 및 결속에 도움을 준다.
ㄹ. **보수주의** : 국가의식이나 역사 및 전통을 중시한다.
ㅁ. **집합주의** : 개인을 집합체의 일부로 인식하고, 전우애를 강조한다. 집합체의 이익을 우선시하며, 집단과 조직을 위하여 개인의 희생을 강요한다.
ㅂ. **완전무결주의** : 행위와 임무수행에 있어서 엄격하게 책임을 추궁한다.
ㅅ. **공공조직주의** : 직업적 문화보다 규범적 문화를 우선시 한다.[10]

이와 더불어 홍두승 교수는 군사문화와 일반문화의 이념형을 비교하여 도표로 제시하고 있어 양자의 차이와 성격을 분명하게 드러내 보여주고 있다.[11]

....

10) 홍두승, 『한국군대의 사회학』, 개정증보판, 나남출판, 1996, 120～125쪽의 내용을 요약했다.
11) 위의 책, 124쪽.

구분	군 사 문 화	일 반 문 화
내 용	권위주의 획일성 형식주의 집합주의 완전무결주의 (경직성) 공공조직 주의	민주주의 다양성 실용 (실리) 주의 개인주의 유연성 직업주의

이렇게 군사문화와 일반문화의 성격을 대비해보면, 양자의 차이를 쉽게 알아볼 수 있다. 일반문화는 일반사회에서 요구되는 역할을 담당하기 위해서 민주성과 다양성, 실용성과 개인성, 유연성과 직업성이라는 특성을 띠게 되었다고 할 수 있다. 이와 달리 군사문화는 군대조직의 목적을 달성하고 주어진 임무를 수행하기 위하여 권위주의와 획일성(또는 통일성), 형식성과 집합성, 완전무결성과 공공조직성이라는 성격을 갖추게 되었다고 본다. 어느 경우이든 해당 조직의 존재가치를 구현하기 위한 필연적인 선택이라고 할 수 있다.

이와 같은 군대문화의 특성은 긍정적 측면과 부정적 측면을 동시에 가지고 있다. 군대문화에 대한 양면적 평가와 논란이 존재하는 것도 바로 이 때문이다.[12] 이러한 양면성은 군과 사회 사이에 존재하는 간격에서 유래한다고 할 수 있다. 군과 사회의 거리는 병사들에게 있어서 극복해야 할 과제로서 제시된다. 양자 간의 거리를 극복하는 과정에서 병사

12) 군사문화에 대한 긍정적 견해로는 백종천과 이동희의 연구를 들 수 있으며, 부정적인 견해로는 김영종과 김성재의 연구를 들 수 있다.(백종천, 『국가방위론』, 박영사, 1985 ; 이동희, 『한국군사제도론』, 일조각, 1982, 326~383쪽 ; 김영종, "군사문화가 부패를 구조화시킨다," 『신동아』, 1988년 5월호, 158~167쪽 ; 김성재, "남북한의 반평화적 교육과 군사문화," 오호재 편, 『한반도군축론』, 법문사, 1989.)

들은 나름대로 내적 고민과 아픔을 겪고 있으며, 군대유머에는 이러한 병사들의 고민과 소망이 하나의 주요한 의미망을 이룬다고 하겠다.

〈군대에도 인재는 많다〉
김병장이 소대원들을 집합시켰다.
김병장 : 여기에 미술 전공한 사람 있냐?
고일병 : 네. 전 H대 미대 출신입니다.
김병장 : (흐뭇한 미소로)흠 그래. 잘 됐다. 너 이리 와서 족구하게 줄 좀 그려라.(이하 생략)[13]

상급자는 부대원들 중에서 미술을 전공한 사람을 찾는다. 하급자가 H대학 미대 출신이라고 하자 흐뭇한 표정을 짓는다. 그런데 정작 그에게 부여된 임무는 족구장의 라인을 그리는 것이었다. 이렇게 일류대학에서 미술을 전공한 병사를 찾는다면, 그에 걸맞은 전문적인 과업이 부여될 것으로 기대하게 만든다. 그러나 최종적으로 일류대학 미술 전공자에게 주어진 일은 족구장을 그리는 것으로 판명된다. 상대방이 기대했던 바와는 정반대의 결말을 보여줌으로써 웃음을 불러 일으킨다.

이 이야기는 웃음을 유발하는 단편적인 유머라고 할지라도 그 속에는 군경험에 대한 비판적 인식과 군조직의 특수성을 예리하게 반영하고 있다. 병사의 입장에서 본다면, 그들의 재능을 올바르게 인정받고 싶은 욕구를 표명했다고 할 수 있다. 그뿐만 아니라 유머의 이면에는 하나의 인격체로서 존중 받고 싶은 의식까지 투영되어 있다고 할 것이다. 그러나 군생활에서는 그러한 병사의 욕구는 다소 제한될 수밖에 없다. 미대생에게 있어 탁월한 미술 실력은 매우 가치 있는 일이지만,

13) 〈군대의 인재들〉, 문화일보 2003년 4월 29일자.

병사에게 있어 미술 실력은 그다지 중요하지 않다. 병사는 예술가가 아니라 전투원이기 때문이다. 이렇듯 이 유머 속에는 병사들의 재능이 적시적절하게 활용되지 못하는 군에 대한 비판과 함께, 병사 개개인의 특성보다 조직을 우선시하는 군의 특성이 반영되어 있다. 이처럼 군대 유머에 내재되어 있는 전승집단의 의식은 군생활에 대한 양면적 사고를 보여준다고 할 수 있다.

이와 같은 층층적 인식은 근본적으로 군대와 사회 사이에 존재하는 거리 때문에 생겨난 것이라 하겠다. 군대유머 속에는 특수사회로서의 군대조직의 특성과, 군대생활과 군대문화의 독특한 국면이 반영되기 마련이다. 이는 곧 군대유머에 대한 성찰을 통해서 군조직의 특수성을 살펴볼 수 있음을 의미하며, 아울러 군대문화의 본질적 성격을 드러낼 수 있음을 말해준다.

이러한 군대유머의 내면세계를 되짚어 본다면, 군과 사회 사이의 간격이 갖는 의미를 심도 있게 살펴보는 계기가 될 수 있다고 생각한다. 이러한 성찰은 결과적으로 미래지향적인 군대문화의 방향을 제시하는 데도 긍정적으로 기여할 것으로 보인다. 따라서 군대유머에 대한 연구는 군대와 그 문화에 대한 우리국민들의 인식을 추출하는 기회가 되리라고 믿는다.

산업화 · 민주화 · 정보화 : 신세대의 등장과 세대문제

최근 30여 년간 우리사회는 산업화, 민주화 과정을 거쳐 정보화 시대로 접어들었다. 상전벽해(桑田碧海)라는 말도 있듯이, 매우 짧은 기간에 우리사회는 가히 격변의 시대를 통과해 왔다고 할 수 있다. 유교적인 전통이 강했던 전근대적 농업사회에서 60~70년대 고도의 경제성장을 거치면서 급속한 산업화를 이룩한 것은 세계적으로 드문 성공사례에 속한다. 그 결과 우리사회는 물질적으로 풍요롭고 교육수준이 향상되었으며, 교통 및 통신매체가 발달되고, 급격한 도시화가 진행되어 도시인구가 증가하였으며, 여성들의 사회참여가 확대되는 등 놀라울 정도의 사회적, 경제적, 문화적인 변화를 가져오게 되었다. 이야말로 한강의 기적이라 일컬을 만한 일이다.

이러한 사회경제적 변화는 필연적으로 사회의식의 변화를 동반했다. 예를 들어 개인주의가 확산되고, 합리적 사고방식이 발달되었으며, 실용주의적 생활태도가 보편화되고, 민주적 사고방식과 참여의식이 성장하는 등의 의식변화가 일어나게 된 것이다. 이같이 물질적으로 풍요롭고 민주화된 사회에서 태어나 성장한 세대는 이전세대와는 근본적으로 다른 인식적 틀을 형성하게 되었다. 이러한 인식적 변화와 더불어 최근에 보편화된 세계화, 정보화된 사회환경은 세대 사이의 인식과 문화의 차이를 더욱 두드러지게 하는 하나의 요인으로 작용하게 되었다.[14]

이와 같이 산업화, 민주화, 정보화된 사회에서 태어나 자라난 신세대[15]는 이전 세대와 확연하게 다른 가치관과 인식을 가지고 있다고 한

---

14) 구자순, "신세대와 문화갈등," 『사회이론』, 제14집, 한국사회이론학회, 1995, 226~234쪽. 이글에서는 신세대의 출현동인을 ① 1970~1980년대의 경제적 고도성장, ② 정보화 및 새로운 전자 미디어의 활용, ③ 탈냉전 이데올로기와 1990년대 문민정부의 출범, ④ 미국의 신자본주의와 후기자본주의 및 포스트모더니즘의 유입으로 논하고 있다.

15) '신세대'와 비슷한 개념의 용어로 'X세대'가 있다. X세대는 미국의 마케팅 전문가들이 전후 베이비붐 세대를 잇는 새로운 소비자집단을 가리켜 사용하기 시작한 말이다. 이 말을 처음 사용한 사람은 캐나다 출신의 소설가 더글러스

다. 신세대의 일상적 의식과 하위문화를 연구한 박재홍 교수는 그들의 특성을 세 가지로 제시한 바 있다.[16] 첫째, 신세대는 소비지향적 특성을 가진다는 점이다. 신세대는 기성세대에 비하여 소비주의와 물질주의적 인식이 강하다. 그들은 기성세대의 시각에서 볼 때 낭비 성향을 가지고 있으며, 일보다 여가를 중시한다.

둘째, 신세대는 개인지향적 특성을 가지고 있다. 이는 서구적 생활양식과 사고방식이 확산되면서 개인주의가 발달하게 되었고, 이를 이기주의와 혼동하는 사례도 나타났다는 것이다. 이런 개인주의는 다양성, 개방성, 자율성을 추구하는 탈획일주의를 지향한다. 동시에 이들의 사고와 행동은 자유분방하고 개성을 중요시한다.

셋째, 신세대는 탈권위주의적 특성을 지닌다. 신세대는 기성세대가 가지고 있는 권위주의적 요소를 거부한다는 것이다. 즉 수직적 질서에 의한 권위적인 인간관계를 비롯하여 전통적 예절이나 격식을 싫어하고, 명령과 지시에 입각한 권위주의적 통제에 저항한다는 것이다.

이와 같은 신세대의 특성은 기성세대의 생산지향적, 집합지향적, 권위지향적 특성과 대조적이라고 할 수 있다. 또한 그는 이러한 신세대의 특징이 생겨나게 된 것은 경제적인 풍요, 범 지구화의 경향, 국내외 정치지형의 변화, 통제와 자율이 교차하는 교육현실 등이 구조적인 요인으로 작용한 결과라고 진단하였다.[17]

....

쿠프랜드(Douglas Coupland)가 1991년에 지은 『X세대-그 질주세대의 문화이야기(Generation X-Tales for an Accelerated Culture)』라고 한다.(조용수, 『한국의 신세대 혁명』, LG경제연구원, 1996.)

16) 박재홍, "신세대의 일상적 의식과 하위문화에 관한 질적 연구," 『한국사회학』, 제29집, 한국사회학회, 1995, 655쪽.

17) 위의 글, 655~656쪽.

한편, 조남욱 교수에 의하면 신세대는 개인 측면에서는 자유와 자존을 중시하고, 사회면에서는 사랑과 평등을 우선시하며, 생활면에서는 실리와 실효를 내세운다고 한다. 이들의 사고방식은 감성적 현실주의, 개방적 진취주의, 이기적 개인주의에 입각해 있다고 규정하였다. 이들의 가치관과 사고방식이 비록 구세대와는 거리감이 있지만, 근본적으로 인간의 존엄성을 지키려는 심층적 의미를 가지고 있다는 점에서 긍정적으로 평가할 만하다고 하였다.[18]

산업화와 민주화와 더불어 정보화 역시 신세대의 특성 형성에 한몫 기여한 것으로 생각된다. 특히, 인터넷을 비롯한 각종 정보통신 수단의 발달은 청소년 특유의 문화를 발달시키는 데 깊이 관련되어 있는 것으로 보인다. 청소년 생활상에 대한 조사결과에 따르면 월 1회 이상 인터넷을 이용하는 국민은 65.5%에 이르고 있으며, 중·고등학생의 경우에는 99%를 넘어서고 있다고 한다.[19] 이를 보면 청소년들은 다른 연령층보다 더 빠른 속도로 정보화 환경에 익숙해지고 있으며, 인터넷 사용의 선도집단으로서의 역할을 담당하고 있는 것으로 생각된다.

그런데 청소년들이 인터넷을 이용하는 목적은 주로 온라인게임, 전자우편(e-mail), 채팅(chatting), 의견교환이나 동아리 활동에 치중되어 있는 것으로 나타난다.[20] 그에 비하여 정보검색이나 학습을 위한 목적으로 인터넷을 사용하는 경우는 적은 편이다. 이러한 현상은 청소년들이 여가활동의 하나로서 인터넷을 이용하고 있음을 말해주며, 경우에 따

18) 조남욱, "신세대의 가치서열과 혁신적 사고방식," 『국민윤리연구』, 제36집, 한국국민윤리학회, 1997, 541~555쪽.
19) 통계청, 『2003 청소년 통계』, 2003, 21쪽.
20) 서우석, "청소년의 인터넷 사용과 사회화," 『정보와 사회』, 제6집, 한국정보사회학회, 2004, 53~54쪽.

라서는 인터넷 중독, 사이버 섹스 중독, 게임 중독 등과 같은 청소년 일탈의 현장으로 지목되기도 한다.[21] 또한 청소년기의 사회화와 인터넷과의 관계에 관한 연구결과에 의하면, 인터넷을 많이 사용하는 청소년일수록 개성을 중시하는 성향이 상대적으로 높다고 한다.[22]

청소년들의 이러한 성향은 소비지향적이고 개인지향적이며 탈권위주의적이라는 신세대의 특성과도 무관하지 않다고 생각된다. 그 결과가 어찌 되었든 간에 우리사회는 상당한 수준의 정보화가 진행되어 왔으며, 그러한 사회문화적 환경에서 태어나고 자란 신세대가 기성세대와 공존하고 있다는 것은 부정할 수 없는 현실이 된 셈이다.

이는 군조직도 예외일 수 없다. 새로운 가치관을 지닌 신세대가 영입함에 따라 군대도 새로운 변화가 요구되고 있다. 이른바 신세대 병사의 의식성향은 자기중심적 개인주의, 극단적 합리주의, 소비적 물질주의, 쾌락적 감성주의를 특징으로 하고 있다고 한다.[23] 다음 이야기는 그러한 신세대 병사가 지니고 있는 의식세계의 일면을 잘 보여주는 경우이다.

〈사람의 아들〉

"야아! 이 ×자식들아, 즉시 집합! 정렬!"

막사로 들어온 부사관이 소리쳤다.

병사들은 저마다 모자를 집어 들고 벌떡 일어섰다.

그런데 유독 제일 졸병인 김이병은 자리에 누운 채 책을 보고 있었다.

---

21) 김민, "청소년들의 인터넷 중독과 사이버섹스 중독실태 연구," 『청소년복지연구』, 제5집 1호, 53~83쪽 ; 김진희 · 김경신, "청소년의 심리적 변인과 인터넷 중독, 사이버 비행의 관계," 『청소년복지연구』, 제5집 1호, 85~97쪽 ; 이세용, "인터넷과 청소년의 성의식," 『정보와 사회』, 제2집, 한국정보사회학회, 2000, 154~182쪽.

22) 서우석, 앞의 글, 77쪽.

23) 이재윤, 『군사심리학』, 집문당, 1995, 164쪽.

"넌 뭐야!"
하고 부사관이 호통을 쳤다.
"참 ×자식들 많았네요, 안 그래요?"[24]

욕설을 퍼붓는 권위적인 부사관이나 모자를 집어 들고 벌떡 일어서는 선임병사들과 달리, 제일 계급이 낮은 김이병은 신세대적인 성격이 두드러진다. 그는 자리에 누워 자신이 하고 싶은 일을 하며, 도리어 상급 병사들을 개자식으로 풍자하고 있다. 이러한 김이병의 모습은 자신의 욕망에 따라 행동하고, 자신의 생각을 직설적으로 표출하는 신세대의 사고와 닮아 있다.

〈군대와 스타〉

훈련병 시절이었는데 어느 날 교관이 물어보더랍니다.
"너네 스타크래프트 해봤냐?"
후배를 비롯한 다른 훈련병들은 속으로 '옳타쿠나' 하면서, 스타에 관한 노가리를 까며 좋은 시간을 보낼 줄 알았답니다. 그런데 교관의 한마디로 인해 모든 훈련병들은 입을 다물지 못하고 충격에서 한동안 벗어나지 못하고 헤매었다고 합니다.
"맨날 클릭하다가 클릭 당하는 기분이 어때?"[25]

훈련병들이 스타크래프트라는 게임에 익숙한 세대라는 점을 이용한 설화형 유머이다. 물론 교관 역시 컴퓨터 게임에 익숙한 세대이기에, 이러한 대화가 가능한 것이다. 이는 컴퓨터 게임이 단순한 오락물의 수준을 넘어서서 하나의 사회문화로 부상했음을 말해준다.[26] 군대에

24) 〈사람의 아들〉, 폭소닷컴(2004. 1. 7) 외 여러 곳.
25) 〈군대와 스타〉, 서울경제신문 2003년 8월 26일자 외 여러 곳.
26) 이정엽, 『디지털 게임: 상상력의 새로운 영토』, 살림, 2005, 3~4쪽.

몸담고 있는 장교나 병사들 모두에게 컴퓨터 게임은 일상적인 요소로 자리 잡고 있음을 보여준다.

이러한 유머들은 군에서도 사회문화적 변화와 신구세대 사이의 인식 차이가 더 이상 외면할 수 없는 현안문제임을 분명하게 한다.

> 이와 더불어서 가치와 태도의 변화는 세대간 의식차이를 가져오게 되고 이에 군조직도 예외가 될 수 없다. 주어진 일과 내에서 임무를 완수하고 일과시간을 넘어서서 추가로 작업하는 데 대해 젊은 근로자들은 이미 부정적인 반응을 보이고 있다. 추가 작업에 따른 얼마간의 추가보상이 개인이 향유할 수 있는 자유시간의 매력을 충분히 보상하지 못한다. 기성세대가 갖는 전통적 사고와 새로운 세대가 갖는 개인주의적 성향과의 차이는 세대간 갈등을 더욱 가속화시키고 있다. 현재 청소년층에 만연되어 있는 개인주의, 자유주의적 성향은 군조직에 보편화되어 있는 보수주의, 권위주의와의 갈등을 심화시키게 되고, 이의 해소를 위해 군은 정규적 군사훈련 이외에 군조직 내부의 갈등을 중재 조정하는 노력도 함께 기울여야 한다.[27]

군도 이제는 기성세대와 신세대 간의 가치관과 인식 차이를 적극적으로 받아들이고, 양자 사이의 갈등을 중재하고 조정하는 노력을 함께 기울여야 한다는 진단이다. 두말할 필요도 없이, 요즈음 청소년들의 개인주의적이고 자유주의적인 성향은 보수적이고 권위적인 군대문화와는 상충되는 측면이 강한 편이다. 이런 상충적 요인으로 인하여 지금까지의 군대문화는 사회적 변화와 변동에 적절하게 부응하지 못한 것으로 평가되기도 한다.[28]

27) 홍두승, 『한국군대의 사회학』, 개정증보판, 나남출판, 1996, 52~53쪽.
28) 위의 책, 129쪽.

따라서 이제는 신세대의 일상적이고 가벼운 가치관을 가졌다고 비난하기에 앞서, 현격한 인식적 차이를 가진 세대들이 공존한다는 사실을 인정하고, 신세대의 장점을 발현시키려는 전향적인 태도가 필요하다고 본다.

> 스스로 진보라 여기는 집단들은 신세대의 변혁적 잠재성으로부터 사회적 토론의 새로운 도약을 포착해내야 하며, 보수라 자처하는 집단들 역시 신세대의 충격은 훈육과 교정의 대상이 아닌 피할 수 없는 수용의 대상이라는 점을 인식해야만 한다. 요컨대, 비로소 흐르기 시작한 해체의 물꼬가 우리 사회의 모든 분야로 퍼져가게 하는 관건은, 미래를 살아갈 신세대로부터 선배들과 부모들이 무엇을 읽어내느냐에 달려 있다. 어른들의 숱한 걱정에도 불구하고, 새로운 토론의 중심에는 이미 신세대의 욕망과 소비가 자리하며 해체와 개혁의 근거는 이들의 가벼운 일상에 넘쳐난다.[29)]

신세대는 가벼움 속에서도 변혁적 잠재성을 지닌 존재로 인식하고, 그들을 훈육과 교정의 대상으로 보기 전에 그러한 혁신성을 읽어내는 것이 바람직하다는 것이다. 신세대도 자신들이 가지고 있는 장단점을 인식하고 있으며,[30)] 구세대가 먼저 이들의 장점을 인정해주고 키워주는 노력이 필요하다는 견해이다. 신세대와 구세대 사이의 발전적 공존을 위해서는 인식과 태도의 전환이 전제되어야 한다는 것이다.

29) 추병식, "신세대의 '가벼움'에 담긴 개혁성,"『청소년학연구』, 제8권 2호, 2001, 294~295쪽.

30) 김진화 · 최창욱, "신세대 대학생의 사회의식 조사 연구,"『한국농촌지도학회지』, 제4권 2호, 1997, 453~466쪽. 신세대 대학생은 스스로의 단점으로 이기적임, 사치스러움, 버릇없음, 솔직함, 참을성 없음, 나약함, 게으름, 언행불일치 등을 생각하고 있다. 구세대에 대해서는 언행불일치와 권위적이라는 부정적 인식이 강하고, 반면에 근면하고 희생적이며 검소하다는 점에서 긍정적으로 평가한다.

이러한 사정을 염두에 둔다면, 군대유머에 대한 연구는 사회적 변동의 첨단을 걷고 있는 신세대의 의식세계를 조망할 수 있는 창구가 될 수 있다고 본다. 군대유머는 산업화된 환경 속에서 성장한 신세대의 인식을 생생하게 반영하고 있을 가능성이 높을 뿐만 아니라, 구세대와의 인식적 차이 역시 적나라하게 드러내 줄 것으로 보이기 때문이다.

생애주기와 군경험 : 사회화 혹은 통과의례

청년기라는 생애주기(生涯週期) 역시 군대유머의 사회문화적 위치를 가늠하는 중요한 변수라고 할 수 있다. 병사들이 군에 입대하는 시기는 대략 이십대 초반이다.[31] 이십대 초반기는 생애주기 상으로 청년기에 해당하는데, 이 시기에는 신체적, 정신적 발달이 왕성하게 이루어져 자신의 정체성이 확립되는 중요한 단계이다.

이처럼 이십대 청년기는 소년기를 벗어나 성인기로 이행하는 중간과정으로서 학교집단에서 성인사회로의 진입을 준비하거나, 그에 필요한 자질을 배양하는 과정이라고 할 수 있다. 이 무렵에는 각자의 선택에 따라서 대학에 진학하기도 하고, 직장에 취업하기도 하며, 남성들의 경우 대부분 군에 입대하게 한다. 이십대 청년기에 이루어지는 이들 새로

31) 육군사관학교, 『현대지휘심리』, 1983, 233쪽에 의하면 병사들의 연령은 18~27세까지 분포되어 있는 것으로 나타나지만, 21세(17.9%), 22세(27.8%), 23세(29.8%), 24세(15.9%)가 주력을 이루고 있다. 한편 육군 장병 의식조사를 할 때의 표본통계에서도 병사들의 연령은 21~22세가 50%, 23~24세가 36%에 해당하고 있어 20대 초반이 거의 대부분을 차지하고 있음을 알 수 있다.(홍두승, 앞의 책, 263쪽.)

운 경험들은 그야말로 이정표적 사건(milestone)이라고 할 만하다.[32)]

한편 대학, 직장, 군대는 새로운 구성원들에게 고유의 조직문화에 적응할 것을 요구한다. 조직문화란 "한 조직체의 구성원이 모두 공유하고 있는 가치관과 신념, 이념과 관습, 규범과 전통 그리고 지식과 기술 등을 포함한 종합적인 개념으로서 조직구성원과 조직체 전체의 행동에 영향을 주는 기본요소"[33)]를 뜻한다. 이러한 조직문화는 조직의 목적과 임무를 효과적으로 수행할 수 있게 해줄 뿐만 아니라, 조직 구성원들의 유대감을 공고하게 해준다. 따라서 조직문화는 집단을 유지 · 발전시키고 그 존재가치를 확인시켜 주는 핵심적인 요소라고 할 것이다.

이렇게 새로운 구성원이 조직의 가치관과 이념, 관습과 규범, 전통과 지식을 습득하여 조직문화에 적응해가는 과정을 '사회화(社會化 socialization)'라고 한다.

> 성인사회에서 사회화가 나타나는 상황조건은 우리들의 일상생활 주변에 얼마든지 있다. 신학기가 되면 많은 신입생들이 대학캠퍼스에 들어온다. 수많은 학생들이 대학을 졸업하고 직장에 취직하거나 군에 입대한다. 이들은 각자 새로운 인간사회가 갖는 가치, 신념, 세계관 등을 내재화하도록 강요당한다. 즉 신입생은 대학생으로서의 가치, 신념, 세계관을 내재화하여야 한다. 직장인이나 군인은 각각 직장과 군대의 가치, 신념, 세계관을 내재화하도록 강요당한다. 즉 대학, 직장, 군대라는 인간집단은 각각 그 나름대로의 독특한 가치,

32) 김애순, 『성인발달과 생애설계』, 시그마프레스, 2002, 32쪽. 이정표적 사건이란 개인의 기억이나 미래의 계획 속에서 우뚝 솟은 사건들로서 흔히 중요한 인생의 전환점이 되는 사건이나 경험을 말한다.

33) 이학종, 『기업문화론』, 법문사, 1989, 23~25쪽. 조직문화의 세부적인 개념규정에 대해서는 Edger H. Schein, 김세영 역, 『조직문화와 리더십』, 교보문고, 1990, 31쪽에 잘 정리되어 있어 참고할 만하다.

신념 및 세계관으로 특징지어지는 행위의 규범을 갖고 있어 개인은 이들 사회의 성원이 되기 위해 이런 규범을 내재화해야 하며 이 과정이 바로 사회화이다.[34]

이때 병역을 이행하기 위하여 입대하는 병사들에게는 다른 어떤 조직에 비하여 훨씬 강한 '조직사회화(組織社會化)'가 요구된다고 할 수 있다. 병사들의 입대는 자의적 선택이 아니라 타의적으로 주어진 의무이기 때문에, 그것은 본질적으로 수동적이고 강제적인 성격을 가지고 있다. 그러므로 입대하는 병사들에게는 비교적 짧은 시간 안에 군대라는 조직에 적응할 수 있도록 훈련된다.

새로 군에 입대한 신병은 최하급자 중의 최하급자이다. 이 낮은 지위는 군생활의 어려움을 성공적으로 극복하는 데 높은 가치를 설정하도록 신병들을 고무하고 현재의 지위에 입각한 주체성의 상실을 요구한다. 명확한 과거와의 단절은 비교적 단기간에 이루어진다. 약 3달 동안 신병은 부대를 이탈하거나 동료 이외의 사람과 사회적 교제를 하는 것이 허용되지 않는다.

완전한 격리가 지위의 고저를 갖는 이질적인 사람들의 집합이 아닌 단결된 동질적인 신병들의 집단을 만들어 준다. 제복은 첫날부터 지급되며, 가족배경에 대한 논의는 금기가 된다. 개인이 행동하는 데 익숙한 바 있었던 과거의 역할은 다른 역할로 대치시켜야 한다. 외부세계에서의 사회적 지위를 나타내는 실마리는 거의 남지 않는다. 즉, 신병들은 조직적으로 외부세계와 격리되며, 새로운 개인적 · 사회적 주체성을 부여받는다.

그리고 연대감이 고취된다. 즉, 훈련결과에 대한 평가는 개인적 수

34) 정양은, "사회화의 사회심리학적 고찰," 『한국심리학연구』, 제1권 2호, 1983, 159～160쪽.

준에서보다 집단적인 수준에서 실시된다. 또한 기초전투훈련은 남자다움과 공격정신에 대한 강조를 포함한다. 이러한 훈련은 신병들을 정신적 · 육체적인 면에서 전쟁의 극한상황을 가정하여 계획되어 있다. 예컨대, 야외훈련 시에는 배고픔과 목마름, 그리고 잠을 못 자게 하는 등의 신체적 억압과, 독단적인 명령이나 모순되는 명령, 또는 교육을 반복해서 실시하겠다는 위협 등과 같은 심한 압박이 가해진다.[35]

신병훈련은 단기간에 과거와의 완전한 단절을 도모한다는 점에서 매우 급격하게 진행된다. 이를 위해서 신병들은 외부세계와 철저하게 격리된 상황 아래, 집단적이고 권위적이며 위계적인 규범과 가치를 주입받는다. 이러한 훈련과정을 통해서 신병들은 개인주의적 사고방식이나 특수주의적 편견을 떨쳐버리고, 자신이 국가와 민족의 일부임을 깨닫게 된다.

이런 군대에 대한 재사회화(再社會化) 과정은 몇 가지 일반적인 특징을 가지고 있다.[36] 첫째, 재사회화시키려는 개인에 대한 전적인 통제가 이루어진다. 그렇게 하기 위해서 개인에 대한 다른 외부집단의 영향력을 배제하고 개인생활의 모든 영역에 대한 철저한 영향력이 행사된다. 둘째, 과거 사회에서의 업적이나 능력, 지위를 억제시킨다. 그래서 오직 재사회화 과정에서 획득된 업적이나 지위만을 인정함으로써 재사회화를 더욱 촉진시킨다.

셋째, 이전에 개인이 지녔던 도덕적 가치를 부정한다. 즉, 재사회화

35) 백종천, 『국가방위론』, 박영사, 1985, 569～570쪽.
36) L. Broom and P. Selznick, *Sociology*, New York : Harper & Row, 1968, pp.120～121 ; 백종천 · 온만금 · 김영호, 『한국의 군대와 사회』, 나남출판, 1994, 274～275쪽.

과정 이전에 개인이 지녔던 관점을 포기할 만한 것으로 여기게 만든다. 넷째, 개인들 스스로가 능동적이고 적극적인 자세로 자신의 재사회화에 참여하게 한다. 예를 들어 자기분석, 자기비판, 고백 등의 방법을 통해 적극적으로 자신의 재사회화에 참여하게 한다. 다섯째, 가능한 모든 부정적·긍정적 제재를 사용한다. 여섯째, 동료집단의 압력과 지지와 같은 비공식적 영향력을 통제수단으로 활용한다.

이와 같이 재사회화는 군과 일반사회 사이의 극명한 차이가 존재함을 전제로 한다. 국민개병제 하에서는 입대 그 자체가 비자발적이기 때문에 군대사회화 역시 수동적이고 강압적인 방식으로 이루어지는 것이 일반적이다. 이런 측면에서 한국의 청년들에게 있어 입대는 인생주기 상의 불가피한 고민대상으로 인식된다고 할 수 있다.

군대유머에서 입대를 기피할 수 있는 황당한 방법을 제시하는 유머나[37] 병역특례와 관련된 유머가[38] 활발하게 전승되는 것도 이러한 인식과 무관하지 않다. 입영통보서인 영장과 관련된 유머에서도 그러한 인식을 쉽게 찾아볼 수 있다.

〈도루묵〉

건실한 대학생이 있었다.

그에게는 여자 친구도 있고 꿈도 있고, 능력도 있는 녀석이었다.

37) 〈군대를 안 가는 방법 10가지〉와 같은 유머가 좋은 예화라고 할 수 있다. 이 유머에는 우수단지술(右手斷指術)을 비롯하여 좌견탈골술(右肩奪骨術), 척추탈판술(脊椎奪版術), 염색체변형술(染色體變形術), 평족조작술(平足造作術) 등의 열 가지 병역회피방법이 제시되어 있다.

38) 〈나라별 설득법〉과 같은 이야기가 그러한 예에 해당한다. 이 유머에서는 각국의 청소년들에게 낙하산을 타도록 설득하는 방법을 제시하고 있는데, 한국 청소년에게는 병역특혜를 주겠다고 하면 된다고 하였다.(경향신문 1997년 8월 16일자 외 여러 곳.)

그러던 어느 날 그에게 절망적인 변화가 일어나게 되었다. 한창 나이에 머리가 빠지는 것이었다. 그는 심각하게 고민하게 되었고, 어느새 여자 친구도 그의 곁을 떠나고 말았다.

그래서 그는 한 가지 굳은 결심을 하게 되었다. 그는 열심히 아르바이트를 해서 돈을 마련해 머리를 심기로 했다. 그리고 정말로 그는 열심히 일했고, 드디어 돈을 모아 머리를 심을 수 있었다.

그래서 긴 머리칼을 휘날리며 돌아온 그에게 어머니가 말했다.

"애야, 영장 나왔다."

그러자 그는 머리를 쥐어뜯으며 울부짖었다.

"인생은 미완성!"[39]

꿈과 능력도 있고 또한 건실한 대학생이 있었다고 했다. 그런데 갑자기 머리카락이 빠져 대머리가 되었으며, 이 때문에 여자 친구와 헤어졌다고 한다. 그는 아르바이트를 열심히 해서 모은 돈으로 머리카락을 심는다. 그런데 긴 머리칼을 휘날리며 흡족한 마음으로 귀가하였는데, 어머니가 영장이 나왔다는 소식을 알려준다. 이에 청년은 인생은 미완성이라고 울부짖었다는 것이다.

능력과 인품을 갖춘 남자 대학생에게 있어 청년기는 인생을 준비하는 중요한 시기이다. 그는 성인사회에 진입하기 위해서 많은 것을 준비한다. 대머리 대학생이 머리카락을 심은 것도 바로 그러한 준비의 일환이다. 내적인 실력과 아울러 외적인 모습 역시 중요하기 때문이다. 그러나 이러한 준비와 노력은 입대통지서로 인해 새로운 국면을 맞이하게 된다. 각고의 노력과 상당한 비용을 들인 결과 대머리를 치유할 수 있었지만, 입대와 함께 긴 머리칼은 그 빛을 잃게 된 것이다.

39) 〈도루묵〉, 한얼유머동호회, 『유머학』, 미래문화사, 2000, 203쪽.

이처럼 청년기를 거쳐 성인기로 진입하는 시기에 이루어지는 군생활은 평생의 계획과 배치(背馳)되는 경우가 흔히 있을 수 있다. 병사들의 입대가 자발적이지 않다는 점에서 그들의 고민과 갈등은 한층 복잡한 양상을 띠게 된다. 군대유머 속에는 바로 이러한 병사들의 내면세계가 그대로 함축되어 있다고 할 수 있다.

결국 군복무는 20대 청년기에 거쳐 가는 불가피한 생애주기적 경험 중의 하나이며, 이는 군대유머 속에 고스란히 반영되어 있는 것으로 보인다.

〈병역비리〉

요즘 운동선수와 연예인 병역비리 문제로 여기저기서 시끄럽다. 그러고 보니 나에게도 병역비리가 있었다.

대학교 때, 2학년 1학기를 마치고 군에 가기 위해, 병무청에 가서 미리 입영신청을 했다. 대략 9월쯤에 입대를 희망한다고 했던 것 같다. 아버지께서 군대 쪽으로 어느 정도 빽이 있는 건 알고 있었지만, 나도 아버지도 군대는 당연히 갔다 와야 한다고 생각하고 있었고, 신검 때 시력이 나빠 혹시나 방위판정을 받지 않을까 걱정을 했다. 그러나 다행히 2등급으로 현역입대가 가능했다.

방학이 되고 얼마 후에 병무청에 연락을 해보니, 9월 24일로 입대가 확정됐고, 조금 있으면 입영통지서가 갈 거라 했다. 그 정도면 개강한 후라, 학교에 들러 선후배와 동기들에게 인사할만한 시간도 되고, 술도 신나게 얻어먹을 수 있을 거라는 생각으로 즐거움 반 아쉬움 반 유유자적 입대전 마지막 방학을 보내고 있었다.

그러던 7월 말쯤 어느 날 아버지께서 조용히 부르시더니, 청천벽력 같은 말씀을 내게 들려주셨다. 소위 빽을 쓰신 것이다. 그것도 공짜로…….

"너 군대 가는 문제 잘 아는 사람한테 부탁해 놓았다. 너 입영날짜 좀 앞당겨 달라고 그랬다. 방학이라고 집에서 놀고 있으면 뭐 하냐,

갔다 올 거면 빨리 갔다 와라."[40]

우리나라 남성들의 병역에 대한 인식을 잘 보여주는 이야기이다. 화자에게 있어서 군대는 당연히 갔다 와야 하는 곳으로 인식된다. 게다가 시력이 나쁜 화자는 혹시 방위병으로 판정될까 걱정하기도 한다. 결국 그는 신체검사에서 2등급을 받아 현역으로 입대하게 되었는데, 이를 두고 '다행'으로 생각한다.

물론 모든 입영대상자들이 이런 인식을 갖는 것은 아니다. 하지만, 이런 생각의 근저에는 병역의 불가피성에 대한 인식이 자리하고 있다고 할 수 있다. 군대에 대해서 긍정적인가 혹은 부정적인가 하는 차원을 떠나 병역은 피할 수 없는 필수적인 과정으로 각인되어 있다고 할 것이다. 그렇기 때문에 어차피 일정기간의 병역을 이행해야 한다면 현역을 선호한 것으로 보인다.

군대유머 속에 담겨진 이와 같은 의식은 군경험에 대한 긍정적인 시각과도 밀접하게 관련되어 있다고 본다. 다음은 군복무에 대한 국민들의 긍정적인 인식을 분명하게 보여주는 하나의 통계이다.[41]

항 목	찬성(%)	불찬성(%)
○ 젊은 나이에 3년씩이나 군에서 보낸다는 것은 개인에게는 큰 손해이다.	51.3	48.7
○ 어떤 사람들은 군복무기간을 별로 배우는 것 없이 3년을 보내는 허송세월 기간이라고 한다.	21.5	78.5

40) 〈병역비리〉, 문화일보 2004년 9월 15일자 외 여러 곳.
41) 육군본부, 『청장년의 의식구조와 군복무의 효과』, 1978, 31~32쪽(백종천, 『국가방위론』, 박영사, 1985, 601쪽에서 재인용)

○ 군대생활은 자신이 노력하기에 따라 많은 것을 배울 수 있다.	88.7	11.3
○ 아무래도 군에 다녀온 사람이 그렇지 않은 사람보다 생활력이 강하다.	80.1	19.9
○ 군에 다녀오면 철이 나고 점잖아진다.	68.9	31.1

이러한 조사결과에 의하면, 우리나라 사람들은 군대에서도 자신의 노력에 따라 많은 것을 배울 수 있으며, 군복무를 한 사람은 그렇지 않은 사람보다 생활력이 강하고 철이 든 것으로 인식하고 있음을 알 수 있다. 또한 위계와 조직을 중시하는 군생활을 경험함으로써 책임감과 인내심을 기를 수 있으며, 상 · 하급자 및 동료집단과의 관계 속에서 원만한 인간관계와 상급자에 대한 복종심, 동료와의 협동심 등을 배양할 수 있다는 것이다. 그렇기에 군복무는 물리적 시간상 다소 손해라고 할 수 있으나 절대로 허송세월은 아니라는 의식을 보여준다. 이러한 의식은 군생활이 청년기 남성들의 사회화 과정에 있어서 의미 있는 역할을 담당하고 있으며,[42] 아울러 청년기에 거쳐야만 하는 통과의례로서 인식되고 있음을 시사한다.

이러한 인식은 군대유머에서도 쉽게 확인할 수 있다고 본다. 예화에서 본 바와 같이 군대유머에서는 군복무에 대한 비판적 의식과 긍정적 의식이 공존하고 있음을 짐작할 수 있다. 다시 말해서 군대유머는 군복무에 대한 양면적 평가와 인식을 동시에 함축하고 있다고 할 것이다. 이런 점에서 군대유머에 대한 연구는 군복무 경험에 대한 다양한 인식

42) 홍기원, "대학생들의 성차의식이 심리적 안녕감에 미치는 효과," 『한국심리학회지: 여성』, 제6권 2호, 한국심리학회, 2001, 145쪽에 의하면 사회적 대우 측면에 있어서 군복무는 남성에게 유리한 사례로 제시되어 있다.

을 효과적으로 살펴볼 수 있는 방법이라고 할 만하다.

특히, 병역에 대한 고민과 입대에 따른 격리 경험은 20대 초반에 이루어진다는 점에서 한층 더 의미가 있다고 생각한다. 20대 초반은 생애주기 상으로 청년기에서 성인기로 이행하는 시기에 해당한다. 이 시절은 그 어느 생애주기에 못지않게 자기정체성에 대한 고민이 심각하게 이루어는 시기이며, 성인으로서 구비해야 할 여러 가지 자질과 가치관이 갖추어지는 시기이다. 따라서 군대유머에는 이러한 청년기의 의식세계가 긴밀하게 반영되어 있을 것으로 생각되며, 이러한 의식세계를 추출하는 것도 중요한 연구대상이 될 수 있으리라고 본다.

이상으로 군대유머를 둘러싸고 있는 4가지의 주요한 사회문화적 변수에 대하여 개략적으로 살펴보았다. 그 결과 우리사회에 있어서 군대유머의 내면을 효과적으로 조망하기 위해서는 군대와 연관되어 있는 제도적 측면, 문화적 측면, 세대적 측면, 생애주기적 측면을 포괄적으로 고려할 필요가 있다고 생각한다.

먼저, 제도적 측면에서는 국민개병제와 병역의무를 우선적으로 고려해야 한다고 본다. 남북분단과 민족상잔의 전쟁을 경험한 우리나라는 국민개병제를 채택하여 모든 남성들에게 병역의 의무를 규정하고 있다. 이에 따라 우리나라 남성들은 군생활이라는 공동경험을 가지고 있으며, 이런 경험은 주변의 모든 사람에게도 영향을 준다는 점에서 민족공동체적 집단경험으로 확산된다. 그러므로 군생활 혹은 군경험은 우리민족의 의식과 정서의 일부를 형성하는 데에 기여했다고 할 수 있으며, 이는 곧 군대유머 속에 고스란히 반영되어 있을 것이다.

둘째, 문화적 측면에서는 군대와 일반사회 혹은 군대문화와 일반문화 사이의 차이점을 고려해야 한다. 군대는 대내외의 무력적 도전을 물리치고 국가와 민족의 안전을 보장하기 위한 목적을 만들어진 조직이다. 그렇기에 군대는 권위주의, 획일주의, 보수주의, 집합주의 등의 특성을 가지고 있다. 군조직의 이런 성격은 일반사회와는 분명하게 다른 부분이며, 이와 같은 상이성으로 인하여 병사들은 온갖 희비를 경험하게 된다. 병사들의 희비 경험은 군대문화와 일반문화 사이의 간격에서 발생하고 있으며, 이러한 간격과 차이는 군대유머의 주요한 소재로 이용되는 것으로 보인다.

셋째, 세대적 측면에서는 구세대와 신세대 사이의 변화를 고려해야 한다. 우리사회는 60~70년대에 고도의 경제성장을 이룩하면서, 기성세대와 신세대 간에 경제적, 사회적, 문화적, 인식적으로 뚜렷한 차이가 존재한다. 이러한 차이점은 신구 세대 사이에 갈등을 일으키기도 하고, 군대조직과 군대문화에도 변화를 초래하기도 한다. 바로 이와 같은 신구 세대 사이의 갈등과 변화상은 군대유머를 형성하는 하나의 인식적 축이 될 만하다고 본다.

넷째, 생애주기적 측면에서는 군에 입대하는 병사들 대부분이 초기 청년기에 해당한다는 점을 감안할 필요가 있다. 초기 청년기는 완전한 성인으로의 성장과 전환을 준비하는 시기로서, 이 시절의 경험과 인식은 훗날 성인사회에서의 삶에도 지대한 영향을 줄 수 있다. 이런 점에서 일정기간의 군생활은 재사회화의 과정으로서, 또는 성인사회로의 진입을 위한 통과의례로서의 의미가 있다고 할 수 있다. 이러한 의미인식 역시 군대유머의 또 하나의 변인이라고 할 수 있다.

결국 군과 밀접하게 연관되어 있는 제도적, 문화적, 세대적, 생애주기적 측면은 군대유머의 사회문화적 위치를 가늠하는 의미 있는 척도라고 본다. 이들 네 가지 측면은 곧 군대유머의 내면세계를 구성하는 인식적 실마리이며, 또한 그러한 내면세계를 유추하는 단서가 될 수 있다고 생각한다.

군대유머,

그 유쾌한 웃음과 시선

군대유머에 나타난 웃음과 의식의 세계

사회화 과정으로 본 군대유머의 전개

신검유머와 예기사회화

신병유머와 군인화 혹은 탈사회화

기간병유머에 나타난 군대사회화와 양가성

기간병유머에 나타난 관계망의 변화

전역병유머와 탈군대사회화의 시작

예비군유머와 탈군대사회화의 완성

병사의 눈에 비친 간부의 모습들

군대유머,
그 유쾌한 웃음과 시선

군대유머에 나타난 웃음과 의식의 세계

사회화 과정으로 본 군대유머의 전개

사람은 태어나서 죽을 때까지 일정한 생애주기(life cycle) 혹은 생애경로(life course)를 거치게 마련이다. 인간은 누구나 영아기, 유년기(또는 아동기), 소년기, 청년기, 장년기, 노년기 등의 단계를 차례차례 밟아가면서 한 사람의 인격체로서 성장하고, 각각의 단계에 어울리는 삶을 살아간다. 사람의 인성은 각각의 생애주기 단계에서 겪은 체험적, 인식적 경험에 따라 결정된다고 할 수 있다.[1)]

1) 생애주기에 대한 구분은 학자별로 상이하다. 프로이트(Sigmund Freud 1856~1939)는 구순기, 항문기, 음경기, 잠재기, 성기 단계로 구분하고 영아기와 유아기의 경험이 사람의 인성구조를 결정한다고 보았다. 에릭슨(Erik H. Erikson 1902~1994)은 유아기, 초기아동기, 학령전기, 학령기, 청소년기, 성인초기, 성인기, 노년기 등 8단계에 걸친 생애주기를 제시했다. 한편, 피아제(Jean Piaget,

군에 입대하는 시기는 대체로 이십대 초반인데, 생애주기 상으로 보아 이 시기는 청년기 혹은 초기 성인기에 해당한다. 군대조직에서는 입대자들이 몸담아 왔던 일반사회와는 상당히 다른 언어, 행동, 생활규범, 인식, 가치관을 요구한다. 어느 모로 보나 군대는 특수사회로서의 면모가 강한 집단이기 때문이다. 그러므로 입대자들에게 있어서 군조직과 문화에의 적응과정이 필수적이다. 이때 이러한 적응과정은 군대에서 이루어지는 사회화 과정이라고 할 수 있다.

일반적으로 사회화란 사회구성원들이 자신이 속한 사회에서 생활하는 방법을 배우고 문화를 내면화하는 과정을 말한다.[2] 즉 개인이 특정한 사회와 문화의 구성원이 되는 방식을 습득하여 온전한 사회적, 문화적 존재로 형성되는 과정[3]을 의미한다. 이런 사회화 과정을 거쳐 구성원들은 그 사회에서 요구하는 가치관과 행위규범을 습득하게 되고, 지위에 따른 역할을 배우게 되며, 자기만의 독특한 개성을 형성하게 된다.

이와 같은 사회화는 흔히 원초적 사회화(primary socialization) 과정과 2차적 사회화(secondary socialization) 과정으로 구분한다. 원초적 사회화는 유아기와 아동기에 걸친 경험과 학습을 통해 이루어진다면, 2차적 사회화는 아동기 이후 학교를 포함한 제도교육과 훈련 등을 통해 이루

1896~1980)는 아동발달과정을 감각운동기, 전조작기, 구체적 조작기, 형식적 조작기로 나누고, 아동들은 세상의 이치를 깨닫는 능동적 능력을 가지고 있다고 했다. 기든스는 인간의 사회화 과정을 아동기, 청소년기, 초기 성인기, 성숙된 성인기, 노년기로 나누어 설명하고 있다.(김경동, 『현대의 사회학』, 신정판, 박영사, 1997, 74~86쪽 ; 앤터니 기든스, 김미숙 외 옮김, 『현대사회학』, 개정판, 을유문화사, 1992, 87~94쪽 ; 사회문화연구소 편, 『오늘의 사회학』, 사회문화연구소, 1992, 413~423쪽.)

2) 김선웅, 『개념중심의 사회학』, 한울아카데미, 2006, 93쪽 ; 앤드류 애드거 · 피터 세즈윅, 박명진 외역, 『문화이론사전』, 한나래, 2003, 225쪽.

3) 앤드류 애드거 · 피터 세즈윅, 위의 책, 225쪽.

어진다. 인간은 사회화 단계를 거침으로써 각각의 개성을 형성시키고 정서적 안정감을 갖추게 되며, 인식적 · 지적인 능력을 구비하게 된다.

그러나 사회화는 한번으로 완결되는 것이 아니라 일생 동안 지속적으로 이루어지는 과정이다. 특히, 학교 · 직장 · 군대와 같은 새로운 조직에 들어갈 경우에는 필수적으로 재사회화(再社會化 re-socialization)가 일어난다. 새로운 학교나 조직 혹은 군대는 이전과는 다른 규범과 가치를 가지고 있으며, 신입자는 이를 준수하도록 요구된다. 가족관계를 통하여 초기 사회화가 이루어지듯이, 공식적인 학교교육이나 매스미디어와의 접촉, 직업조직 등을 거치면서 보완되고 강화된다. 이중에서 군대는 한층 더 상이한 조직문화를 갖추고 있다는 점에서 군복무 기간을 하나의 사회화 과정으로 파악하고, 이를 군대사회화(軍隊社會化 militarization)라고 부르기도 한다.[4] 즉 신병교육 기간을 거쳐 민간사회에서 성장한 청년을 군인으로 탈바꿈시키는 과정은 강제적 방식에 의한 재사회화로 볼 수 있다는 것이다.

백종천 교수는 일찍이 이러한 견해를 아래와 같은 그림으로 정리하여 제시한 바 있다.[5]

···············

4) 백종천, 『국가방위론』, 박영사, 1985, 569쪽 ; 백종천 · 온만금 · 김영호, 『한국의 군대와 사회』, 나남출판, 1994, 273~274쪽.
5) 백종천, 위의 책, 569쪽.

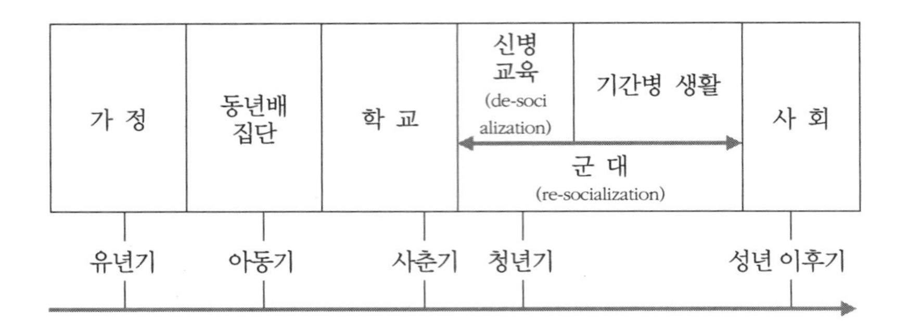

백종천 교수의 연구는 군복무를 재사회화 과정으로 파악하는 한편, 입대 초기의 신병교육 기간을 탈사회화 과정으로 상정하고 있다는 점이 특징적이다. 이후 계속된 후속 연구에서는 군복무기간을 입대 후 신병훈련소, 부대근무 및 내무생활, 전역병 교육 등의 세 가지 단계로 세분화하여 다루고 있다. 우선, 신병교육 기간은 민간사회에서 자란 청소년을 군대조직의 일원으로 만드는 재사회화 과정으로 규정하고 있다. 이런 점에서 신병교육은 민간사회에서 학습하고 경험한 것들로부터 벗어나는 탈사회화(脫社會化 desocialization) 과정이자, 군대라는 새로운 사회에서의 생활에 대한 학습이 이루어지는 군대사회화라고 볼 수 있다고 하였다. 또한 제대를 앞둔 시기에는 신병교육과는 반대로 군대에서 민간사회로 나아가는 재사회화가 이루어진다고 보았다.[6]

다음은 이러한 견해를 그림으로 나타낸 것이다.[7]

6) 백종천 · 온만금 · 김영호, 『한국의 군대와 사회』, 나남출판, 1994, 273~274쪽.
7) 위의 책, 273면.

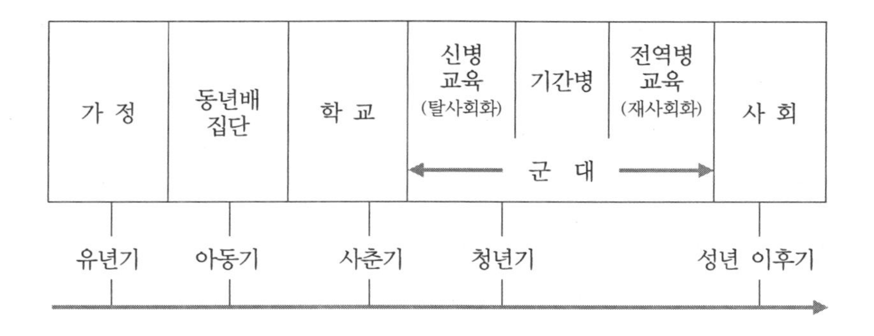

이러한 사회학적 연구는 군복무기간을 하나의 재사회화 과정으로 파악했다는 점에서 의미가 있다. 또한 이는 군대유머 속에 담겨진 의식세계를 살피는 데도 매우 유용한 틀을 제공해준다. 다만 군대유머의 범주는 사회학에서 바라보는 것보다 폭이 넓다는 점을 고려할 필요가 있다고 생각된다. 군대유머 속에 나타나는 군경험의 시발점은 신체검사이며, 그 종지점은 예비군훈련이라고 할 수 있다. 따라서 군대유머 속에 함축된 전승집단의 의식세계를 포용하기 위해서는 재사회화 과정의 폭을 더 넓게 설정하는 것이 바람직하다고 본다.

이러한 필요에 부응하여 심리적인 군대경험은 신체검사에서부터 시작한다고 보고, 이를 예기사회화(豫期社會化 anticipatory socialization) 과정으로 간주하기로 한다. 예기사회화란 미래의 어느 시점에 등장할 것으로 정해져 있는 사회화 주관자의 기대를 예상하여 미리 준비하는 것을 말한다.[8] 사회화의 주관자가 바뀔 때마다 이전과는 다른 구실과 기대에 따른 재사회화 과정을 경험하게 된다. 군복무의 경우 재사회화의 주관자는 군대이다. 따라서 입대 예정자는 신체검사와 등급판정을 거

8) 김경동, 『현대의 사회학』, 신정판, 박영사, 1997, 100~101쪽 ; 김애순, 『성인발달과 생애설계』, 시그마프레스, 2002, 26~27쪽.

쳐 입영통지서를 받고 실제로 입대할 때까지, 군복무를 염두에 둔 예기사회화 과정을 거친다고 볼 수 있다.

예기사회화를 거쳐 실제로 신병훈련소에 입소하게 되면, 민간인에서 군인으로의 재사회화 과정을 거치게 된다. 이때의 재사회화 과정은 이전에 배운 것에서 벗어나는 탈사회화와 더불어, 새로운 것을 수용하고 학습하는 군대사회화 과정이 병행된다. 그러나 탈사회화와 군대사회화 과정이 동일한 수준으로 병행되는 것은 아니다. 신병시절에는 탈사회화 과정이 우세하게 이루어진다면, 그 이후의 기간병 시절에는 군대사회화 과정이 본격적으로 이루어진다고 하겠다. 이러한 군대사회화 과정은 기간병 시절 동안 지속되다가 전역병 시절이 되면 대부분 종료된다고 할 수 있다.

한편, 전역병 시절에는 군인에서 다시 민간인으로의 전환이 이루어지는 탈군대사회화 과정이 진행된다. 이때 전역병 시절은 전역을 앞둔 시기부터 제대 이후 어느 시점까지 해당한다고 하겠으나, 이에 더하여 예비역으로서 복무하는 기간까지도 지속된다고 생각된다. 물론 예비군 시절의 탈군대사회화(脫軍隊社會化 demilitarization)는 연속적으로 이루어지는 것이 아니라, 예비군훈련에 소집되었을 경우와 같이 특정한 기회를 중심으로 하여 단절적으로 이루어진다고 보는 것이 합당하다.

이러한 논의를 반영하여 앞서 제시했던 그림을 수정하면 다음과 같다.

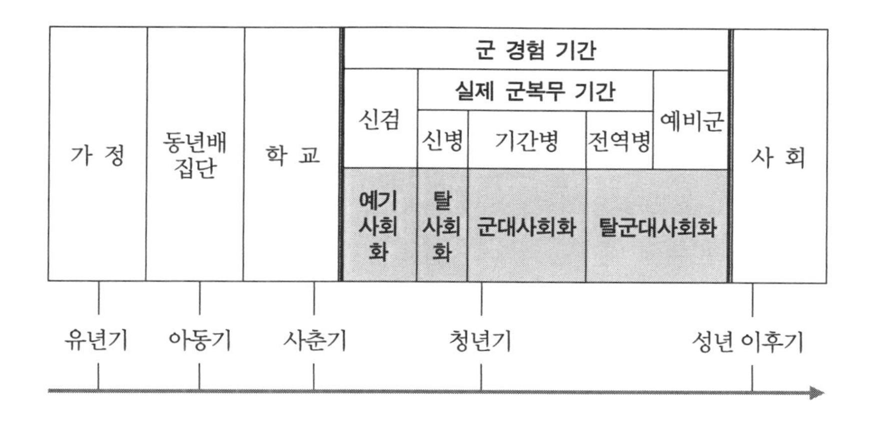

이처럼 군복무와 관련된 재사회화 과정은 예기사회화, 탈사회화, 군대사회화, 탈군대사회화의 4단계로 나누어 보는 것이 합당하다고 본다. 이들 4단계의 사회화 과정은 군대유머의 구분결과와 일맥상통하고 있는 것으로 보인다. 즉, 등장인물과 사건내용을 고려하여 군대유머는 신검유머, 신병유머, 기간병유머, 전역병유머, 예비군유머의 5가지 하위범주로 구분할 수 있었다. 이러한 5가지 하위범주는 대체로 4단계의 군대사회화 과정에 부응한다.

물론 양자의 관계가 완전하게 일치하는 것은 아니다. 신병유머는 신병훈련 기간과 기간병 시절의 일부까지 포함되며, 전역병유머는 예비군 시절의 일부를 포함하기도 한다. 이러한 차이가 생겨난 이유는 근본적으로 군복무 기간과 군대유머의 하위범주에 대한 구분기준이 불일치하기 때문이다. 이러한 불일치는 물리적 시간개념을 토대로 했을 때 나타나는 불가피한 부분으로 생각한다. 실제로 군대유머에서 중요한 것은 이런 물리적 시간개념이 아니라, 대부분의 사람들이 인식하는 정서적 · 심리적 · 인식적 시간개념이라 할 수 있다.

따라서 군대사회화 과정은 군대유머 속에 함축된 병사들의 의식세계를 유기적이고 총체적으로 살필 수 있는 잣대를 제공한다고 본다. 이는 리적 시간의 전개와 아울러 인식적 변환의 마디를 함께 아우르는 기준이라고 할 수 있다. 이러한 시각에서 군대사회화 과정을 분석 틀로 삼아 군대유머 속에 내재된 의식세계를 들여다보는 것은 의미 있는 결과를 보여줄 것으로 생각한다.

신검유머와 예기사회화

신체검사는 군경험의 심리적인 시발점이다. 신체검사를 받고, 병역 등급을 판정받으면서 심리적, 정서적 차원에서의 군생활이 시작되기 때문이다. 또한 신검 이후 얼마간의 입영대기 기간을 갖게 되는데, 이 기간 중에는 곧 시작될 군생활을 준비하게 된다. 따라서 신검유머는 신체검사로부터 입대까지의 기간을 배경으로 하는 유머이다. 예를 들어 신체검사와 관련된 유머, 병역 등급판정에 관련된 유머, 입대를 준비하는 내용의 유머가 신검유머에 포함된다고 할 수 있다. 이를 등급판정담과 입영준비담으로 나누어 그 실상을 살펴보기로 한다.

등급판정담 : '병역면제'에 대한 상반된 시선과 병역기피 풍조 비판

신검유머에 두드러지게 나타나는 전승자의 인식은 신체검사의 등급판정을 둘러싼 상반된 시선이다. 이때 특별히 주목되는 것은, 여러 등급 중에서도 유독 병역면제 판정에 대하여 서로 대비되는 두 가지 인식이 충돌을 일으키고 있다는 점이다. 그 두 가지 상충되는 인식이란, 바로 병역면제에 대한 긍정적 소망심리와 부정적 혐오심리이다. 긍정적 소망심리가 병역이 면제되기를 바라는 마음이라면, 부정적 혐오심리는 막상 병역이 면제되었을 경우 차후의 삶에서 제기될 수 있는 문제점에 대한 걱정과 두려움의 마음이다. 이렇게 등급판정담에는 '병역면제'를 둘러싼 상반된 시선 내지 모순된 심리가 중첩되어 있다.

그러면 구체적인 예를 들어 등급판정에 대한 두 가지 상반된 시선이 어떻게 그려지고 있는지 살펴보기로 한다.

〈공익비사 에피소드〉

잠깐! 여기서 신검 장소에 가면
꼭 통빡을 굴려 낮은 등급을 받으려는 인간들이 눈에 띈다.
예를 들어 신검 전날 촛불을 밤새도록 들여다보고
시뻘겋게 충혈된 눈으로 나타나거나
민물고기를 잡아먹고 간디스토마 진단서를 들고 오는
인간들이 그 대표적 케이스다.
요즘은 이런 것들 얄짤 없다고 하던데, 모르지…….
그중 한명 : 저요!
군의관 : 뭐야?
그중 한명 : 저, 축농증 있는데요.
군의관 : 축농증? 음, 이리 와봐!
좀 살피더니 잘 모르겠던지,
군의관 : 음, 괜찮아! 이상 있으면 갔다가 다시 오면 될 거 아냐!
뭐, 대충 이런 식이다.
신검이 끝나고 예상했던 대로
본인은 1등급 현역대상 판정을 받았다.
그런데 안내문을 읽다가 한 모퉁이에서
중요한 문구를 발견한 것이다.

"국가 유공자 또는 5급 이상 상이자
자녀 1인은 보충역 6개월에 처한다."
앗! 이럴 수가? 그렇다면 난 6개월?
본인의 아버지가 국가 유공자이시기 때문이다.
희비가 교차하는 순간,
아! 대한의 건아로 현역으로 갈 것인가?
나를 원하는 학교와 사회를 위해 6개월로 갈 것인가?
정말 이루 말로 다할 수 없는 고민의 시간을 약 1초(?)간 보낸 후,
"저, 국가유공자 자년데요."(이하 줄임)[9]

신체검사장에서 흔히 있을 수 있는 장면을 보여주는 2가지 삽화이다. 앞의 삽화는 군의관이 신검자들을 문진할 때의 상황으로 화자 역시 그러한 사람을 혐오하고 있음을 보여준다. 예를 들어, 밤새도록 촛불을 주시하여 눈을 충혈시키거나, 민물고기를 먹고 일부러 간디스토마에 걸렸다는 진단서를 가지고 오는 경우가 있다는 것이다. 그런데 이런 사람을 화자는 "통빡을 굴려 낮은 등급을 받으려고 하는 인간들"이라고 매도한다. 비정상적인 방법으로 신체적 결함을 만들어내서 심사관을 속이려는 인간이라는 것이다. 물론 이런 방법이 통하지 않는다는 것을 누구나 다 알고 있음을 분명히 한다.

이렇게 비정상적인 방법으로 병역을 피하려는 사람을 혐오하고 있지만, 그 자신이 병역면제에 대한 미련을 완전히 버린 것은 아니다. 신검이 끝나고 1등급 현역판정을 받은 이후의 일을 그린 두 번째 삽화에서 그런 아쉬움이 확연하게 드러난다. 주인공은 우연히 국가유공자의 자녀는 6개월 보충역으로 판정한다는 안내문을 보고, 순간적으로 희비가

9) 〈공익비사 에피소드〉, 폭소닷컴(2004. 5. 12) 및 갓이즈러브넷(1999. 10. 28) 외 여러 곳.

교차함을 느낀다. 이루 말할 수 없이 긴(?) 1초간의 고민 끝에, 국가유공자의 자녀임을 밝히지만 이는 받아들여지지 않는다.

여기에서 중요한 것은 병역을 면제받거나 복무기간을 줄일 수 있는 어떠한 빌미라도 있다면, 누구나 이런 혜택을 받고 싶어 한다는 점이다. 아무리 사소한 이유라고 할지라도 신검자들은 이를 핑계로 하여 자신에게 유리한 판정을 얻어내려고 한다. 그래도 국가유공자와 관련된 것은 합법적인 사유에 근거하고 있다는 점에서 정상적이라고 할 수 있다.

〈영어로 막 입력을 시작했다〉

군대 갈 날을 20일 앞두고
갑자기 무릎이 아픈 것을 느낀 나는 병원을 찾았다.
당연히 아무 이상이 없었지만,
나의 암묵적인 압박에 의사는 진단서를 끊어 주기로 했다.
의사는 컴퓨터로 진단서 작성을 시작했다.
그런데 잠시 생각을 하던 의사는
"후우!"
긴 숨을 들이켜고 영어로 막 입력을 시작했다!
난 깜짝 놀랐다.
"혹시, 큰 병인가? 아, 면제까지는 싫은데…….
그냥 4급이면 좋은데……."
이런저런 생각을 하는 도중에도 의사는 쉴 새 없이 영어로 써 내려갔다.
잠시 후, 의사가 모니터를 바라봤다. 그리고 흠칫 놀라면서,
[한/영] 키를 누르고 다시 처음부터 작성을 시작했다.[10]

어떤 사람이 입대를 앞두고 갑자기 무릎에 통증을 느껴 병원에서 진

10) 〈영어로 막 입력하기 시작했다〉, 폭소닷컴(2004. 5. 12) 외 여러 곳.

료를 받았다고 했다. 진료 결과 아무런 이상이 없었지만, 그는 의사에게 진단서를 써 줄 것을 '암묵적으로 압박'했다고 했다. 그가 이렇게 의사를 압박한 이유는 비교적 분명하다. 이미 현역 입대자로 판정되었더라도 군복무에 지장을 줄만한 질병을 앓게 된다면, 혹여 병역이 면제되거나 축소될 수도 있기 때문이다.

그런데 상황은 엉뚱한 방향으로 진행되기 시작하였다. 진단서를 작성하던 의사가 한숨을 쉬기도 하고, 영어로 무언가를 입력하기 시작했던 것이다. 이를 본 환자는 순간 갈등에 휩싸인다. 혹시 큰 병이 아닌지, 그래서 병역이 면제되는 것은 아닌지 하는 내적인 갈등을 겪게 되는 것이다. 그 와중에서도 질병에 의한 면제는 싫다느니, 4급이면 좋겠다느니 하는 생각을 한다. 4급이면 현역이 아닌 보충역으로 입영하게 되어 복무기간이 짧아진다. 그러나 이러한 갈등과 생각은 순간 사라져 버린다. 의사가 '한/영 전환 키'를 잘못 누르고 입력하고 있었던 것이다.

'한/영 전환 키'를 누르고 다시 입력하기 시작했다는 마지막 문장이 바로 웃음이 터지는 펀치라인(punch line)이다. 펀치라인이란 등장인물과 그들이 처한 상황 그리고 그들의 행동에 대한 긴 설명이 이어지고 난 후에 제시되는 짤막한 결론을 말한다.[11] 펀치라인은 하나의 문장 형태로 제시되는 것이 일반적이다. 펀치라인이 짧을수록 반전의 강도도 높아지며, 또한 웃음의 폭발력도 커진다.

마지막 결론부분에서 강력한 웃음을 촉발시키는 형태를 가진 이 유머에서도 병역면제에 대한 갈등과 아울러 병역의 불가피성에 대한 인식이 함께 드러나고 있음을 알 수 있다. 병역을 면제받을 수도 있는데,

11) 테드 코언, 강현석 역, 『농담 따먹기에 대한 철학적 고찰』, 이소출판사, 2001, 16쪽.

군이 4급 정도면 좋겠다는 것은 무엇 때문일까? 이는 일단 질병에 의한 병역 면제에 대해서는 부정적으로 생각하고 있으며, 아울러 현역 복무에 대한 상대적 우월의식을 표현한 것으로 판단된다. 현역복무에서 느끼는 중압감 못지않게, 병역면제 역시 일종의 중압감으로 작용하고 있음을 시사해 준다. 특히 질병으로 병역 면제를 받았을 경우, 그 이후의 생활에 영향을 미칠 수 있다는 인식이 잠재되어 있다고 하겠다.

그러나 또 다른 예화에서는 병역면제에 대한 소망이 왜곡되어 표출되고 있다.

〈그걸 적어요〉

어느 날 젊은 대학생이 국기를 몸에 감은 채 징병 검사장에 나타났다.
그는 들어서면서 목청껏 외쳤다.
"무슨 일이 있더라도 내 징집을 지연시키지 말아요.
서류는 나중에 작성하고 지금 당장 출발시켜 주시오.
군복도 필요 없소.
훈련도 총도 다 필요 없으니 그냥 적과 싸우게 해 주시오.
빨갱이들을 맨손으로 처치하겠소.
나는 적의 철조망을 자르고 또……."
징병관이 그를 쳐다보다가 말했다.
"당신 미쳤군."
그 말에 대해 대학생도,
"그걸 적어요. 적어 두라고."[12)]

어떤 대학생이 징병검사장에 들어서면서 말도 안 되는 소리를 질러댔다는 것이다. 이에 징병관이 그를 미쳤다고 하자, 젊은이는 징병검사

12) 〈그걸 적어요〉, 서정범, 『가라사대별곡』, 범조사, 1989, 239~240쪽.

자료에 그대로 쓰라고 한다. 즉, 정신이상자라고 기록함으로써 병역면제 판정을 받고 싶다는 말이다. 이 이야기에서 주목되는 부분은 어떻게 해서든지 병역을 면제받고 싶어 하는 의식이 직설적으로 노출되어 있다는 것이다. 그 누구도 속일 수 없는 어리석은 방법이지만, 병역면제에 대한 소망을 해학적으로 표출하고 있다고 할 수 있다.

이에 비하여 바보의 대명사인 영구와 맹구 이야기는 해학적 성격이 훨씬 두드러지게 나타난다.

〈그냥 가고 말지〉

영구와 맹구가 군대에 가기 싫어
이빨을 모두 뽑아 버리고 신체검사를 받으러 갔다.
나란히 줄을 서 있는데,
영구와 맹구 사이로 덩치가 크고
이상한 냄새가 나는 사람이 끼어들었다.
영구의 차례가 되었다.
군의관은 어디 아픈 곳이 있느냐고 물었다.
그는 이빨이 아프다고 대답했다.
군의관은 영구의 입속에 손가락을 집어넣어 확인을 해보았다.
"이빨이 하나도 없군, 불합격!"
다음은 이상한 냄새가 나는 사람의 차례였다.
그는 항문에 이상이 있다고 대답했다.
군의관은 손가락을 그의 항문 안으로 집어넣어 확인을 하였다.
"만성 치질이군, 지저분한 놈. 불합격!"
다음은 맹구의 차례였다.
"어디 아픈 곳은 없나?"
군의관이 묻자 맹구는 군의관의 손가락을 한참 쳐다보더니,
"아닙니다. 아픈 곳은 전혀 없습니다!"[13]

영구와 맹구가 군대에 가기 싫어 이빨을 모두 뽑아버리고 신체검사를 받으러 갔다고 했다. 그런데 영구와 맹구 사이에 치질환자가 끼어들면서 문제가 발생한다. 치질환자의 앞에 서 있던 영구는 애초에 의도했던 대로 이빨이 없다는 이유로 병역을 면제받는다. 치질환자도 군의관이 항문에 손가락을 넣어 확인한 후 병역을 면제받는다. 하지만 치질환자 다음에 서 있던 맹구는 군의관이 손가락을 들이대자 스스로 아픈 곳이 없다고 소리치고 만다.

치아를 모두 뽑아버릴 정도로 가기 싫은 군대인데, 단지 치질환자의 항문을 검사하여 냄새가 나는 군의관의 손가락 때문에 그러한 노력이 허사가 되었다는 것이다. 치아를 모두 뽑아버렸다는 설정, 그리고 군의관이 맨 손가락으로 치질환자의 항문을 검진했다는 설정은 허구적으로 꾸며진 과장일 뿐이다. 그럼에도 불구하고 지저분한 군의관의 손가락 때문에 병역을 면제받고 싶다는 욕구를 포기한다는 맹구의 행동이 큰 웃음을 자아낸다. 사소한 것 때문에 큰 것을 포기하는 의외의 상황이 사람들의 웃음을 유발시킨다. 이러한 맹구의 모습은 병역면제에 대한 소망을 해학적으로 표현한다는 점에서 사람들에게 풍자적인 밝은 웃음을 주고 있다고 하겠다.

한편, 신검유머에 나타나는 병역면제 혹은 병역특례에 대한 소망은 다소 자조적인 시각으로 왜곡되어 표출되기도 한다.

〈나라별 설득법〉

세계의 청소년을 모아 놓고
낙하산을 타고 뛰어내리게 하였다.

···············

13) 〈그냥 가고 말지〉, 경향신문 1996년 8월 3일자 및 1997년 6월 7일자 외 여러 곳.

거기서 벌벌 떠는 각국 청소년을 설득시키는 방법은?

영국 학생 : 신사는 낙하를 좋아한다.

독일 학생 : 명령이다.

프랑스 학생 : 낙하하면 멋있어!

일본 학생 : 남들도 다 뛰어 내리잖아!

한국 고교생 : 내신에 반영하겠다.

한국 대학생 : 병역특례 혜택을 주겠다.[14]

세계 각국의 청소년을 모아놓고 낙하산을 타고 뛰어내리게 하는 방법이 무엇인가 하는 수수께끼 방식의 언술형 유머이다. 영국, 독일, 프랑스, 일본의 청소년은 각각의 문화와 국민성을 들어 낙하산을 타게 만들 수 있다는 것이다. 이는 각국의 국민성을 풍자하는 여타 유머와 유사한 언술을 보여준다. 이에 비하여 우리나라 고교생은 내신에 반영하겠다고 하면 된다는 것이고, 대학생은 병역특례 혜택을 준다고 하면 된다는 것이다.

한마디로 우리나라 고교생에게는 내신반영이, 대학생에게는 병역특례가 무엇보다 중요한 관심사임을 보여주는 이야기이다. 특히, 대학생에게는 병역이 주는 심리적 압박감이 매우 크다는 점을 이용하고 있다. 이러한 이야기의 내면에는 병역특례 혜택을 받고 싶어 하는 사람들의 의식이 강렬하게 투영되어 있다고 할 수 있다. 그러나 맹구 이야기와는 달리 다소 자조적인 의식이 가미된 해학성이 나타나고 있다는 점에서 주목을 요한다.

한편, 비정상적인 방법으로 병역을 면제받을 수 있다는 일군의 유머에서는 극단적인 방법을 제시하여 웃음을 일으키기도 한다. 극한상황

14) 〈나라별 설득법〉, 경향신문 1997년 8월 16일자 외 여러 곳.

을 활용하여 현실과의 격차를 극대화함으로써 웃음을 유도하는 방식이다. 다소 분량이 많은 편이지만 실제 전승되는 모습을 그대로 보이기 위하여 전문을 인용하기로 한다.

〈군대 안 가는 열 가지 방법〉

첫째, 우수단지술(右手斷指術)
오른손 검지손가락을 잘라야 한다는 것이죠.
적어도 내공이 1갑자 이상이 되어야 한다는 제한이 있지만
많은 사람들은 내공이 약해서 자르지 못했소.
단점은 자른 손가락에서 피가 나오.

둘째, 우견탈골술(右肩奪骨術)
오른쪽 어깨를 빼는 방법이요.
왼쪽어깨를 빼도 상관이 없지만
그래도 오른쪽을 빼는게 좋을 듯 하오.
이것은 내공이 2갑자는 되어야 실행이 가능하오.
단점은 한번 빠진 팔은 계속 빠진다는 단점이 있소.

셋째, 척추탈판술(脊椎奪版術)
척추에 있는 디스크를 빼시요.
이것은 내공이 약한 사람들이 주로 쓰는 방법이요.
빼기는 쉽지만 다시 넣기는 어려울 거라 보오.
원상복귀 시에는 많은 돈이 필요할 듯 하오.

넷째, 염색체변형술(染色體變形術)
가장 어렵지만 확실한 방법일 것 같소.
물론 내공 소모가 많소.
바로 자신이 가지고 있는 염색체를
하나를 빼던가 아니면 하나를 더하시오.
그럼 앞이마가 튀어나오고 미간이 좁아지며

눈도 같이 튀어 나올 것이요.
그리고 정신이 약간 없어지면서
정신연령이 낮아질 것이요.
별로 권하고 싶지는 않소.
왜냐면 내공의 소모도 많아질뿐더러
이 방법을 쓴 사람들은
대부분 온전한 상태로 되돌아가질 못했소.

다섯째, 여군유혹술(女軍誘惑術)
가장 권장하고 싶은 방법이요.
우선 여군 근처에서 어슬렁거리다가
바로 꼬셔서 입대일 전에 결혼을 하는 것이요.
그럼 군대를 면제 받을 수 있소.
문제는 평생 여군의 기둥서방이 되어야 하오.

여섯째, 여제권유술(女弟勸誘術)
만약 여동생이나 누나가 있다면
한 달 내로 군에 입대하도록 설득을 해 보시요.
잘못하면 맞아 죽을 수도 있소.

일곱째, 일발삼득술(一發三得術)
보통 내공으로는 힘든 방법이오.
당장 결혼을 해서 한 큐에 애를 셋을 뽑으시오.
이거 한번에 되면 뉴스에도 나올 수 있소.
하지만 상당히 운이 좋아야 하고
만약 한 큐에 둘만 낳는다면
맨땅에 헤딩한 꼴일 것이오.
하지만 한 큐에 셋을 낳는다고 해도
뒷감당하기는 어려울 것이오.

여덟째, 평족조작술(平足造作術)
타고나지 않으면 힘든 방법이지만
내공이 2갑자 이상이 되면 조작이 가능한 방법이오.
집에 도끼가 있으면 발을 깎으시오.
피가 날지도 모르나 평평하게 깎으면 군대를 면제 받소.
만약 기계를 전공하는 사람 중에 아는 사람이 있으면
밀링머신이라는 게 있소.
거기에 발을 넣고 돌리면
1분 안에 발이 평평해질 수 있소.
밀링머신을 구하기 힘들면
가까운 목재상에서 대패를 빌려서 밀어보시오.

아홉째, 시력약화술(視力弱化術)
그다지 내공이 많이 필요하지는 않으나
시간이 많이 걸리는 방법이오.
하지만 속성으로 하는 방법을 알려주겠소.
주위에 용접하는 데가 있으면
절대 눈을 떼지 않고 2시간 이상 바라보시오.
대신 용접기사 아저씨한테 걸리면
괜히 싫은 소리 한번 들을 수 있으니
될 수 있으면 숨어서 보시오.
용접은 아크용접(전기용접)이 좋소.
단점은 어떤 이의 경우 한쪽 눈으로만 보아서
한쪽 눈만 나빠졌다는 소문이 있소.
결국 군대 갔소.

열째, 국부절단술(局部絶斷術)
마지막으로 가장 끔찍한 방법을 알려주겠소.
남자로서의 자존심을 버려야 하고
평생 결혼도 못할 수 있으며

내시라고 놀림을 받을 수 있소.
하지만 규화보전만 얻으면 동방불패가 될 수 있소.
아는 사람은 다 알 듯이
동방불패가 되면 지구를 정복할 수 있소.
하지만 구하기는 어려울 꺼라 믿소.[15]

군 입대를 면제받을 수 있는 열 가지 방법을 나열한 언술형 유머이다. 몇몇 항목만으로 본다면 신검시 사용되는 등급판정 기준을 일부 활용하고 있음을 알 수 있다. 손가락이 훼손된 경우, 어깨 탈골이나 허리디스크가 있는 경우, 평족이나 저시력증이 심한 경우, 피부양인이 많은 경우 등과 같이 실제로 적용되는 병역면제 사유를 나열식으로 제시하고 있다.[16] 하지만 그 내용을 보면 섬뜩하고 기괴한 신체훼손 위주로 되어 있을 뿐만 아니라, 그러한 방법을 사용할 경우 평생의 고질병이라는 후유증을 남길 수 있음을 함께 언급하고 있다. 이렇게 앞뒤가 맞지 않는 상반적인 내용을 동시에 제시하는 것은 무엇인가 이면적인 의미

15) 〈군대 안 가는 열 가지 방법〉, 야후재미존(2003. 12. 13) 외 여러 곳.
16) 이런 신체훼손 방식에 의한 병역기피는 우리만의 일은 아닌 듯하다. 1920년대 일본에서도 징병을 기피하기 위해 갖은 방법을 동원했다고 한다. 그 당시 일본에서는 "도수 높은 안경을 사용하여 근시안이 되는 것, 전혀 고장이 없는 눈을 근시처럼 호소하는 것, 눈에 자극성 있는 것을 넣어 안구를 충혈시키는 것, 전날 밤 수면을 취하지 않고 다른 눈병이 있는 것처럼 호소하는 것, 귓속 깊숙이 콩 종류를 넣는 것, 고막에 새털 종류를 부착시켜 청력의 고장을 일으키는 것, 강한 자극성이 있는 음식을 먹고 이명을 일으켜 고장이 있는 것처럼 호소하는 것, 이를 고의로 뽑는 것, 간장을 다량으로 마시고 심장의 고동을 높여 심장 외에 질병이 있는 것처럼 호소하는 것, 신검 2~3일 전부터 식사를 조절하여 신체를 쇠약하게 하는 것, 손가락을 절단하는 것, 항문에 옻을 발라 치질이 있는 것처럼 호소하는 것, 신불(神佛)에 징병을 면할 수 있도록 기원하는 것"과 같은 징병기피 방법이 이루어졌다고 한다.(요시다 유타카, 최혜주 역, 『일본의 군대』, 논형, 2005, 24쪽.)

를 담지하고 있는 것으로 보인다.

이 유머의 특징은 병역면제의 소망을 그린 것은 동일하지만, 괴기성(怪奇性)을 앞세운 극한상황을 제시하고 있다는 점에서 찾을 수 있다. 여기에서 언급된 방법들은 병역면제를 받을 수 있는 방법으로는 분명하나, 이를 실제로 실현한다는 것은 불가능하다. 제시된 극단적 방법을 사용할 경우 병역면제 이전에 생존을 장담할 수 없기 때문이다.

이렇게 유머는 때로는 죽음이나 극도의 위험상황을 설정하여 웃음을 유발시키는 장치를 사용하기도 한다.[17] 극한상황을 이용한 웃음은 우선순위를 전도시킴으로써 가능해진다. 병역면제와 생명 중 어느 것이 더 중요한가? 당연히 생명이다. 그러나 유머에서는 생명을 포기하면 병역을 면제받을 수 있다는 억지논리를 주장한다. 이는 작은 것으로 큰 것을 대신하려는 과장의 수법이라 할 수 있으며, 여기에서 가치의 우선순위가 역전된다. 이런 유머들은 괴기성을 외적 장식으로 하여 병역면제에 대한 소망을 극단적으로 왜곡시킨 경우라고 하겠다.

결국 병역면제의 소망을 다룬 일군의 신검유머에서는 두 가지 방향으로의 심리적 왜곡이 일어나고 있는 것으로 보인다. 하나는 맹구 이야기처럼 해학적인 성격을 내세우는 경우이고, 다른 하나는 10가지 군대면제 방법처럼 자조적 방향을 지향하는 경우이다. 해학적이던지, 자조적이던지 간에 모두 병역면제에 대한 소망을 그리고 있다는 점에서는 동일하다. 다만, 그러한 소망에 대한 심리적 왜곡의 국면이 상이하게 펼쳐지고 있다는 점에서 청중의 시선을 끌고 있는 것이다. 맹구 이야기가 보통 이하의 수준에서 볼 수 있는 우매성을 택했다고 한다면, 10가

17) 요네하라 마리, 이현진 역, 『유머의 공식』, 중앙북스, 2007, 175~190쪽.

지 군대면제 방법은 보통 이상의 괴기성을 택하고 있다고 본다. 전자가 청중들에게 '밝은 웃음'을 준다면 후자는 '어두운 웃음'을 준다.

이러한 기괴한 방법이 아니라 허풍 내지 억지를 부리는 방법으로 병역을 면제받을 수 있다는 유머도 있다.

〈군대문제 완전해결〉

① 일단 군법을 바꾼다.
신체검사 결과 '보디빌더'급인 자, 군대 면제.
그러면 청년들은 죽어라고 신체를 단련할 것이다.

② 일 년 후 다시 바꾼다.
격투기 합이 20단 넘는 자, 군대 면제.
그럼 왜 이렇게 자주 바꾸냐고 불평불만을 하면서도
우리나라의 젊은이들은
격투기를 배우기 위해 혈안이 될 것이다.

③ 또 일 년 후 다시 바꾼다.
신체 절대 건강한 자, 군대 면제.
그러면 우리나라에 디스크 간염 등등
온갖 질병이 사라진다.

④ 다시 바꾼다.
5개 국어 이상 능한 자, 군대 면제.
대한민국 청년들은 거의 대부분이
5개 국어 이상 능통하게 된다.

⑤ 다시 바꾼다.
악덕 정치인이 있는 한 모두 군대 입대.
그러면 악덕 정치인들은 다 사라진다.

⑥ 앞으로 일 년 간 범죄가 있는 한 모두 군대 입대.
우리나라의 모든 범죄가 없어진다.

⑦ 의술 익힌 자, 군대 면제.
대한민국 청년 모두가
의사에 가까운 의학 지식을 갖게 된다.

그 다음 아무거나 생각나는 대로 다 갖다 붙여주자.
그러면 이제 준비는 끝났다.

부록 : 탈영 안하게 하는 법

애인을 군대 보낸 자, 1주일에 한 번 이상 편지 안 하면 구속.
애인을 군대 보낸 자, 한 달에 한 번 면회 안 가면 구속.
애인을 군대 보낸 자, 바람 피우면 구속.
애인을 군대에 보낸 여자에게 작업 걸거나 유혹한 자, 입대.
군필자의 경우 '재입대.'[18]

제목은 〈군대문제 완전해결〉이지만 실제 그 내용을 보면 완전 미해결이다. 제시된 조건들이 현실적으로 충족시킬 수 없는 내용으로 이루어져 있기 때문이다. 제시한 병역면제자의 조건을 보면, 보디빌더처럼 신체를 단련한 사람, 격투기 단수 총합이 20단 이상인 사람, 질병이 없는 사람, 5개 국어에 능통한 사람 등이다. 이런 정도의 조건을 갖춘 사람은 특별한 능력의 소유자로서, 보통 사람들 입장에서는 이렇게 높은 수준에 도달하기는 쉽지 않다. 오히려 이렇게 수준 높은 능력을 지닌 사람들은 군의 발전을 위해 우선 입영시켜야 한다는 생각이 들기도 한다.

이 유머에서 웃음이 유발되는 포인트는 정상적 기준보다 과잉된 기준을 제시하는 데 있다. 현실적으로 달성하기 어려울 정도의 극대치(極

18) 〈군대문제 완전해결〉, 문화일보 2005년 1월 10일자 외 여러 곳.

大値)에 해당하는 기준을 들어 억지를 부리고 있다 하겠다. 우리가 살고 있는 현실세계에서 악덕 정치인이 없는 사회, 범죄가 없는 사회가 존재할 수 있는가. 또한 언급된 기준이 군과는 별로 연관성이 높지 않다. 예를 들어, 의사에 가까운 의학지식이 왜 필요한가? 병역과 의학지식 사이에는 아무런 연결고리도 존재하지 않는다. 따라서 이러한 억지 부리기 식의 언술은 상식을 벗어난 궤변처럼 느껴지며, 청중들의 웃음은 상식과 궤변 사이의 간극에서 발생한다고 하겠다.

〈군대문제 완전해결〉이 〈군대 안 가는 열 가지 방법〉과 다른 점은 긍정적 조건의 극단을 보여준다는 것이다. 보디빌딩, 격투기, 신체적 건강, 외국어 능력, 선량한 정치인, 범죄 없는 사회 등 모든 조건은 긍정적이다. 하지만 그것은 너무 지나치게 과장된 것으로 실현 가능성이 없는 억설일 뿐이다. 〈군대 안 가는 열 가지 방법〉도 궤변이라는 것은 동일하지만, 모두 기괴적이고 부정적인 조건의 극단을 보여준다는 점에서 서로 대응된다. 하나는 긍정적 조건의 극단을, 다른 하나는 부정적 조건의 극단을 보여준다 하겠다. 이렇게 서로 대응되는 내용으로 이루어져 있지만, 이들 유머의 이면에는 병역면제에 대한 부정적 혐오심리가 확연하게 자리잡고 있다.

실제로 군경험담에서도 이러한 소망과 혐오의 상반된 심리를 찾아볼 수 있다. 이를 위해 황현의 책에 실려 있는 몇 부분을 인용하여 비교해보기로 한다.

> ① 헉! 드디어 올 것이 왔다. 그전 해부터 슬슬 걱정이 되기 시작했는데 마침내 그 날이 온 것이다. 언젠가는 군대를 갈 거라고 막연히 생각만 하다가 막상 현실로 닥치니 겁나 가기 싫었다. 사회가 아직은 나를 필요로 하고 있는 것만 같았다.

침대에 누워서 내 몸 상태에 관해 머리부터 발끝까지 프로파일링을 해보았다. 일단 손가락, 발가락은 다 있다. 키도 몸무게도 정상이다. 치아도 이상 없고 수술도 한 적이 없다. 정녕 나는 군대를 가야 할 운명인가? 정신 상태는 조금 이상한 것 같은데 이걸로 밀어붙이기에는 너무 리스크가 큰 것 같다. 그나마 눈이 나쁘니까 시력으로 한번 도전해볼까? 이런저런 생각을 하면서 좀처럼 잠을 이룰 수가 없었다. 한편으로는 허우대 멀쩡한 녀석이 일부러 공익근무요원으로 가려고 머리를 굴리는 것이 조금 부끄럽기도 했다.[19]

② 처음으로 한 것은 적성검사였다. 뭐, 부담 없이 맞는 말만 골라서 체크하면 된다. 문득 내 머릿속을 스쳐지나가는 얍삽한 생각. 반대로 해볼까? 아니야, 정신적인 부분은 건드리지 말자. 곧 평정심을 되찾아 열심히 문제를 풀었다. 그리고 이어지는 혈액검사와 혈압검사, 문득 한 생각이 떠올랐다. 고급스런 용어로 말하자면 '괄약근 힘주기'다(괄약근에 힘을 주면 혈압이 올라간다는 속설이 있었다). 힘줄까, 말까? 아니야, 그런 더러운 수법은 쓰지 말자. 소변검사도 한다. 소변에 침을 뱉을까? 내 머릿속은 여전히 현역과 공익의 기로에서 갈등 중이었다.[20]

③ 시력검사를 받느라 기계에 눈을 대고 있는데 맞은편의 의사 선생님이 고개를 갸웃거린다. 그는 매우 사려 깊고 인자한 얼굴의 소유자였다.

"자네, 안경을 언제부터 착용했나?"

"초등학교 때부터 착용했습니다."

"눈이 많이 나쁘네!"

"오오, 그렇죠? 심각하죠?"

"음, 알았네. 다음"

19) 황현, 『악랄 가츠의 군대이야기』, 바오밥, 2009, 11～12쪽.
20) 위의 책, 13쪽.

앗, 이거 뭐야? 한 방에 끝난 건가? 공익 가기 완전 쉽네. 와우! 의사 선생님의 꽉 다문 입매에서는 절대로 나를 현역으로 보내지 않겠다는 단호한 의지가 엿보였다. 다음 검사를 받기 위해 이동했지만 딱히 아픈 곳이 없었기 때문에 초고속으로 진행되었다. 그래, 구질구질하게 굴지 말자. 눈 하나만으로도 충분하잖아? 앉자마자 인사하고 바로 일어났다.[21]

①은 신체검사를 받으러 가지 며칠 전의 상황이다. 언젠가는 군대에 갈 것이라 생각하지만 막상 눈앞에 닥치면 망설이기 마련이다. 그리고는 자신의 신체에 어딘가 면제에 해당하는 신체적 · 정신적 결함이 없는지 세심한 자기탐색을 실시한다. 하지만 동시에 그런 탐색을 하고 있는 자신에 대해서 부끄러움도 함께 느끼고 있다. 이처럼 신검을 앞둔 혹은 신검을 받고 있는 청년들은 병역면제에 대한 유혹을 물리치지 못하면서도, 병역면제나 공익근무 판정을 선뜻 받아들이려 하지 않는 이중적이고 모순된 태도를 보여준다.

②는 신체검사 과정 중의 하나인 적성검사장과 혈압검사장에서 벌어진 상황을 전해준다. 적성검사는 심리검사의 일종인데, 이때 피검자는 '정반대로 답을 표시해 볼까?' 하는 유혹을 받는다. 그러나 그렇게 엉뚱한 답변을 했을 경우 정신질환이 있는 것으로 판정이 날까 두려워하면서 곧 평정심을 찾았다고 했다. 이어지는 혈압검사 시에도 팔약근에 힘을 주어 고혈압 진단을 받아낼까 하고 망설이고, 소변검사 시에는 소변에 침을 뱉을까 하는 순간적인 유혹에 시달린다. 그야말로 신검을 받는 매 단계마다 현역과 공익과 면제의 기로에 서서 심리적인 갈등을 겪고 있음을 잘 보여준다.

21) 위의 책, 14쪽.

③은 신체검사장에서 안과 검사를 받고 있는 상황이다. ①에서 보여주었던 것과 달리 현역을 피하고 싶은 심정이 강하게 드러난다. 어떻게든 현역으로 가고 싶지 않다는 심리적 소망이 부각되어 있다. 이런 심리적 갈등을 겪고 있던 차에 '눈이 많이 나쁘다.'라는 의사의 한마디에 크게 위안을 받고, 모든 상황을 자기중심적으로 해석한다. 즉, 의사는 매우 사려 깊고 인자한 사람이며, 그의 표정은 나를 현역으로 보내지 않겠다는 단호한 의지를 표명했다는 등 자기합리화 내지 침소봉대하고 있다.

이처럼 신체검사를 앞둔 또한 신체검사를 받고 있는 사람들 마음속에는 현역으로 가고 싶다는 심리와 함께 어떻게든 현역 판정을 회피하고 싶다는 심리가 공존하고 있음을 볼 수 있다. 신검 장소에 들어가기 전에, 그리고 신검을 받는 단계마다 최소한 현역 복무를 피해보기 위한 심리적 갈등을 겪고 있으며, 이와 관련된 심리적 유혹에 이끌리고 있다고 하겠다.

아울러 이들 이야기는 유사한 방법으로 병역을 면제 받은 사람들에 대한 혐오감을 함께 드러내고 있다는 점도 고려해야 한다. 이러한 혐오감의 이면에는 신체적 결함으로 병역을 면제받은 사람 중 상당수가 허위라는 인식, 그리고 신검 판정이 공정하지 못하다는 인식이 작용하고 있다고 본다. 허리디스크로 면제된 사람이 여전히 프로야구 선수로 활약하고 있고, 평범한 사람들보다 사회지도층 인사 자녀들이 질병에 의한 병역 면제율이 높다는 등의 사회적인 문제점을 염두에 둔 이야기로 생각된다.

따라서 이들 신검 등급판정을 소재로 한 유머에서는 현역으로 가고 싶은 마음과 어떻게든 현역만은 피하고 싶은 마음이 상충하고 있다.

나아가 현역이 아닌 공익 판정을 받고 싶은 마음이 표출되기도 하고, 급기야 면제 판정을 받고 싶은 소망까지 드러나기도 한다. 이와 같이 낮은 등급에 대한 상충된 인식의 기저에는 신검 등급판정에 대한 불신감도 내재하고 있는 것으로 보인다. 이렇게 중층적 갈등양상을 보이는 것은 이들 유머들이 신검자들의 복잡다단한 심리상태를 반영한 결과라고 생각한다.

〈세대별 꼴불견 시리즈〉

10대 : 좋은 대학 가기 힘들어 외국에 나가도록 하는 부모와 그 자식들.

20대 : 군대 가기 싫어 손가락 자르는 사람! 그래도 출세하니…….

30대 : '사'짜 따 놓고 마담뚜 통해서 열쇠 4개 가진 부잣집 신부 찾는 사람.

40대 : 박사 되고 변호사 · 판사 · 검사 등 '사'짜 따겠다고 공부하는 사람. 어느 세월에 출세하려고 그려! 우리나라의 정년은 40세가 아닌가?

50대 : 취직하겠다고 이력서 들고 다니는 사람! 취직이 되겠수?

60대 : 이민 가겠다고 영어학원 등 외국어학원 나가는 사람.

70대 : 골프 잘 치겠다고 골프레슨 받는 사람.

80대 : 여자하고 뭔가 잘 하겠다고 비아그라 먹는 사람.

90대 : 더 오래 살겠다고 종합검진 받는 사람.[22]

20대부터 90대까지 연령대별 꼴불견을 나열한 언술형 유머이다. 20대의 꼴불견은 군대 면제 받으려고 손가락을 자르는 사람이라고 하면서, 그렇게 해도 출세하는 우리사회의 현실을 풍자한다. 여기서는 우리사회 일각에 존재하는 병역기피에 대한 극도의 혐오감과 건전한 비판

....

22) 〈세대별 꼴불견 시리즈〉, 문화일보 2005년 7월 13일자 외 여러 곳.

의식을 드러나 있다. 이러한 비판의식의 요점은 두 가지로 정리할 수 있다.

첫째, 신체를 훼손하면서까지 병역면제를 받으려 하는 풍조 그리고 병역을 기피했음에도 불구하고 유명인으로 출세하는 사회적 분위기에 대한 강한 거부감의 표현이다. 이는 곧 그런 사회풍조가 없어져야 한다는 사람들의 생각을 반영한 결과이다. 둘째, 신검 등급판정에 대한 불신 내지 불공정성에 대한 역설적 표현이다. 여기에는 누구나 믿을 수 있을 만큼 공정한 기준을 사용하여 엄격하게 등급판정이 이루어지지 않는다는 인식이 깔려 있는 것으로 보인다. 이는 곧 신체검사와 등급판정에 대한 신뢰도를 높여야 한다는 생각이다. 이러한 건전한 비판정신이 제 역할을 다할 때, 바람직한 병역이행 문화가 정착되리라 생각한다.

입영준비담 : 병역의 당위성과 불가피성의 문제

한편, 병역에 의한 심리적 갈등은 요즈음 청소년들이 익숙한 컴퓨터 게임과 연계되어 표현되기도 한다.

〈병무청 장관에게 보내는 편지〉

귀관이 보내준 '입영통지서' 잘 받았소.
하지만 본인은 이미 오리지널을 거쳐 브로드워까지
18번의 비밀작전 수행(Mission)을 성공시킨 바 있고,
4만 명의 SCV에게 노동을 시켰으며,
약 2만 명의 해병(Marine)에 진격을 선두지휘 하였소.
아, 물론 때에 따라선 서플라이 모자라서
한 두 명쯤 내 손으로 죽인 것도 사실이요.
또 5천 대의 탱크(Sige)를 지휘하였으며,

상대의 천 대의 폭격기(Wraith)를 격추시켰는데,
이제 와서 한낱 SCV 잡병으로 다시 들어가
2년 2개월 동안 미네랄만 캐란 말이오.
지금까지 수천시간 동안
눈이 오나 비가 오나 마우스 한 손으로 잡고,
테란 병력의 공격력과 방어력 향상을 위해
애써온 나에게 이럴 수 있소?
내가 간다면 밀려오는 저글링과
럴커 조합은 무엇으로 막을 것이고,
셔틀에서 내리는 소리만 들리고 보이지도 않는
다크는 무엇으로 막는단 말이오.
군입대, 사양하겠소!

@ 병무청에서 온 답장@
파괴의 신(디아블로), 군주(바알)를 처치하신 분도
지금 훈련소에 와 있습니다.
당장 국방부의 품으로 오시요![23]

자기 자신을 해병대를 진두지휘하여 18번의 전공을 세운 사람으로 가정하고, 그간의 공적과 수고를 고려하여 입영 통보를 사양하겠다는 간곡한 편지 형식의 유머이다. 자신이 치른 게임의 전과를 일일이 나열하는 한편으로 자신이 소집되었을 경우 게임 속의 적군을 막을 수 없음을 강조하여 병무청장을 설득하고 있다는 점에서 웃음을 자아낸다.

이 유머에 있어서 웃음의 핵심은 현실세계와 컴퓨터 게임 속의 가상세계를 대등하게 연계시켰다는 점이다. 아무런 연관도 없는 두 세계를

23) 〈병무청 장관에게 보내는 편지〉, 폭소닷컴(2004. 9. 18) 및 야후재미존(2004. 10. 11) 외 여러 곳.

연결시켜 자기주장만 앞세우는 비논리성 내지 무논리성이 듣는 사람들의 흥미를 이끌어낸다. 이렇게 주인공의 말과 향유자의 생각 사이에 존재하는 낙차(落差)가 웃음을 유발시키는 요인으로 작용한다.

이 역시 컴퓨터 게임을 빙자하여 병역의 의무에서 벗어나고픈 심리를 잘 표현하고 있다. 그러나 마지막 부분에 병무청의 답장을 덧붙임으로써 자신의 간곡한 설득이 아무런 효과가 없을 것임을 스스로 고백하고 있다. 어떻게 해서든 병역의 의무를 피하고 싶지만, 이러한 하소연이 무용지물임을 또한 보여주고 있는 것이다. 그러므로 이 유머에서는 병역에 의한 심리적 갈등과 더불어 병역의 불가피성에 대한 인식이 양면적으로 병존하고 있음을 보여준다.

이와 같이 입영준비담에는 입영을 둘러싼 심리적 갈등 및 병역의 불가피성에 대한 인식이 함축되어 있음을 볼 수 있다. 이러한 의식들은 향유집단의 의식 속에서 진행되는 예기사회화의 흔적임을 시사한다. 어쩌면 군입대를 앞둔 20대 청년들에게 있어서, 또한 병역의 불가피성을 인식하는 그들이 군복무를 위한 준비를 한다는 것은 너무나 당연한 귀결인지도 모르겠다.

다음 자료는 앞에서 한번 인용한 것인데, 병역의 불가피성 내지 예기사회화의 양상을 잘 보여주는 좋은 예화이다.

> **〈병역비리〉**
> 요즘 운동선수와 연예인 병역비리 문제로
> 우리 사회의 여기저기서 시끄럽다.
> 그러고 보니 나에게도 병역비리가 있었다.
> 대학교 때, 2학년 1학기를 마치고 군에 가기 위해,
> 병무청에 가서 미리 입영신청을 했다.

대략 9월쯤에 입대를 희망한다고 했던 것 같다.
아버지께서 군대 쪽으로 어느 정도 빽이 있는 건 알고 있었지만,
나도 아버지도 군대는 당연히 갔다 와야 한다고 생각하고 있었고,
신검 때 시력이 나빠 혹시 방위 판정을 받지 않을까 걱정을 했다.
그러나 다행히 2등급으로 현역입대가 가능했다.
방학이 되고 얼마 후에 병무청에 연락을 해보니,
9월에 입대가 확정됐고, 곧 입영통지서가 갈 거라고 했다.
그 정도면 개강한 후라,
학교에 들러 선후배와 동기들에게 인사할만한 시간도 되고,
술도 신나게 얻어먹을 수 있을 것이라는 생각으로,
즐거움 반 아쉬움 반, 유유자적하면서 입대전 마지막 방학을 보내고 있었다.
그러던 7월 어느 날 아버지께서 조용히 부르시더니,
청천벽력 같은 말씀을 내게 들려주셨다.
소위 빽을 쓰신 것이다.
그것도 공짜로…….
"너 군대 가는 문제 잘 아는 사람한테 부탁해 놓았다.
너 입영날짜 좀 앞당겨 달라고 그랬다.
방학이라고 집에서 놀고 있으면 뭐 하냐.
갔다 올 거면 빨리 갔다 와라."[24]

어떤 청년이 아버지의 병역비리(?)로 인하여 예상했던 것보다 소집일자가 앞당겨졌다는 이야기이다. 9월말에 입대하기로 예정되어 있던 것을 아버지가 병무청에 부탁하여 7월에 입대하도록 했다는 것이다. 기실 아버지의 부탁은 병역비리에 해당되지 않는다. 다만 이를 일부 운동선수와 연예인이 저지른 병역 비리와 연관 지어, 의도적으로 병역비리라

24) 〈병역비리〉, 문화일보 2004년 9월 15일자 외 여러 곳.

고 부름으로써 도리어 비리가 아님을 역설한다. 이는 다만 청중의 관심을 끌기 위한 방법일 뿐이다.

그런데 이 유머에 등장하는 아버지와 아들은 군대에 대하여 당연히 갔다 와야 하는 것으로 생각하고 있다. 더욱이 아들은 시력이 나빠서 방위 판정을 받을까 걱정할 정도이며, 아버지는 부득이 갔다 와야 할 것이라면 빨리 갔다 오라고 한다. 이처럼 이 유머에서는 등급판정에 대한 갈등과 병역의무의 당위성이 강조되어 있으며, 주인공들은 현역 복무를 매우 긍정적으로 받아들이고 있음을 볼 수 있다.

이 경우 아들은 이미 심리적 · 정신적 측면에서 군복무를 시작했다고 할 수 있다. 그는 현역 입영 판정을 '다행'으로 받아들였으며 학기가 끝나기 전에 스스로 입영신청을 했다. 또한 그와 더불어 방학과 2학기 초반을 이용하여 선후배들과의 질탕한 술자리를 기대하고 있었다. 아들의 의식 속에는 이처럼 이미 군 입대를 위한 여러 가지 심리적인 준비가 이루어졌음을 말해준다. 이러한 심리적인 준비야말로 군 입대를 위한 예기사회화에 해당한다고 할 수 있다.

군대 갈 때 준비해야 할 사항을 언급한 다음 유머는 예기사회화의 기능을 톡톡히 드러내는 경우라고 할 수 있다.

〈군대 갈 때 준비물〉

군대 갈 때 준비물?
'군대 갈 때 꼭 준비해야 하나?' 하고
반박하는 분들 많이 있겠지만…….
아니다. 준비할수록 후회 없다. 아래 참고 하시길 바란다.

① 훈련소 앞에 늘어선 잡상인들 물건 사지 말자.
대일밴드, 고약, 스타킹(?), 근육파스, 모기약, 붕대…….

이런 거 보고 괜히 쫄게 되는데, 사지 말자.
쓸 일도 없고 사더라도 못쓰고 다 반납해야 간다.

② 돈 많이 가져가지 말자.
어떤 사람은 엄청난 액수를 가져와서
제대할 때 가져가는 사람도 있다.
한 5~10만 원 정도 가져가면 부모님 도움 없이 잘 지낸다.

③ 평소에 체력단련하고 가자.
정상적인 생활이 아닌 사람 좀 힘들 꺼다.
예를 들어 게임방에 만날 가면서 밤낮이 뒤바뀐 인간들.
정상적으로 일어나는 습관을 들이고 운동하자.
훈련소 생활 결코 장난 아니다.

④ 훈련소 가기 전에 ××리, ××리, ××리 같은 곳엔 가지 말자.
이런데 가서 ×병 걸려서 오는 사람들 많다.
훈련받을 때 엄청 힘들고, 개인 사정 안 봐준다.
또 쪽팔림은 이루 말할 수 없다.
아마 1,000번은 진술할 꺼다.(중략)

지금부터는 군생활의 팁(tip)이다.
① 평소에 욕을 많이 먹은 사람은 괜찮겠지만,
욕을 안 먹어본 사람은
지금부터 빨리 욕먹는 습관을 들이자.
욕먹어도 웃는 습관을 들이자.
가끔 미친 ×이라는 소리도 들을 것이다.

② 몸에 잔병이 있으면 고친 후에 군대에 간다고 하는데,
그러지 말고 군대 가서 고치자.
병원에 입원해도 군생활에 포함된다.
심한 무좀 치료 약 1달, 심한 치질 수술 약 3달,

위궤양 및 십이지장 궤양 치료 약 1달,
피부병 치료 최대 6개월(옴 또는 아토피),
기타 전염성 병은 오래 입원한다.
보험가입 되었으면 입원 후 보험금을 받을 수도 있다.
그러나 일부러 아프려 하지 말자. 들키면 끝이다.

③ 군생활에서 중간을 하자.
너무 못하면 갈굼의 대상이고,
너무 잘하면 뭐든지 다 시킨다.
무지 힘들다. 중간만 하자.

④ 노래를 많이 외우자.
특히 최근가요를 외우자.
무척 군생활에 찌든 고참들이 노래를 자주 시키는데,
김건모의 〈잘못된 만남〉 같은 거 부르면 슬리퍼 날아온다.

⑤ 부모님과 애인에게 미리 암호를 정해 놓자.
이등병 때는 군에서 전화와 편지를 검열한다.
괜히 "어머니 세종대왕이 보고 싶어요."
이런 식으로 쓰지 말자.
나 때문에 부대 뒤집힌다.(이하 줄임)25)

앞부분에서는 입대할 때의 준비사항을 언급하고 있다. 예를 들어, 훈련소 앞에서 잡상인들의 물건을 사지 말 것, 용돈을 지나치게 많이 가져가지 말 것, 평소 정상적인 생활을 하고 체력을 단련할 것, 훈련소 입대 전에 사창가에 가지 말 것 등등의 유의사항이 나열되어 있다. 그야말로 자칫 흐트러지기 쉬운 입대 예정자들이 미리 알고 준비해야 할

....

25) 〈군대 갈 때 준비물〉, 갓이즈러브넷(1999. 9. 3) 외 여러 곳.

사항들을 사실적으로 진술하고 있다. 그 결과 유머로서의 성격은 매우 약해졌다고 하겠으나, 예기사회화의 역할은 충분하게 담지하고 있다고 할 것이다.

뒷부분에서는 군생활의 팁이라는 명목 하에 몇 가지 준비사항을 추가적으로 서술하고 있다. 그 내용을 보면 욕먹는 습관을 들이자, 몸에 잔병이 있어도 고치지 말자, 최근 가요를 많이 외우자, 부모님 혹은 애인과 암호를 정해놓자 등등 군생활에 도움이 될 만한 내용들을 제시하고 있다. 그런데 그 내용은 앞부분과 달리 사실성이 떨어질 뿐 아니라, 언술방식 또한 풍자적 문체를 사용하고 있어 웃음을 자아낸다. 즉 미친 놈 소리를 들을지라도 웃어야 한다, 편지 검열에서 걸리면 부대가 뒤집힌다는 등의 표현이 그러한 예에 속한다. 이렇게 뒷부분에서는 예기사회화의 역할을 하면서 동시에 유머로서의 기능이 강화되어 있음을 볼 수 있다.

신병유머와 군인화 혹은 탈사회화

신병유머의 개념과 범주

신병유머란 군대유머의 하위범주로서 신병이나 그들의 생활을 주요한 소재로 하되 웃음을 유발하기 위한 목적으로 향유되는 일군의 유머를 지칭한다. 이렇게 신병유머의 범주를 규정한다면 여기에는 두 가지의 핵심적인 요건이 구비되어야 한다는 것을 의미한다. 하나는 신병 혹은 그들의 생활을 중심소재로 한다는 점, 다른 하나는 웃음을 유발하기 위한 장치를 가지고 있어야 한다는 점이다.

신병 혹은 그들의 생활을 중심소재로 한다는 점은 신병이 유머의 중심에 있어야 한다는 것을 말한다. 이는 신병유머가 본질적으로 신병시절이라는 군생활의 특정시기와 밀착되어 있음을 보여준다. 그러나 단지 신병시절을 다룬 이야기라고 이해하는 것은 곤란하다. 본격적인 신병유머가 되기 위해서는 신병이 주인공이나 주요인물로 등장하여야 하며, 다른 인물과의 사이에서 일어나는 갈등과 연관되어야 한다. 나아가 신병이 이야기의 주제나 전승집단의 의식세계와 튼실하게 연결되어 있어야 한다.

한편, 웃음을 유발하기 위한 목적으로 향유되어야 한다는 것은 일반적인 이야기와는 다르다는 것을 전제로 한다. 통상 구비문학으로서의 이야기는 배경과 인물과 사건을 갖추어 꾸며낸 이야기를 의미한다. 이들 요소에 의하여 갈등과 주제가 표현되기 마련이다. 그러나 유머는 이야기 형태를 가질 수도 있고, 그렇지 않을 수도 있다. 다만 유머로서의 기능을 갖기 위해서는 어떠한 형태이던 간에 웃음을 유발할 수 있는 내적 장치를 지니고 있어야 한다. 즉, 청자의 웃음을 유도할 수 있는 기발한 언술, 상황의 설정, 인물의 행동 등을 포함하고 있어야 한다.

신병유머는 그 내용으로 보아 네 가지로 나눌 수 있다. 첫째는 입영에 관한 내용이나 입영 직전의 상황을 그린 입영담이다. 둘째는 신병훈련소에 입소하여 훈련을 받으면서 신병들이 자신의 위상을 발견하거나, 혹은 그들이 저지른 실수와 우행을 다룬 신병훈련담이다. 셋째는 신병과 고참 사이에서 일어나는 장난을 다룬 신병희학담이다. 넷째는 자대에서 신병으로 생활하면서 군조직에 적응해가는 신병생활담이다.

입영담 : 입영통지와 입영전야의 불안감

입대를 앞둔 사람에게 있어서 입영통지서는 어떻게 인식되는가. 입영일이 대략적으로 예고되어 있더라도 정작 입영통지서를 받는 순간은 남다른 감정의 변화를 체험하는 것으로 보인다.

> **〈스카우트 제의〉**
> 잘 나가는 프로야구 선수 A씨에게
> 스카우트 제의가 들어왔다.
> A씨가 반갑게 물었다.
> "어디서?"
> "병무청에서."
> "우씨."[26]

프로야구 선수에게 스카우트 제의가 들어 왔다고 하면서 주고받는 짧은 대화 형식의 유머이다. 평소 명성이 자자한 프로야구 선수는 스카우트 제의가 들어왔다는 말에 어디서 들어왔느냐고 반갑게 묻는다. 상대가 병무청이라고 대답하자, 프로야구 선수는 퉁명스럽게 대응한다. 이는 기대하는 것[스카우트]과 기대의 결과[입대통보] 사이의 불일치 혹은 부조화에서 웃음이 유발되는 구조를 보여준다.

기대하는 것으로서의 스카우트는 20대 청년의 소망을 상징한다. 당당한 성인으로 인정받기 위해서는 그에 걸맞은 직업을 구하는 것이 절실하다. 아무리 자질이 훌륭한 야구선수라고 해도 좋은 구단에 입단하지 못하면 아무런 소용이 없다. 일류선수로서의 가치를 드러낼 수 있는 최선의 방법은 좋은 구단에 입단하는 것이다. 이렇듯 프로야구 선수에

---

26) 〈스카우트 제의〉, 문화일보 2004년 10월 12일자.

대한 스카우트 제의는 청년기 남성들의 소망을 상징적으로 보여준다.

이에 비해 기대의 결과는 정반대로 나타난다. 사실 그에게 온 스카우트 제의는 병무청에서 온 입영통보이기 때문이다. 기존의 집단에서 새로운 집단으로의 이동이라는 점에서는 스카우트와 입영통보는 동일한 의미를 가진다. 하지만, 전자가 소망하는 방향으로의 자발적인 이동이라면, 후자는 소망하지 않는 방향으로의 비자발적인 이동이다. 이런 점에서 입영통보는 일반사회와의 격리와, 기존집단과 가치체계로부터의 단절을 의미한다고 할 수 있다.

〈도루묵〉

건실한 대학생이 있었다.

그에게는 여자 친구도 있고 꿈도 있고, 능력도 있는 녀석이었다.

그러던 어느 날 그에게 절망적인 변화가 일어나게 되었다.

한창 나이에 머리가 빠지는 것이었다.

그는 심각하게 고민하게 되었고, 어느새 여자 친구도 그의 곁을 떠나고 말았다.

그래서 그는 한 가지 굳은 결심을 하게 되었다.

그는 열심히 아르바이트를 해서 돈을 마련해 머리를 심기로 했다.

그리고 정말로 그는 열심히 일했고, 드디어 돈을 모아 머리를 심을 수 있었다.

그래서 긴 머리칼을 휘날리며 돌아온 그에게 어머니가 말했다.

"애야, 영장 나왔다."

그러자 그는 머리를 쥐어뜯으며 울부짖었다.

"인생은 미완성!"[27]

이 역시 기대와 무산의 구조로 이루어져 있다. 주인공이 기대하는

27) 〈도루묵〉, 한얼유머동호회, 『유머학』, 미래문화사, 2000, 203쪽.

것은 휘날리는 머리칼을 가진 매력적인 남성상이다. 대머리 때문에 그는 여자 친구와 희망을 모두 잃어버리는 절망적 상태에 빠진다. 이를 회복하기 위하여 머리카락을 이식하였고, 이로써 예전의 상태로 돌아갈 것으로 기대한다. 그러나 때마침 영장이 나옴으로써 이러한 기대는 일순간에 무산되고 만다. 이와 같이 영장은 일반사회에서의 격리를 통고하는 절차로서 인식되고 있다고 할 것이다.

입영통지서를 받은 이후 특히 입영전야에는 불안감이 극대화되는 것으로 보인다.

〈여자가 군입대를 한다면〉
입영전야, 나 여자, 내일 군 입대한다.
"저 내일 입대해요.
친구들하고도 이별! 부모님하고도 이별!
조금 떨리지만 이제 괜찮아요.
훈련소 앞에서 자르면 모양 안 나온다고
선배언니들이 말해 주셔서
오늘 단골 미용실에서 단발로 잘랐어요.
학교 때 이후 단발은 처음인데, 조금 웃기네요.
그럼 전 이만, 단~결~"

리플 (게시판 꼬리말)
"커트 잘라야 하는 거 아닌가요?"
"커트는 특수부대나 해병대에 가야만
자르는 거로 알구 있거든요."
"단발머리는 015B 노래."
"원곡은 조용필 아저씨라고 알고 있씀다.
저희 엄마가 팬이래서……."

"추울 때 입대하시네요.
매니큐어 지우시고 손톱 깎으시고 입대하세요.
조교한테 걸리면 뽑힌다는……."
"홍콩 할매냐? 손톱을 뽑게?
오버하지 좀 마라!
누군 군대 안 갔다 왔나! 참……."(중략)

"예비역인데 요즘도 화단정리 시키나요?"
"군대의 꽃 화단정리! 으으으, 글자만 봐도 징그럽다."
"화단정리는 어디 가나 다 합니다.
요즘은 뜨개질로 가는 추세던데……."
"맞습니다. 요즘은 뜨개질 시킵니다.
처음 기초코만 뜰 줄 알아도 조금은 편하다는……."
"저도 전방에서 3코 이상 줄이는 방법에서 헤매
무지하게 고생했어요."
"보급품은 잘 나오나요?
예를 들어 대바늘이나 꽈배기바늘 등 궁금하거든요."
"사제에 비하면 떨어집니다. 코가 잘 안 먹어요."(중략)

"군대 얘기 읽다보니 정말 재밌네요.
역시 남자들이 아무리 싫어해도 군대 얘기가 최고인 듯."
"저도 그렇게 생각해요.
그런 의미로 오늘도 전방에서 고생하실
여자분들을 위해 감사의 말씀을……."
"내일 가신다는 분. 잘 다녀오시길.
왜 그런 말이 있잖아요.
피하지 못할 바엔 예뻐라!"
"즐겨라 아닌가?"
"즐겨라가 맞습니다.
가끔 저런 사람이 전방 다녀왔다고 떠벌린다죠.

전 이만 자야겠네요. 그럼 안녕."
"저도 안녕."[28)]

입영대상자를 여성으로 바꾸어 설정한 후, 그녀들이 인터넷 상에서 주고받는 대화 형식으로 입영전야의 불안한 심리상태를 표현한 언술형 유머이다. 입대 예정인 여성은 친구와 부모님과 이별할 시간이 되었다고 하면서 조금 떨리기는 하지만 괜찮다고 한다. 그리고 단골미용실에서 단발로 머리를 잘랐는데, 어색하다고 고백한다. 이전과는 다른 자신의 모습에서 느끼는 이질감 내지 단절감을 보여주는 언술이라고 할 수 있다.

그리고 그 이후에 달려 있는 리플에서는 단발머리, 매니큐어, 머리염색, 고참횡포, 화단정리, 뜨개질, 헤어드라이기, 속옷, 머리핀, 종교시설, 사단이름과 마크 등등을 소재로 하여 군대생활을 여성의 입장으로 전환시켜 형상화하고 있다. 이렇게 여성을 주인공으로 한 자잘한 패러디(parody)가 바로 이 유머의 웃음을 살아있게 만드는 요소이자, 입영전야의 어수선하고 불안한 입영대상자의 심리상태를 잘 드러내주는 요소이다.

입영전야의 불안감은 사실 두 가지 요인에서 비롯된다고 할 수 있다. 하나는 일반사회와의 강요된 단절이고, 다른 하나는 새로이 직면하게 될 군대사회에 대한 두려움이다. 전자는 앞부분에 언술된 입대 당사자의 말을 통해서, 후자는 뒷부분에서 끊임없이 이어지는 말놀이 형태의 논란을 통해서 표출되고 있다. 이러한 두 가지 언술은 톱니바퀴처럼 맞물려 돌아가면서 입대자의 불안감을 효과적으로 드러내고 있다.

그러나 유머 속에서는 그저 입대 전야의 불안심리를 표출하는 것에

28) 〈여자가 군 입대를 한다면〉, 폭소닷컴(2004. 5. 12) 외 여러 곳.

서 끝나지 않는다. 여기서 끝난다면 유머로서의 성격이 부각되기 어렵다. 유머는 인간의 다양한 감정들을 예외 없이 웃음으로 수렴할 수 있을 때, 그 진정성이 두드러지기 때문이다. 이런 기능을 하는 부분이 바로 마지막 결말 부분이다.

대화가 마무리되는 결말에서는 군대를 다녀온 남성들이 자주 사용하는 말을 이용하여 사람들의 웃음을 자아낸다. 즉, 아무리 남자들이 싫어해도 역시 군대 이야기가 최고로 재미있다거나, 피하지 못할 바엔 예뻐야 한다는 것이다. 이처럼 이 유머의 묘미는 현실과는 정반대로 남성과 여성의 입장을 서로 바꾸어 놓는 패러디 기법에서 찾을 수 있다.

결국 주인공의 성별과 그들의 모든 언술들은 현실세계를 역전시켜 허구적 상황을 연출하고 있다. 이 유머의 절정은 피하지 못할 군생활이라면 '즐겨야 한다'는 말을 '예뻐야 한다'라는 말로 슬쩍 바꾸어 놓은 데 있다. 피할 수 없다는 전제조건은 그대로 두고, 결말만 여성화시켜 둔 것이다. 이렇게 남성과 여성의 입장을 맞바꾸어 놓고, 일부 요소만을 여성의 입장으로 만들어 놓음으로써, 전제와 결말을 어긋나게 만든다. 바로 이러한 불일치 내지 부조화 현상이 유쾌한 웃음을 유발시킨다. 이 웃음은 향유자들의 심리적 불안감을 다소나마 희석 내지 감소시켜 그들의 기분을 즐겁게 만드는 데 일조하고 있는 것으로 보인다.

신병훈련담 : 신병들의 자기발견과 실수 혹은 우행

신병훈련소 생활은 위병소의 출입문이 닫히는 순간 시작된다.

> 좌우에서 박수를 치는 기간병들은 깊게 눌러쓴 모자 밑으로 미소를 지으며, 우리들에게 나지막이 무슨 말인가를 내뱉고 있었다.

'너희들… 동작 봐라! 걸어가지?'
'그래, 부모님들 다 가고 나서 두고 보자.'
'빨리빨리 안 들어가?'
통일문이 서서히 닫히자 바깥 세계는 완전히 차단되었다. 순간, 미소 짓던 기간병들이 바락바락 소리를 지르기 시작했고, 겁먹은 토끼눈이 된 입영자들은 모두 어쩔 줄을 모르며 우왕좌왕하면서 앉은 번호를 하기 시작했다.
"하나! 둘! 셋!"
"똑바로 안 해! 너희들!"
놀라서 넘어지는 입소자도 있었고, 모두 허둥지둥대며 난리였다. 정신이 번쩍 든 나는 그제야 누가 정말 불쌍한지 깨달았다.[29]

화자가 직접 겪은 논산훈련소 입소 장면을 옮긴 것이다. 조교들이 좌우에 늘어서서 박수를 치고 있고, 아직 군에 익숙하지 않은 입영자들은 무질서하게 위병소의 출입문을 통과한다. 신병훈련소의 출입문이 닫히는 순간, 조교들은 그들의 본색을 드러내며 입소자들에게 호령하기 시작한다. 여기에서 출입문은 곧 일반사회와 군대의 경계선(境界線)이자 양자 간의 분리 혹은 단절을 상징한다. 신병훈련소의 출입문을 통과한 이상 민간인이 아닌 군인으로서의 생활에 적응해야 하는 것이다. 이후 군복으로 갈아입기, 관물 정리하기, 사제복장 발송하기, 간단한 신체검사와 상담, 입소식 등이 끝나게 되면 본격적인 신병훈련이 시작된다.

신병훈련소는 입영자가 군인으로 탈바꿈하는 현장이다. 그것은 민간인에서 군인으로 급격한 전환이 이루어지는 군인화(軍人化) 과정이다.[30] 이와 같은 전환과정을 체험하는 도중에 신병들은 자신의 위상변

29) 이성찬, 『너희가 군대를 아느냐』, 권1, 들녘, 1998, 22쪽.

화를 체감하고, 경계지대에 서 있는 낯선 타자로서의 자기를 발견하게 된다.

〈군대와 스타〉

훈련병 시절이었는데
어느 날 교관이 물어보더랍니다.
"너네 스타크래프트 해봤냐?"
후배를 비롯한 다른 훈련병들은 속으로 '옳타쿠나!' 이러면서
스타에 관한 노가리를 까며, 좋은 시간을 보낼 줄 알았답니다.
그런데 교관의 한마디로 인해 모든 훈련병들은 입을 다물지 못하고 충격에서 한동안 벗어나지 못하고 헤매었다고 합니다.
"맨날 클릭하다가 클릭 당하는 기분이 어때?"[31]

훈련소에서 있음직한 교관과 훈병의 대화로 이루어진 유머인데, 이는 신세대 병사들에게 익숙한 컴퓨터 게임을 소재로 하여 신병들의 위상 변화를 명쾌하게 보여준다는 점에서 의미가 있다. 신병들은 입대 전에는 스타크래프트 속의 인물들을 마음대로 조작할 수 있는 주체적이고 능동적인 위치를 점하고 있었다.[32] 하지만, 입대 이후 신병의 위상은 교관에 지시에 따라 움직여야 하는 객체적이고 수동적인 위치로 바뀌었음을 의미한다. 한마디로 말해서 신병들은 클릭의 주체에서 객

30) 백종천 · 온만금 · 김영호, 『한국의 군대와 사회』, 나남출판, 1994, 274~275쪽.
31) 〈군대와 스타〉, 서울경제신문 2003년 8월 26일자 외 여러 곳.
32) 청소년들은 사이버 공간 속에서 다양한 모습으로 자신의 정체성 형성을 경험하게 된다. 이때 그들은 스스로 신이 되어 자신이 창조한 생명체의 운명이나 행동을 조절하는 느낌을 가진다고 한다. 즉, 어떤 창조의 힘이 자신에게 생긴다고 믿는다는 것이다.(황상민, "신세대(N세대)의 자기표현과 사이버 공간에서의 상호작용: 사고와 행동 양식의 변화를 중심으로," 『한국심리학회지: 발달』, 제13권 3호, 2000, 14쪽.)

체로 위상이 변화된 것이다. 이는 신병들에게 일반사회에서의 위상과 지위를 깨끗이 포기할 것을 강요하는 내적 전환의 한 국면에 해당한다. 이런 내적 전환 과정을 통해 입대 이전의 주체성을 버리고 군인으로서의 새로운 주체성이 부여되며,[33] 군조직의 가치관과 의식을 본격적으로 내면화(內面化)하게 된다.[34]

군인으로 탈바꿈하기 위해서는 내적 국면에서의 전환과 더불어, 외적 국면에서의 전환도 동시에 수반되어야 한다. 입영자들은 일반사회에서의 규범과 습성을 버리고, 군조직에서 통용되는 일체의 규칙과 관습을 습득할 것을 요구받는다. 이러한 군조직의 규칙과 관습을 습득하는 과정은 신병훈련의 주요한 목적 중의 하나이며, 이를 위해 강도 높은 훈련과 내무생활이 실시된다. 그런데 이 과정에서 발생하는 신병들의 갖가지 실수와 우행은 군대유머의 좋은 소재가 된다.

먼저, 점호 시에 일어난 실수를 소재로 하는 이야기를 살펴보자.

〈훈련병의 번호 세기〉
훈련소 때 일이다.
훈련소 신병교육대 동기 198명이
처음으로 점호라는 것을 하는데,
분위기는 공포 그 자체였다.
조교들이 주위에 서 있고,
당직사관이 들어와 이곳저곳을 둘러보고,
내무실장이 당직 사관에게 경례를 하고 나서
인원을 점검하기 위해 "번호"라고 외쳤다.

33) 백종천, 『국가방위론』, 박영사, 1985, 569~570쪽.
34) 정양은, 정양은, "사회화의 사회심리학적 고찰," 『한국심리학연구』, 제1권 2호, 1983, 159~160쪽.

훈련병들은 전국 각지에서 올라온 애들이 섞여 있어
억양 또한 다 달랐다.
"하나, 둘, 셋……."
하지만 누가 그랬던가? 군대 가면 바보가 된다고.
잘 가다가 70번째 훈병 차례였다.
갑자기 "칠순!"이라며 당당히 말하는 거였다.
거기서 우리는 '키득키득'
혹 소리라도 새어 나올까봐 겨우 참고 있는데,
이놈의 어리버리들, 그 다음부터
"칠순 하나, 칠순 둘……."
이렇게 나가는 게 아닌가.
우리는 겨우 웃음을 참고 있는데 80번째에서 사건이 터졌다.
"팔순!"
한번 터진 웃음인지라, 우리의 웃음소리가 여기저기서 들렸다.
점호가 끝난 후 황당과 당황, 그 사이에서 내무실장이 말했다.
"이 ××들, 대가리 박어!"
"아니다. 그놈의 주둥이로 박어!"
우리는 입으로 박는 생소한 것에 잠깐 멈칫했지만 살기 위해 박았고 옆 동기들의 입으로 박은 모습을 보며 다시 한 번 웃었다.
입소 첫날의 일이라, 우리는 꼴통기수로 훈련소 퇴소할 때까지
온갖 기상천외한 얼차려를 받아야 했다.
군대 가면 정말 바보가 되는 것 같다.[35)]

군대에서 점호는 상당히 중요하면서 또한 힘든 일과 중의 하나이다. 특히, 신병훈련소에서의 점호는 '공포' 그 자체로 인식될 만큼 까다로운 일과라고 할 만하다. 아직 군생활에 익숙하지 않은 신병들에게 점호는 적지 않은 스트레스를 준다. 이렇게 긴장된 상태 아래 점호를 하면서

35) 〈훈련병의 번호 세기〉, 문화일보 2005년 4월 13일자 외 여러 곳.

인원이 이상 없는지 확인하기 위하여 신병들에게 일련번호를 헤아리게 한다. 이때 어떤 훈련병이 일흔을 칠순으로, 여든을 팔순으로 부르는 실수를 저질렀다는 것이다.

바로 이 실수가 웃음을 일으키는 동기로 작용한다. 숫자를 헤아리는 것은 크게 어렵지 않은 과제이다. 그렇기 때문에 실수할 가능성이 매우 낮다. 그런데 훈련병들은 너무나 쉬운 것을 틀리기도 하고, 당연히 알고 있어야 할 것을 순간적으로 착각하기도 한다. 한사람만 착각을 일으키는 것이 아니라, 주위사람들의 연쇄적인 착각을 불러일으키기도 한다. 일어나지 말아야 할 실수가 연속되는 부분에서 웃음이 터지고 있는 것이다. 이 지점에서 듣는 사람들의 기대치가 무산되기 때문이다.

이러한 유형의 이야기는 군대유머 혹은 군대이야기에서 흔히 찾아볼 수 있는 대표적인 실수담의 하나이다. 여기서 실수담이란 보통 수준의 인물이 등장하여 주의를 소홀히 하거나 조심하지 않아 잘못을 저지르는 이야기를 의미한다. 실수할 만해서 실수하는 것이 아니라, 실수할 만하지 않은데 실수를 저지르는 경우에 해당한다고 하겠다. 이 유머 속의 훈련병들은 실수를 저지르지만 대부분 그 잘못을 곧바로 깨닫는 지극히 정상적인 인물이다.[36] 다만, 일부 병사가 험상궂은 점호 분위기 때문에 엉뚱한 실수를 범하고 있다. 이를 두고 바보가 된 것 같다느니, 어리버리 하다느니 평하고 있는 것이다. 신병들의 이러한 현상은 급격한 상황변화와 극도의 긴장상태에서 발생하는 일시적 우매화 혹은 주체성 상실 때문이라고 할 수 있다.[37]

---

36) 옆 사람의 실수에 키득거리기도 하고, 웃음을 참기도 하는 모습에서 이를 짐작할 수 있다.

37) 백종천, 『국가방위론』, 박영사, 1985, 569쪽.

훈련과정에서 일어나는 실수담도 활발하게 전승된다.

〈아직도 120번 훈련병이 누군지 우린 모른다〉
조교들은 유격훈련 전날부터
우리에게 온갖 욕설과 협박으로
유격훈련에 대한 두려움과 공포감을 조성했고
우리는 모두 '내일 죽었구나!' 했다.
이윽고, 본 유격훈련 시간, 교관 왈,
"여러분은 지금부터 몇 번 훈련병이 아닌
몇 번 올빼미다 알았나?"
"네! 알겠숨다!"
훈련병들은 큰소리로 소리쳤다.
갑자기 정적이 흐르고 우리는 눈알조차 굴릴 수가 없었다.
그러던 순간, "야" 하는 소리와 함께,
지휘봉으로 누군가를 가리켰다.
곧바로 터진 대답은,
"네! 120번 뻐꾸기."
아뿔싸! 어떻게 해야 될지,
교관도 조교도 훈련병 모두 고개를 숙여야 했다.
황토가 섞인 콧물도 뿜는 훈련병도 있었다.
훈련장 모두가 한마음이 되어 웃음을 참아야 했다.[38)]

유격훈련을 소재로 한 실수담이다. 유격훈련은 남달리 높은 강도의 인내와 군기가 요구되기 때문에, 유격교관과 조교들은 "눈알조차 굴릴 수가 없을" 정도로 공포스러운 분위기를 조성하는 경우가 일반적이다. 또한 유격훈련 중에는 평소와 다른 복장과 언어를 사용하도록 되어 있

38) 〈아직도 120번 훈련병이 누군지 우린 모른다〉, 폭소닷컴(2004. 1. 7) 외 여러 곳.

다. 그 대표적인 것이 계급이나 성명 대신에 올빼미 번호를 사용하는 호칭방법이다. 즉, 예화에서와 같이, 자신의 이름을 사용하지 않고 "O번 올빼미!"라고 하면 된다.

그렇지만 이러한 호칭은 일반사회에서는 사용해본 경험이 없을 뿐만 아니라, 일상적인 군생활 중에도 사용하지 않는다. 낯선 호칭과 긴장된 상황은 종종 이러한 실수를 저지르게 만든다. 따라서 이 유머는 새로운 환경이나 조직에 적응하는 과정에서 얼마든지 일어날 수 있는 실수담이라고 할 수 있다.

다음은 실수담과 유사하면서도 그 성격이 조금 상이한 이야기를 들어보기로 한다.

> **〈군대 용어〉**
> 사오정이 군대를 갔다.
> 훈련소에서 고참이 말했다.
> "앞으로는 사회에서 쓰던 모든 말을 버리고,
> 군대용 언어를 사용한다!
> 모든 말의 끝은 '다'와 '까'로 끝나야 한다! 알았나?"
> 이때 사오정이 큰 목소리로 대답했다.
> "알았다!"
> 고참 왈,
> "내 말뜻이 이해가 안 가나본데,
> 모든 말의 끝은 '니다, 니까'로 끝나야 한다! 알았나?"
> 역시 사오정이 큰 목소리로 대답했다.
> "알~았~다~니~까~!"[39]

---

39) 〈군대 용어〉, 문화일보 1999년 10월 28일자 및 서울신문 2006년 12월 20일자 외 여러 곳. 일부 자료에는 〈군대 간 사오정〉이라는 제목으로 불리기도 한다.

남의 말을 잘 알아듣지 못하는 것으로 유명한 사오정이 훈련소에 입대하여 군대언어에 대하여 교육을 받고 있었다는 것이다. 군대에서는 모든 문장의 서술어미를 평서문일 때에는 '~다.'로, 의문문일 때에는 '~까?'로 끝맺도록 되어 있다고 고참이 사오정한테 가르쳐 준다. 그러나 사오정은 '알았다.'라고 반말로 대답하자, 고참은 다시 '~니다.'와 '~니까?'라는 높임말로 끝맺어야 한다고 더욱 자세하게 설명해준다. 그렇지만 사오정은 종국에는 '알았다니까.'라고 답하였다는 것이다.

이 유머가 웃음을 유발하는 것은 표면과 이면의 상반성(相反性) 때문이다. 표면적으로 본다면 사오정은 고참의 지시를 그대로 따른 셈이다.

고참의 지시 [기대]	**사오정의 반응 [무산]**
1차 : '~다 / 까'를 사용하라	'알았다.'라고 답변함
2차 : '~니다 / 니까'를 사용하라	'알았다니까!'라고 답변함

그러나 이는 표면적인 수용일 뿐이며, 이면적으로는 정반대의 결과를 가져온다. 사오정의 반응은 존대가 아닌 반말에 해당하며, 그마저 호통을 치고 있어 반복적으로 상반성을 증폭시키고 있다. 이를 '기대 - 무산'의 대립쌍으로 구조화시켜 본다면, 이 유머는 '작은 기대 - 작은 무산 - 큰 기대 - 큰 무산'의 이중적 확장구조를 찾아볼 수 있다. 이와 같이 평문과 의문문의 혼동이나, 예사말과 높임말의 몰이해에서 비롯된 표면과 이면의 상반성은 웃음을 유발하는 요소로 작용하고 있다고 할 것이다.[40)]

---

40) 이런 대립쌍의 존재는 이야기의 주요한 구조라고 할 수 있다. 그러므로 대립쌍 구조가 설화형 유머에서 발견되는 것이 자연스러운 현상이라 생각한다.(Alan Dundes, *The study of folklore*, Prentice-Hall, 1965, p.210 및 p.213.)

이런 성격을 고려한다면, 이 유머는 보통 이하 수준의 인물에 의해 보통 이하의 행위가 이루어지는 우행담이라고 할 수 있다. 사오정은 상대방의 말을 알아듣지 못하는 보통 이하 수준의 이해력을 가진 인물이다. 곧 사오정은 애초부터 바보 같은 면모를 지니고 있다. 그가 보여주는 행동 역시 보통 수준 이하이다. 그는 상대방의 말을 기계적으로 받아들일 뿐이며, 그 결과 두 사람 사이에는 기초적인 의사소통마저 이루어지지 않는다. 근원적으로 고참과 사오정 사이에는 의사소통의 통로가 닫혀 있는 상황인 셈이다. 이처럼 〈군대 용어〉 유머는 전형적인 우행담으로서의 면모를 지니고 있다고 본다.

이를 앞에서 다룬 실수담과 비교한다면 두 가지 측면서 분명한 차이가 있다. 첫째는 인물의 전형성이다. 실수담의 주인공은 보통 수준의 평범한 인물이며, 일시적으로 주의를 집중하지 않아서 혹은 주변상황의 변화에 미처 적응하지 못해서 실수를 범한다. 반면에 우행담의 주인공은 보통 수준 이하의 인물로서, 그는 거의 모든 경우에 우행을 저지른다. 전승자들도 이미 그가 바보임을 알고 있으며, 그의 행위가 우연한 실수가 아닌 필연적인 우행으로 받아들인다.

둘째, 인물간의 상황설정이 상이하다. 즉, 의사소통 구조의 설정이 서로 다르다는 점이다. 실수담은 두 인물 간의 의사소통 통로를 열어두고 있지만, 우행담은 애초부터 의사소통 통로가 폐쇄되어 있다. 그 결과 실수담에는 여러 가지 방향의 언행과 결과를 기대할 수 있으나, 우행담에는 오로지 한 가지 비정상적인 방향만 열려져 있다. 사오정 같은 인물이 보여주는 바보스러운 언행은 선택된 것이 아니라 이미 그렇게 정해진 것이라고 할 수 있다.[41]

결국, 신병훈련담에는 크게 입대 이후의 변화된 새로운 자기의 발견,

그리고 내무생활과 훈련과정에서 벌어지는 실수 또는 우행을 다룬 유머가 주류를 이루고 있음을 볼 수 있다. 입소는 격리의 시작점이며 자기위상의 변화가 이루어지는 시점으로, 이는 신병훈련담의 주요한 주제 중의 하나이다. 실수담과 우행담은 군생활에 대한 적응과정에서 벌어지는 삽화를 소재로 하여, 일반사회에서의 탈사회화(脫社會化) 과정에서 겪게 되는 내적, 외적 전환의 국면을 반영하고 있다.

신병희학담 : 신병과 고참이 만드는 희학과 역희학의 국면들

신병훈련을 마친 훈련병들은 자대에 배치된다. 이때부터 신병들은 비로소 기간병과 함께 생활하게 되며, 자대 배치 이후 얼마간은 '전입신병'이라는 특별한 이름으로 불리게 된다. 전입신병이라는 호칭은 보통의 기간병과는 다른 위상을 지니고 있으며, 보통 병사와는 다르게 취급된다는 것을 시사한다.

이런 점에서 자대에 배치된 신병에 관한 유머 중에서 신병과 고참과의 관계를 다룬 이야기는 눈여겨 볼만하다. 특히, 이들 부류의 유머는 신병이 자대에 배치된 직후를 배경으로 하며, 신병과 고참과의 첫대면 상황을 토대로 한다는 점을 눈여겨 볼 필요가 있다.

〈호적조사〉

상병 : 야! 너 집 어디냐?

이병 : 예, 서울입니다.

41) 군대에서 바보스러운 언행을 반복하는 우매한 인물을 지칭하여 '고문관'이라고 한다. 이들 고문관의 우행을 소재로 한 이야기는 하나의 독립적인 유형으로 분류할 수 있을 정도로 활발하게 전승되고 있으며, 이들 이야기의 구체적인 면모에 대해서는 기간병유머에서 상론하기로 한다.

상병 : 서울이 모두 네 집이냐? 집이 어디냔 말이다!
이병 : 서대문구 북××동 218의 13호입니다.
상병 : 누가 호적조사 나온 줄 알아, 임마.[42)]

신병이 전입해 왔을 때, 신병과 선임병이 주고받았을 법한 대화로 이루어진 유머이다. 그런데 이들의 대화는 다분히 일방적이다. 선임병의 물음에 신병이 어떠한 대답을 하던지 간에 트집을 잡히게 되어 있기 때문이다. 즉, 서울이라고 대략적으로만 대답하면 서울이 모두 네 집이냐고 생트집을 잡고, 번지까지 자세하게 대답하면 호적조사를 하느냐고 시비를 건다.

이처럼 신병의 말귀 하나하나는 모두 선임병이 트집을 잡기 위한 대상으로 이용된다. 선임병은 신병의 대답을 듣고 난 후, 그때그때 적당한 말꼬투리를 잡아 신병을 곤경에 빠트린다. 이때 신병과 선임병의 관계는 절대적인 수직관계이다. 신병은 절대적으로 열세한 위치에서 선임병의 언어희학을 고스란히 감내해야 한다. 그에 비하여 절대적으로 우세한 위상을 차지하고 있는 선임병은 어떻게든 꼬투리를 잡아 신병의 처지를 곤란하게 만들려고 한다. 이와 같이 신병을 비정상적인 방법으로 괴롭히는 내용을 가진 일군의 군대유머를 신병희학담이라고 부른다.

이런 점에서 신병희학담은 이른바 신참례(新參禮) 혹은 신입의례(新入儀禮)와 연관이 있다고 할 수 있다. 신참례는 새로운 진입자(進入者)와 기존의 선배 사이에서 이루어지는 일종의 상견례로서, 처음으로 얼굴을 마주 대하는 자리이면서 또한 상하의 위계를 공고히 하는 비공식적

42) 〈호적조사〉, 서정범, 『이바구별곡』, 범조사, 1988, 136~137쪽.

의례이다.[43] 이와 마찬가지로 고참이 신병의 말을 트집 잡는 희학행위는 바로 상하의 위계를 분명히 하기 위한 방법의 하나라고 생각한다. 이렇듯 희학적 언행은 이른바 고참에 의한 신병 길들이기 관습에 기초하고 있는 것으로 생각한다.[44]

이외에도 신병 희학 또는 길들이기의 이면에는 고참병들의 우월감과 과시욕이 투영되어 있음을 볼 수 있다.

〈군대에서만 통하는 유머1〉

즐거운 PX.

선임병이 후임병에게 꿀꽈배기를 하나 던져주면서.

선임병 : 야! 이거 어떻게 생긴 것 같냐?

후임병 : 꼬여 있습니다!

선임병 : 그게 니 군생활이다.[45]

고참은 신병의 군생활이 꿀꽈배기처럼 꼬여 있다고 했다. 꼬여 있다는 것은 앞으로 겪어야 될 군생활이 결코 녹록치 않다는 사실을 암시한

....

43) 박홍갑, "조선시대 면신례 풍속과 그 성격," 『역사민속학』, 제11집, 한국역사민속학회, 2000, 233~234쪽.

44) '신참 길들이기'는 병사들 사이에서만 존재하는 것은 아니라 병사와 초급간부 사이에서도 벌어지기도 한다. 그 대표적인 사건이 1994년 9월 육군 제53사단에서 발생했던 이른바 '소대장 길들이기'이다. 당시 소대 분위기를 좌지우지했던 고참 병사들은 신임 소대장을 구타하기도 하고, 다른 병사들을 시켜 소대장에게 반말을 하게 했으며, 심지어 소대장 방에서 화투를 치거나 상급지휘관이 방문했을 때는 소대장의 전투화를 감추어 곤혹스럽게 만들기도 했다. 이렇게 고참 병사들에 의해 자행된 하극상 및 상관모욕으로 인해 건군 이래 최초의 장교 무장탈영 사건이 일어났으며, 수사 결과 29명이 구속되었다.(경향신문, 1994년 10월 6일자 외 여러 곳)

45) 〈군대에서만 통하는 유머1〉, 문화일보 2004년 9월 16일자 ; 서경석, 『병영일기』, 시공사, 2003, 62쪽.

다. 비꼬인 모양의 꽈배기처럼 군생활 속에는 많은 우여곡절이 내재되어 있으며, 이를 극복하는 일이 만만치 않다는 뜻이다. 이와 같은 군생활의 우여곡절은 신병과 고참에게 서로 다른 의미를 부여하고 있다.

먼저, 신병에게 있어서 군생활은 앞으로 헤쳐 나가야 할 대상이다. 그것은 남아있는 군복무 기간 동안 겪어야 할 미래이다. 그렇기에 전입 신병에게 미래의 험난한 군생활을 언급하는 것은 자대 배치 초반에 그들의 기를 꺾기 위한 하나의 방편이 될 수 있다. 이와 달리 고참에게 있어서 군생활은 그동안 감당해온 과거이다. 이제 막 군생활에 입문한 신병의 입장에서 본다면, 고참이 겪어온 군생활은 성취의 결과이자 부러움의 대상이기도 하다. 그렇기에 이런 고참의 행동은 자신이 얼마나 힘든 군생활을 감당해 왔는지 드러내어 과시하고픈 심리를 반영하고 있다고 생각한다. 이렇듯 고참의 행위는 신병에 대한 희학일 뿐만 아니라, 고참 자신의 성취감과 우월감을 과시하려는 양면적인 의식을 표출하고 있는 것으로 보인다.

〈군대식 때밀기〉

어느 날 군대 고참과 신병이 함께 목욕탕을 갔다.
한참 때를 밀고 있던 고참이 신병에게 말했다.
"등 밀어!"
신병은 고참의 등을 정성스럽게 밀었다.
고맙게도 다음에 고참이 신병의 등을 밀어주려 하였다.
고참은 신병의 등에 때타월을 대고 한마디 했다.
"움직여!"[46]

46) 〈군대식 때밀기〉, 경향신문 2003년 5월 23일자 및 2006년 4월 18일자 외 여러 곳.

목욕탕에서 신병이 고참의 등을 밀어 주었더니 고참이 신병의 등을 밀어 주기로 한다. 그러나 고참은 가만히 있고 도리어 신병에게 움직이라고 했다는 것이다. 이 역시 신병을 길들이는 내용을 담고 있는 희학담의 하나이다. 다만, 이전의 희학담이 어희적(語戱的) 성격이 강하다면, 때밀기 유머는 정상적인 일상생활에서 일어날 만한 사건을 다루었다는 차이가 있다.

이 유머는 역할을 전도시켜 웃음을 유발하는 장치를 가지고 있다. 일반적으로 때밀기는 때타월을 든 사람이 다른 사람의 등을 밀어주는 방식으로 행해진다. 그런데 이 유머에서는 등을 내민 사람이 몸을 움직여서 때를 닦는 방식으로 이루어진다. 이렇게 통상적인 역할을 맞바꾸어 줌으로써 의외의 상황이 연출되도록 만들어 웃음을 유도한다.

그렇지만 유머 속에 담겨진 의식은 크게 다르지 않다. 고참은 등을 밀어준다고 했지만, 결과적으로 신병을 더욱 고달프게 했을 뿐이다. 이러한 희학은 궁극적으로 고참의 위상이 일반적인 때밀기 방식보다 우선한다는 것을 강력하게 암시하고 있다. 이를 통해서 고참과 신병 사이의 상하관계는 절대성을 가지고 있음을 분명하게 선언한다. 그것은 상식적인 행위를 초월할 정도로 엄격한 절대성이다. 이와 같이 희학담 속에는 고참과 신병의 절대적인 위계질서에 대한 고참의 왜곡된 과시욕과 그에 대한 비판적 인식이 함께 투영되어 있음을 볼 수 있다.

그러나 다음 유머에서는 고참들의 신병 희학이 역전되어 형상화되고 있다.

〈신병의 누나〉

신병이 들어오자 고참 하나가 물어봤다.

"야, 너 여동생이나 누나 있어?"
"옛, 이병 아무개! 누나가 한 명 있습니다!"
"그래? 몇 살인데?"
"24살입니다!"
"진짜야? 이쁘냐?"
"옛! 이쁩니다."
그때 내무반 안의 시선이 모두 신병에게 쏠리면서
상병급 이상 되는 고참들이 하나 둘씩 모여 앉았다.
"그래! 키가 몇인가?"
"168입니다."
옆에 있던 다른 고참이 묻는다.
"몸매는 이쁘냐? 얼굴은?"
"미스 코리아 빰 칩니다!"
왕고참이 다시 끼어들며 말했다.
"넌 오늘부터 군생활 폈다.
야, 오늘부터 얘 건들지마!
건드리는 놈들은 다 죽을 줄 알아!
넌 나와 진지한 대화 좀 해보자."
"아그야, 근데 니 누나 가슴 크냐?"
"옛! 큽니다."
갑자기 내무반이 조용해지더니
별 관심을 보이지 않던 고참들까지 모두 모여 들었다.
"어? 니가 어떻게 알아. 네가 봤어?"
신병이 잠깐 머뭇거리며 말했다.
"옛! 봤습니다."
고참들이 모두 황당해 하며 물었다.
"언제? 어떻게 봤는데? 임마! 빨랑 얘기해 봐."
그러자 신병이 약간 생각을 하다가 대답했다.
"조카 젖줄 때 봤습니다!"[47)]

신병이 전입해오면 고참병들은 신병의 애인이나 누나에 대하여 관심을 기울인다. 그런데 갓 전입해온 신병이 미스코리아 빰칠 정도의 미모를 갖춘 누나가 있다고 하였다. 더구나 신병은 누나의 가슴까지 직접 목격했다고 했다. 이러한 신병의 말은 고참들의 기대감을 한층 부풀어 오르게 만들 만하다. 여기까지의 상황설정과 전개는 보통의 신병희학담과 크게 다르지 않다고 할 수 있다.

그러나 유머의 끝부분에서 의외의 결말을 설정함으로써 단번에 고참병의 기대를 무너뜨리고 있다. 왜냐하면 신병이 누나의 가슴을 본 것은 바로 조카에게 젖을 먹일 때였기 때문이다. 이성에 대한 병사들의 관심에 기대어 흥미진진하게 진행되다가 급작스런 상황에 봉착한 것이다. 유머의 이러한 결말은 의도적인 오도(誤導)의 결과라는 점에서 일순간 웃음을 유발한다.

이 유머의 구조는 이야기의 진행에 따라 대화 내용과 인물 사이의 갈등관계가 조금씩 상이하게 전개된다. 또한 이러한 변화에 따라 이야기 속에 함축된 전승집단의 의식세계 역시 달라지고 있는 것으로 보인다. 신병과 고참의 대화내용은 서두, 중반, 결말을 거치면서 누나의 존재 여부, 누나의 미모와 신체적 조건을 거쳐 누나의 혼인 폭로로 이어진다. 먼저 누나의 존재 여부를 묻는 부분은 고참이 절대적으로 우월한 위치를 이용하여 신병을 희학하는 행위이다. 이렇게 이야기의 서두는 기존 구성원과 신입 구성원 사이에서 서로의 위계를 분명하게 드러내기 위한 신참례로서 시작되고 있다.

중반부의 대화는 누나의 미모와 외형으로 확대된다. 신병은 자기 누

47) 〈신병의 누나〉, 폭소닷컴(2004. 1. 7) 및 문화일보 1998년 10월 15일자 외 여러 곳.

나가 미스코리아에 못지않은 외모를 가지고 있다고 큰소리친다. 얼굴은 미모의 판단기준이라면, 가슴은 몸매의 판단기준 중의 하나이다. 그들이 누나의 얼굴과 몸매에 대한 관심은 여성의 외형적 조건을 중시하고 있음을 말해준다. 이렇듯 여성의 외적 조건을 중시하는 이유는 성적으로 억압된 상황에 대한 심리적으로 해소해보려는 의식이 잠재한 것으로 볼 수 있다. 이런 의식은 혈기 왕성한 20대 청년들 위주로 구성된 군대사회에서 때때로 과장되어 표출되는 성적 언술과 연관되어 있는 것으로 생각된다.[48)]

결말부분에서는 누나의 기혼 사실을 폭로함으로써 대단원을 맞이한다. 누나가 이미 혼인했다는 언술은 앞서 제기되었던 두 가지의 동기를 한꺼번에 무산시켜 버린다. 즉, 신병을 희학하려던 동기와, 성적 억압을 해소하려던 동기를 모두 무색하게 만들어 버린다. 이로써 고참과 신병 사이에 형성되었던 갈등은 의외의 결말을 통해 해소되고 있다. 기대하지 않았던 사실, 즉 누나의 기혼 사실을 폭로하여 이전의 상황을 반전시키는 동시에 고참의 의도를 무력하게 만든 것이다.

이렇게 이야기의 전개에 따라 대화내용과 인물의 갈등, 의식세계가 긴밀하게 표출되고 있으며, 그 구체적인 흐름은 다음 도표와 같이 정리할 수 있다.

48) 여성에 대한 병사들의 언술은 부정적인 측면도 가지고 있다.(조성숙, "군대와 남성," 『후기사회학대회논문집』, 한국사회학회, 1996, 223~224쪽.) 그러나 이러한 병사들의 이성에 대한 관심에 대해서 부정적으로만 치부할 것이 아니라, 완전한 성인으로 성장하는 과정의 일부로 간주할 필요도 있다. 청년기는 비성적(非性的) 존재에서 성적 존재로의 전환이 이루어지는 시기로서, 이성에 대한 관심과 호기심이 많은 편이기 때문이다.

구 분	서 두	중 반	결 말
대화내용	누나의 존재 여부	누나의 외모	누나의 혼인 폭로
갈등양상	고참 〉 신병	고참 ≧ 신병	고참 〈 신병
의식세계	신병 희학 (신구 · 상하 관계 확인)	성적 호기심 해소 (성 의식의 불완전성)	신병 희학의 무산 성적 억압 해소의 무산

이와 같이 이 유머는 고참과 신병의 위상이 급격하게 역전되고 있으며, 그 이면에는 '신병희학시도 - 희학무산', '성적호기심해소 - 해소무산'의 이중적 반전의 구조가 내재하고 있음을 볼 수 있다. 이러한 이중적 반전구조는 이전의 신병희학담과는 그 성격이 판이하게 다른 부분이다. 따라서 이러한 면모를 가진 군대유머는 희학에 대한 희학, 곧 역희학담(逆戱諧談)이라고 부를 만하다고 본다.

이러한 부류의 역희학담은 신세대 신병이 등장하는 이야기에서도 찾아볼 수 있다.

〈신세대 신병들의 에피소드〉

고참들은 신병들의 군기를 잡기 위해
최고참이 맨 앞에서 뛰고 신병들을 가운데 뛰게 한 다음
군기를 담당하는 사병이 맨 뒤에서 뛰면서
신병들의 군기를 잡기로 했습니다.
서서히 신병들이 지쳐갈 때쯤,
앞서서 뛰던 최고참이 서서히 속력을 높이기 시작했고,
아니나 다를까 신병들이 서서히 뒤처지기 시작했습니다.
그러자 그때를 놓치지 않고 맨 뒤의 군기사병이 소리를 치기 시작했죠.

"어쭈! 이 자식들이 점점 처지네, 빨리들 뛰어!"
그러자 신병들은 열심히 뛰기 시작했지만
얼마 못가서 다시 처지기 시작했죠.
그러자 다시 군기사병이 소리를 쳤습니다.
"야! 이 자식들이 빨리빨리 뛰지 않을래!"
그러자 이때 어느 신병이 하는 말,
"바쁘시면 먼저 가시겠습니까?"[49]

전방의 어느 수색부대에서 전입신병의 군기를 잡기 위하여 알통구보를 하기로 했다. 고참과 군기사병이 짜고 일부러 구보 속도를 높이기로 하고, 만약 신병들이 따라오지 못하면 이를 빌미로 하여 신병의 군기를 잡기로 계략을 꾸민다. 고참병들이 의도했던 대로 신병들은 대열에서 뒤처지기 시작했고, 군기사병은 신병들에게 빨리빨리 뛰라고 고함을 친다. 신병에 대한 고참들의 군기 잡기가 성공적으로 이루어지는 듯한 결정적인 순간, 신병은 바쁘시면 먼저 가시라고 대꾸하여 고참병들의 의도된 계략을 일거에 좌절시킨다.

이러한 신병의 태도는 신세대적 성격을 반영한 것으로 생각된다. 신세대가 기성세대와 다른 점 중의 하나는 자신의 생각과 주장을 직설적으로 표출한다는 것이다.[50] 결국 고참들이 모의한 신병 군기 잡기는 신세대의 인식과 충돌하고 있으며, 종국에는 고참병들의 패배로 귀결된다. 이 이야기 역시 신병 군기 잡기를 소재로 한 희학담이면서, 또한 이를 무산시키는 역희학담이라고 할 수 있다.

이처럼 누나 이야기와 구보 이야기는 모두 역희학담에 속하는 유머이

49) 〈신세대 신병들의 에피소드〉, 블로그 네이버닷컴(2004. 11. 10) 및 한국유머연구회, 『유쾌한 웃음백서』, 꿈과희망, 2006, 20쪽 외 여러 곳.
50) 홍두승, 『한국군대의 사회학』, 개정증보판, 나남출판, 1996, 52쪽.

며, 이들 역희학담은 다양한 형상화 방식이 사용되고 있는 것으로 보인다. 먼저, 누나 이야기에서는 신병희학의 소재인 누나의 성격을 이용하고 있다. '고참 - 신병 - 누나'로 형성되는 삼각관계가 일반적인 희학담의 구조라고 한다면, 역희학담에서는 '고참 - 신병 - 미혼누나 - 기혼누나'의 이중 삼각구조가 형성된다. '누나'를 미혼과 기혼으로 세분화 혹은 특성화 함으로써 역희학담의 구조를 갖추었다고 할 수 있다.

다음, 구보 이야기에서는 희학대상인 신병의 성격을 특성화시키고 있다. 이야기의 전반부에서는 '고참 - 군기사병 - 신병'으로 이루어진 삼각구조에 기초하여 일반적인 희학담이 전개된다. 하지만 후반부에서는 '고참 - 군기사병 - 구세대신병 - 신세대신병'의 이중 삼각구조를 형성시켜 상황을 반전시킨다. 이는 '신병'을 구세대와 신세대로 구분하여 특성화함으로써 형성되는 이중적 구조인 것이다.

이런 역희학담의 구조는 다음과 같이 정리할 수 있다.

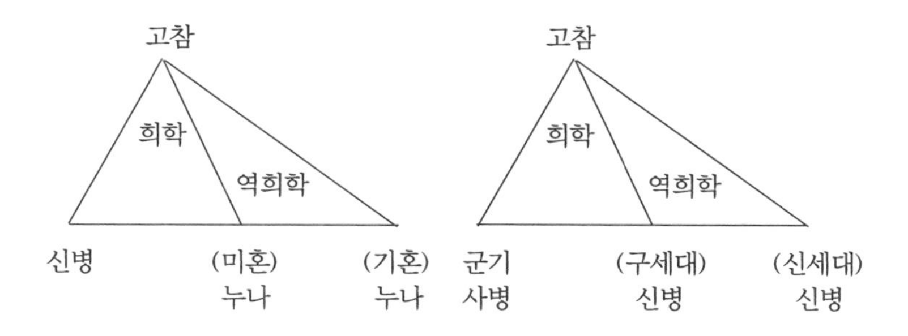

결국 역희학담에서는 희학의 소재나 희학의 대상 등 어느 한 인물의 성격을 특성화시키는 기법을 통하여 국면의 전환을 꾀하고 있음을 볼 수 있다. 이렇듯 다양한 방식의 도입은 유머의 구조를 다단하게 만들고 그 내용을 풍성하게 해주는 이점이 있다. 이는 궁극적으로 희학담의 활발한 전승을 가능하게 하는 생명력을 담지하고 있다고 생각된다.

신병생활담 : 적응과 부적응의 쌍곡선

자대에서의 임무와 역할, 상급병과의 관계 등에 있어서 전입신병은 모든 것이 낯설고 서투르다. 그렇기에 전입신병은 새로운 생활환경과 조직구성원들과 일정기간 동안의 적응과정을 거치게 마련이다. 이러한 자대에서의 신병생활은 훈련소 생활과는 다른 국면의 적응과 부적응 이야기가 만들어지게 된다.

> **〈군인다운 생각〉**
> 어느 날 소대장이 신병에게 국기 게양대의 높이를 재라고 했다.
> 신병이 줄자를 가지고 국기 게양대 위에 올라가려고 끙끙거렸다.
> 그때 지나가던 병장이 궁금해 물었다
> "야! 위험하게 거기는 왜 올라 가냐?"
> "네! 소대장님이 게양대 높이를 재오라고 하셨습니다."
> 그러자 병장이 한심하다는 듯이 말했다
> "야! 힘들게 왜 올라가!
> 게양대 밑에 너트를 풀어서 눕혀놓고 길이를 재면 되잖아?"
> 그러자 신병이 인상 쓰면서 하는 말.
> "소대장님이 원하는 건 높이지 길이가 아닙니다."[51]

어떤 소대장이 신병에게 국기게양대의 높이를 재오라고 했다고 한다. 이에 신병은 줄자를 가지고 국기게양대를 올라가 그 높이를 재려고 애를 썼다는 것이다. 이에 지나가던 병장이 국기게양대를 눕혀놓고 길

51) 〈군인다운 생각〉, 문화일보 2005년 3월 22일자 외 여러 곳.

이를 재면 된다고 알려준다. 그러나 신병은 소대장이 알고 싶어 하는 것은 국기게양대의 길이가 아니라 높이라고 대꾸했다는 내용이다.

문면으로만 본다면 신병의 말은 틀린 것은 아니다. 소대장은 높이를 재오라고 한 것과 다르게, 병장은 길이를 재라고 하였기 때문이다. 어휘의 표면적 의미로 보아 높이와 길이는 엄연히 다르다는 것이 신병의 주장이다. 이러한 신병의 태도는 상급자의 지시에 대해서 추호의 어긋남도 없어야 한다는 군인적인 사고를 보여준다.

하지만 게양대를 눕혀 놓으면 그 길이와 높이는 사실상 동일하다. 어휘만 다를 뿐, 중대장이 말하는 높이와 병장이 말하는 길이는 실질적으로 같다. 이런 점에서 병장의 조언은 상급자의 지시를 충족할 수 있을 뿐만 아니라, 이행방법 역시 손쉽고 효율적이다. 결국, 병장은 상급자의 지시와 주어진 상황을 고려하여 최대한 효율적인 방법을 도출하고 있다는 점에서 합리적인 사고를 보여주는 인물이다.

이와 같이 국기게양대 이야기는 상반된 성격의 두 인물을 등장시켜 이중적인 주제의식을 함축하고 있는 것으로 보인다. 그것은 바로 명분과 실리의 대립이라고 할 수 있다. 신병의 입장에서 보면, 아무리 어려운 과정을 거친다고 하더라도 중대장이 내린 명령의 문구 그 자체를 중시해야 한다는 의식이 강하게 자리 잡고 있다. 이는 다소 어려움을 겪더라도 철저하게 상급자의 지시 자체를 중시하고, 문구 하나까지도 소홀히 할 수 없다는 인식이다.

이에 비하여 병장은 상급자의 지시를 이행하는 데 있어서 쉽고 효율적인 방법을 찾아야 한다는 생각을 보여준다. 이는 가능한 한 효율적인 방법을 모색하여 실리를 잃지 않도록 해야 한다는 생각이다. 이처럼 이 유머에서는 명분 중심의 사고와 실리 중심의 사고가 상호 대립하고 있다고 할 것이다.

이 유머의 묘미는 바로 이러한 두 가지 사고가 만들어내는 관계에 놓여 있다. 표면적으로 보아 이 이야기의 주제의식은 병장을 통해 보여준 실리론을 택하고 있는 것으로 보는 것이 합당하다. 실리적 입장에서 보면, 신병의 행위는 상급자의 말에 대한 맹목적인 추종에 불과하다고 할 수 있다. 그것은 지나칠 정도의 과잉 적응현상일 뿐이다. 반면, 이면적으로 본다면 신병이 보여준 명분론적 행위도 또 하나의 주제의식으로 자리 잡고 있는 것으로 보인다.

결국, 신병은 군생활에 잘 적응하고 있으면서 또한 적응하지 못하는 과도기적 단계에 머물고 있다고 생각된다. 이런 과도기에는 흔히 명분과 실리가 조화되지 못하는 경우도 일어날 수 있으며, 신병이 바로 그러한 인물의 모습을 형상화하고 있다고 본다. 이것이야말로 군인으로의 의식적 전환이 이루어지는, 즉 군대사회화 과정에서 나타나는 적응과 부적응이 공존하는 쌍곡선이라고 규정할 만하다.

〈지가 기면서〉

전방의 어떤 중대장이 각 내무반을 돌면서
저녁점호 보고를 받았다.
중대장이 한 사병에게,
"사단장님과 연대장님의 관등성명은?"
사병은 큰 소리로,
"사단장 김××, 연대장 박××입니다."
중대장은 만족스럽다는 듯 다음 내무반으로 갔다.
그 내무반에 갓 들어온 신병에게,
"직속상관 관등성명은?"
그러자 사병은 제대로 답변을 못하는 것이었다.

중대장이 화를 내면서 다시,
"직속상관 관등성명은?"
이렇게 묻자 신병은,
"지가 기면서."[52]

직속상관의 관등성명을 물어보는 중대장에게 신병이 "지가 기면서." 라고 답했다는 것이다. 직속상관의 이름을 제대로 외우지 못하는 것도 커다란 잘못인데, 반말 투의 사투리로 엉뚱한 답변을 하여 더 큰 잘못을 저질렀다고 했다. 이러한 신병의 언행은 자신이 처한 상황과 위치를 망각한 행위라고 할 수 있다. 그는 지금 자신이 군에 와 있다는 사실조차 인지하지 못할 정도로 미숙한 인식을 보여준다. 이는 군생활의 부적응 현상을 과장되게 보여주는 유머로서, 앞에서 다루었던 과잉적응현상과는 대비되는 경우라고 할 수 있다.

〈사오정도 군대 가나?〉
군대에 갓 들어온 신병이 어느 날 전화를 받았다.
따르릉! 따르릉!
신병 : 네! 1소대 이병 아무개.
전화건 사람 : 어! 그래, 여기 '짬차' 한 대 가니까 준비하고 있어.
신병 : 네 알겠습니다!
이때 옆에서 보고 있던 중대장이 물어보았다.
중대장 : 어이, 뭐래냐?
그러자 이 불쌍한 신병이 이렇게 말했다.
신병 : 네. '장갑차' 한 대가 오니까 준비하랍니다.
중대장 : 무어라? 장갑차?
놀란 중대장은 그길로 방송을 때려서

52) 〈지가 기면서〉, 서정범, 『너덜별곡』, 한나라, 1994, 348쪽.

온 소대원들을 연병장에 칼같이 열을 세워 대기하고 있었다.
그러나 한참이나 시간이 지나고 결국 멀리서,
'툴툴툴툴' 소리를 내며 느린 속도로 '짬차'가 오고 말았다.
진상을 알게 된 중대장의 얼굴색이
갑자기 검붉은 색으로 변해갔고 그 결과,
제 친구 녀석과 그 귀먹은 신병은
'완전군장'을 하고 연병장을 돌았다.
대략 30바퀴쯤 되었을 때,
중대장님도 한편 불쌍하다는 생각이 드셨는지
그 불쌍한 신병을 부르시더니 이렇게 말씀하셨다.
중대장 : 이제 '반성문' 쓰고 들어가.
신병 : 네, 알겠습니다!
신병은 제 친구에게로 와서 이렇게 말했다.
신병 : 중대장님께서, 이제 '방독면' 쓰고 돌랍니다.[53]

사오정 시리즈로 꾸며진 신병유머인데, 사오정이 말귀를 잘못 알아들어 일어난 두 가지의 사건을 다루고 있다. 첫 번째 사건에서는 짬차, 즉 식사 운반 차량을 장갑차로 오해하여 중대장을 긴장시킨다. 두 번째 사건에서는 반성문을 쓰고 들어가라는 중대장의 지시를 방독면을 쓰고 돌라고 잘못 전달하여 고참병을 고생시킨다.

이는 유사한 소리를 가진 어휘를 이용하여 전달내용이나 의미를 왜곡하는 기법을 사용한 어희(語戱) 또는 말장난 형태의 유머라고 할 수 있다.

53) 〈사오정도 군대 가나?〉, 폭소닷컴(2004. 9. 21) 외 여러 곳. 한편, 문화일보 2009년 9월 2일자에는 〈입대한 사오정〉이라는 제목으로 유사한 내용의 유머가 실려 있다.

대화자	정상적 어휘/문장	왜곡된 어휘/문장
전화자－신병	짬차(가 오니 준비하라.)	장갑차(가 오니 준비하라.)
중대장－신병	반성문(을 쓰고) 들어가라.	방독면(을 쓰고) 돌아라.

이를 보면 전체적인 문장은 유지하되 일부 단어를 소리가 비슷한 다른 말로 바꾸는 방식으로 뜻을 왜곡하고 있다. 이렇게 유사한 소리를 가진 어휘로 교체함으로써, 소위 말하는 시니피앙(signifiant 記標)과 시니피에(signifié 記意) 사이에 불일치 현상을 만들어낸다. 그 결과 졸병과 상급자 사이에는 언어적 소통통로는 차단되고, 본래의 내용과는 거리가 먼, 상대방이 기대했던 바와는 전혀 다른 결과를 가져오게 된다.

이렇게 말을 알아듣지 못하거나 잘못 전달하여 생기는 우스운 이야기는 하나의 하위유형을 이룰 정도로 활발하게 전승되고 있는데 두 가지 예를 더 들어 보기로 한다.

〈빵 하나 우유 하나〉

이등병인 사오정이 열심히 대걸레를 잡고
내무반 청소를 하고 있을 때였다.
고참이 사오정을 급히 부르며,
"야! PX 가서 빵 하나 우유 하나 사와."
그러자 사오정 이등병은
눈썹이 휘날리도록 PX에 뛰어 다녀왔다.
PX에 갔다 온 후에 사오정이 고참에게 내놓은 것은?
'빠나나 우유'[54)]

54) 〈빵 하나 우유 하나〉, 폭소닷컴(2004. 9. 21) 외 여러 곳.

〈오토리버스〉

제가 군대에 있을 때 이야기입니다.
저의 내무반에 신병이 하나 들어왔습니다.
그런데 그 신병이 좀 다른 애들하곤 약간 틀리게
어리버리 정도가 쫌 지나치고
귀가 잘 안들리는지 헛짓을 가끔 합니다.
어느 날 나와 신병 그리고 고참병장이 있었습니다.
토요일이라 내무반에 최신가요 테이프를
크게 틀어 놓고 있었습니다.
A면이 다 돌아가고 테이프가 멈추는 소리가 나고
그 병장이 신병에게 한마디를 했습니다.
"어이 신병아, 오토리버스"
신병이 "잘 못들었습니다."
"짜슥아! 오토리버쓰"
그리고는 화장실을 갔다.
신병이 머뭇거리더니 갑자기 웃통을 벗는 겁니다.
그러자 병장이 들어와서 그 장면을 목격했습니다.
나와 병장은 어이가 없었습니다.
"야 너 웃통을 왜 벗어 짜식아!"
"웃도리 벗으라고 하셔서……."[55)]

이렇게 말을 잘못 이해하거나 내용을 잘못 전달하는 이야기의 공통점은 신병들의 귀먹음 현상이다. 신병들의 귀먹음 현상은 예상치 못한 결과를 초래하게 되며, 이는 '정상발화 - 어휘치환 - 왜곡전달 - 의외결과'로 이어지는 구조를 보여준다. 이때 유사한 소리를 가진 어휘를 이용한

55) 경향신문 1998년 10월 15일자에는 사오정 부자 간의 유머로 되어 있다. 또한 훈련소에서 조교가 얼차려를 계속 반복하라는 뜻으로 'auto reverse'라고 했는데 윗도리를 벗었다는 내용으로 바뀌어져 있기도 하다.

의사소통 왜곡이 웃음을 자아내는 기능을 담당하고 있다.

그런데 여기에서 다시 한 번 주목할 부분은 신병이 군대유머에서 의사소통 왜곡의 주인공으로 자주 언급되고 있다는 점이다.[56] 이렇게 신병이 비정상적 언행을 일삼는 인물로 등장하는 이유는 낯선 군생활 때문인 것으로 생각된다. 신병에게 있어서 자대에서 벌어지는 상황들은 대부분 처음 겪어보는 것들이며, 엄격한 계급질서로 구성된 인간관계 역시 익숙하지 않은 부분이다.

게다가 병사들은 자의적으로 입대한 경우가 거의 없다는 점에서 군생활에 대한 자발적인 동기부여는 기대하기 어렵다. 또한 군대에서는 대다수의 사항들이 타의에 의해서 결정되기 때문에 병사들은 생활에 무관심하거나 무기력한 태도로 임하는 경우가 많다. 그러므로 신병생활은 곧 낯설고 미숙한 국면에의 비자발적 적응과정이라고 할 수 있으며, 신병생활담은 이런 적응과정에서 볼 수 있는 무관심하거나 소극적인 병사들의 인식을 반영하고 있다고 할 것이다.

신병유머 속에 담겨진 의미망

신병유머는 신병생활의 전개에 따라서 입영담, 신병훈련담, 신병희학담, 신병생활담으로 나눌 수 있다. 아울러 이러한 구분은 신병유머의 소재와 내용을 함께 고려한 것이기도 하다. 우선 입영담은 입영통지서의 수령에서부터 입영까지의 일들을 소재로 한 유머로서, 주로 입영통

56) 신병 이외에 고문관이라고 부르는 인물도 통상 엉뚱하거나 비정상적인 언행의 주인공으로 등장한다. 고문관은 군생활 중에 어리숙하거나 우매한 행위를 일삼는 사람을 지칭하는 군대 비속어의 일종이다. 이에 대해서는 다음 절에서 다루기로 한다.

지서를 받는 순간을 다룬 유머와 입영전의 불안심리를 그린 유머가 주류를 이룬다. 이들 유머에는 사회에서 군대로의 격리에서 오는 심리적 충격과, 낯선 군조직에 대한 비자발적 진입과정에서 발생한 불안감이 그려져 있다.

신병훈련담은 훈련소에 입소에서부터 퇴소할 때까지의 사건을 다룬다. 훈련소 생활은 익숙했던 일반사회의 관습과 규범을 탈피하는 대신 군대에서 필요한 언행과 지식을 습득하여 군인으로 탈바꿈하는 탈사회화의 현장이다. 이러한 탈사회화 과정에서 부딪히게 되는 최저계급으로서의 위상을 확인하는 유머와, 군대규범의 습득과 군사훈련 중에 일어나는 실수와 우행에 관한 유머가 중심을 이룬다. 실수담은 보통 수준의 사람이 부주의하여 일어나는 사건을 다룬 것이라면, 우행담은 수준 이하의 전형적인 인물이 범하는 지속적인 우행을 다룬 것이다. 이러한 신병훈련소에서의 자기위상 확인이나 실수, 우행은 급격한 환경변화에 의한 정체성 혼란과 일시적 우매화 현상을 반영한 것으로 보인다.

다음, 신병희학담은 자대 배치 초기에 행해지는 신병희학을 소재로 한 일군의 유머를 말한다. 신병희학담은 언어적인 희학을 다룬 것과 육체적인 희학을 다룬 것이 주로 전승되고 있으며, 이들 이야기 속에는 상하관계를 분명하게 천명하려는 의도와 함께 고참들의 성취욕과 과시욕을 표출하려는 의도가 함축되어 있다. 이런 점에서 신병희학담은 신입자를 침학하는 신참례 풍속과 연관이 있다. 한편, 이러한 희학담은 역희학담으로 발전되기도 한다. 역희학담에서는 희학의 대상이나 소재를 특성화함으로써 고참과 신병의 관계가 역전되며, 고참의 희학의도를 무산시키려는 의식이 강하게 표출되고 있다.

한편, 신병생활담은 자대 배치 이후 전입신병의 생활을 소재로 한 것으로서, 본격적인 군생활 적응과정에서 일어나는 각종 사건을 형상화하고 있다. 여기에는 국기게양대 유머처럼 명분과 실리의 대립을 다룬 것도 있고, 관등성명 이야기처럼 전형적인 부적응형 인물을 다룬 것도 있다.

하지만, 신병생활담 중에서 가장 활발하게 전승되는 것은 말을 왜곡하여 전달하는 유머이다. 어휘 왜곡의 대표적인 것이 상대방 말의 일부를 유사한 소리의 다른 단어로 치환하는 방법이며, 이런 치환행위는 종국에는 전달하고자 했던 의미를 상당하게 왜곡하는 결과를 초래한다. 이런 어휘 왜곡담은 군생활에의 비자발적 적응과정에서 유래된 무관심이나 소극적인 태도가 반영되어 있다.

기간병유머에 나타난 군대사회화와 양가성

사회화 과정과 기간병유머의 범주

사회학적 관점에서 바라본 군대사회화 과정은 결과론적 측면만을 강조하는 경향이 짙다. 실제 군생활을 경험하는 병사들은 인식적이고 정서적인 측면에서 보다 다단한 굴곡을 겪어내고 있다고 본다. 경우에 따라 서로 상반되거나 모순되는 인식을 보이기도 한다. 이러한 병사들의 인식적 편차는 사실적인 체험담을 통해서 혹은 허구적으로 형상화된 문학작품을 통해서 살펴볼 수 있다. 이런 점에서 군대유머는 사실과 허구가 어우러진 현대 구비전승물의 한 가지 형태로서 한국인의 문화와 의식세계를 엿볼 수 있는 하나의 대상이라고 생각한다.

기간병유머에는 대체로 신병기간을 벗어난 시기부터 시작하여 제대병 취급을 받기 전까지의 유머들이 포함된다. 이 기간은 군복무 기간의 상당한 부분을 차지하며, 교육훈련 · 내무생활 · 과업 · 면회 · 휴가 등 군생활의 다양한 경험들이 이 기간 중에 이루어진다. 따라서 기간병유머는 군생활의 다양한 체험을 다루고 있다는 점에서 군대유머의 중심을 이룬다고 할 만하다.

이렇게 신병 시절이나 전역별 시절에 비하여 기간병 시절은 절대적으로 길다. 기간이 긴 만큼 유머의 소재가 될 만한 삽화들도 많으며, 관련되는 등장인물들도 훨씬 다양하다. 전승되는 기간병유머의 종류나 각편 수도 다른 하위범주에 비해 매우 많은 편이다. 그러므로 기간병유머를 한꺼번에 다루는 것은 효과적이지 않다.

이에 기간병유머는 등장인물과 공간적 배경을 기준으로 하여 두 부류로 나누어 살펴볼 수 있다. 첫 번째 부류는 등장인물이 병사들로 제한되고 영내 공간을 배경으로 하는 기간병유머이다. 이런 부류의 유머는 군대사회화 과정에서 드러나는 양가성(兩價性)을 축으로 하여 기간병유머 속에 함축된 이중적 의미층위를 살펴보는 것이 의미가 있다.

두 번째 부류는 병사와 함께 가족이나 애인 같은 외부인물이 등장하고 영외 공간을 배경으로 하는 기간병유머이다. 이들 유머에 대해서는 병사와 외부 등장인물 사이에 형성된 관계망의 전변양상을 중심으로 살펴보는 것이 의미가 더 크다고 본다. 그러면 첫 번째 부류인 영내 기간병유머의 다양한 면모부터 들여다보기로 하자.

자아존중과 자기비하 : 정체성의 혼돈과 그 흔적들

재사회화가 성공적으로 마무리된 사람은 새로운 정체감을 갖는다고 한다.[57] 특수한 형태의 재사회화라고 할 수 있는 군대사회화를 거친 병사들은 군인으로서의 정체감을 갖게 될 것으로 보인다. 그러나 군인으로서의 완전한 정체성을 확립하는 단계에 이르기까지 병사들은 여러 차례에 걸쳐 정체성의 혼돈을 거듭 경험하게 마련이다. 이러한 정체성에 대한 다단계적인 혼란 경험은 신병 시절부터 시작하여 기간병 시절까지 지속된다.

이와 같이 여러 단계에서 겪는 정체성의 혼란상을 효과적으로 살피기 위해 신병 시절을 배경으로 하는 유머 하나를 예로 들어 보기로 한다. 이 유머는 그 성격상 신병유머에 속한 것이지만, 정체성 혼란을 다룬 기간병유머와의 연계성을 살펴보기 위해 부득이 여기에서 다룬다.

〈제초제보다 싸잖아!〉

논산훈련소에서 고생하고 있던 훈련병 시절,
제일 많이 했던 일은 훈련이 아니라 제초작업이었다.
그날도 넓은 평지에 있는 잡초를 다 뽑으라는 명령을 받았다.
불평불만을 하며 풀을 뽑고 있던 중 어떤 녀석이,
"제초제 사다 뿌리면 다 없어질 텐데, 왜 우리한테 시키냐?"
라며 의문을 제기했다.
그런데 재수 없게 교관이 옆에서 그 말을 듣고 있었다.
모두들 바짝 긴장했다.
그리고 교관의 다음 말을 듣고
모두들 한동안 충격에서 헤어나지 못했다.
"너희들이 제초제보다 싸잖아."[58]

57) 김선웅, 앞의 책, 101쪽.

훈련병 시절 논산훈련소에서 잡초 제거 작업을 했다고 했다. 훈련병들은 '훈련'이 아닌 '작업'에 임하면서 정체성의 혼란을 겪는 것으로 보인다. 다시 말해서 입대하기 전의 예상과는 달리 훈련보다 작업의 비중이 너무 높았던 것이다. 군인은 훈련에 전념해야 하는데 그렇지 않았다는 뜻이다. 이에 훈련병들은 불평을 털어 놓는다. 그런데 우연히 이들의 대화를 엿들은 교관이 훈련병이 '제초제'보다 싸기 때문이라고 답했다는 것이다.

이 순간 훈련병들이 한동안 충격에 휩싸인 이유는 불합리성의 경험 때문이다. 병사들은 제초제를 뿌리면 해결되는 일을 인력으로 대신하는 것에 대하여 불합리하다고 생각한다. 그러나 이는 군대에 대한 이해 부족 내지 군인으로서의 정체성 혼란 때문이라고 할 수 있다. 군대에서 필요한 시설은 외부에서 공사를 담당하고, 훈련과 생활에 소요되는 물품 역시 외부에서 조달한다. 그러나 건물이나 시설을 관리하는 일은 해당 부대에 맡겨진다. 외부에서 조달된 물품의 관리 역시 해당 부대에서 담당하도록 되어 있다. 예컨대, 내무반이나 체육관을 짓는 일은 외부업체에서 시공하지만, 준공 이후 이를 청소하고 주기적으로 보수하는 일은 군에서 해야 한다. 지급된 총기의 관리, 의류의 세탁과 수선, 식료품의 조리와 취식 역시 군에서 해결해야 하는 일이다. 이처럼 군대는 훈련기관이면서 동시에 생활공동체를 이루고 있기 때문이다.

그러나 병사들은 이런 점을 이해하지 못하는 경우가 흔하다. 훈련병들이 잡초 제거에 대해 불평하는 것도 군대에 대한 이해 부족이라고

---

58) 〈제초제보다 싸잖아〉, 폭소닷컴(2004. 4. 27); 〈제초제와 훈련병〉, 문화일보 2006년 9월 7일자 및 2009년 6월 23일자; 황현, 『악랄 가츠의 군대이야기』, 바오밥, 2009, 139쪽 외 여러 곳.

할 수 있다. 왜냐하면, 훈련소 내의 잔디밭도 훈련소를 구성하는 자연환경의 한가지이며, 이를 깔끔하게 유지하는 것도 군대생활의 일부분이기 때문이다. 이는 마치 자기 집 주변의 잡초를 뽑는 것과 동일한 것이며, 자기 집 정원의 잔디밭을 가꾸는 것과 같은 일이다. 다만 그것을 인력으로 하는가, 제초제를 사용할 것인가 하는 문제가 남아 있을 뿐이다.

그렇지만 병사들은 아직 군인으로서의 정체감을 정립하지 못한 상황에서 이를 납득하지 못한다. 다시 말해서 징집된 군인이 해야 할 일에 대한 인식의 혼란을 보여준다고 할 수 있다. 이 문제는 징집의 범위를 어디까지 볼 것인가 하는 문제와 직결되어 있다. 병사들은 시간적 측면과 신체적 측면의 징집은 받아들이고 있지만, 노동력의 징집에 대해서는 의견이 대립되어 있다. 노동력은 시간적 신체적 요소와 불가분의 요소이기 때문에 정당한 징집의 범주에 포함된다.[59] 여기에서 서로 대립되는 인식의 충돌을 찾을 수 있다. 그것은 바로 병역의 의무를 다하기 위해 징집된 존재이지만, 하나의 인격체로서의 존중받고 싶어 하는 병사들의 내면적 인식 충돌이라고 할 것이다.

〈군대의 인재들〉

어느 날 김병장이 대원을 소집했다.

김병장 : 야, 여기 피아노 전공한 사람 있어?

박이병 : 네, 접니다.

김병장 : 그래. 너 어느 대학 나왔는데?

박이병 : K대 나왔습니다.

59) 배은경, "군가산점 논란의 지형과 쟁점," 『여성과 사회』, 제11호, 한국여성연구소, 2000, 96~97쪽.

김병장 : 그것도 대학이냐? 다른 사람 없어?
조이병 : 저는 Y대에서 피아노 전공했습니다.
김병장 : Y대? S대 없어? S대?
전이병 : 제가 S대입니다.
김병장 : 그래. 여기 피아노 좀 저기로 옮겨봐라.

그 다음날.
김병장 : 여기 미술 전공한 사람 나와!
김일병 : 네, 제가 미술 전공입니다.
김병장 : 어느 대학인데?
김일병 : Y대 디자인학과입니다.
김병장 : 그것도 대학이냐?
고일병 : 제가 H미대 출신입니다.
김병장 : 그래, 오! 좋아. 족구 하게 선 좀 그려라.

그날 저녁.
김병장 : 여기 검도한 사람 누구야?
강이병 : 제가 사회에 있을 때 검도 좀 했습니다.
김병장 : 몇 단인데?
강이병 : 2단입니다.
김병장 : 2단도 검도한 거냐? 다른 애 없어?
이일병 : 네, 제가 검도 좀 오래 배웠습니다.
김병장 : 몇 단인데?
이일병 : 5단입니다.
김병장 : 그래! 이리 와서 파 좀 썰어라.[60]

고참병이 소대원 중에서 피아노를 전공한 병사를 찾았다고 했다. 여러 명의 일류대학 전공자가 손을 들었지만, 고참병은 이들을 모두 무시

60) 〈군대의 인재들〉, 문화일보 2004년 10월 23일자 외 여러 곳.

하고 유독 S대학 출신의 전공자를 찾는다. 그래서 S대학의 피아노 전공자가 손을 들었더니 고작 피아노를 옮기는 단순한 일을 시켰다는 것이다. 이 유머는 미술 전공자, 검도 고단자로 내용을 변이시켜 삽화식 연작 형태를 보여주고 있다. 그러나 어느 경우에나 전공과의 진정한 연관성을 고려하지 않고 전혀 엉뚱한 작업지시를 내리고 있어 웃음을 유발한다. 가능하면 일류대학생이나 고단자를 선별하여 기대수준을 높여놓고 난 후, 결말에서는 사소한 과업을 부여함으로써 기대치를 무산시키는 기법이다. 등장인물의 위상을 극도로 왜소화(矮小化)시켜 반전을 유도함으로써 웃음이 유발되는 장치라고 할 것이다.

이들 삽화에서의 갈등은 병사의 기대와 군내 활용 수준의 격차에서 발생한다. 병사를 선발할 때에는 최상의 조건을 요구하지만, 그들을 활용할 때에는 정반대로 사소한 일을 시킴으로써 그러한 최상의 조건이 갖는 가치를 무화(無化)시켜 버린다. 이러한 부조화는 하급자와 상급자 사이에 존재하는 인식의 불일치에서 유래한다. 하급자는 각자 특별한 재능을 갖추고 있는 인격체로서의 자아정체성을 인정받고 싶어 한다.[61] 그러나 상급자는 그러한 재능의 특별함을 인정하지 않으려 한다.

군대에서는 일반사회와 상이한 기준과 위상이 적용되는 것이 당연하다. 일반사회에서 최상의 가치를 인정받는 것도 군에서는 그렇지 못한 경우가 흔히 있을 수 있다. 이러한 가치인식의 차이를 인식하지 못하면 그들 사이의 간극에서 웃음이 유발되는 것이다. 그러므로 하급자는 사회의 관점에서 인식하고 있다면, 상급자는 군대의 관점에서 대응하고

61) 인간은 자아와 관련하여 자기지식 욕구, 자기고양 욕구, 자기향상 욕구라는 세 가지 동기를 갖는다고 한다.(한규석, 『사회심리학의 이해』, 개정판, 학지사, 2002, 78쪽.)

있다고 할 수 있다. 다만, 상급자는 처음에는 하급자와 동일하게 사회적 관점에서 출발하는 것처럼 가장하고 있을 뿐이다.

이런 점에서 이 유머의 근저에는 다분히 병사의 기대수준과 군대의 활용수준 사이에 존재하는 거리감이 깔려 있다고 볼 수 있다. 병사들의 기대수준이 사회적 관점에서의 인정받고 싶어 하는 욕구라면, 활용수준은 군대의 관점에서 제시되는 새로운 평가라고 할 수 있다. 인정 욕구는 곧 자아존중감과 관련이 깊다. 그러나 문제는 사회와 군의 인정기준이 다르다는 데 있다. 군조직과 문화에 익숙하지 못한 상황에서, 병사들이 대면해야 하는 군과 민의 차이는 자아존중감에 손상을 줄 수도 있다. 이러한 자존의식의 손상은 자기비하 의식과 짝을 이룬다고 할 수 있다. 따라서 이 유머에서는 이상을 지향하는 자아존중감과, 현실에 바탕을 둔 자기비하 의식의 병립을 보여준다고 하겠다.

이처럼 군대유머 속에 나타나는 자아존중감과 자기비하 의식은 대립적으로 공존한다. 다음 자료에서도 상반된 두 인식의 병존을 볼 수 있다.

〈그대와 나〉
그대 봄에 소풍 갈 때
따가운 햇살 받으며 잡초를 뽑는 이 있고,
그대 여름에 피서 갈 때
매일 무너지는 제방 다시 쌓는 이 있고,
그대 가을에 낙엽 갈무리 할 때
길가에 부스럼 없이 낙엽을 치우는 이 있고,
그대 겨울에 스키장 갈 때
날 밤을 새며 눈을 치는 이들이 그곳에 있다.
그대 초코파이 먹기 싫다 버릴 적에
하나 가지고 나눠 먹으며

평생을 같이 할 사람이란 정을 느끼고
자기의 피와 바꾸며 먹는 곳!
잃는 것도 많지만 얻는 것도 많은 곳!
사회에 나와서 인정 안 해준다 하지만,
난 그곳에서 정을 느꼈고
인생의 쓰라림을 배웠고
사람을 얻었습니다.[62)]

그대라고 일컬어지는 민간인의 생활에 비추어 군인의 정체성을 대조적으로 보여주는 유머이다. 화자에게 있어서 군생활은 봄에는 잡초를 뽑고, 여름에는 제방을 쌓으며, 가을에는 낙엽을 치우고, 겨울에는 눈을 치우는 것으로 상징적으로 표현된다. 이들 활동은 모두 '작업'이라는 코드로 수렴되며, 군생활은 육체적 · 정신적으로 고달픈 삶의 과정임을 뜻한다.

그러나 군생활에 대한 결론적인 인식은 '잃는 것도 많지만 얻는 것도 많은 것'으로 귀착된다.[63)] 군생활의 고달픔 그 자체가 새로운 성장의 과정이자, 초코파이 하나를 나누어 먹을 줄 아는 전우애를 체험하는 기회로서 의미가 있다는 것이다.[64)] 이 단계에 이르면 군복무 중에 실시하는 병사들의 작업은 슬픔의 코드이자 기쁨의 코드이기도 한다.

62) 〈그대와 나〉의 뒷부분, 폭소닷컴(2004. 6. 6) 외 여러 곳.
63) 실제로 이는 군복무의 이익과 불이익에 대한 조사결과에서도 확인된다. 군복무를 통해 얻는 것이 많은지, 잃는 것이 많은지에 대한 설문결과를 보면, 얻는 것이 많다는 답변이 39%, 잃는 것이 많다는 답변이 32%, 반반이라는 의견이 29%라고 한다. 이를 보면 군생활은 이익과 불이익이 비슷한 수준인 것으로 보인다.(안상수, "군가산점 부활 논쟁과 남성의 의식," 『페미니즘연구』 7권 2호, 한국여성연구소, 336~339쪽.)
64) 윤진 · 김도한, "군복무 경험이 청소년기 발달에 미치는 영향," 『'95 연차대회 발표논문집』, 한국심리학회, 186쪽.

이와 같은 유머들은 입대한 병사들이 자아정체감을 확립하는 과정에서 나타나는 대립적 혼돈과 그 흔적들을 담고 있다고 할 수 있다. 그것은 불완전한 성인이자, 미숙한 군인으로서 직면할 수밖에 없는 카오스적 상황에서 기인한 것이다. 이처럼 군대유머의 한 축에는 입대 이후 겪게 되는 재사회화 과정에서 인격체로서의 자아존중감과, 이의 좌절에서 오는 자기비하감과 같은 상충된 인식을 엿볼 수 있다.

경험의 각인화와 인상화 : 군생활의 편린과 일상의 회복

기간병유머는 군생활의 다양한 면면들을 사실적으로 혹은 허구적으로 형상화한다. 이는 군생활에 관한 일종의 신변잡기 내지 일화라고 할 수 있으며, 형형색색의 편린으로 이루어져 있다. 이러한 편린들을 통하여 군생활 전반에 걸친 특별한 경험들은 오랫동안 기억되는 한편 지속적으로 반추된다. 그런데 이처럼 훗날까지 추억되는 군복무 경험은 훈련이나 내무생활의 일탈된 경험이 대부분이다.

〈군인의 고백〉

숲속에서 큰일(?)을 치루는 광경을 누구에게 들키기 전에
이 자리를 피해야겠다는 생각에서였다.
누군가에게 들키기라도 하는 날에는
'기인열전'에 나가야 할지도 모르는 일이었다.
재빨리 엉덩이 쪽으로 휴지를 가져가는 순간,
뒤쪽 수풀에서 부스럭 소리가 나며 누군가가 내려왔다.
'산토끼' 정도이기를 기도했다.
하지만 신은 내 편이 아니었다.
그렇게 어색한 상황에 등장한 인물은 옆 중대 중대장이었다.

그 중대장은 나를 보며 빙그레 웃었다.
곤란해 뒈질 것 같았다.
문득, 그 중대장은 '상급자에 대한 경례'를
최우선 과제로 삼는 간부라는 것이 생각났다.
병신처럼 휴지를 든 오른손으로 경례를 할 뻔 했다.
내가 그렇게 덩 자세와 경례 자세 사이에서 어정쩡하고 있자,
그 중대장이 '편히 쉬어'를 말하는 말투로 얘기했다.
"아냐, 아냐! 계속 해! 계속 싸!"
그리고는 의미 있는 웃음을 짓고 아래로 내려갔다.
"이런, 이게 무슨 개망신이야!"
난 벌겋게 달아오르는 얼굴을 왼손으로 감싸며
다시 휴지를 엉덩이로 가져다댔다.
그 때 또 한 번의 부스럭 소리가 들렸다.
이번엔 제발 산짐승이기를 바랬다.
하지만 신은 죽었다.
중대원들이 줄지어 내려오고 있었다.[65]

어떤 병사가 겨울에 실시되는 야외훈련 도중에 야지에서 대변을 보다가 망신을 당했다는 이야기이다. 야외훈련 시에는 대소변을 볼 수 있는 화장실이 없는 경우가 흔히 있다. 특히 산간지역에서 훈련을 할 경우에는 더욱 그러하다. 그런데 한참 대변을 보는 중에 지나가던 인접 중대장과 대면하면서, 예기치 않았던 문제가 발생한다. 더욱이 중대장 뒤에는 100여 명의 부하들이 따라오고 있었으니 사태는 매우 심각한 국면으로 돌입한다. 그러한 자신의 곤란한 처지를 두고, 화자는 "신은 죽었다"라고 비유적으로 표현하고 있다. 중대장 한 명에게 노출된 것도

65) 〈군인의 고백〉의 일부분, 김하사닷컴(2004. 6. 6) 외 여러 곳.

부끄러운데, 줄줄이 행군하는 중대원 전체에게 그런 장면을 들켰던 것이다.

그러나 화자는 이야기를 "훈련 복귀 후 강원도 철원에서 호랑이 똥이 발견됐다는 뉴스를 보았다. 뉴스에서는 굵기로 보나, 양으로 보나 호랑이의 것이 분명하다고 했다. 난 아직도 방송사에 그것은 내 것이라고 말하지 않고 있다."[66]라고 끝맺고 있다. 이러한 화자의 언술을 보면 그 때의 사건은 부끄러운 추억으로 기억되지 않는다. 오히려 화자는 이 사건을 기억에 남을 만한 사건, 자신의 뇌리에 각인된 특별한 경험으로 인식하고 있다고 보는 것이 합당하다.[67]

이렇게 각인화(刻印化)될 수 있었던 것은 그날 경험의 비정상성 때문이다. 대소변 상황은 이떠한 이유로도 공개될 수 없는, 그것 자체로 완전한 사적 요소이다. 그러나 일반사회와 달리 군생활 중에는 이런 사적 요소도 불가피하게 노출될 수 있으며, 그 결과 특별한 경험으로 각인화될 수 있었다고 할 것이다. 이와 같이 군경험은 비정상과 정상, 공적 부분과 사적 부분이 나누어지기 어려운 애매모호성을 띤다. 따라서 이와 같이 상궤(常軌)를 벗어난 일탈적 사건은 각인화된 기억의 소재로 채택되기 십상이다.

〈취사병 내무반을 위기에서 구하다〉

내가 바지를 내리는 순간

66) 〈군인의 고백〉의 끝부분, 김하사닷컴(2004. 6. 6) 외 여러 곳.

67) 노인들의 생애 구술을 보면 연대기적 기억보다 사건 중심의 경험이 지배적이며, 이러한 사건 중심의 기억은 '각인된 경험'으로 남아 있다고 한다. 또한 무수히 많은 경험 중에서 선택된 기억은 각인된 경험이라고 한다.(박경숙, "생애 구술을 통해 본 노년의 자아," 『한국사회학』 제38집 4호, 한국사회학회, 2004, 112쪽 및 127쪽.)

당직사관과 모든 병사들의 시선은 나에게로 집중되었고
당직사관과 병사들은 쇼킹한 표정으로
"허거걱!"
당직사관이 소리쳤다.
"야 임마! 빨랑 바지 올려 보기 민망하다.
도대체 어떻게 된 일이야? 왜 팬티를 안 입고 있어?"
나는 고개를 숙인 채 간신히 말했다.
"오늘 갖고 있던 팬티를 모두 빨아서……."
당직사관은 웃긴다는 표정을 지으면서,
"하하! 아무리 그래도 입을 팬티는 남겨두고 빨아야지!
나는 무슨 변태가 한 놈 있는 줄 알았다.
새 팬티 있는 병사 있으면 지금 막내한테 하나 던져줘라.
저 꼴로 잠자라고 할 수는 없잖아?"
나의 노팬티 사건으로 살벌했던 내무반 분위기는
결국 어쨌거나 밝아졌고,
모든 병사들은 무사히 잠들 수 있었으며,
나는 새 팬티 하나를 얻을 수 있었지만…….[68)]

저녁점호 시간에 벌어진 이른바 노팬티 사건을 다룬 것이다. 취사병으로 근무하는 이등병이 오랜만에 빨래를 하게 된다. 빠듯한 일과와 낮은 계급 때문에 평소 빨래를 하지 못했던 그는 기왕 빨래를 시작한 김에 입고 있던 팬티까지 세탁을 하고, 그 결과 노팬티 상태로 점호를 맞이한다. 그런데 문제는 그날 저녁 당직사관이 불시 위생검사를 하면서부터 발생한다. 결국 화자의 노팬티 상태가 드러나고, 그렇게 된 연유 또한 밝혀지지만, 이로 인해 살벌했던 점호 분위기는 오히려 화기애애하게 역전된다. 이와 같이 이 유머는 노팬티 상태의 노출에서부터

68) 〈취사병 내무반을 위기에서 구하다〉, 블로그 파란닷컴(2004. 9. 4) 외 여러 곳.

당직사관의 관대한 처분, 그리고 동료병사들이 보여준 유대감 등을 통해 웃음이 만들어진다. 이들 요소들은 모두 예상하지 못했던 의외성(意外性)을 활용하는 방식이 쓰이고 있다.

이 역시 일탈적 행위에 따른 각인화 내지 인상화(印象化)라고 할 수 있다. 그런데 이 유머에서는 다중적인 각인화가 일어나고 있어 주목된다. 이등병이 입고 있던 속옷까지 빨았다는 것, 팬티를 입지 않고 점호를 했다는 것은 일차적인 각인요소이다. 당직사관이 취사병의 엉뚱한 행위를 감싸주었다는 것, 고참들이 새 팬티를 주었다는 것, 험악했던 내무반 분위기가 반전되었다는 것은 이차적인 각인요소이다.

이들은 모두 정상적 행위의 궤도를 벗어난 일탈적 행위이다. 또한 취사병 개인과 나머지 병사들 그리고 당직사관과의 관계를 통해, 점차 확장되어 기억될만한 경험으로의 반전을 보여준다. 그러한 반전의 기저에는 병사들의 내면에 형성되어 있는 집단적 정체성이 자리 잡고 있다. 이때의 정체성은 개인정체성이 아닌 사회정체성[69]의 차원이라고 할 수 있다. 동료 또는 전우로서 느끼는 정서적 유대감과 멤버십의 확인은 군대사회화의 중요한 전환점이라고 할 만하다.

다음으로 허구적 성격이 강한 예화를 하나 보기로 한다.

〈군대에서 먹은 돈가스 반찬〉

군대에 있을 때입니다.

그날은 저녁으로 돈가스 반찬이 나오는 날이었습니다.

69) 개인정체성은 사람들이 자신을 개성을 지닌 독특한 인물로서 인식하는 것이라면, 사회정체성은 자기가 속한 여러 집단의 한 구성원으로서 자신을 지각하는 것이다.(장미향 · 성한기, "집단따돌림 피해 및 가해경험과 사회정체성 및 사회지지의 관계," 『한국심리학회지』, 제21권 1호, 한국심리학회, 2007, 79쪽.)

우리들은 모두 식당에서 줄을 서 있었죠.
앞에서 웅성거리는 소리에 무엇인가 하고 보니
돈가스를 1인당 2개씩 나누어 준다는 겁니다.
그래서 저희는 '아싸! 봉이다!'라고 생각했죠.
근데 알고 보니 소스는 없다고 하더군요.
부식병이 보급 받을 때
돈가스 한 박스와 소스 한 박스를 가져온다는 것이
실수로 돈가스만 두 박스를 가져온 것이지요.
약간 속이 울렁거림을 느끼면서 우리들은 불평을 해댔죠.
"소스도 없이 돈가스를 두 개나 먹으란 말이냐?"
그때 한 고참병의 말이 잊히지 않는군요.
"야. 우리들은 불평할 필요가 없다.
애들아, 분명히 지금 어느 부대에서는
소스만 두 개 먹고 있는 애들도 있을 끼다."70)

어느 날 저녁 반찬으로 돈가스를 두 개씩 준다고 해서 좋아했다는 것이다. 돈가스가 두 개씩이나 배급되게 된 까닭은 부식병이 소스 대신에 돈가스 박스만 가져오는 실수를 저질렀기 때문이다. 소스도 없이 돈가스를 두 개나 먹어야 한다는 상황은 제법 곤혹스러운 일이다. 이런 상황에서 병사들이 불평을 하는 것은 당연하다. 따라서 이와 같은 병사들의 생각은 정상적이며, 일상적 범주를 넘지 않는다.

그런데 어떤 고참병이 나서더니, 불평하기에 앞서 소스만 먹고 있을 어느 부대의 병사들을 생각해 보라고 했다는 것이다. 우리 부대에서 돈가스를 더 많이 가져왔다면, 분명히 소스만 가져간 부대가 있다는 판단에 기초한 발언이다. 돈가스만 먹어야 하는 우리 부대나, 반대로

70) 〈군대에서 먹은 돈가스 반찬〉, 폭소닷컴(2004. 9. 21) 외 여러 곳.

소스만 먹어야 하는 다른 부대 모두 비정상적인 상황이 처한 것이다. 그러나 상대적으로 본다면, 소스만 먹어야 하는 것보다 돈가스만 먹어야 하는 상황이 더 낫다는 생각이다.

이러한 고참병의 생각은 처해진 상황과, 그 상황에서 연유될 수 있는 문제를 하향적으로 비교한 결과이다. 비록 비정상적인 상황에 처해 있지만, 이를 다른 부대와 비교하여 상대적 우위로 해석하고 있다. 이런 발상은 군생활을 전제로 한 인식이며, 비일상적 언술이라고 할 수 있다.

바로 이러한 비일상적 상황과 언술이 웃음이 일어나는 대목이다. 돈가스만 두 개를 먹어야 하는 상황도 예사롭지 않지만, 돈가스도 없이 소스만 두 개를 먹어야 하는 상황은 더욱 예사롭지 않다. 소스만 두 개를 먹어야 한다는 상황은 더 큰 웃음을 일으키기에 충분하다. 이는 돈가스만 두 개를 먹는 것에 비해 비정상성이 훨씬 강하기 때문이다. 이런 비정상 내지 일탈적 상황이 사람들의 웃음을 일으키는 주요한 기제로 작용하고 있다.

새로운 바보형 인물의 탄생 : 고문관 혹은 군대 속의 바보

고문관 이야기는 신병유머를 비롯하여 기간병유머에 이르기까지 넓게 분포되어 있다. 고문관이란 어리숙하거나 멍청하고 바보스러운 행위를 일삼는 인물을 지칭하는 군대속어이다.[71] 전통적인 바보설화는

71) 고문관이라는 속어가 생겨나게 된 유래는 해방 직후 우리나라에 파견되었던 미국 군사고문단이라고 한다. 1949년 7월 1일 정식으로 설치된 미 군사고문단(KMAG : US Military Advisory Group to the Republic of Korea)은 국군의 창설과 관련된 조언과 고문을 해주기 위해서 고문관을 파견했다. 그후 6 · 25전쟁이 일어나자 1951~1952년 사이에 추가로 5,500여 명이 추가 파견되었다. 미군 고문관들은 간혹 한국군에 대해 우월감을 가지고 권한을 행사하여 원성을 사기도 했으

어리석고 바보 같은 우행을 일삼는 주인공을 소재로 한 이야기로서 일반적으로 치우담(癡愚談)의 일부로 간주된다. 이때의 우행은 실수나 무분별 또는 망각 등을 두루 포함한다. 고문관 유머 역시 전통적인 바보 이야기의 범주와 대체로 유사한 특징을 보여준다. 다음 유머는 전통적인 바보 이야기와 크게 다르지 않은 경우이다.

〈이등병 최불암〉
최불암이 6·25 때 백마고지에서 이등병으로 있을 때,
소대장의 단골 정신교육 메뉴는
'뭉치면 살고 흩어지면 죽는다.'였다.
어느 날 적군의 수류탄이 최불암 소대로 날아드는 게 아닌가?
그 순간 최불암은 필사적으로 소리쳤다.
"모여!"[72]

최불암이 6·25전쟁 때 백마고지 전투에 참가하고 있었는데, 소대장은 항상 '뭉치면 살고 흩어지면 죽는다.'라고 강조했다고 했다. 어느 날 적의 수류탄이 날아오자 최불암은 소대원들에게 모이라고 필사적으로

....

며, 한국군과 서로 언어가 통하지 않아 의사소통이 어려웠다. 이 때문에 남의 말을 엉뚱하게 알아듣는 사람을 고문관이라고 빗대어 부르기 시작했다고 한다.(조성훈, 『한미군사관계의 형성과 발전』, 국방부 군사편찬연구소, 2008, 20~22쪽 및 167~168쪽.)

한편, 미군 고문관이 권위적으로 행동했다는 경험담도 확인할 수 있다. 유명한 정신의학자인 이시형 박사의 친형인 이돈형이 남긴 기록에 의하면, 6·25 때 한국군 포병단에 미군장교가 고문관으로 파견되어 있었다고 한다. 미군 고문관은 한국군 대대장용 지프차를 자기 차처럼 이용하곤 했다. 그런데 미 5포병단장 메이요 대령이 그 미군 고문관의 건방진 행동을 야단쳐 지휘관 행세를 하지 못하게 했다는 것이다.(이돈형, 『어떻게 지킨 조국인데』, 풀잎, 2004, 144쪽 및 161~162쪽.)

72) 〈이등병 최불암〉, 서정범, 『너덜별곡』, 한나라, 1994, 34~35쪽.

소리쳤다는 것이다. 이처럼 최불암은 소대장의 가르침과는 반대로 소리치는 바보의 모습을 보여준다. 소대장의 말뜻을 제대로 이해하지 못하는 바보형 캐릭터가 웃음을 일으키는 핵심적 기제로서 역할을 담당하고 있다.

이러한 최불암의 우행은 상황을 고려하지 않고, 오직 겉으로 드러난 문면의 의미만을 취한 결과이다. 소대장이 뭉쳐야 산다는 것은 서로 단결하여 합심해야만 승리할 수 있다는 말이다. 그러나 최불암은 수류탄이 떨어졌다는 전후사정을 무시하고, 소대장의 말을 기계적으로 수용하고 있다. 표면적으로 소대장의 말에 충실했다고 하겠으나, 이면적으로 그와 정반대의 어긋난 행위를 하고 있다. 이러한 주인공은 한마디로 지적 수준이 낮고 사리를 판단할 능력이 없는 저능인이다. 그는 군대와 상관없이 애초부터 바보이며, 그의 행위는 전형적인 우행일 뿐이다.

그러나 군대유머 속의 고문관은 한층 확장된 측면을 가지고 있다.

〈피티체조〉

어떤 한 사람이 군대엘 갔대요.
근데 아침에 왜 피티체존가? 티피체존가?
아무튼 그거 하는 거 있잖아요.
그걸 하는데, 딱 30개를 하는 거였데요.
근데 왜 그런 거 있잖아요.
하나 둘 하나! 하나 둘 둘! 하나 둘 셋! 이렇게 하는데
왜 스물아홉까지 말하고 서른은 말 안하기.
말하면 다시 첨부터, 다 아시죠?
근데 꼭 한 ×이 계속 "서른! 서른!" 이러는 거예요.
피티체조 시키는 사람도 열이 받아서,
"그럼, 둥글게 둥글게 노래에 맞춰서 티피 체조를 한다! 실시!"
그러면 '둥글게 둥글게, 둥글게 둥글게,

빙글빙글 돌아가며 춤을 춥시다.
손뼉을 치면서 노래를 부르며
랄라랄라 즐거웁게 춤추자!' 하면 끝나는 거였어요.
근데 아까 계속 '서른' 하던 그 사람이,
"딩가 딩가 딩~가 딩가 딩가"[73)]

피티체조는 체력단련을 주목적으로 하는 체조로서, 유격훈련이나 공수훈련 등 강한 체력이 요구되는 훈련을 할 때 집중적으로 실시한다. 또한 피티체조를 할 때에는 정신집중과 단결심을 높이기 위해 마지막 횟수를 외치지 않는 것이 중요한 규칙 중의 하나이다. 만약 이 규칙이 지켜지지 않을 경우 계속 두 배씩 횟수를 늘려 체조를 반복하게 한다.

이렇게 까다로운 규칙을 가진 피티체조를 실시하는데, 꼭 한 명이 마지막 횟수를 복창하여 문제를 일으켰다고 했다. 즉, 스물아홉까지만 번호를 외쳐야 하는데, 정신을 차리지 않고 마지막 번호인 서른을 계속 외쳤다는 것이다. 이에 교관이 〈둥글게 둥글게〉라는 노래에 맞추어 피티체조를 하되, 후렴은 하지 않도록 한다. 그런데 이번에도 여지없이 혼자서 후렴을 불렀다는 것이다.

이처럼 실수를 거듭함으로써 구성원들을 괴롭히는 행위를 일삼는 사람을 속칭 고문관이라고 한다. 고문관이라는 별명은 자의에 의하여 얻을 수도 있으나, 타의적으로 주어지는 경우가 일반적이다. 낯선 환경에서의 실수는 사람을 당황시키고, 이는 또 다른 실수를 만들어내는 요인이 되기도 한다. 이런 실수가 반복되면 종국에는 고문관이라는 불명예스러운 별명이 붙여지게 된다. 사오정 시리즈의 주인공 역시 이러한 고문관 유형에 속하는 인물이다.

73) 〈피티체조〉, 폭소닷컴(2004. 4. 27) 외 여러 곳.

〈사오정과 우정의 무대〉
사오정이 군대에 갔을 때 일이다.
사오정이 입대한 부대에 어느 날,
우정의 무대 촬영팀이 왔다.
사회자는 일단,
"이번 코너에는 국군장병 여러분들의 장기자랑을 보겠습니다.
장기자랑을 준비한 국군장병 여러분들은
무대 위로 올라오세요!" 라고 외쳤다.
당연히 사오정은 그곳으로 올라갔다.
한 사람, 두 사람, 세 사람이 지나가고 드디어 사오정의 차례.
사회자는 사오정에게 어떤 걸 준비했냐고 물었다.
그러자 사오정이 하는 말,
"저희 어머니가 확~쉴(확실) 합니다!"
깜짝 놀란 사회자는 사오정에게,
"이번 코너는 장기자랑 시간인데요!"
라고 했더니 사오정이 하는 말,
"어머니~"[74]

사오정이 군대에 갔을 때, 마침 〈우정의 무대〉라는 텔레비전 프로그램의 녹화가 있었다고 했다. 마침내 장기를 자랑하는 순서에 이르러 사오정도 출연하게 되었다. 사회자가 어떤 장기를 준비했느냐고 묻자, 사오정은 자기 어머니가 확실하다고 엉뚱하게 대답한다. 사오정은 장기자랑 코너를 어머니와의 만남 코너로 오해했던 것이다. 사회자가 장기자랑 코너라고 다시 한 번 상기시켜 주지만, 사오정은 자기가 생각했던 대로 '어머니'를 외치고 있어 조롱의 대상이 된다.

....

74) 〈사오정과 우정의 무대〉, 사오정을 사랑하는 사람들, 『내가 바로 사오정이다』, 자작B&B, 1998, 129쪽.

이처럼 사오정은 주변상황을 고려하지 않고 자신만의 생각을 고집하는 전형적인 고문관의 모습을 보여준다. 코너의 성격이 무엇인지, 사회자의 물음이 무엇인지 관계없이 오로지 자신이 생각했던 대로 말해버리고 만다. 그는 세계와의 관계를 단절하고, 오로지 자신이 구축한 자신만의 세계 속에 머무를 뿐이다. 그가 바보라고 하기보다 오히려 의도적으로 소통을 회피하는 인물을 상징한다고 보는 것이 적절하다.

이러한 유형의 고문관 이야기는 매우 활발하게 전승되고 있는데, 몇 가지 예를 더 들어보면 다음과 같다.

〈사오정 군대 갔대요〉

어느 날, 사오정이 군대에서 빵을 먹고 있었다.
그런데 중대장이 심한 사투리 말로
"빵까루 몽조리 띠라!" 했다.
그래서 사오정은 입에 묻은 빵가루를 다 떼었다.
중대장이 사오정에게
"니 뭐하는 긴가?"
다른 사병들은 다 벙커로 뛰고 있었다.[75)]

〈군대 이야기〉

산골 어느 마을에 있는 군대 이야기다.
아는 분은 알겠지만, 우린 철책의 독립소초에 근무했다.
소초는 각이 정확하게 85.456도 되는 깎아지른 듯한
골짜기를 사다리로 오르락내리락 한다.
그곳 골짜기 속에 우리가 생활하면서 사용하는
물을 펴 올리는 모터펌프가 있다.
어느 날, 그 놈이 고장 났다.

---

75) 〈사오정 군대 갔대요〉, 폭소닷컴(2003. 12. 27) 외 여러 곳.

다리를 다쳤던 나는 골짜기 위 소초에 있고,
박병장이랑 김상병이 골짜기 아래로 내려갔다.
깨작깨작 하더니만, 고장 난 모터펌프를 고쳐냈다.
역시 짬밥이 왕이다.
그런데 소대장이 모터펌프를 틀고 오란다.
경상도 출신의 이병이 사투리로 그 말을 전했다.
"박병장님! 모타 들고 오십시오!"
잠시 후 박병장과 김상병은 온몸이 땀에 젖어 헉헉거리며
그 모타를 들고 소초로 올라오고 있었다.[76)]

〈수통에 얽힌 군대 실화 이야기〉

이등병 때였어요.
여름이었는데 무척 더웠어요.
행정보급관이라구 중대에서 겁나 무서운 사람이 있어요.
중대에서 제일 무서워요. 남자분들은 대충 알아요.
꼴에 전 특공대 출신이죠.
일반 보다 좀 빡세구 좀 더 무섭습니다. 잘은 모르지만…….
하여간 그 행정보급관은 일 만들기 좋아 했어요.
뒤뜰에 호수를 만든대요 글쎄.
중대 병사들은 멀쩡한 땅에 호수를 만드느라
밤낮 땅을 파야 했어요. 그리고 호수가 생겼죠.
군대는 말도 안 되는 일이 가능해집니다.
그러더니 이번엔 그 호수에 물레방아를 만든대요 글쎄.
저는 이등병이라 땅 파는 작업은 열외였는데
그 큰 물레방아를 다 만들더니,
저한테 거기다 전기인두로 지져서 용을 그리랍니다.
가뜩이나 여름에 더운데, 인두로.
그래도 맞으면 아프니까 그렸습니다.

76) 〈군대이야기〉, 폭소닷컴(2003. 12. 27) 외 여러 곳.

전 미대 출신이거든요.
용을 다 그리고 나니깐,
"허! 이 자식 그림 좀 그리네. 야! 가서 니수통 갖구 와라!"
"네?"
했다간 맞아 뒈집니다.
전 그게 '니스통'이란 사실은 꿈에도 생각 못하고..
그저 '니수통' 그러니깐 내 수통을 가져오란 줄 알았습니다.
"아, 이 자식이 목이 마르구나!"
전 잽싸게 내무반으로 가서 수통을 꺼내곤 물을 채웠죠. 가득!
나오다가 하늘 같은 고참들 생각이 났습니다.
'그분들도 목이 마를 것이다.' 하는 생각에
내 옆 고참 군장에서 수통을 하니 더 뺐어요.
거기에다가도 가득! 물을 채워서 행정보급관한테 갔습니다.
나는 아주 크고 당당하게
"여기 있습니다!"
"이게 뭐냐?"
"수통입니다!"
"누가 몰라, 이 자식아?"
저는 '이 자식이 수통 갖고 오라고 시킨 걸 까먹었나?'
순간 그렇게 생각했습니다..
"야, 니스통 갖고 오라고."
제 생각에 수통 하나는 내 것이 확실했습니다.
"이게 제 수통입니다!"
"나랑 장난 치냐? 니수통! 니수통!"
난 오른손에 든 것이 제 수통이 아닌가 생각했습니다.
그래서 왼손에 있는 걸 들고
"아! 이게 제 수통입니다!"
"이거 완전 고문관이구만."
"니! 수! 통! 이 자식아!"

이넘은 말이 안 통하는 넘입니다.
"너 안 되겠어, 네 고참 불러와."
전 고참이 더 무서웠습니다. 그러나 전 잘못한 게 없습니다.
고참을 데려 왔습니다.
"너 이 자식 교육을 어떻게 시켰는데 이 모양이야?"
고참 얼굴이 일그러집니다.
표정에 '너 죽었어!'라고 쓰여 있습니다.
"야, 네가 가서 가져와"
"머 말입니까"
"머긴 뭐야! 니수통!"
중대보급관은 빡이 돌았나 봅니다.
"예 알겠습니다!"
그러더니 바람처럼 사라졌습니다.
"넌 뭐하구 섰어! 대가리 박구 있어!"
바람처럼 살라진 고참,
안 옵니다. 올 리가 없습니다.
제가 고참 수통을 가져 왔거든요.
한참 있다가 울상을 하고 고참이 나타났습니다..
"제 수통 없어졌습니다."
"이 자식들이 단체로 개기는구만."
"너두 대가리 박아!"
전 죽었습니다.
고참이 그럽니다.
"야, 니가 내 수통 갖구 왔지. 너 죽었어."
전 죽었습니다.
그날 저녁 전 이유도 모른 채 얻어터졌고,
일병이 되기 전까진 수통이 군대에서 제일 중요한 물건이라
함부로 가지고 다녀선 안 된다고
머릿속에 입력을 시켜놨습니다.

특히 고참 것은 쳐다보지도 말자라고…….[77]

〈빨리 대포를 쏴라!〉

맹구가 장교로 군에 입대하게 됐다.
그런데 불행하게도 갑자기 전쟁이 터져
경험도 쌓지 못하고 바로 전쟁터로 나가게 됐다.
어느 날 맹구가 선두에서 지휘하고 있는데,
상사 한 명이 뛰어와 보고했다.
상사 : 대장님, 지금 적군이 20리 밖에 와 있습니다.
맹구 : 빨리 대포를 쏴라!
상사 : 대포는 10리 밖에 안 나갑니다.
맹구 : 그럼 빨리 대포 두 발을 쏴라.[78]

이들 이야기 속에는 말귀를 잘 이해하지 못하는 인물이 주류는 이룬다. 다른 사람의 말을 잘못 이해하고 이를 엉뚱하게 전달함으로써 우스운 상황을 연출하게 된다.

벙커로 뛰어가라 → 빵가루를 떼어내라(벙커 : 빵가루, 뛰다 : 떼다)
모터 틀고 와라 → 모터 들고 와라(틀고 : 들고)
니스 통 가져와라 → 니 수통 가져와라(니스 통 : 니 수통)
대포가 10리 밖에 안 나간다 → 20리 밖의 적에게 대포를 두 발 쏴라

이렇게 말을 잘못 이해하는 경우를 소재로 한 유머들은 발음은 유사하지만 뜻은 완전히 다른 단어를 활용하는 것이 가장 일반적이다. 유사한 어휘를 이용하여 웃음을 일으키는 일종의 말놀이라 할 것이다. 그런데 이들 유머는 전통적 바보담과는 조금 상이한 특징을 가지고 있다.

77) 〈수통에 얽힌 군대 실화 이야기〉, 폭소닷컴(2003. 12. 27) 외 여러 곳.
78) 〈빨리 대포를 쏴라!〉, 서정범, 『너덜별곡』, 한나라, 1994, 347～348쪽.

전통적인 바보 이야기에서는 보통 이하 수준의 인물이 등장하여 비정상적 행위를 일삼는 것이 보통이다. 그러나 고문관 유머에서는 주로 말귀를 알아듣지 못하는 인물을 소재로 한 것이 많은 편이다.

이처럼 고문관은 전통적 바보 이야기와 다른 새로운 바보형 인물상이라고 할 만하다. 이런 성격을 가진 고문관의 유형은 다양하다. 진짜 바보인 고문관도 있지만 급격한 생활변화에 따른 일시적 고문관도 있고, 부적응을 고의로 역이용하는 의도적 고문관도 있다. 이런 다양한 고문관의 모습과 그에 대한 인식의 편폭은 매우 넓은 것으로 보인다.[79)]

그렇다면 고문관이라는 존재를 어떻게 평가할 수 있으며, 이러한 고문관 이야기 속에 담겨있는 의미는 무엇인가. 가장 단순한 시각은 군생활에 대한 부적응 현상을 반영한 것으로 보는 것이다. 병사들은 성격적, 지적, 경제적, 문화적 수준에서 상당한 편차를 가지고 있다. 그들에게 있어 군대에 대한 동일한 수준의 적응력을 기대한다는 것은 불가능하다. 따라서 유달리 적응력이 약한 사람이 존재할 수 있고, 그들에 관한 이야기가 고문관 이야기로 만들어질 소지가 크다.

또 다른 시각은 입대자들에게서 찾아볼 수 있는 심리적 퇴행 현상의 반영으로 보는 것이다. 군대는 일반사회와 아주 다른 성격을 가진 특수조직이다. 군에서는 개인보다 집단이 우선시되고, 개별성보다 통일성이 강조된다. 이런 조직문화는 자칫 병사들의 태도를 수동적으로 만들

79) 실제 군경험담을 엮은 책인 『장용의 단결 필승 충성』(북로드, 2005.)을 보면 다양한 형태의 고문관 이야기를 볼 수 있다. 이런 점에서 고문관 이야기는 전통적 바보설화와 대비하여 연구될 만하다고 본다. 양자는 같은 점과 다른 점을 함께 가지고 있어 전통적 설화와 현대적 설화를 연계하여 다룰 때 좋은 소재가 될 만하다.(〈라디오에서 부활했다! 네버엔딩 군대이야기〉, 조선일보 2007년 7월 13일자 참조.)

수도 있고, 주체적이고 자주적인 인격체로서의 면모를 약화시킬 수도 있다. 이런 과정에서 의도적 우행이나 심리적 퇴행이 나타날 수 있으며, 이는 고문관 이야기를 형성하는 주요한 소재가 될 만하다.

마지막으로 생각해 볼 수 있는 것은 낙인화(烙印化) 혹은 피해자 사회화(victim socialization) 현상으로 보는 시각이다.[80] 낙인화란 구성원 중의 한 사람을 바보라고 낙인을 찍으면 점점 바보처럼 행동하게 된다는 것이다. 이렇게 낙인을 찍는 일련의 과정을 통해 피해자를 만들어내는 것을 피해자 사회화 현상이라고 한다. 실제로 한 두 번의 실수를 저지르면, 이를 계기로 그는 집단으로부터 바보 취급을 받게 될 수 있다. 이렇게 하여 만들어진 낙인자 혹은 피해자는 바로 고문관 이야기의 주요한 소재가 될 만하다.

방위병유머 : 또 다른 주변인에 대한 희화화

방위병 제도는 잉여 병역자원을 활용하기 위하여 운영되던 것으로서 1994년 말에 공익근무요원 소집제도로 대체되었다.[81] 방위병은 현역과 비교하여 그 복무형태만 다를 뿐, 병역을 이행한다는 점에서는 본질적으로 동일하다. 그럼에도 불구하고 방위병은 현역과는 대비되는 집단

80) 한규석, 『사회심리학의 이해』, 개정판, 학지사, 2002, 69쪽.

81) 방위소집제도의 시초는 1962년의 병역법 개정에서 찾아볼 수 있다. 당시 방위소집제도를 창설한 목적은 전시 · 사변 또는 이에 준하는 사태에 있어서 예비역과 보충역을 소집하여 향토방위를 하기 위한 데 있었다. 그러나 1968년 4월 향토예비군이 전국적으로 조직 편성되자 종래의 방위소집제도는 그 본래의 사명을 상실하게 되어 향토방위의 개념을 보다 광범위하게 해석하여 평상시 예비군지역중대의 기간요원이나 병무관서 또는 치안관서의 기간요원으로 복무하는 것도 향토방위의 일부라고 보고, 이를 위해 1969년 4월 5일 최초로 발전된 형태의 방위소집을 실시하게 되었다.

으로 인식되어, 때로는 사회적으로 과소평가되는 경우도 흔히 찾아볼 수 있다. 이렇듯 현역과는 다른 복무방식이나 임무, 사회적 비하의식은 수많은 방위병유머의 원천이 되고 있다.

방위병유머에 있어서 방위병을 희화화하는 방식은 두 가지이다. 하나는 방위병의 위상을 최대한 깎아 내리는 방식이고, 다른 하나는 방위병의 위상을 한껏 추켜세우는 방식이다. 전자는 주로 방위병의 정체성 문제를 중심으로 하여 다소 자조적인 경향을 띤다면, 후자는 북한을 왜소화 시키기 위한 방편으로 활용하는 경향을 지니고 있다.

먼저, 방위병의 위상을 저하시킴으로써 그들의 정체성 부재 문제를 다루고 있는 유머부터 살펴보기로 한다. 이들 유머에서는 방위병을 현역병과 대비시켜 종국에는 방위병을 희화화된 존재로 만드는 유머가 활발하게 전승된다.

〈방위의 직함〉

한·미 연합 팀스피리트 훈련이 있었다.
우리나라에는 육·해·공군 및 해병대 그리고 방위가 참가했다.
실전 같은 훈련을 아주 성공리에 마치고
회포를 풀기 위해 미군들과 한국군이 함께 하는 자리가 주어졌다.
그런데 한국군이 모여 있는 자리에 미군 한 명이 찾아왔다.
미군 : 아임 어메리칸 마린! 유얼즈?
육군 : 아임 코리언 아미!
해군 : 아임 코리언 네이비!
공군 : 아임 코리언 에어포스!
해병대 : 아임 코리안 베스트 마린!
그런데 마지막인 방위는 아무 말도 못한 채 머뭇머뭇 거렸다.
답답해 하면서 미군은 계속 물었다.
몇 초가 흐른 뒤 방위가 드디어 입을 열었다.

방위 : 아임 코리언 아르바이트 솔저![82]

팀스피리트(Team Spirit) 훈련을 마친 한 · 미 병사들이 한 자리에 모여 회포를 풀었다고 했다. 이때 육군, 해군, 공군, 해병대 병사와 함께 방위병도 참가하였다. 미군 병사와 인사를 나누게 되어 각각 자신을 영어로 소개하는데, 방위병은 적당한 영어 명칭이 없어 한참 동안 머뭇거렸다는 것이다. 그러다가 방위병은 자신을 '아르바이트 솔저'라고 소개한다.

육군, 해군, 공군, 해병대는 각각 그들에 대한 영어 명칭이 존재한다. 그러나 방위병은 우리나라에만 존재하는 특수한 형태의 군인이다. 그러므로 영어에서는 애초부터 방위병을 부를 일반적 명칭이 없는 상황이다. 이름이 없다는 것은 곧바로 정체성 부재를 암시한다고 생각된다. 고유한 이름이 있어야 하나의 대상으로 인식될 수 있으며, 사회적으로 그 존재를 인정받을 수 있는 것이다.

이처럼 방위병은 구조적으로 정체성 부재라는 문제와 직면하고 있다. 그가 어렵게 생각해 낸 '아르바이트 솔저'라는 말은 이런 인식을 함축적으로 표현하고 있다. 본래 아르바이트란 본업과는 별도로 수입을 얻기 위하여 하는 부업을 의미한다.[83] 그런 점에서 아르바이트는 본질적으로 시간적, 임시적인 성격을 가진다. 아르바이트 솔저라는 말도 결국 부업적인 군인, 혹은 임시적인 군인이라는 인식을 표현한 것이라고 할 수 있다.

한편, 방위병에 대한 정체성의 혼란은 수많은 이름을 파생시킴으로써 오히려 그들의 정체성 부재의식(不在意識)을 더욱 강화시키기도 한다.

82) 〈방위의 직함〉, 폭소닷컴(2004. 4. 27) 외 여러 곳.
83) 아르바이트는 본래 노동이나 업적을 뜻하는 독일어인 arbeit에서 온 말이다.

해안부대에 근무한다는 갯방위 혹은 해변대, 동사무소에서 행정적 사무를 담당한다는 동방위 혹은 동방불패, 우리 동네 특공대의 이니셜인 UDT(Uoree Dongne Teukgongdae), 한국지역방위의 이니셜인 KGB(Korea Giyeok Bangwie) 등이 그러한 예에 해당한다.[84] 이와 같이 방위병의 특별한 별칭들은 근무지의 특징을 반영하거나 이미 존재하는 다른 집단의 명칭을 패러디하여 희화화하고 있다. 이렇게 다양하고 희화화된 방위병 명칭은 곧 그들의 정체성이 매우 취약하거나 부재하다는 것을 분명하게 시사한다.

방위병의 정체성이 약하다는 의식은 그들에 대한 희화적 태도를 심화시킨다. 특히, 현역병과는 상이한 방위병들의 근무방식과 행동양식을 소재로 한 이야기에서 방위병의 희화화된 성격이 두드러지게 나타난다.

〈이젠 퇴근해!〉

어떤 고위관리가 63빌딩을 지나고 있을 때,
빌딩 꼭대기를 보니 한 가닥 밧줄을 동여맨 동방위가
밑을 향해 외치고 있었다.
"장관이 물러나지 않으면 뛰어 내리겠다."
경찰이 아무리 설득해도 소용이 없었다.
이때 고위관리가 헬기를 타고 동방위에게 접근하여
"불만이 뭔가?"
라고 묻자 방위병은 눈물을 흘리며 자신의 사정을 얘기했다.
고위관리가 사정을 다 듣고 한마디 하자
거짓말같이 방위병은 건물 안으로 들어왔다.
그 한마디 말은,

84) 〈방위 이야기〉, 서정범, 『너덜별곡』, 한나라, 1994, 70쪽.

"이젠 퇴근해!"[85]

〈동방위〉

동방위 영구와 맹구가 출근을 한 뒤 북으로 향했다.
"우리가 먼저 북으로 가 핵폭탄을 훔쳐서 내려오자.
그러면 더 이상 방위 노릇 안 해도 되는 거잖아?"
"맞아, 그러자!"
영구와 맹구는 고생고생 끝에 북으로 잠입해 핵폭탄이 보관된 곳까지 찾아갔다.
때마침 경비병들이 세상 모르고 쿨쿨 자고 있었다.
영구는 망을 보고 맹구는 핵폭탄이 있는 곳까지 잠입에 성공했다.
이제 맹구는 핵폭탄을 들고 나오기만 하면 되는 상황이었다.
그런데 잠시 뜸을 들이던 맹구가 그대로 보관소를 나왔다.
그리고 몹시 아쉬운 표정을 지으며 영구에게 하는 말,
"야, 5시다! 퇴근하고 내일 다시 오자!"[86]

방위병의 성격을 잘 보여주는 두 가지 유머이다. 전자에서는 어떤 방위병이 장관이 물러날 것을 주장하면서 63빌딩에서 밧줄에 매달려 시위를 벌였다고 한다. 경찰이 아무리 설득해도 방위병은 자신의 주장을 굽히지 않았다. 그런데 주장을 굽히지 않던 방위병이 거짓말처럼 건물 안으로 들어왔는데, 그의 시위를 중단시킨 말은 바로 '퇴근해'라는 한 마디였다는 것이다.

후자에서는 동사무소에 방위병으로 근무하는 영구와 맹구가 북한의 핵폭탄을 훔쳐 오기로 한다. 둘이 북한에 잠입해서 드디어 핵폭탄을 가지고 나올 순간에 5시가 되어 그냥 돌아왔다는 것이다. 방위병의 퇴

85) 〈이젠 퇴근해!〉, 위의 책, 26쪽.
86) 〈동방위〉, 문화일보 2007년 3월 29일자.

근시간이 다 되었기 때문에 맨손으로 그냥 돌아왔다는 것이다.

이처럼 '퇴근'이라는 말 한마디는 방위병의 모든 행위를 완전히 무의미하게 만들어 버린다. 하물며 그들의 존재까지도 퇴근시간을 기점으로 하여 일순간에 사라진다. 이를 보면 방위병은 출근시간부터 퇴근시간까지만 현존하는 존재이며, 출퇴근 시간이 그들의 실존 여부를 결정짓는 가장 결정적인 기준이 되는 존재이다. 한마디로 방위병은 시간적으로 규정되는 임시적인 존재로 인식된다. 이렇게 방위병은 시간적 경계에 의해 규정된다는 점에서 또 다른 주변인적 성격을 지닌다. 이것이 바로 방위병과 현역 사이에 가장 두드러진 차이로 인식되고 있음을 말해준다.

출퇴근 이외에도 방위병과 현역병의 차이는 다양한 편이다. 이에 따라 방위병의 임무와 도시락 등 그들의 특성을 다각적으로 분석하여 나열한 유머도 활발하게 전승된다.

〈전쟁 발발시 방위병들의 임무〉

다음은 전쟁 발발시 방위병들이 숙지해야 할 기본상식이다.

전쟁 발발시 도시락을 지참할 것이며, 알루미늄 도시락을 들고 산꼭대기로 올라가 흔들어 적의 레이더를 교란시킨다.

전쟁 발발시 민방위를 소집한다.

전투 중에도 저녁 6시가 되면 칼같이 퇴근한다.

전쟁시 휴전선을 돌파, 적 후방 깊숙이 침투하여 동사무소를 점거한다.

전투가 무르익을 무렵 일부러 적의 포로가 되어 적군의 군량미를 축낸다.

전쟁이 한창일 때 적의 여군과 교섭하여 많은 아군을 배출한다.

방위는 사라지지 않는다.

다만 퇴근할 뿐이다.
방위는 죽지 않는다.
다만 총소리에 기절할 뿐이다.[87)]

전쟁이 일어났을 때 방위병이 알아야 할 사항이라고 하면서, 8가지를 나열하고 있다. 방위병은 저녁 6시가 되면 퇴근하도록 되어 있는데, 전쟁 중에도 평시와 동일한 일과표가 적용된다고 억지를 부린다. 또한 알루미늄 도시락을 지참하여 적의 레이더망을 교란시켜야 한다, 적 후방의 동사무소를 점거해야 한다, 적의 포로가 되어 군량미를 축내야 한다, 적의 여군과 교섭하여 아군을 배출한다는 등 방위병의 역할과 근무방식을 희화화하고 있다. 그리고는 맥아더 장군의 말을 패러디하여, 방위는 퇴근할 뿐 사라지지 않는다거나 총소리에 기절할 뿐 죽지 않는다고 너스레를 떤다.

이는 방위병의 특성을 소재로 하되, 다만 평시를 전시 상황으로 바꾸어 놓고 그들의 가치를 능청스레 비틀어 줌으로써 웃음을 유발시킨다. 전시는 평시와는 다른 방식의 행동과 대응이 요구되기 마련이다. 전쟁 중의 퇴근, 도시락을 이용한 레이더망 교란, 적의 여군과의 교섭, 적 후방의 동사무소 점거 등은 일어날 수 없다. 이와 같이 전쟁 상황과 방위병의 행동강령은 서로 부조화의 관계를 형성하고 있다. 이러한 부조화 현상은 주변인적 존재인 방위병의 처지를 희화화하려는 의식을 반영한 판단된다.

이와 같은 방위병에 대한 하향적 희화화도 있지만, 정반대로 방위병

....

87) 〈전쟁 발발시 방위병들의 임무〉, 폭소닷컴(2004. 4. 27) 외 여러 곳. 서정범, 앞의 책, 347쪽에는 3가지 사항만 언급되어 있는 것으로 보아, 이 유머는 지속적으로 성장해 왔음을 짐작할 수 있다.

의 위상을 과대평가하는 상향적 희화화도 있다. 이 경우는 주로 북한을 끌어들여 방위병의 위상을 해학적으로 과장하는 방식이 활용된다.

〈우리나라 3대 특수요원〉

우리나라에는 3대 특수 요원들이 있다.
첫 번째가 안기부 요원,
두 번째가 공수부대 특전요원,
세 번째가 공익요원이다.
그 중에서 북한에서 가장 두려워하는 요원이 바로 공익요원이다.
공익요원(Public agent 또는 Green agent)은
지금까지 김일성이 두려워서 남침하지 못했던 방위를 개편하여
미국의 그린베레를 본떠서, 그래서 복장도 Green이다,
더욱 더 강하게 만든 특수요원들이다.
이들은 계급도 군번도 이름표도 없는
특이한 녹색복장을 입고 다니며
군인도 아닌 것이 민간인도 아닌 것이
도대체 실체를 파악할 수 없는 특수집단으로 알려져 있다.
이러한 사실들은 극도의 기밀사항이기 때문에
일반인들에게 잘 알려져 있지 않지만
공익요원은 크게 몇 가지 파트로 나누어진다.

첫째, 주차 단속 요원이다.
이들은 평시에는 자신의 신분을 철저히 감춘 채 주차 단속을 하지만
전시만 되면 대형 주차위반 딱지 한 다발을 들고
적의 전차에 주차위반 딱지를 붙임으로써
적 전차를 무용지물로 만들어 버린다.
요즈음은 항공기 또는 잠수함에도 붙인다고 한다.

둘째, 산악 요원이다.
산악요원들은 평시에는 깊은 산 속에서 짱 박혀,

이것을 혹자들은 '비트'라고 하는데,
몇 날 며칠간 밥을 먹지 않고 라면과 소주만을 먹으며
고스톱을 쳐대는 무서운 특수요원들이다.
이들은 공무원 아저씨들이
어떻게 찾든 들키지 않고 피할 수 있을 정도로
동물과 같은 감각을 지니고 있다고 한다.
일설에 의하면,
이것은 기밀사항이므로 될 수 있는 대로 남에게 얘기하면 안되는데,
이번에 죽은 무장공비 11명은
같은 편 공비들에게 죽은 것이 아니라
우리의 산악요원들에게 당했다고 한다.

셋째, 우편배달 요원이다.
이들은 평시에는 우편배달 업무를 하다가
전시에는 적들이 어느 오지에 있든
적의 주소로 폭탄 소포를 가지고 가서 직접 전달한다고 한다.
이들은 내가 추측하기로는
우리나라 기술로는 토마호크 같은 미사일을 만들지는 못하고
미사일을 살 돈도 없고 하니까
남아도는 건 인력뿐이라는 결론이 나서
이들 요원들을 양성한 것으로 추측된다.
그러니까 일종의 인간 순항 미사일이다.

그 외에도 우리사회의 안전을 위해
암암리에 활약하고 있는 공익요원들이 많으나
워낙 베일에 싸여 있어서 알려진 것은 별로 없다.

그거는 방위 얘기다.
동사무소 방위 숫자가 얼만지 몰라서
북한이 못 쳐들어오는 거잖아.

전쟁이 일어날 당시 방위랑 특전사 하사관 옷이 똑같아서,
북한군들이 멈칫거리는 거지.
거기에 싸구려 공익이 왜 들어 가냐?[88)]

방위병과 같은 유형에 속하는 공익근무요원을 소재로 한 유머이다. 내용만이 조금 달라졌을 뿐, 앞에서 다룬 전시 방위병의 행동요령과 동일한 유형에 속하는 이야기이다. 단지 공익요원의 주요 임무인 주차단속, 산불감시, 우편배달을 전시상황에 맞추어 과장적으로 각색해 놓은 것이다. 그런데 마지막 부분의 논평은 다시 한 번 주목을 요한다. 화자는 우선 이 유머가 방위병유머를 변이시킨 것이라고 하면서, 싸구려 공익이 왜 끼어들었느냐고 힐책한다. 이는 화자가 공익요원을 상대적으로 더 낮게 인식하고 있음을 분명하게 보여준다.

그렇지만 공익요원에 대한 비하적인 태도는, 기실은 현역병이 방위병을 비하적으로 인식하는 태도와 동일 선상에 놓여 있다. 현역병에서 방위병으로 그리고 방위병에서 공익근무요원으로 이어지면서, 공익근무요원은 방위병보다 더 낮은 존재로 과소평가된다. 사실 방위병과 공익근무요원은 현역병이 아닌 특수한 군복무 형태라는 점에서 동일하다. 그런데도 방위병이 공익근무요원을 상대적으로 비하시켜 듣는 사람의 웃음 코드를 다시 한 번 자극한다.

방위병이나 공익요원은 현역으로 복무하기에는 부적합한 이유를 가지고 있다고 판단된 자원이다. 물론 그 이유가 반드시 부정적인 것만도 아니며, 제대 이후의 삶을 살아가는 데 있어서 그다지 결정적인 영향을

88) 〈우리나라 3대 특수요원〉, 폭소닷컴(2004. 1. 22) 외 여러 곳. 이성찬, 『너희가 군대를 아느냐』, 권1, 들녘, 1998, 60～62쪽 및 경향신문 1999년 1월 21일자에도 유사한 내용의 각편이 실려 있다.

미치는 것도 아니다. 그럼에도 불구하고 방위병과 공익요원은 현역병보다 낮게 평가되는 경향이 있다.[89] 이러한 상대적인 과소평가는 방위병에 대한 희화화를 통하여 더욱 분명하게 표출되고 있다. 따라서 방위병이나 공익요원에 대한 희화화는 하향적 비교를 통한 현역병의 상대적 우위를 확인시켜 준다.

그렇다면 동일한 병역의무를 수행하는 방위병과 공익요원이 희화화되고 상대적으로 저평가되는 이유는 무엇인가. 이에 대한 답변 중의 하나로 방위병의 주변인적 위상을 생각할 수 있다. 방위병과 공익근무요원은 우리사회에서 정상적인 군인으로 인식하지 않는다. 현역병과 민간인 사이의 어정쩡한 지점, 그 경계선 어디쯤에 방위병은 위치하고 있다. 이처럼 방위병은 그 어느 집단에도 소속될 수 없는 주변인이라고 할 수 있다. 이런 위상 때문에 방위병은 정해진 이름도 없고, 정체성도 미약하며, 현역병과의 하향적으로 비교되어 희화화 대상으로 간주되고 있다고 할 수 있다.

기간병유머에 나타난 양가적 내면세계

영내 기간병유머 속에는 정체성 혼돈과 그 흔적을 보여주는 자아존중과 자기비하 의식을 볼 수 있었고, 일탈적 경험에 대한 각인화와 인상화 현상이 나타났으며, 급격한 상황변화에 실수를 거듭하는 고문관

89) 이성찬, 『너희가 군대를 아느냐』, 권2, 들녘, 1998, 101쪽. 이에 의하면 현역은 방위병에 대하여 계급과 상관없이 반말을 사용하는 등, 아예 그들을 군인 취급하지 않는다고 한다. 또한 MBC라디오의 〈여성시대〉에서 방송되었던 군경험담을 엮은 『장용의 단결 필승 충성』(북로드, 2005)에도 단기사병의 이야기가 4편이나 실려 있다. 이들 이야기를 보면 단기사병에 대한 편견은 실재했음을 짐작할 수 있다.

이라는 새로운 바보형 인간을 만들어 내고 있다. 이와 더불어 방위병을 소재로 한 유머에서는 또 다른 주변인으로서의 방위병의 존재를 발견하고, 이들을 희화화한다. 이처럼 기간병유머 속에는 병사와 방위병을 둘러싼 다양한 의미들이 내재되어 있다고 하겠다.

그런데 기간병유머에 형상화된 의미망들은 정상과 비정상, 규범과 일탈, 합리성과 비합리성, 중심과 주변 등과 같이 서로 상충되어 나타난다. 이와 같은 상반된 인식이 공존하는 것은 일차적으로 입대 이후 새로운 조직문화에 적응하는 과정에서 나타난 현상이라고 할 수 있다. 이렇게 새로운 집단이나 조직의 규범이나 가치관을 내면화하는 재사회화 과정을 통하여, 구성원들은 새로운 조직에 적합한 사회정체성을 확립한다.

타즈펠(Tajfel)은 사회정체성이란 '자신이 어떤 사회적 집단의 일원이라는 지식과 그러한 멤버십에 부여되는 가치와 정서적 의미로부터 생기는 개인의 자기 개념의 일부'라고 정의한 바 있다.[90] 자신의 의지에 따라 선택한 조직, 능동적으로 입문한 집단에 대한 재사회화는 순조롭게 진행되기 마련이다. 그렇지만 군대와 같이 자신의 의지와 상관없이, 의무의 이행을 위해 소속된 집단에 대한 재사회화 과정은 훨씬 더 복잡한 인식체계를 지닐 수밖에 없다. 특히 신병훈련과 같이 짧은 시간에 강제적인 방법으로 현저한 변화를 가져오기란 쉽지 않다.

이런 적응과정에서 물질적 요소와 정신적 요소 사이의 균형과 조화가 깨질 수 있으며, 새로운 사회정체성을 확립하기 위한 인식적 갈등이 일어날 수밖에 없다. 다시 말해서 제도적 · 규범적 요소는 전환이 쉬운

··············

90) 장미향 · 성한기, 앞의 글, 79쪽에서 재인용.

편이지만 인식적·정서적 요소는 전환이 상대적으로 어렵다. 이른바 물질과 정신, 혹은 표면과 이면 사이의 문화적 지체현상이 나타난다.

군인으로서의 사회정체성을 확립하는 과정에서 나타나는 인식적 충돌과 갈등 그리고 지체현상은 군복무가 갖는 양가성(兩價性)[91]으로 설명이 가능하다. 군대유머의 주요 전승집단, 즉 예비역을 포함한 병사들의 입장에서 본다면 군복무 이행은 궁극적 목표이면서 또한 하나의 통과의례적 과정이다. 그렇기에 그들은 군생활에 잘 적응해야 하지만, 다른 한편으로 사회로의 복귀를 준비해야 한다.

그러므로 한사람의 전체 일생을 고려했을 때, 병역의무를 이행해야 하는 병사는 직업군인과 민간인의 성격을 공유한 주변인적 존재이다. 그는 군과 사회의 경계선에 자리하고 있지만 결국에는 사회로 다시 되돌아올 사람이다. 이런 이유 때문에 병사들은 군에 적응해 가는 만큼, 동시에 사회와의 격차를 두려워한다고 할 수 있다. 바로 이 지점이 자아존중과 자기비하가 공존하는 곳이며, 정상행위와 일탈행위, 원심성과 구심성, 호감과 반감이 밀착되어 중첩되어 있는 곳이다. 따라서 병사와 방위병을 소재로 한 일군의 유머는 결국 군대사회화 과정의 양가성에 대한 기억 내지 기록으로서 의미를 갖는다고 본다. 그것은 바로 군복무를 바라보는 병사들의 중층적 시선이라고 할 것이다.

이러한 양가성을 갖고 있는 기간병유머에서 눈에 띄는 점은 구성원 사이에 이루어지는 '무리짓기'라고 생각된다. 무리짓기는 두 가지 측면

91) 원래 양가성이라는 용어는 탈식민주의에 대한 논의에서 비롯되었다. 호미 바바는 양가성을 지배자가 피지배자의 타자성에 대해 호기심과 함께 두려움을 나타내는 '지배 욕망의 양가성'을 갖는다고 하였다.(박상기, "탈식민주의의 양가성과 혼종성," 고부응 외, 『탈식민주의의 이론과 쟁점』, 문학과지성사, 2003, 239쪽.)

에서 이루어지는데, 하나는 외부적 무리짓기이고 다른 하나는 내부적 무리짓기이다. 먼저, 외부적 무리짓기는 사회와 군대를 대비하는 것에서 시작한다. 일반사회와 군대 사이의 상이한 규칙, 태도, 생활을 경험하면서 양자 사이의 거리를 드러내는 데에 초점이 있다. 이때 입대전과 입대후의 변화에 대한 양가감정이 함께 표출된다. 거리감의 정도가 클수록 이야기의 소재로 애용된다. 잡초 제거를 소재로 한 유머처럼 사회와 군대 사이의 인식거리는 충격적으로 크다. 이런 이야기가 의미 있는 것은, 유머를 통해 군인이라는 새로운 인간을 인식하고 양자 사이의 거리를 극복하려는 인식이 투영되어 있기 때문이다.[92)]

다음, 내부적 무리짓기는 훨씬 다양한 양상으로 이루어진다. 병사와 장교, 병사와 부사관 등으로 신분에 따른 구분도 있고, 현역과 방위병처럼 복무형태에 따른 구분도 있다. 여기에서 한 걸음 더 나아가 탁월한 수준의 병사, 보통 수준의 병사, 보통 수준 이하의 병사처럼 현우(賢愚)의 정도를 따져 세분화하는 경우도 있다. 이중에서 보통 수준의 병사는 유머 소재로서의 매력은 크지 않다. 오히려 보통 이상이거나 그 이하인 경우가 유머 소재로서 매력적이다. 예컨대, 노팬티 사건을 일으킨 이등병은 보통 이상의 수준이고, 고문관 이야기나 방위병 이야기는 보통 이하의 수준이다.

그렇다면 우리와 그들을 의도적으로 구분하려는 무리짓기는 왜 이루어지는가? 무리짓기는 자기위상의 확인이자, 자존의식의 발로라고 할 수 있다. 우리와 다른 존재를 대비하여 자신의 위치 혹은 위상을 끊임없이 점검하기 위함이다. 그렇게 함으로써 기간병들은 자신의 존재가

92) 데이비드 베레비, 정준형 역, 『우리와 그들: 무리짓기에 대한 착각』, 에코리브르, 2007, 373~374쪽.

치를 확인하려 한 것으로 보인다. 자기위상 확인은 곧 타인에 대한, 혹은 우리와 다른 계층이나 성격을 가진 사람에 대한 평가의 단초를 마련하는 계기를 제공한다. 이런 평가를 통해서 자기위상을 새로이 발견하여 궁극적으로 정체성의 혼란을 줄일 수 있다고 본다.

나아가, 무리짓기는 평가하기로 이어진다. 평가하기 역시 자기평가와 타인평가가 공존한다. 자기평가는 군인으로서의 정체성 문제와 직결된다. 병역의 의무를 이행하기 위한 타의적이고 강제적인 입대이지만, 군인으로 변모하려는 노력의 일단을 엿볼 수 있다. 타인평가는 그들과 다른 부류라고 생각하는 방위병과 고문관에 대한 평가를 통해서 자신의 존재가치를 드러낸다.

이런 평가하기의 가치는 바로 군에 대한 메시지라는 점에서 찾을 수 있다. 군생활 적응을 위한 병사들의 내적 갈등, 자기위상과 존재가치의 확인은 궁극적으로 군대사회화 과정의 양가성을 여실하게 드러낸다고 볼 수 있다. 이를 통해 군생활에 대한 수용과 회피라는 애증의 메시지를 보내고 있다고 할 것이다. 이것이 바로 군대유머의 가치를 돋보이게 하는 대목이라고 할 수 있다. 군대유머는 웃음의 유발을 통해 병사들의 감정을 순화시킬 수 있고, 추억을 되새길 수 있으며, 군에 대한 건전한 논평의 장이다. 논평이 긍정적인가 혹은 부정적인가 하는 이분법적 가치평가가 중요한 것이 아니라, 웃음을 통한 양가적 메시지를 읽어내는 것이 훨씬 더 중요하다.

이런 점에서 군대유머는 일종의 언어적 축제가 아닌가 한다. 축제는 일상적인 관습과 사회적인 규정에서의 일탈을 허용한다. 군대유머 역시 허구적 혹은 사실적 서사를 통해서, 그리고 과장된 서술과 희학적인 서술을 통해 수직적, 집단적, 위계적 질서에서의 일탈을 허용한다. 따라서 이런 일탈적 웃음과 희학을 담고 있는 군대유머는 의미 있는 현대 구비전승의 하나로서 가치를 지니고 있다고 할 수 있다.

기간병유머에 나타난 관계망의 변화

기간병유머 속에 형성된 관계망의 양상

입대는 생활공간의 변화를 가져온다. 입대 이후에는 생활공간이 병영 내부로 한정되기 때문이다. 병사들은 병영이라는 새로운 공간 속에서 의식주를 해결해야 한다. 병영은 개인적 공간이 아니라, 근본적으로 다수의 인원이 모여 함께 생활하는 집단적 공간이다. 그것은 공동의 공간이자 공유의 공간이다. 이러한 생활공간의 변화는 필연적으로 병사와 연관된 사람들과의 관계에도 영향을 미친다. 관계가 밀접해지던지 아니면 소원해지던지 간에 기존의 양상과 다른 관계의 변화를 수반한다.

병사들은 집단적 · 공동적 공간인 병영 속에서 낯선 동료들과 새로운 관계망을 형성하면서 생활한다. 이러한 병영생활을 하면서, 병사들은 조직원들과의 새로운 관계 맺기를 통해 군대의 특성과 문화를 습득하게 되는 군대사회화의 단계를 밟아간다.[93] 이러한 군대사회화 과정을 거쳐 민간인이 아닌 군인으로 재탄생한다고 할 수 있다. 군대사회화 과정은 마치 하나의 통과의례처럼 병사들에게 질적인 전환을 가져온다.[94] 그러므로 입대는 생활공간의 변화뿐만 아니라, 병사를 감싸고 있

93) 백종천 · 온만금 · 김영호, 『한국의 군대와 사회』, 나남출판, 1994, 273~274쪽.

는 관계망의 변화를 가져온다는 또 다른 의미를 내재하고 있다고 할 것이다.

그렇다고 해서 입대한 병사들이 병영 외부와 맺고 있는 관계망이 일정한 방향으로 변화되는 것은 아니다. 대상과 경우에 따라서 그들 사이의 관계는 더욱 공고해질 수도 있고, 격조해질 수도 있으며, 완전히 단절될 수도 있다. 또한 겉으로 드러난 관계는 큰 변화 없이 그대로 유지되는 것 같지만, 내부적으로는 격심한 변화를 겪는 경우도 있다. 이렇듯 입대는 병사를 중심으로 하여 형성되어 있던 다양한 형태의 관계망을 변화시키는 일대 '사건'이라 할 만하다.

따라서 사람과 사람 사이에 맺어지는 관계의 양상은 시세 혹은 상황의 변화에 따라 변화하는 것이 보편적이다. 특히, 입대처럼 공간적인 격리가 이루어지고, 서로 만날 수 있는 시간적 기회가 제한되는 경우에는 관계망의 변이가 급격하게 일어날 가능성이 한층 높아진다. 다만, 변화의 정도에 있어서 크고 작은 차이는 존재할 수 있겠지만, 어떤 형태로든 변화가 나타날 것으로 보인다. 이렇게 병사와 그 주변인들 사이에서 발생하는 관계망의 변화는 군대유머의 주요한 소재가 될 만하다.

따라서 군대유머 속에는 병사와 외부인 사이에서 상승하기도 하고, 하강하기도 하는 관계망의 변화가 담겨져 있을 것으로 생각한다. 이런 시각에서 병사와 외부인이 맺고 있는 관계망을 중심으로 하여 그 변화

....

94) 일반적인 통과의례는 격리, 전환, 통합의 3단계를 거친다고 한다.(Arnold van Gennep, *The Rites of Passage*, 전경수 역, 을유문화사, 1985.) 군복무도 사회에서 격리되어 군인으로 생활하다가 다시 사회로 통합된다는 점에서 본질적으로 통과의례와 비슷한 구조를 가지고 있다고 할 수 있다. 병사들은 이런 단계를 통과하면서 이전 단계와는 질적으로 상이한 모습과 인식을 가진 사람으로 변화하게 된다.

상을 살피는 것도 의미 있는 일이다. 병사와 외부인과의 관계가 입대와 군생활을 통해서 어떤 전변이 일어나고 있는지, 전변이 일어났다면 과연 어떤 방향과 형태를 가지고 있는지, 나아가 이런 관계망의 변화는 어떠한 사회문화적 함의를 지니고 있는지 살펴볼 필요가 있다.

한시적 이탈 : 보이지 않는 선(線) 혹은 군인화 표지의 발견

탈영과 휴가는 군대에서의 일시적인 이탈이라는 점에서 본질적으로 유사한 구조를 가지고 있다. 다만 탈영은 탈규범적 행위이지만, 휴가는 규범적인 이탈이라는 점에서 차이가 있을 뿐이다. 그런데 군대유머는 이러한 차이를 부각시키는 데는 관심의 초점이 놓여 있지 않다. 둘 다 그런 외부적인 차이보다 군과 사회의 거리를 확인하는 계기로서의 의미를 강조하는 데 관심이 높다.

〈탈영병의 실수〉

어느 날 전방의 어느 부대에서 복무하고 있는 일병이 심한 고민을 하고 있었다.

'아! 고무신 거꾸로 신고 도망간 여친이 몹시 보고 싶구나.'

일병은 어느 날 갑자기 결심을 하게 되었다.

'그래 탈영이다.'

그는 결국 야음을 틈타 부대의 경계취약 지점을 노려 부대의 담장을 넘었다. 일병은 달리고 달려 한 민가에 도착해 빨랫줄에 걸린 옷가지들로 갈아입고 집으로 향하는 버스에 탔다.

하지만 부대에선 탈영한 사실을 알고 급히 수색대와 헌병을 출동시켰다. 일병은 버스를 타고 가던 중 헌병들이 지키는 검문소에 걸리고 말았다.

그러나 사복을 입고 있었기 때문에 걱정하지 않았다. 헌병은 그

일병의 짧은 머리와 까무잡잡한 얼굴을 보고 그에게 다가갔다.
"아저씨, 혹시 군인 아니십니까?"
일병은 그 질문을 듣고 당황했지만 애써 침착하게 대답했다. 하지만 그의 대답 한마디에 영창으로 직행하게 되었다.
"저어, 군인 아닌데 말입니다."
일병은 영창을 가게 되었습니다.95)

어떤 일병이 애인이 변심하자 부대를 탈영했다고 한다. 도망친 애인이 너무나 보고 싶었기 때문이다. 그는 몰래 민가에 들어가 빨랫줄에 걸린 사복을 훔쳐 갈아입고 버스를 탄다. 한편 탈영 사실을 알게 된 부대에서는 검문을 강화한다. 여기까지는 일반적으로 탈영사건이 발생했을 때의 통상적인 사건 전개과정을 그대로 보여준다.

그런데 탈영병이 타고 가던 버스는 검문을 받게 되었고, 마침내 그는 헌병과 대면하게 된다. 헌병은 그의 외모에서 탈영병임을 직감하고 혹시 군인이 아니냐고 묻는다. 탈영병은 최대한 침착하게 군인이 아니라고 대답하였으나, 끝내 정체가 드러나 영창을 갔다고 했다. 탈영병의 정체가 노출된 결정적인 이유는 병사들이 자주 사용하는 말투 때문이었다는 것이다.

위계질서를 강조하는 군대에서는 일반사회와 달리 엄격하고 공식적인 어투를 사용하도록 요구한다. 특히, 모든 문장 말미의 서술어미는 항상 '~니다' 또는 '~니까'로 끝맺게 하고 있다. 그러나 이러한 군대식 어법에 익숙하지 않은 병사들은 '~말입니다.'라는 투의 군대 특유의 구어적 표현을 많이 사용하고 있다. 이야기 속의 탈영병도 "저 군인

95) 〈탈영병의 실수〉, 스포츠조선 2004년 8월 24일자 및 강원일보 2004년 9월 18일자 외 여러 곳.

아닌데 말입니다."라는 대답 한 마디로 자신의 정체를 드러냈던 것이다. 이렇게 군인으로서의 신분을 드러낼 정도로 그의 말투는 군과 사회 사이에 상당한 거리가 존재하고 있음을 시사해준다.

이 유머에서 제기하고 있는 군인의 표지는 3가지이다. 첫 번째는 복장이며, 두 번째는 외모, 세 번째는 말투이다. 이들 표지는 헌병의 입장에서 군인과 민간인을 구별하는 주요지표로 활용되고 있다. 그런데 탈영병은 복장이나 외모에 있어서의 군인적 특성은 사복을 착용하거나 침착한 태도를 보임으로써 손쉽게 신분을 은닉할 수 있었다. 이와 다르게 습관화된 어법을 감추는 일은 쉽지 않다. 그 결과 복장과 외모라는 2가지의 군인 표지를 숨기는 데에는 성공했지만, 말투는 속일 수 없어 자신의 신분을 드러내고 만다. 이러한 내용을 표로 정리하면 다음과 같다.

구분	표지의 실체	표지 은닉방법	은닉결과
표지 #1	군복	민가에 걸린 옷으로 갈아입음	성공
표지 #2	짧은 머리와 검게 탄 얼굴	당황함 없이 침착한 태도를 보임	성공
표지 #3	군대용어와 어법(말투)	군대식 말투를 은닉하지 못함	실패

첫 번째와 두 번째의 표지는 성공적으로 은닉시킴에 따라 병사의 탈영은 성사되는 것처럼 느껴지게 된다. 군복을 벗어버리고 사복으로 갈아입었다는 점, 그리고 짧은 머리와 검게 그을린 얼굴에도 불구하고 헌병을 따돌렸다는 점은 외형상 완벽한 은닉이라고 할 만하다. 감추기 어려운 외적 표지를 성공적으로 은닉시켰다는 것은 탈영이 성공 단계에 가까워졌음을 의미한다. 그러나 병사의 탈영은 세 번째의 표지인

어투에서 들통 나고 만다. 가장 손쉬운 은닉이라고 생각했던 말투에서 도리어 발목이 잡혔던 것이다.

유머에서 제기된 군인의 표지 3가지는 각각의 차원이 상이함을 짐작할 수 있다. 복장과 외모가 '몸의 표지'라면 말투는 '마음의 표지'이다. 전자가 외적 표지라면 후자는 내적 표지이다. 그런데도 사람들은 복장 · 외모 · 말투를 모두 '군인'을 상징하는 외적 표지에 해당한다고 생각한다. 이렇게 3가지를 동일한 범주로 생각했다가, 의외의 결말에서 웃음을 쏟아낸다. 사람들은 몸의 표지가 감추기 어려운 반면, 마음의 표지는 감추기 쉽다고 생각했을 것이다. 그러나 이 유머의 결말은 사람들의 예상과 다른 정반대 방향으로 진행된다. 처음 기대했던 방향과 다르게 사건이 진척된다. 이렇게 사람들의 기대가 마지막 부분에서 무산됨으로써 웃음이 유발된다. 처음 기대했던 방향대로 이야기가 진행되다가, 종국에는 기대했던 바와 다른 방향으로 전개된다는 점에서 몸의 표지와 마음의 표지 사이의 불일치, 기대와 결말과의 어긋남을 통해 웃음이 만들어지고 있다.

이와 같은 불일치와 어긋남 그리고 비틀림은 웃음을 만들어내기 위한 구조적 장치이다. 또한 그것은 군과 사회 사이에 형성된 거리감을 상징하기도 한다. 입대 이후 병사들에 대한 군대사회화가 이루어진 만큼 그들은 군인으로서의 내적, 외적 표지를 지니게 된 것이다. 이런 표지들은 군인과 민간인을 구별하는 '보이지 않는 선'으로서의 역할을 감당한다.

한편, 휴가를 소재로 한 유머에서도 이러한 군과 사회의 간격을 살펴볼 수 있어 흥미롭다.

〈휴가 나온 형〉
형이 군대에서 첫 휴가를 나왔을 때 일입니다.
기다리던 게임방을 가자고 하더군요.
그래서 내가,
"수족관 갈까?"
그랬더니 형이 이해를 못해요.
"fish방"
그랬더니 이제야 이해한 듯 크게 웃더군요.
별루 안 웃긴 건데…….
아무튼 게임방에 갔습니다.
"디아 두 자리 주세요." 그랬죠.
게임방 주인이
"8번과 9번으로 가세요." 그러더군요.
그런데 갑자기 형이
"네! 알겠습니다."
이렇게 대답하는 거예요.
순간 온몸을 휘감으며 머리끝까지 솟구치는 소름…….
컴퓨터 소음에 가려 크게 들리지는 않았지만
주변 사람들은 다 들었답니다.(이하 줄임)[96]

휴가를 나온 형에게서 느낀 거리감을 다룬 이야기이다. PC방을 수족관이라는 은어로 말했더니 형이 알아듣지 못한다. 이에 'FISH방'이라고 설명하니 형이 크게 웃었다고 한다. 그런데 PC방에 들어가서 종업원이 8번과 9번 자리로 가라고 했더니, 형이 군대식으로 대답하여 소름이 끼쳤다고 했다. 입대한 지 1년여 만에 형과 동생 사이에는 젊은이들이 즐겨 쓰는 은어조차 사용하지 못할 정도로 의사소통이 단절되어 있음

96) 〈휴가 나온 형〉, 폭소닷컴(2003. 12. 27) 외 여러 곳.

을 보여준다.

이 유머 역시 언어의 표면적 의미와 이면적 의미에 있어서 상호간의 불일치 현상을 보여준다.

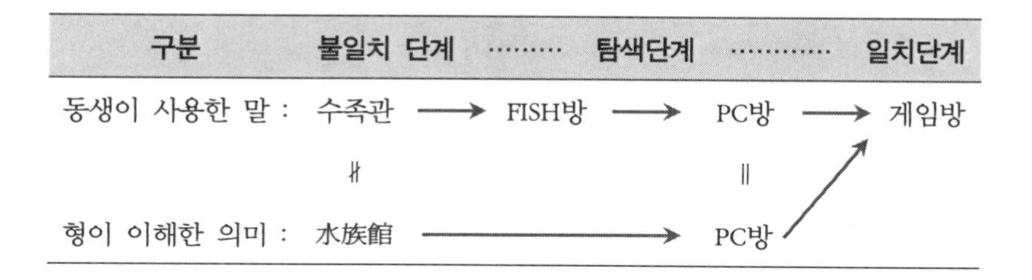

동생이 사용한 '수족관'이라는 어휘의 의미를 형이 이해하기 위해서는 몇 차례의 탐색단계가 필요하다. 즉, 수족관 → FISH방 → PC방 → 게임방이라는 의미 탐색 단계를 밟은 후에야 비로소 수족관의 의미를 이해할 수 있는 것이다. 4단계의 탐색이 이루어지고 나면, 동생이 사용한 말과 형이 이해한 의미 사이의 간격이 없어진다.

형과 동생 사이의 거리감은 여기에서 멈추지 않는다. 게임방에 가서 좌석을 할당받았을 때도 형은 군대식 말투로 동생을 당황하게 만든다. 자신이 휴가를 나와 있음에도 불구하고, 상급자도 아닌 게임방 주인에게까지 군대식 어투로 답변하고 있다. 이런 형의 행위와 말투는 동생에게 있어 낯선 모습으로 다가온다. 그것은 군인화된 형에 대한 새로운 발견이며, 군과 사회 사이의 거리를 인식하게 하는 분명한 계기로서의 기능을 담당한다.

언어는 음성과 의미로 결합체로 이루어진 사회적 약속이다. 화자와 청자 사이에 기표(記標 signifiant)와 기의(記意 signifié)에 관한 약속이 전제되어야 의사소통이 가능하다.[97] 그런데 군인인 형과 민간인인 동생 사이의 대화에서는, 물론 청소년들이 사용하는 은어이기는 하지만, 기표와 기의가 긴밀하게 연결되어 있지 않다. 이렇게 기표와 기의 사이에 존재하는 불연속성이 발생한 까닭은 형의 변화 때문이다. 형은 입대 이후 군대사회화 과정을 거치면서 내적, 외적으로 군인화가 이루어진 반면에, 동생에게는 별다른 변화가 없었던 것이다. 바로 형에게 일어난 군인으로 탈바꿈이 동생과의 상거(相距)를 벌리는 요인으로 작용했다고 하겠다.

이와 유사한 상황은 다음과 같은 또 다른 유머에서도 찾아볼 수 있다.

〈군기가 짱인 시절〉
최전방에서 빡센 군생활을 하던 나는,
드디어 첫 휴가를 나왔다.
집에 도착한 나는 보고 싶던 그녀와 만나기로 약속했다.
난 커피숍에서 그녀를 기다리고 있었지만,
그녀는 30분이 지나도록 오지 않았다.
난 그녀에게 삐삐를 쳤다.
1분 후 커피숍 종업원이 마이크에 대고 소리쳤다.
"7879번 호출하신 분!"
난 다급하게 일어서며 외쳤다.
"이병! 홍길동!"[98]

첫 휴가를 나온 병사가 커피숍에서 애인을 기다렸으나, 30분이나 약

97) 시니피앙과 시니피에는 소쉬르(Ferdinand De Saussure 1857~1913)가 처음 사용한 말이다. 역자에 따라 기표와 기의, 능기(能記)와 소기(所記), 표현과 개념 등으로 다양하게 번역되어 사용된다. 시니피앙은 소리로 표현되는 것이고, 시니피에는 소리가 지시하는 피표현물 또는 지시물을 말한다.(이익섭, 『국어학개설』, 재판, 학연사, 2000, 174쪽.)
98) 〈군기가 짱인 시절〉, 폭소닷컴(2004. 5. 9) 외 여러 곳.

속시간이 지나도 애인은 도착하지 않는다. 마음에 급해진 병사가 애인에게 삐삐를 쳤고, 곧바로 애인에게서 응답전화가 온다. 다방 종업원이 마이크로 호출한 손님을 찾는데, 휴가병이 다급하게 일어나면서 큰소리로 관등성명을 댔다는 것이다.

군대에서는 상급자가 부르거나, 또는 상급자로부터 지명을 당했을 때 자신의 계급과 성명을 큰 소리로 밝히도록 되어 있다. 이를 두고 관등성명을 복창한다고 한다. 그러나 유머 속에 설정된 상황처럼 다방 종업원이 불렀을 때는 관등성명을 복창할 필요가 없으며, 더구나 휴가 중에는 그렇게 할 이유가 없다. 그러나 휴가병은 이러한 전후상황을 인식하지 못한 채 큰소리로 관등성명을 외침으로써, 자기 자신을 우스꽝스러운 존재로 형상화시켜 웃음을 자아낸다.

이처럼 군인다운 언행이 도리어 탈영병의 정체를 노출시키기도 하고, 휴가병의 처지를 부각시켜 주변사람을 당황하게 하기도 한다. 합법적이든 불법적이든 부대를 떠난 상황에도 불구하고 군인다운 언행이 지켜진다는 것은 군대사회화의 완숙도를 대변해 준다고 할 만하다. 또한 군대의 사회문화에 익숙해진 만큼 일반사회와의 사이에는 무시할 수 없을 정도의 간격 내지 거리가 발생했음을 보여준다. 이러한 간격이나 거리는 군대사회화의 수준을 보여줄 수 있는 하나의 척도로서 의미가 있다고 본다.

그러나 군대사회화의 수준이 높으면 높을수록 입대 이전의 사람들과 맺었던 관계망의 변화가 일어났음을 뜻한다. 탈영병은 자신의 정체를 감추기 위해 군인의 표지를 은닉하지만 결국에는 들통 나고 만다. 제일 감추기 어렵다고 생각했던 군복은 민가의 옷으로 갈아입고, 짧은 두발과 검게 그을린 얼굴은 침착한 태도로 대신할 수 있었다. 하지만 그는 군인다운 말투에서 발목을 잡히고 만다. 휴가 나온 형과의 대화에서 동생이 느끼는 거리감의 핵심요인 역시 형의 말투이다. 다방에 있는 사람들에게 자신이 휴가를 나온 병사임을 드러내는 것도 병사 자신의 어법이다. 이를 보면 군대사회화 과정을 통하여 병사들은 군인으로서의 표지를 자신의 내면에 각인시키는 것으로 생각된다. 군대식 말투는 자신이 군인임을 드러내는 상징물의 하나로 보아도 지나치지 않는다.[99]

이렇게 군대사회화 과정에서 습득된 군인의 표지는 입대전 관계망과 입대후 관계망 사이의 변화를 보여주는 단서라고 할 수 있다. 병사 자신은 입대전 관계망이 아직도 불변하고 있으며, 그러한 관계망들이 예전 수준의 기능을 그대로 보존하고 있을 것으로 생각한다. 하지만, 의식적이든 무의식적이든 자신의 내면에 각인된 군인의 표지는 입대전 관계망의 작동에 영향을 주고 있다.

병사들이 보여주는 내적 표지로서의 군인다운 말투야말로 민간인들과의 사이에 새로운 관계망이 형성되어 있음을 뚜렷하게 보여주는 결정적 요소이다. 바로 이 지점에서 군인들이 생각하는 관계망과, 그를 바라보는 민간인들이 생각하는 관계망 사이에 간격이 발생되어 있으며, 이 간격이 웃음을 유발시키는 주요기제로 작동한다고 하겠다. 따라서 군인다운 말투는 군대사회화의 수준을 보여줄 뿐만 아니라, 민간인과의 거리감을 확인시켜주는 상징적 표지이다. 또한 이는 병사 자신을

---

99) 한용섭, "상징적 군대문화에 관한 연구," 국방대학교 석사논문, 1992, 21쪽. 단드리지(Dandridge)는 상징의 종류를 구두상징(verbal symbol), 행위상징(action symbol), 물질상징(material symbol)으로 구분한 바 있는데, 군인의 말투는 구두상징의 하나라고 할 수 있다.

둘러싸고 있는 입대 전후의 관계망이 변화했음을 확인시켜주는 장치이며, 향유자들의 웃음을 폭발시키는 인계철선으로서의 역할을 담당하고 있음을 보여준다.

병사와 가족 : 육친애의 불변성과 가족관계의 질적 전환

군에 입대한 병사들은 필연적으로 가족과의 격리라는 어려움을 경험하게 마련이다. 물론, 일부 병사는 대학이나 유학 등으로 인하여 장기간 가족과 헤어져 생활하는 경우도 있겠으나, 이런 경우는 입대로 인한 격리와는 그 성격이 판이하게 다르다. 입대는 병역의 의무를 수행한다는 목적 아래 타의에 의해 강제된 분리이며, 가족과의 자유로운 접촉이 제한되기 때문이다. 특히, 군은 일반사회와는 판이하게 다른 행위방식과 과업수행이 요구되며, 낯선 상하급자와 함께 어울려 생활해야 한다는 점에서 자발적 격리와는 근본적인 성격이 다르다. 나아가 군생활은 병사들로 하여금 가족에 대한 새로운 인식을 정립하는 계기가 되기도 한다.

이를 구체적으로 살펴보기 위해 먼저 언술형 유머에 나타난 가족에 대한 단편적인 자료들을 모아 살펴보기로 한다. 언술형 유머은 그 성격상 군생활 전반에 걸친 여러 가지 내용이 나열되어 있는 경우가 일반적인데, 그 중에서 가족과 관련된 언급만 발췌하기로 한다.

㉠ **〈군대 가서 자신이 비참하다고 느낄 때〉**
모든 이가 공감하듯, 부모님의 따듯한 사랑이 생각날 때[100]

100) 〈군대 가서 자신이 비참해짐을 느낄 때〉의 일부분, 폭소닷컴(2004. 6. 6) 외 여러 곳.

ⓛ **〈병사가 제일 ~하는 것〉**

병사가 세상에서 제일 슬프다고 생각하는 노래는?

어버이 은혜[101]

ⓒ **〈이등병 vs 말년병장〉**

잠잘 때

이등병 : 집에 계신 부모님과 애인을 생각하며 모포 뒤집어쓰고 소리를 내지 않기 위해 입 꽉 다물고 서럽게 운다.

말년병장 : 밖에다 이등병 하나 망보게 하고 애국가 나올 때까지 TV를 본다. 그러고도 밤새 뒤척이다 새벽녘에야 잠든다.[102]

ⓔ **〈입대전 vs 입대후〉**

가장 사랑하는 사람

입대전 : 가장 사랑하는 사람은 애인이다. 애인이 세상에서 최고다.

입대후 : 가장 사랑했던 사람과, 그리고 앞으로도 가장 사랑할 사람은 바로 부모님이다.[103]

㉠은 군에서 자신이 비참함을 느낄 때를 나열한 것인데, 그중의 하나가 바로 부모님의 따뜻한 사랑이 생각날 때라는 것이다. ⓛ에서는 세상에서 제일 슬픈 노래는 〈어버이 은혜〉라고 했다. 〈어버이 은혜〉는 어버이날에 부르는, 부모님의 사랑과 은혜에 감사드리는 노래이다. 그런데 병사들은 이 노래를 가장 슬픈 노래라고 한다. 왜냐하면 군생활은 부모 슬하를 떠나 육체적, 정신적으로 고달픈 경우가 많기 때문이다. 따라서 이 노래는 부모님의 사랑과 은혜를 새삼 상기시킬 뿐만 아니라,

101) 〈병사가 제일 ~하는 것〉의 일부분, 폭소닷컴(2004. 6. 6) 외 여러 곳.
102) 〈이등병 vs 말년병장〉의 일부분, 폭소닷컴(2004. 6. 6) 외 여러 곳.
103) 〈입대전 vs 입대후〉의 일부분, 문화일보 2006년 1월 24일자 외 여러 곳.

가족과의 격리를 실감하게 해주는 모티프라고 할 수 있다.

㉢은 부모님에 대한 이등병의 마음을 짐작하게 한다. 이등병들은 잠잘 때 부모님과 애인이 생각나면 모포를 뒤집어쓰고 이를 물고 서럽게 운다고 했다. 군생활에 완전히 적응되지 않은 이등병 시절에는 함께했던 가족이나 애인과의 강제적 격리상황을 견디기 쉽지 않다. 그렇기에 하루 일과를 마치고 잠자리에 들 때에는 그들을 생각하며 소리를 죽여 운다는 것이다.

㉣에서는 애인에 대한 사랑과 부모에 대한 사랑을 비교하고 있다. 입대 전에는 가장 사랑하는 사람이 애인이며, 세상에서 애인이 최고라고 했다. 그러나 입대 후에 생각해보니, 가장 사랑했던 사람과 앞으로 가장 사랑할 사람으로 부모를 꼽고 있다. 이는 부모에 대한 사랑이 애인에 대한 사랑보다 고귀하고 강하다는 인식을 분명하게 보여준다.

이러한 부모에 대한 병사들의 마음은 군생활의 적응 수준에 따라 조금씩 상이하게 표현되기도 한다.

〈군인들이 변해가는 모습〉

부대에서 집으로 편지 보내는 날

① **이병** : 어머니 전상서… 전 잘 먹고 몸 건강히 잘 있사오니…
② **일병** : 물론 힘들지만 견딜만하오니 제 걱정은 마시고…
③ **상병** : 이곳은 사람 살 곳이 못되며 무척 빡쎌 뿐만 아니라…
④ **병장** : 용돈이 다 떨어져서 전 지금 굶어 죽을 지경에 이르러…
⑤ **말년** : 역전다방 미스 박 보아라… 나 내일 외박 나가니까 말이야… 잘 받아 적고 있냐? 음… 내 사복 챙겨서 터미널로 한 시까지…[104]

104) 〈군인들이 변해가는 모습〉의 일부분, 폭소닷컴(2004. 1. 22) 외 여러 곳.

계급별로 집으로 보내는 편지내용을 나열한 것이다. 이병과 일병의 편지는 행여 부모님께서 걱정하시지 않도록 하는, 즉 부모님의 마음을 편안하게 해드리는 데 주안점이 놓여 있다. 그런데 상병과 병장의 편지에는 군생활의 고달픔과 용돈 부족을 호소하는 내용이 많다는 것이다. 이처럼 하급병 시절에는 부모님을 우선적으로 생각한다면 상급병 시절에는 자신의 편의를 가장 먼저 생각한다는 풍자적인 유머이다.

부모에 대한 계급별 편지내용의 차이를 떠나서, 혹은 부모에 대한 자식들의 인식 변화를 떠나서, 중요한 것은 군생활이 부모님의 사랑을 진심으로 절감하는 계기가 된다는 점이다. 이와 같이 언술형 군대유머에는 부모님에 대한 병사들의 사랑과 그리움이 잘 나타나 있다. 그만큼 병사들에게 있어 부모는 절대적이고 불변적인 존재로 새삼스럽게 재인식되고 있다고 할 만하다.

병사들이 부모에 대한 사랑을 새롭게 깨닫는 것처럼, 자식을 군에 보낸 부모 역시 자식에 대한 그리움을 체감하게 마련이다. 다음은 그런 부모의 마음을 소재로 한 이야기이다.

〈너의 침대는 아직도 따뜻하구나〉

추운 겨울에 외아들을 군대에 보낸 엄마는
아들이 너무 보고 싶은 마음에 일주일에 한 번씩 편지를 보냈다.
시간은 흘러 여름이 왔다.
엄마는 여느 때와 마찬가지로 아들에게 편지를 썼다.
"보고 싶은 내 아들.
네가 얼마나 그리운지 아직도 네 침대에는 너의 온기가 그대로 남은 듯 따끈따끈 하구나."
한 달 정도 지난 후 기다리던 아들의 답장이 왔다.
"보고 싶은 어머님께.

제 방 침대시트 밑에 있는 전기장판.
깜빡 잊고 그냥 입대했네요. 전원 좀 꺼 주세요."[105]

외동아들이 한겨울에 군에 입대했다고 한다. 엄마는 외아들이 보고 싶어 자주 편지를 보낸다. 그렇게 시간이 흘러 여름이 되었는데, 엄마는 아들의 침대에 아직도 온기가 남아 따끈따끈 하다고 편지를 보낸다. 그런데 아들은 침대시트 속에 전기장판을 끄지 않고 입대해서 그런 것이니, 전원을 꺼 달라고 답장을 보냈다는 것이다. 이 부분이 바로 웃음이 폭발하는 지점이다. 부모와 자식 간에 주고받은 편지를 서로 조화롭지 않게 만들어 웃음을 유발하고 있다. 군에 입대한 자식의 생각과, 집에 남아 있는 부모의 생각이 상호 불일치하는 지점이 바로 웃음의 임계지점(臨界地點)인 셈이다.

그럼에도 불구하고 이 유머에서는 자식에 대한 부모의 사랑이 진하게 묻어난다. 그것은 병사들이 부모를 그리워하는 것 이상으로, 부모도 자식과의 이별을 힘겹게 극복하고 있다는 것을 잘 보여준다. 이때 자식을 군에 보낸 부모 또한 혈연간의 강제적인 격리에서 오는 심리적 변화를 경험한다는 것을 시사한다. 이런 점에서 부모 역시 심리적인 차원에서 군생활에 동참하고 있다고 보아야 할 것으로 생각된다.

한편, 이와 같은 부모와 병사 사이의 사랑은 편지 형태의 유머로 유형화되기도 한다. 다음은 그러한 유머 중의 하나인데, 특히 그 내용이 신세대 병사들의 모습과 연관되어 있어 흥미롭다.

105) 〈너의 침대는 아직 따뜻하구나〉, 소년동아 2004년 8월 26일자 및 문화일보 2006년 3월 3일자 외 여러 곳.

〈엄마의 편지〉

(일병 때)

어머니에게!

힘든 훈련이 얼마 안 남았는데

어제 무좀 걸린 발이 도져서 걱정입니다.

군의관에게 진료를 받았더니 배탈 약을 줍니다.

용돈이 다 떨어졌는데 보내주지 않으면

옆 사람의 관물대를 뒤질지도 모르겠습니다.

(엄마의 답장)

아들에게!

휴가 나와서 네가 쓴 용돈 때문에

한 달 가계부 정리가 안 된다.

그래도 네가 잘 먹고,

푹 쉬고 돌아가는 모습을 보니 기분은 나쁘지 않구나.

다음번 휴가 나올 땐 미리 알려주기 바란다.

돈을 모아놔야 하거든.

그리고 군복 맞추는 값은 입금시켰으니

좋은 걸로 장만해라.

추신 : 네 아빠 군생활 할 때는 그냥 줬다던데…….[106)]

아들이 보낸 편지의 내용은 3가지로 압축할 수 있다. 즉, 훈련이 힘들다, 무좀이 도졌다, 용돈이 떨어졌다는 것이다. 전후맥락으로 보면 이들 세 가지 중에서 가장 중요한 용건은 용돈이 부족하다는 것임을 누구나 쉽게 알 수 있다. 용돈을 보내주지 않으면 다른 사람의 관물대를 뒤질지도 모르겠다는 애교 섞인 협박성 언술에서 아들의 이러한 마음

106) 〈엄마의 편지〉의 일부분, 폭소닷컴(2004. 8. 24) 및 문화일보 2006년 1월 31일자 외 여러 곳.

을 쉽게 읽어낼 수 있다.

아들의 속마음을 간파한 엄마는 지난번 휴가 때 아들이 썼던 용돈의 규모를 먼저 언급한다. 그렇게 함으로써 엄마는 아들의 기대수준을 낮추고자 하는 것이다. 물론 휴가를 나온 아들이 쓴 과도한 용돈 때문에 고생스럽기는 하지만, 휴가를 잘 보내고 복귀한 아들에 대한 사랑을 함께 고백한다. 그리고 다음에 휴가를 나올 때에는 미리 알려 달라고 하면서, 군복 값을 입금시켰음을 넌지시 알려준다.

그런데 엄마는 괄호 속에 아빠가 군생활을 할 때에는 군복을 지급해주었노라고 독백하고 있다. 특히, 온전한 문장을 갖추지 않고, 문장의 뒷부분을 생략하여 얼버무리고 있어 주목된다. 이때 생략은 여러 가지 의미를 중의적으로 함축하고 있는 것으로 보인다. 용돈을 너무 많이 쓴다는 질책, 군복을 사 입어야 한다는 거짓말을 알고 있다는 경고 등등의 의미를 담고 있다고 할 것이다. 이렇게 다 알고 있으면서도 엄마는 아들에게 군복 값이라는 명목으로 용돈을 보내준다. 따라서 이 유머는 자식에 대한 육친애(肉親愛)의 불변성을 잘 보여주는 유머라고 할 수 있다.

이와 같이 부모에게 거짓된 편지를 보내어 용돈을 타내는 내용의 유머는 하나의 유형을 이룰 정도로 활발하게 전승된다.

〈박격포를 잃어 버렸어요〉

어머님 전상서
어머니, 저 영철이에요.
그동안 안녕하셨죠?
전 어머니 염려 덕분에 몸 건강히 지내고 있습니다.
근데 어머니, 저 돈이 급히 좀 필요하게 됐어요.

이번에 야전훈련 나갔다가 박격포를 잃어 버렸거든요.
20만원이거든요.
박격포탄 1개 값 3만원 포함해서 23만원이에요.
빨리 좀 보내주세요.
안 그러면 저 거의 죽음이에요.
저는 그래도 나은 편이에요.
같은 소대의 어떤 놈은 이번에 탱크를 잃어 버렸대요.
야전훈련 나갔다가 담배 가게 앞에 세워놓고
잠시 전화를 하러 가게에 들어간 사이
누가 훔쳐서 끌고 갔대요.
걔네는 거의 집 팔아야 할 거예요.
어머니는 군생활 안 해보셔서 잘 모르시죠?
군생활이 은근히 돈이 많이 들어요.
그럼 다시 뵙는 날까지 안녕히 계세요.
PS : 참! 제 계좌번호는 알고 계시죠?[107)]

아들이 박격포와 포탄을 잃어 버렸는데, 이를 변상할 비용을 보내달라는 편지 형태의 유머이다. 만약 빨리 변상하지 않으면, 마치 심각한 곤란을 겪을 것처럼 부모님에게 은근히 심리적인 압박감을 주고 있다. 거기에다가 동료 병사는 탱크를 잃어버려 집을 팔아 변상해야 하는 것에 비하면 자기는 아무 것도 아니라고 너스레를 떤다. 이러한 너무도 뻔한 거짓말, 도저히 일어날 수 없는 과장된 모티프가 바로 웃음을 이끌어내는 요체이다. 잃어버린 물건이 박격포이건, 탱크이건 간에 허황되기는 마찬가지이기 때문이다.

아들의 편지는 어머니, 형, 중대장 등등 주변의 인물이 등장하여 계속

107) 〈박격포를 잃어 버렸어요〉, 폭소닷컴(2004. 8. 24) 외 여러 곳.

답장을 주고받는 형식으로 장형화(長型化)된다. 어머니는 해병대를 제대한 형의 말에 따라 용돈을 보내주지 않겠다고 답장을 보낸다. 그러자 군에 있는 동생은 다시 형에게 편지를 보내 협조를 부탁한다. 형도 군복무 시절에 수륙양용 장갑차 값으로 100만원을 받아 간 적이 있음을 상기시키며, 용돈을 받게 되면 포탄 값 정도는 나누어 줄 수 있다고 은밀한 거래를 제안한다. 이에 형은 동생에게 다음과 같은 답장을 보낸다.

〈돌고 도는 군대 편지〉
re : 동생 영철이에게
영철아! 형아다.
형 이름이 영팔이인데
영철이 네가 이름을 영칠이로 바꾸고
내 형인 것처럼 행세하면 되겠냐?
왜 이름까지 바꿔가며 은근히 협박을 하고 그래.

영철아!
시대가 많이 변했단다.
군대도 많이 변해서 PX 양념 닭발 값이 많이 올라
네 주머니 사정이 궁한지 모르겠으나
사회도 예전 같지 않아.

군대 사정 다 안단 말이야.
그리고 내가 어머니한테 일러바친 게 아니니 오해하지 말거라.
어머니도 이미 다 눈치 채시고 나한테 물어보시더라.
너 유치원생이 훤히 보이는 귀여운 거짓말 하면 어떠냐?
속으로 웃음이 나오지?
어머니나 내 앞에서는 네가 바로 그 유치원생 같구나.
군대 가더니 많이 귀여워졌어.
남자다워져야지 그게 뭐냐?

(장갑차 정도는 돼야지, 박격포가 뭐냐? 쯧쯧쯧….)

백수생활 걱정해 주는 것은 고맙다만,
나도 이제 백수생활 면하게 되었으니
아무 걱정 말고 박격포 관리 잘 해라.
포판은 잃어버리지 않았겠지?
요새도 사용하는지 모르겠다만
옆 분대 엠60 기관총도 잃어버리지 않도록 주의시켜라.

영철아!
형아가 곧 취직이 되면 그때 박격포 값 보내 줄 테니,
중대장님께 잘 말씀드려서 한 달만 버텨봐라.
동생을 사랑하는 영팔이 형아가.(중략)

(re:re: 해군 부모님의 리플)
그래도 댁에 아드님은 다행입니다.
저희 아들은 해군에 있는데,
미 해군에서 합동 훈련하는데 놀러갔다가
항공모함 잘못 가지고 놀다가 빠트렸답니다.
에구, 내 팔자야.
그쪽은 몇 푼 안 되는 거 같으니까 얼른 보내줘요.
우리 집은 백년 상환 오십년 거치루 갚기로 결정했답니다.[108]

형이 보낸 답장의 요지는 자신이 어머니한테 일러바치지 않았다는 것, 사회도 경제 사정이 좋지 않다는 것이다. 그렇지만 동생의 거짓말이 유치원생의 그것처럼 귀엽다고 했다. 어머니도 그러한 정황을 모두 알고 계신다고 한다. 그런 다음 짐짓 포판은 잃어버리지 않았는지 묻고, 옆 분대에는 기관총을 잃어버리지 않도록 주의하라고 타이른다.

108) 〈돌고 도는 군대 편지〉의 일부분, 폭소닷컴(2004. 8. 24) 외 여러 곳.

이러한 언술은 형으로서 동생을 질책하되, 형제간의 따뜻한 우애를 바탕으로 하고 있다고 할 수 있다. 동생의 처지를 생각하여 얼마간의 용돈을 보내줄 수도 있겠으나 형은 우회적으로 동생의 생각이 잘못되었음을 깨우쳐 주려고 한다. 또한 형제가 공유했던 비밀과, 그것을 미끼로 한 은밀한 거래가 희학적으로 언급되고 있어 유머의 재미를 더해준다. 따라서 형제간에 주고받은 이러한 편지와 답장에서는 가족공동체 구성원 사이의 구축된 육친애의 불변성을 살펴볼 수 있다. 이렇듯 병사들은 군생활을 통하여 불변의 가족애를 다시 한 번 체험하는 것으로 보인다.

이와 아울러 생각해볼 문제는 병사들의 신세대적 사고이다. 요즈음 병사들은 개인적이고 소비적이며 탈권위적인 특성을 갖는다고 한다.[109] 이들은 산업화의 결과로 이루어진 물질적 풍요를 누린 세대이다. 대부분 이들은 경제적인 궁핍을 경험하지 않았으며, 부모와 형제의 관심 속에서 풍족한 삶을 살아 왔다. 이들에게 있어 용돈 부족은 견디기 어려운 일 중의 하나임에 틀림없다. 그러므로 신세대 병사들은 부족한 용돈을 집에서 송금 받아 사용하는 경우가 제법 많은 편이다. 용돈을 소재로 한 부모 자식 간의 편지형 유머는 바로 이러한 세태를 반영한 것으로 볼 수 있다.

이러한 현상은 궁핍한 시대를 살아온 부모세대에게는 찾아보기 어려운 현상이다. 부모세대는 자신의 욕구를 억제한 채 살아왔다면, 자식세

109) 박재홍, "신세대의 일상적 의식과 하위문화에 관한 질적 연구," 『한국사회학』, 제29집, 한국사회학회, 1995, 655쪽 ; 구자순, "신세대와 문화갈등," 『사회이론』, 제14집, 한국사회이론학회, 1995, 226~234쪽 ; 조남욱, "신세대의 가치서열과 혁신적 사고방식," 『국민윤리연구』, 제36집, 한국국민윤리학회, 1997, 541~555쪽.

대는 자신의 소비 욕구를 충족하기 위하여 거짓말까지 서슴지 않는다. 이야말로 부모와 자식 사이의 세대 차이를 느끼게 하는 이야기라고 할 만하다. 따라서 가족 이야기를 소재로 하는 이들 유머에는 바로 신세대 병사의 면모가 흥미롭게 형상화되어 있다고 할 수 있다.

이와 같이 부모와 자식을 소재로 하는 유머들은 대부분 육친애의 불변성을 주제로 삼고 있다. 육친간의 사랑은 혈육을 매개로 한다는 점에서 원천적으로 불변성, 영원성, 영속성, 무한성을 지닌다고 할 수 있다. 이런 속성을 가진 육친애가 유머의 소재가 될 수 있는 것은 입대를 기점으로 부모와 자식이 서로의 사랑을 인식하는 강도가 달라진다는 점에서 찾을 수 있다. 즉, 그들 사이에 존재하는 관계망에 대한 질적인 인식의 변화가 일어나기 때문인 것이다.

입대한 자식에 대한 부모의 사랑은 더욱 간절해지는 것이 당연하다. 군복무는 육체적인 제한과 정신적인 압박감을 준다. 병사들은 입대 전에 누릴 수 있었던 물질적 편안함을 포기해야 하며, 자신의 개성과 욕구를 억누르고 새로운 조직문화에 익숙해져야 한다. 병사들의 이런 고충을 이미 경험을 통해 익히 알고 있는 부모 입장에서는 군생활을 하고 있는 자식에 대한 사랑의 강도는 훨씬 높아져 있다고 할 수 있다.

이와 마찬가지로 부모에 대한 자식의 인식도 한 차원 높은 단계로 상승한다. 입대 이전에는 별다른 감흥도 없이 어버이 은혜를 불렀을 텐데, 입대 후에는 이 노래를 부르면서 정서적 격동을 경험하기도 하고, 이십대 청년에 어울리지 않게 눈물을 흘리기도 한다. 그러면서도 용돈을 보내달라고 하면서 어리광을 피우기도 한다. 여기에서 입대 이후 부모와 자식 간의 관계망이 한결 견고해졌음을 보여준다. 부모 자식 사이의 관계망이 입대 전에는 다소 느슨했다면 입대 후에는 팽팽해졌다고 할 수 있다. 입대 전에는 부모가 자식에게로 일방적이었다면, 입대 후에는 부모와 자식 간의 쌍방적인 사랑과 인식의 체계가 구축되었다고 하겠다. 이러한 관계망의 변화를 확인하는 과정에서 일어나는 과장된 언술들이 바로 웃음을 일으키는 촉진제 역할을 담당하고 있다.

병사와 애인 : 이성애의 가변성과 남녀이합의 문제

부모형제 못지않게 병사들에게 영향을 주는 외부인은 애인이다. 두말할 필요도 없이 입대로 인한 애인과의 강제적 분리는 청년기 병사들의 주요한 고민거리 중의 하나이다. 특히, 중 · 고교 시절부터 이성과의 교제가 이루어는 요즘 세대에게 있어서 연애는 필수적인 성장 경험 중의 하나로 인식되는 상황에서, 입대에 따른 애인과의 강제적 격리는 병사들이 넘어서야 할 주요과제로 제기된다.

요즘 세대들은 군에 입대한 남자친구를 '전투화', 사회에서 기다리는 여자 친구를 '고무신' 또는 '곰신'이라는 애칭으로 부르면서 군복무 중에도 사랑을 지속하려는 노력을 기울인다.[110] 그러나 군복무 기간 중에는 전투화와 고무신 사이의 관계망도 분명코 변화를 겪게 마련이다.

먼저 언술형 유머 속에 담겨진 애인에 대한 생각의 편린을 모아 그 구체적인 면모를 살펴보기로 한다.

㉠ 〈이등병 vs 말년병장〉

(여자 친구 편지)

110) 입대시기별 또는 부대별로 인터넷 카페를 만들어 여자 친구 간의 네트워크를 구축하여 도움이 되는 정보를 주고받기도 하고, 군복무중인 남자친구를 기다려야 하는 애환을 나누기도 한다.

이등병 : 매일매일 꼬박꼬박 애인에게 편지 온다.
화장실 변기 위에 앉아 눈물 흘리면서 편지를 읽는다.
말년병장 : 그 여자, 고무신 거꾸로 신은 지 오래다.
잡지책 뒤에 펜팔란의 주소를 뒤져서
10통씩 무더기로 편지를 보내본다.
(답장? 물론 안 온다)[111]

ⓛ 〈여자의 마음은 갈대〉

입대 전 : 오직 당신만을 위해서라면 30개월이 아니라
30년이라도 기다리겠어요.
훈련병 때 : 미치도록 보고 싶어요. 퇴소식은 언제죠?
이병 때 : 꿈속에서 가끔 당신을 보곤 해요.
일병 때 : 바쁘다 보니 요즘 답장이 늦었어요. 이해하죠?
상병 때 : 미안해요. 부모님 권유로 할 수 없이 선을 봤어요.
하지만 염려 마세요.
병장 때 : 그 사람과 데이트를 한 번 했어요.
제대 전 : 죄송해요. 그이와 약혼했어요.
제대 후 : 저 임신 3개월이에요.
인생이 다 그런 게 아니겠어요.[112]

㉠, ⓛ은 공히 입대 초기에는 병사와 애인 사이에 열렬한 사랑이 유지됨을 보여준다. 애인은 매일 편지를 쓰고, 병사는 화장실에 숨어서 편지를 읽으며 그녀를 그리워할 정도이다. 애인은 영원한 사랑을 맹세하며 퇴소식을 기다리기도 하고, 꿈속에서 남자친구를 만나기도 한다고 간절한 그리움을 표명한다. 이처럼 입대 직후에는 예전 수준의 관계가 유지되고 있다 할 것이다.

111) 〈이등병 vs 말년병장〉의 일부분, 폭소닷컴(2004. 6. 6) 외 여러 곳.
112) 〈여자의 마음은 갈대〉, 서정범, 『너덜별곡』, 한나라, 1994, 347쪽.

그러나 시간이 지나면서 이들의 사랑은 식어간다. 애인은 점차 답장을 늦게 보내기 시작하며, 급기야는 부모님의 권유에 따라 선을 보고 약혼하기에 이른다. 병사 또한 그러한 현실을 인정하고, 잡지 뒤에 있는 펜팔란의 주소로 구애의 편지를 보내기도 한다. 이와 같이 군대유머에서는 입대가 남녀 사이의 애정에 변화를 가져오는 요인으로 언급되는 한편, 이성간의 사랑은 가변적인 것으로 인식된다고 할 수 있다.

애인의 변심은 병사에게 심리적으로 커다란 충격을 주게 마련이지만, 병사들은 이를 극복하는 성숙한 사고를 보여주기도 한다.

〈군대라는 곳〉
당신이 핑크빛 하이힐을 신고 거리를 나설 때
나는 흙 묻은 전투화를 신고 행군을 나서야 했고,

당신이 빛깔 좋은 청바지를 입고 맵시를 낼 때
나는 땀에 젖은 전투복을 입고 연병장을 기어야 했습니다.

당신이 나이트에서 춤을 추고 즐거워할 때
나는 가스실에서 숨이 막혀 괴로워했고,

당신이 노래방에서 멋지게 노래를 부를 때
나는 철모를 쓰고 목이 터지도록 군가를 불러야 했습니다.

당신이 화장을 하고 얼굴을 드러낼 때
나는 위장크림으로 얼굴을 감추어야 했고,

당신이 카페에서 칵테일 한잔을 기울일 때
나는 개울가에서 흐릿한 수통을 기울여야 했습니다.

당신이 자명종 소리에 단잠을 깰 때
나는 기상나팔 소리에 선잠을 깨어야 했고,

당신이 배낭을 메고 여행을 나설 때
나는 군장을 메고 행군을 나서야 했고,

당신이 저녁별을 보며 사색에 잠길 때
나는 새벽별을 보며 초소를 나서야 했습니다.

당신이 그 사람의 소중함을 알게 되었을 때
나는 어머님의 소중함을 알게 되었고,

당신이 다른 남자와 즐겁게 통화하고 있을 때
나는 통화중인 수화기를 들고 있었고,

당신이 다른 남자의 품에 안길 때
나는 차디찬 모포를 끌어안으며 당신만을 생각했고,

당신이 다른 남자에게 사랑을 맹세할 때
나는 조국에 목숨 바칠 것을 맹세했습니다.[113)]

여기서의 '당신'은 병사가 그리워하는 애인이다. 남자친구가 입대한 이후 그녀는 새로운 이성친구를 사귀어 사랑을 속삭이는 것으로 설정된다. 이때 그녀의 의상과 화장, 춤과 노래, 여행과 사색은 사실일 수도 있고 그렇지 않을 수도 있다. 아니 병사의 상상 속에서 만들어진 것일 수도 있다. 이와 상관없이 중요한 것은 애인은 이미 변심한 상태이고, 병사 자신은 군복무 중이라 어쩔 수 없다는 점이다. 병사는 이러한 자신의 처지를 있는 그대로 받아들인다. 그는 이미 이성애(異性愛)의 가변성을 충분히 인식하고 있으며, 늘 여자 친구는 변심할 수 있다는 가능성을 염두에 두고 살아간다.

....

113) 〈군대라는 곳〉, 폭소닷컴(2004. 6. 6) 외 여러 곳.

그러므로 병사는 변심한 애인이 떠난 자리를 또 다른 가치로 채울 수 있다고 생각한다. 그는 군생활을 하면서 어머님의 소중함을 새삼 깨우치게 되고, 또한 조국에 목숨을 바칠 것을 맹세한다고 했다. 이때 어머니와 조국에 대한 사랑은 가변적인 이성애와는 차원이 다른 가치이다. 어머니는 불변적인 육친애를, 국가는 절대적인 조국애를 의미한다. 이렇듯 병사들은 군생활을 통하여 애인의 변심이라는 고통을 경험하지만, 그러한 고통을 심리적으로 극복해낸다. 불변적인 육친애와 조국애를 내세워 이성애의 가변성을 풍자함으로써 정신적 극복을 이끌어낸다.

다음은 이러한 정신적 극복과 보상심리를 잘 보여주는 이야기이다.

〈애인에 대한 복수〉

한 남자가 멀리 전방으로 군대를 갔다.

몇 달 후 여자 친구에게서 다음과 같은 내용으로 편지가 왔다.

"이제 우리 헤어져요. 내 사진은 돌려보내줬으면 좋겠어요."

남자는 화가 났지만 군대에 있는 몸으로 어떻게 할 수가 없었다.

그래서 부대 내에 있는 모든 여자 사진을 다 모은 뒤 편지와 함께 보냈다.

"어떤 사진이 네 사진인지 기억이 안 난다.

네 것만 빼놓고 다른 사진은 돌려 보내줘."[114]

한 남자가 전방부대에서 근무하게 되었는데, 얼마 후 여자 친구가 헤어지자고 하면서 자기 사진을 돌려달라고 요구했다는 것이다. 병사는 애인의 이별 통보에 화가 났지만, 결국에는 그녀의 변심을 현실로 받아들이게 된다. 이성과의 사랑이 가지는 본질적인 가변성을 감안하

114) 〈애인에 대한 복수〉, 폭소닷컴(2004. 5. 9) 외 여러 곳.

고 있었기에 가능한 판단이라고 할 수 있다. 이러한 판단에 따라서 병사는 부대에 있는 여성의 사진을 모아 애인에게 보낸다. 물론 그녀의 사진이 어떤 것인지 기억이 나지 않으니 그녀의 사진만 빼고 나머지 사진은 돌려 달라는 내용의 편지를 동봉한다. 변심한 애인의 요구를 들어주는 것처럼 행동하지만, 궁극적으로 그녀에 대한 심리적 복수 내지 정신적 보상을 도모한 셈이다.

병사가 택한 방법은 이성적인 극복방식이라고 할 수 있다. 그가 이런 방식을 택할 수 있는 것은 근본적으로 이성애의 가변성을 인정했기에 가능했다고 생각한다. 만약 이성애의 가변성을 받아들이지 못했다면 훨씬 과격하고 비이성적인 방법이 동원될 수도 있을 것이다. 이와 같이 애인을 소재로 한 군대유머에서는 이성친구의 변심을 통하여 역설적으로 이성애의 가변성을 깨닫고 있음을 분명하게 말해준다.

따라서 군복무를 하고 있는 병사와 그의 여자 친구 사이에서 흔히 나타나는 관계망의 변화는 이성애의 본질을 깨닫는 데에 있다고 할 것이다. 군생활을 하면서 상당수의 병사들은 애인과의 이별을 경험한다. 그런데 병사들은 이러한 이별 경험을 통해 남녀 사이의 사랑은 얼마든지 변할 수 있음을 인식하게 된다. 역설적이지만, 자신의 의지와 상관없는 이별을 통해 병사들은 이성애의 가변성을 받아들일 줄 아는 인식을 갖게 되는 것이다. 그만큼 이성친구와의 관계에 대한 성숙한 인식을 갖게 되었다고 할 수 있다.

그러나 이성애에 대한 가변성을 수용한다고 하더라도 사랑하는 애인에 대한 병사들의 인식은 양가성을 띨 수밖에 없다. 즉, 이들 군대유머의 이면에는 이성애의 가변성을 인정하면서도, 영원한 지속을 희구하는 병사들의 인식이 깔려 있다고 할 것이다. 따라서 이들 유머에서는 이성애의 가변성을 필연적으로 생각하는 인식과, 군복무 기간 동안 이성친구와의 사랑이 유지되기를 바라는 간절한 소망이 중첩되어 나타난다고 하겠다.[115]

병사와 여성 : 성적 인식의 성숙 혹은 성적 정체성의 강화

생애주기에 비추어 보았을 때 "스무 살 초반기 젊은이들은 시간을 내서 성적, 정치적, 종교적 경험을 위해 탐구하고 섭렵"[116]하는 것이 일반적인 현상이다. 이렇듯 이십대의 초기 성인기는 개인적 성장과 함께 성적 경험이 시작되는 특별한 단계로 인식되고 있다. 이처럼 이십대는 이성에 대한 성적 호기심이 상당히 높은 시기이다. 성인초기는 출생 후 남성성과 여성성의 분화가 절정에 달한 시기로서, 이때까지는 사회적 관습이나 통념, 혹은 성적 미성숙으로 인해 개인의 내면에서 어느 한 쪽이 억압되어 있다고 한다.[117] 그렇기 때문에 이십대는 육체적인 측면에서의 성은 완성되어 있지만, 정신적 측면에서의 성은 미완성 상태에 머물고 있다. 따라서 이십대 청년기는 건전한 성의식을 정립하고, 정신적 측면에서의 균형 잡힌 성적 성숙이 이루어지는 시기라고 할 수 있다.

병사들의 경우 일반사회에서 격리되어 남성들로만 구성된 군대사회에서 생활하게 된다. 이러한 특수한 생활환경 때문에 병사들은 이성을 접할 기회가 거의 없는 편이다. 이런 조건은 병사들에게 이성에 대한 관심과 호기심을 억제하도록 요구한다. 이렇듯 기본적인 욕구를 억눌

115) 장용, 『장용의 단결 필승 충성』, 북로드, 2005, 196~201면.
116) 앤서니 기든스, 김미숙 외역, 『현대사회학』, 제5판, 을유문화사, 2009, 159쪽.
117) 김애순, 『성인발달과 생애설계』, 시그마프레스, 2002, 228면.

러야 한다는 점에서, 병사들은 그에 대한 반사작용으로 보통 수준 이상으로 이성에 관심과 호기심을 드러내는 것으로 보인다.[118]

이러한 이성에 대한 병사들의 의식세계를 살펴보기 위하여, 먼저 언술형 유머에 포함되어 있는 여성에 관한 언술들을 발췌하여 보기로 한다.

㉠ 〈군대가야 알 수 있는 사실들〉
가수는 가창력보다 섹시함이 최고이고,
탤런트는 연기력보다 글래머가 최고이며,
여자는 엄마와 애인 두 종류다.[119]

㉡ 〈남자들이 군대가야 하는 이유 20가지〉
여자가 다 이뻐 보인다.
내가 만나고 있는 여자 친구보다 다른 여자들이 더 예뻐 보이나?
그렇다면 군대에 가라.
치마만 두르면 아줌마도 이뻐 보인다.[120]

㉢ 〈입대전 vs 입대후〉
(여자 보는 눈)
입대전 : 자기들만의 이상형이 있다.
보통 168㎝에 50kg의 쭉쭉빵빵한 몸매를 원한다.

118) 병사들의 관심사항에 대한 설문조사 결과를 보면, 병사들은 진로(47%), 가족안녕(19%), 군생활(18%), 건강(10%), 이성(6%)의 순으로 관심을 갖는 것으로 나타났다. 이에 따르면 병사들은 이성에 대한 관심도가 유달리 높다고 하기 어렵다. 하지만 다른 요소에 비하여 이성에 대한 관심은 계급과 상관없이 지속적이고 안정적이라는 특성을 보여주고 있어 주목된다.(독고순 · 신동현 · 김윤정, 『군과 여론 조사』, KIDA Press, 2005, 93면.)

119) 〈군대가야 알 수 있는 사실들〉의 일부분, 스포츠서울 2006년 12월 1일자 외 여러 곳.

120) 〈남자들이 군대가야 하는 이유 20가지〉의 일부분, 폭소닷컴(2004. 8. 24) 외 여러 곳.

입대후 : 후후. 군대 가보라.
이런 속담을 들을 수 있다.
'할머니만 봐도 벌떡'[121]

㉠에서는 가수는 가창력보다는 섹시함이 우선하고, 탤런트는 연기력보다 글래머가 최고라고 했다. ㉡에서는 군대에 가면 치마만 두르면 아줌마도 예뻐 보인다고 했으며, ㉢에서는 입대 전에는 자신만의 이상형을 가지고 있으나 입대 후에는 그러한 이상형이 없어진다고 했다. 이들 세 가지 언술은 세부적인 표현은 다르지만 여성에 대한 편향적 인식이 관통하고 있음을 알 수 있다. 그것은 바로 여성을 외적 아름다움 위주로 평가한다는 점과, 성애(性愛)의 대상으로만 인식하고 있다는 점이다.

이러한 인식은 그 자체가 문제되는 것은 아니다. 외모는 여성의 아름다움을 판가름하는 주요한 요소 중의 하나이며, 성애 역시 이성간의 사랑에 있어서 어느 정도 필요한 부분이기 때문이다. 더욱 큰 문제는 여성에 대한 시각이 외모와 성애에 편향되어 있다는 점이다. 여성에 대한 인식이 균형을 잃고 있으며, 성의식이 과잉되어 부각되고 있다는 점에서 심각하다고 하지 않을 수 없다. 특히, 치마만 둘러도 예뻐 보인다느니, 할머니를 봐도 벌떡 한다느니 하는 언술에서 병사들의 과잉되고 왜곡된 성의식을 엿볼 수 있다.

이처럼 군대유머에 나타난 성의식은 다분히 왜곡되고 편향되어 있다. 이런 현상에 대해서는 다양한 평가가 가능하다. 첫째, 이십대 남성들의 건강성을 보여준다는 평가도 가능하고 둘째, 군복무에 따른 성적

121) 〈입대전 vs 입대후〉의 일부분, 폭소닷컴(2004. 6. 6) 외 여러 곳.

억제에 대한 정신적 보상심리라는 평가도 가능하며 셋째, 병사들의 남성성을 강화하기 위한 여성 비하라는 분석도 제기되고 있다.[122] 다음 이야기를 함께 고려한다면 어떻게 평가할 수 있는지 실마리를 찾을 수 있을 것으로 본다.

〈애인과 여관에 간 병사의 한마디〉

군에서 동기 녀석이 애인 면회로 외박을 나갔다.

그의 말에 따르면, 둘이 해운대 백사장을 거닐며 놀다가 밤이 되어 같이 여관에 가게 되었단다. 손만 잡고 자기로 하고 눕긴 했지만, 둘 다 잠을 이루지 못하고 있었다.

두어 시간이 지난 후, 이놈이 자기 딴에는 용기를 내서 여자 위로 올라갔다. 그러자 애인 왈,

"너 왜 그러니?"

단지, 딸랑 이 한마디에 동기 녀석 당황해서 한다는 말,

"어! 넘어가려고……."[123]

전방부대에 근무하는 병사의 애인이 면회를 왔다가, 함께 여관에 투숙하게 되었다고 했다. 서로 손만 잡고 자자고 했지만, 한밤중에 성적 욕구를 참지 못한 병사가 애인을 범하려 한다. 이에 여자 친구가 왜 그러냐고 하자, 병사는 당황해서 옆으로 넘어가려 했다고 둘러댔다는 것이다. 두 남녀는 어쩔 수 없이 함께 투숙하게 되지만, 그들의 행동에서 과잉되고 편향된 성의식은 찾아보기 어렵다. 오히려 건강하고 건전한 성의식을 볼 수 있다고 하는 것이 적절하다.

특히, 병사의 당황하는 모습이 역력한 마지막 장면은 다시 한 번 주

....

122) 문승숙, 이현정 역, 『군사주의에 갇힌 근대』, 또하나의 문화, 2007, 79쪽.
123) 〈애인과 여관에 간 병사의 한마디〉, 폭소닷컴(2004. 5. 9) 외 여러 곳.

목할 필요가 있다. 그는 순간적으로 성적 욕망을 참지 못하고, 급기야 애인과의 약속을 깨트릴 위기에 직면한다. 하지만 그는 애인의 말 한마디에 자신의 욕구를 억제한다. 이러한 장면은 그가 보편적 수준의 성적 욕망과 더불어 이를 스스로 억제할 수 있는 이성적 판단능력을 함께 지니고 있음을 말해준다.

이러한 남녀의 이야기는 앞에서 언급했던 왜곡되고 편향된 성의식과는 거리가 있다. 그들은 성적 욕구에 갈등하는 존재이지만, 또한 그러한 욕구에 대한 억제력을 갖춘 존재들이다. 성에 대한 호기심이 높지만, 사회적 통념의 한도를 벗어나지 않는다. 따라서 이 정도의 갈등과 호기심은 이십대 남녀 사이에서 흔히 볼 수 있는 수준이라고 할 수 있다.

남성 혹은 여성으로서의 젠더 사회화(gender socialization)는 아동기와 청소년기를 거치면서 문화적으로 학습된다.[124] 이러한 성적 학습은 가족이나 학교, 미디어를 통해서 남자아이는 남성다움을 갖추는 방향으로, 여자아이는 여성다움을 갖추는 방향으로 자연스럽게 진행된다. 남성과 여성에 어울리는 형용사에 대한 설문조사결과를 보면 남성다움과 여성다움의 차이를 찾아볼 수 있다.[125] 이와 같이 이십대는 남성성과

124) 앤서니 기든스, 김미숙 외역, 『현대사회학』, 제5판, 을유문화사, 2009, 374쪽.
125) 남성에 어울리는 형용사로는 모험심이 있는, 공격적인, 야망있는, 독재적인, 뽐내는, 거친, 용감한, 자신있는, 잔인한, 무질서한, 담대한, 지배적인, 매력적인, 독립적인, 논리적, 이성적, 현실적, 튼튼한, 안정적, 엄한, 강한, 강정적이 아닌, 흥분하지 않는 등이다. 한편 여성에 어울리는 형용사로는 상냥한, 체하는, 매력적인, 불평하는, 의존적인, 몽상적인, 감상적인, 흥분하기 쉬운, 변덕스러운, 시시덕거리는, 경박한, 소란떠는, 브드러운, 신경질적인, 온유한, 잔소리하는, 얌전빼는, 민감한, 머릿속이 빈, 감상적인, 세련된, 종속적인, 수다스러운 등이었다. 이들 형용사는 응답자의 75% 이상이 동의한 것이라고 한다.(Willams & Bennett, "The definition of sex stereotypes via the adjective check list," *Sex Roles I*, pp.330~331. 이수연 · 백영주 · 박군석, "남성의 균형적 삶을 위한 젠더의식 개선방

여성성이 분화되는 최종적 시기이다. 이 시기에 남성은 남성으로서의, 여성은 여성으로서의 성적 정체성을 확립하게 된다.

그런데 이십대는 성적 성숙의 측면에서 볼 때, 육체적인 성과 정신적인 성이 불균형한 시기라고 할 수 있다. 다시 말해서 육체적 성과 정신적 성이 균형 잡힌 단계에 도달하지 못했다고 할 것이다. 이 시기의 성은 청소년기의 성도 아니고, 성인기의 성도 아니다. 따라서 이십대 초반기의 성은, 다소간의 개인적인 차이는 있을지언정, 어느 정도 불균형성을 지니고 있다. 성인으로서의 완전한 성적 정체성을 갖추지 못한 상태라고 할 수 있다.

이러한 이십대 초반의 성적 특징을 감안한다면, 군대유머에서 나타나는 과잉된 성의식의 표출, 성애에의 편향은 이십대의 불완전한 성적 정체성을 반영한 결과라고 보는 것이 합당하다. 이때 '과잉된 성의식이 나타나는 이유는 무엇인가?' 하는 문제에 대해서는, 미국의 남녀 대학생을 대상으로 남성적 속성과 여성적 속성을 조사한 결과에서 답변의 단서를 찾을 수 있다. 즉, 성적 측면에 있어서 남성적 속성은 '성적으로 공격적이고, 성적 경험이 있는' 것으로 조사된 반면, 여성적 속성은 '성적으로 수동적이고, 성에 관심이 적으며, 성적 경험이 없는' 것으로 조사되었다.[126] 이러한 조사결과는 이십대 남성들이 성적으로 공격적 · 적극적 · 자발적임을 짐작할 수 있다. 군대유머 속에 나타나는 과잉된 성적 호기심은 바로 이러한 이십대 남성들의 일반적인 성적 속성과 크

안," 한국여성정책연구원, 2009, 12쪽에서 재인용)

126) J. S. Chafetz, *Masculine, Feminine to Human*, FE Peacock Publishers, 1979, pp.38~39(이수연 · 백영주 · 박균석, "남성의 균형적 삶을 위한 젠더의식 개선방안," 한국여성정책연구원, 2009, 13쪽에서 재인용)

게 다르지 않다고 하겠다.

이와 같은 성적 특징으로 인해 이십대 남성들은 다른 생애주기에 비해 성적 호기심이 과잉되거나 성애 편향성을 띨 가능성이 잠재되어 있다고 볼 수 있다. 특히, 청년기에 흔히 나타나는 육체적 성과 정신적 성의 불균형이 군대라는 조건 하에서 한시적으로 과잉된 성의식으로 표출되는 것이 아닌가 한다. 이렇게 본다면, 이성에 관한 군대유머 속에는 성적 균형감을 갖추어 가는 성적 성숙 또는 성적 정체성을 확립해가는 과정의 한 단면이 형상화된 것으로 평가되는 것이 적절하다고 본다.

기간병유머에 나타난 관계망 변화의 속뜻

병사와 외부인과의 관계를 다룬 기간병유머에는 병사와 외부인물 사이의 관계망의 변화상이 잘 나타나 있다. 먼저, 탈영병과 휴가병을 소재로 한 유머에서는 군대사회화의 내적, 외적 표지를 통하여 군인화된 자기 모습을 발견한다. 사회화는 일련의 과정을 통과함으로써 이루어지게 되는데, 그 결과물로서의 특정한 표지를 획득하게 된다. 군대사회화 과정을 경험하게 되는 병사들은 입대 이후 군인으로 전변하는 과정을 겪는다. 그 결과로서 병사들은 군인에 맞는 복장과 외모, 그리고 말투와 인식 등 제반 군대문화를 습득하게 된다. 통상 군대유머에서 언급되는 착용한 군복, 짧게 깍은 머리, 그을린 피부, 수직적 위계를 반영한 말투들이 군인화의 표지로 집약된다.

그런데 이들 군인화의 표지가 모두 동일한 비중과 성격을 갖는 것은 아니다. 예를 들어 복장과 외모는 병사 자신이 이미 인식하고 있는 외적 표지라면, 인식과 말투는 병사 자신도 인식하지 못한 내적 표지라고 할 수 있다. 스스로 인식하지 못했던 내적 표지들은 병영으로부터 일시적 이탈을 기회로 하여 비로소 병사들 자신에게 재발견되는 계기를 맞이한다. 다시 말해서 탈영병은 검문하는 헌병과의 대화를 통해서, 그리고 휴가병은 동생이나 마담 같은 순수한 민간인과의 만남을 통해서 자신이 군인임을 새삼 확인하게 되며, 이를 인식적으로 받아들이게 된다.

이렇게 신체적, 인식적으로 일어난 변화는 군대사회화의 산물이며, 민간인과 군인 사이의 차별성을 부각시키게 된다. 군대사회화 과정을 거친 사람이라면 이러한 전변은 지극히 당연한 귀결이라고 할 수 있다. 군대유머 속에 그려진 민간인과 군인과의 차별성은 외적 표지보다 내적 표지에 의해 사람들에게 호소력을 발휘한다. 이러한 외적, 내적 표지들은 병사들이 군인과 민간인 사이의 경계지대에 존재하고 있음을 말해준다. 이렇듯 경계지대에 머물고 있는 병사들의 인식은 곧 입대 전에 구축되었던 외부인과의 관계망이 변화했음을 의미한다.

한편, 병사와 그들의 가족을 소재로 한 유머는 주로 육친애의 불변성 또는 가족애의 영원성을 지향하고 있다. 병사들은 입대 전보다 더욱 강한 가족애를 경험하게 되고, 외부에 남아있는 부모형제 역시 병사에 대한 남다른 그리움을 느끼게 된다. 가족공동체를 구성하고 있던 존재가 남긴 빈 공간을 통해, 가족구성원들은 병사의 부재를 실감하게 되고, 서로에 대한 새로운 인식을 경험한다.

병사들에게 있어서 군복무는 일차적으로 가족공동체에서의 분리를 의미한다. 이러한 강제적이고 타의적인 격리를 통해 병사들은 일차적으로는 가족공동체의 의미와 가치를 재발견하는 계기를 경험하는 것으로 보인다. 가족공동체에서의 격리, 그리고 격리에 따른 내적 인식의 변화와 그에 대한 극복과정을 통하여 군대사회화의 길을 걷게 되는 것이다.

이런 인식변화의 과정은 가족과의 관계망에 있어서 필연적인 변화를 초래한다. 즉, 병사는 가족들과 입대 전보다 더 강한 연결고리를 구축하고, 이를 바탕으로 가족공동체의 결속성을 공고하게 만들고 있다. 가족들 역시 이러한 양상은 동일하게 나타난다. 이처럼 가족을 소재로 하는 유머에서는 병사와 가족 쌍방 간의 애정과 결속력이 강화되는 방향으로의 관계망의 변화를 찾아볼 수 있다.

애인 이야기를 다룬 군대유머는 이성애의 가변성 혹은 유동성을 부각시키는 데 초점이 놓여 있다. 여자 친구와의 교제는 가족과의 관계보다 더 큰 변화를 일으킬 수 있는 가능성이 높으며, 유머에도 이런 관계 변화에 대한 불안감이 형상화되고 있다. 입대 이후 애인과의 분리를 통해 병사는 그녀에 대한 보다 강한 그리움을 체험하는 것으로 보인다. 여자 친구 역시 군생활 초기에는 병사와 동일한 체험을 겪게 되지만, 시간이 흐르면서 쌍방은 서로 다른 길을 걷게 된다. 곧 여자 친구와의 물리적 분리는 정서적, 심리적 분리로 발전하는 것이 일반적이다. 어느 정도 병사의 군생활이 이어지는 동안 여자 친구는 새로운 상대를 만나게 되고, 그 결과 병사들에게 이별을 통보한다. 이별을 극복하는 것은 이제 병사들의 몫으로 주어진다.

그렇지만 병사들은 애인과의 이별을 불가피한 상황으로 받아들이며, 이를 정서적으로 극복하려 노력한다. 유머 속에 등장하는 병사들은 웃음을 자아내면서도 의연한 태도로 애인의 변심을 받아들인다. 이러한 병사들의 이중적인 인식은 군대사회화의 결과라고 할 수 있으며, 병사와 여자 친구 사이의 발생하는 관계망의 전변을 보여준다고 하겠다. 병사들은 애인이 떠나지 않을까 불안해하면서도, 동시에 애인의 결별

통보를 받아들일 준비를 한다. 이와 같은 불안감과 이를 극복하는 것, 이성과의 사랑은 영원하지 않으며 상황에 따라서 늘 변할 수 있다는 점을 받아들이는 것은 군대사회화의 국면을 잘 보여준다고 생각한다.

마지막으로 여성을 소재로 하는 군대유머는 과잉된 성의식과 불완전한 성적 정체성을 보여준다. 성적 호기심이 왕성한 시기에 입대한 병사들이지만, 그들은 성적으로 완전하게 성숙한 단계는 아니다. 육체적 측면에서의 성적 성숙이 먼저 이루어진 상태에서 정신적 측면에서의 성적 성숙이 필요한 생애주기를 통과하고 있는 것이다. 이 과정에서 병사들이 보여주는 성의식은 흔히 공격성과 파괴성, 성애화의 특징을 보여준다고 한다.[127] 미국의 군대문화를 연구한 논의에서도 성애의 경험은 '진짜 남성'이 되는 과정으로 언급되기 한다.[128] 이러한 병사들이 보여준 성의식의 특징은 군대유머에서도 설득력 있게 적용될 수 있다.

그렇다면 군대유머에 나타난 병사와 외부인과의 관계망 변화가 갖는 의미는 무엇인가? 첫째, 병사들과 외부인 사이에서 형성되는 관계망의 변화를 통하여 향유자들이 가지고 있는 양가적 감정과 중층적 인식구조를 표출하고 있다. 병사들의 입장에서 본다면, 입대 이후 군대사회화 과정을 거쳐 군인으로 탈바꿈하는 것은 필연적인 국면이면서 동시에 회피하고 싶은 국면이기도 하다. 자신의 외면과 내면에 구축된 군인화

127) 김경동에 의하면, 남성성이란 근본적으로 공격적이고 지배적이며 이는 사회화의 결과라고 했다.(김경동, 『현대의 사회학』, 신정판, 박영사, 1997, 93~96쪽.) 또한 안연선은 2차대전 시 일본군이 보여준 군인의 남성성 문제를 다루고 있는데, 이를 일반화하면 병사들의 남성성 문제에 대한 시사점을 찾을 수 있다.(안연선, 『성노예와 병사 만들기』, 개정판, 삼인, 2004년, 166~168쪽.)

128) Cynthia Enloe, *Does Khaki Become You? The Militarization of Women's Lives*, London:Pandora, 1988, p.22(안연선, 위의 책, 167쪽에서 재인용)

의 표지, 가족공동체와 이성친구와의 분리 경험, 여성에 대한 성적 호기심 등은 필연/회피, 긍정/부정, 수용/거부, 조화/상충이라는 양가적 성격을 함께 갖고 있다. 이는 군복무와 밀착되어 있는 것으로서 군대사회화를 통해 경험되고 인식되는 중층적 구조를 지니고 있다. 이러한 양가적 감정과 중층적 의식구조는 외부인과의 관계망을 변화시키는 근본적인 요인이라고 평가될 만하다.

둘째, 외부인과의 사이에 나타나는 관계망의 변화는 병사들의 '성인화'(成人化)를 함축하고 있다는 점이다. 병사들을 둘러싼 외부인과의 관계는 다양한 방향으로 일어난다. 외부인과 조화되는 방향으로, 혹은 상반되는 방향으로 관계망은 변화되어 나타난다. 또는 외부인은 아무런 변화가 없는 데에도 병사들 내면에서 스스로 변화가 일어나기도 한다. 변화의 성격 역시 다양한 초점을 가지고 있어 주목된다.

군인으로서의 표지 습득은 병사들 내부에서 일어나는 변화이다. 여기에는 외부인의 변화는 수반되지 않는다. 병사들 스스로 군인화를 이루는 과정이다. 이러한 병사들의 내적 변화는 곧 성인사회조직에 대한 체험이라고 일반화할 수 있다. 군대라는 조직은 여러 가지 사회조직의 하나이다. 이는 병사들이 경험해온 가족이나 학교와는 차원이 다른 성인조직이다. 따라서 군인화 과정은 성인조직에 대한 첫 번째 체험으로서의 가치를 갖는다.

가족과의 관계 변화는 병사와 부모형제 사이에서 쌍방향으로 일어난다. 그것도 상호간의 긍정적 감정을 강화하는 방향으로 진행된다. 입대를 전후한 시기에 가족과의 관계가 처음 형성된 것은 아니지만, 이전과 다르게 가족 사이의 유대감이 강화된 것은 분명하다. 부모형제에게서 병사에게로, 즉 나이 많은 가족구성원으로부터 나이 어린 가족구성원에게로 이르는 방향이 우세했던 과거의 관계를 벗어나, 이제는 쌍방적인 결속력이 강해졌음을 보여준다. 학생시절의 일방적인 가족관계 인식에 비한다면, 입대 이후 나타난 쌍방적인 가족관계 인식은 성인화된 가족관계를 보여준다고 평가할 만하다. 이런 질적인 변화는 단기간에 일어난다. 이야말로 급작스럽게 일어나는 수직적 전환, 질적 변화라는 의미를 내포한다. 따라서 군생활은 가족관계의 질적 전환을 가져오게 함으로써, 가족관계의 성인화라는 의미를 지니고 있다고 할 수 있다.

이성친구와의 분리와 이별 경험은 이성애의 본질에 대한 경험이기도 하다. 입대 이전에도 이성친구와의 이별은 존재한다. 하지만 이는 남성과 여성이 처한 여건이 동등하다는 점에서 군복무 중의 이별과는 상당히 다르다. 병사 자신은 예전과 변함이 없는데, 이성친구는 병사의 감정과 생각과는 무관하게 일방적으로 이별을 통보한다. 병사들은 이를 받아들이고 정서적, 심리적으로 극복해가는 과정을 겪는다. 이러한 남녀 사이의 이합집산은 제대 후에도, 또는 결혼 후에도 얼마든지 반복되어 발생할 수 있는 성인사회의 일상이기도 하다. 이런 점에서 군복무로 인한 이성친구와의 강제적 격리와 그에 대한 심리적 극복은 성인적 남녀이합의 경험이라고 할 것이다.

여성에 대한 과잉된 성의식을 다룬 유머에서는 성인으로서 요구되는 균형 잡힌 성의식을 갖추어가는 과정을 보여준다. 이들 유머에 등장하는 병사들은 일시적이고 상황적으로 과잉된 성애화 현상이 나타나는 것이 사실이다. 그러나 과잉된 성애만이 존재하는 것은 아니다. 병사들은 성의식의 균형을 유지하기 위해 성적 욕구에 대한 억제력을 보여주기도 한다. 이와 같은 병사들의 모습은 성적으로 미성숙한 단계에서 성숙한 단계로 나아가는 과정에 해당한다고 본다. 이를 통해 성인 남성

으로서 필요한 남성성을 구비하는 한편, 여성에 대한 균형된 인식을 정립하게 된다.[129]

이렇게 기간병유머에 나타난 외부인과의 관계망 변화는 성인 조직의 체험이나 쌍방향 가족관계의 구축, 성인적 남녀이합의 경험, 균형 잡힌 남성성의 확립이라는 의미를 내포한다고 할 수 있다. 이러한 의미들을 포괄적으로 규정한다면 성인의 수준에 맞는 사회조직, 가족공동체, 남녀이합과 여성에 대한 태도의 정립이라고 하겠다. 따라서 군복무는 인생주기에 있어서 이정표적 사건(milestone)이라고 할 수 있으며, 군생활에 따른 성인 초기의 성장통(成長痛)이라고 정의할 수 있다고 본다.[130] 군대유머 속에는 병사들이 이러한 성장통을 거쳐 '성인화'된다는 것을 관계망의 변화상을 통해 여실하게 보여준다고 하겠다.

셋째, 입대 전후 나타나는 관계망의 변화는 새로운 자아와 타자와의 관계를 확인시켜 줌으로써, 병사들 내면에 자리 잡은 '타자성(他者性)'을 드러내준다는 의미를 찾을 수 있다. 병사들에게 있어서 군인이 된다는 것은 일종의 '상상의 공동체'[131]에 귀속된다는 것을 뜻할 수 있다. 병사

129) 김애순은 출생 후 남성성과 여성성의 분화가 절정에 달한 시기는 성인 초기라고 했다. 이때까지는 사회적 관습이나 통념, 혹은 미성숙으로 이핸 개인의 내면에 어느 한쪽이 억압되어 있다는 하였다.(김애순, 『성인발달과 생애설계』, 시그마프레스, 2002, 228쪽.)

130) 생애주기의 이정표적 사건으로 언급될 수 있는 예로는 취학, 사춘기, 군복무, 취업, 승진, 결혼, 출산, 폐경기, 자녀출가, 은퇴 등을 들고 있다. 이들 사건들은 연령은 물론 생물학적 성숙과 관련되어 있다. 이들 이정표적 사건은 중요한 인생의 전환점이며, 사회적 시계(時計)로서의 기능을 가지고 있다.(김애순, 위의 책, 32쪽)

131) 도미야마 이치로, 임성모 역, 『전장의 기억』, 이산, 2002, 31쪽 ; 박상기, "탈식민주의의 양가성과 혼종성," 고부응 외, 『탈식민주의의 이론과 쟁점』, 문학과 지성사, 2003 239쪽.

들이 되기 시작하는 순간부터 타자성이 자기 내면에 자리를 잡기 시작하기 때문이다.[132] 이러한 타자성은 병사들 자신이 인식하지 못하는 새로운 자아로서 기존의 자아를 압박한다. 어찌 보면 기존의 자아가 점유했던 영역을 은밀하게 침투해 들어와 갈등과 대립을 일으키는 내적 존재이기도 하다.

예를 들어, 군인화의 표지를 다루는 유머에서는 기존의 자아가 민간인이라면, 군인으로서의 자아는 새롭게 형성된 자아이다. 두 개의 자아는 상호 배제적인 성격을 지니고 있으나, 완전히 배타적이지는 않다. 어느 정도는 조화와 균형을 통해서 공존할 수밖에 없다고 할 것이다. 이러한 배제적 성격으로 인하여 군인으로서의 자아는 타아로서의 성격도 함께 가지고 있다. 자아에서 분할된 낯선 타자인 것이다. 이 때문에 병사들은 외부인과의 관계망 변화를 통하여 자신의 내면에 자리하고 있는 낯선 타자를 발견하고 있는 것으로 그려진다.

가족이나 이성친구, 그리고 여성과의 관계에 있어서도 이런 양상은 조금씩 다르게 표출된다. 질적으로 전환된 가족관계의 전변을 통해서 병사들은 성인화된 가족 구성원으로서의 타자를 발견하게 된다. 또한 이성친구와의 이합 경험을 통해서, 그리고 성적 인식의 성숙과정을 통해서 자신의 내면에 남성화되어가는 타자를 만나게 된다. 이들 타자는 자아의 또 다른 일면이며, 성인으로서 성숙해가는 자아의 일면이기도 하다. 나아가 병사들 내면에서 자라난 새로운 자아로서의 타자는 기존의 자아와 대립을 초래하기도 하고, 그러한 갈등을 해소하는 역할도 담당한다. 궁극적으로는 자아와 타자와의 합일을 이루어 냄으로써 성

132) 도미야마 이치로, 위의 책, 32쪽.

인화된 자아로서 성숙하는 계기를 마련한다고 할 수 있다.[133]

한국 남성들은 대체로 비슷한 인생시기에 군생활을 경험한다. 이러한 군경험은 조직화, 가족공동체화, 남녀이합의 정신적 극복, 남성성의 균형감 등 성인사회로 나아가는 다양한 체험을 하게 된다. 이러한 체험들은 한국남성들의 내면 속에서 입대 전의 자아와는 다른 낯선 타자를 형성하게 만든다고 하겠다. 이렇게 병사들 내면에 자리하고 있는 타자는 기존의 자아와의 대립을 극복해냄으로써 합일되고 균형 잡힌 성인적 자아로 성장한다고 할 수 있다. 따라서 외부인과의 관계망을 다룬 기간병유머에서는 낯선 타자의 발견이라는 의미를 찾아볼 수 있다고 생각한다.

전역병유머와 탈군대사회화의 시작

접경지대로서의 전역병 시절과 그 유머

전역병 시절이라 함은 제대 직전 최고참 대우를 받게 되는 시기부터 제대 이후 사회에 재적응하는 시기까지의 일정기간을 의미한다. 따라서 전역병 시절은 누구에게나 동일하게 적용할 수 있는 객관적 · 물리적 시간개념은 아니다. 이는 신병시절을 특정기간으로 한정지어 말할 수 없는 것과 마찬가지이다. 신병시절은 당사자의 특성이나 부대 상황에 따라 짧을 수도 있고 길어질 수도 있다. 그것은 물리적 시간 개념이

133) 에릭슨의 사회화 이론에 의하면, 사람들은 각각의 사회화 단계에서 위기에 직면하고, 또한 위기를 극복하는 과정을 통해 성장한다고 한다.(김경동, 『현대의 사회학』, 신정판, 박영사, 1997.)

아니라 인식적 시간개념으로 받아들여야 한다. 이와 유사하게 전역병 시절도 물리적으로 정해진 시간은 아니라, 정서적이고 상황적인 시간 개념으로 규정할 수 있다.

이런 점에서 전역병 시절은 당사자가 속해 있는 조직의 구성원들에 의해 그가 전역을 앞둔 병사로 인식되는 시점에서부터 시작된다고 할 수 있다. 물론 당사자도 동료 병사들의 그러한 인식을 인정하고 받아들이는 태도를 가지고 있어야 한다. 이렇게 당사자 자신의 인식은 물론 그가 속한 조직구성원들의 인식이 합치될 때, 전역병 혹은 최고참이라는 위치를 인정받을 수 있다.

제대를 얼마 남겨 놓지 않은 최고참 시절에는 실질적인 업무를 담당하지 않는 것이 통상적이다. 이렇게 기본적인 업무에서 제외된다는 것은 곧 군대를 벗어나 사회로의 복귀 내지 재진입을 준비하는 시기이기 때문이다. 따라서 전역병은 탈군대사회화 과정이 시작되는 시점으로서의 의미를 가지고 있다.

이처럼 전역병 시절은 군대와 사회의 접경지대로서 탈군대사회화가 시작되는 시기이다. 다시 말해서 전역병 시절은 군인에서 민간인으로의 급격한 전변이 이루어지는 변화의 과정이다. 그러므로 이 시기의 병사들은 군인과 민간인의 속성을 중층적으로 지닌 이중적 존재라고 할 수 있다. 이런 측면에서 전역병 시절을 소재로 한 유머는 탈군대사회화의 시작을 보여주는 자료들이라는 점에서 그 가치를 찾을 수 있다.

전역병유머는 바로 이러한 시기의 생활과 의식세계를 담아낸다. 제대는 병사들이 가장 소망하는 것 중의 하나이다. 또한 병사들의 주요한 관심사 중의 하나이다. 이런 점에서 전역과 관련된 내용이 중심이 되는 유머, 또는 전역병을 주요한 소재로 다루고 있는 유머 역시 매우 활발하게 전승되고 있다.

말년병장생활담 : 군생활의 정점 혹은 종점

전역병유머의 첫머리는 병장 혹은 말년 생활을 다룬 이야기가 차지하고 있다. 먼저, 병장은 병사 계급 중에서 가장 높은 계급이다. 그러나 병사들에게 있어서 병장은 단순히 가장 높은 계급이라는 것 이상의 의미가 내재되어 있다. 그래서 병장을 소위 '5대 장성' 중의 하나로 대장보다 높은 계급이라는 우스갯소리도 있다.[134] 다음 유머를 통해 병장이라는 계급이 갖는 함축적 의미를 짐작할 수 있다.

㉠ 〈입대전 vs 입대후〉

장래희망

입대전 : 외교관, 의사, 검사, 비즈니스맨, 공무원, 사장 등등 좋은 것들이다.

입대후 : 후후. 가장 절실한 장래희망은 바로 병장이 되는 것이다.[135]

㉡ 〈군대 가면 알게 되는 것〉

표창장이나 상장보다 병장이란 걸 갖고 싶고,
심장병이나 상사병보다 무서운 게 헌병이다.[136]

134) 일부 미군부대에서는 모범장병에게 '6성' 칭호를 부여하고 노고를 치하하는 '식스 스타 설루트(six-star salute)'라는 행사를 개최한다고 한다.(문화일보 2007년 2월 15일자)

135) 〈입대전 vs 입대후〉의 일부분, 폭소닷컴(2004. 6. 6) 및 문화일보 2006년 1월 24일자 외 여러 곳.

136) 〈군대 가면 알게 되는 것〉의 일부분, 문화일보 2005년 4월 15일자 외 여러 곳.

ⓒ 〈계급별 구분〉

가장 기쁠 때

이병 : 종교행사에서 초코파이 두 개 줄 때

일병 : 신병이 들어와 큰 목소리로 "추~웅~성" 하고 인사할 때

상병 : 고참들이 내무실에 없어서 TV 리모컨 잡을 때

병장 : 간부가 "말년" 하구 부를 때[137]

㉠은 입대 전후의 장래희망을 대조하여 웃음을 유발하는 유머이다. 입대 전에는 외교관, 검사, 의사, 공무원 등 사회적으로 촉망받는 직업들이 언급된다. 하지만 입대 후에는 병장이 되는 것을 가장 절실한 장래희망으로 제시하고 있다. 입대 전의 장래희망은 우리사회에서 보편적으로 인정되는 내용을 담고 있으나, 입대 후의 장래희망은 그 보편성을 인정받기 어렵다. 본질적으로 비교대상이 아닌 것을 억지로 비교함으로써, 입대 전후 생각의 불균형을 초래한다. 이런 불균형이 청중들의 웃음을 일으킨다.

㉡에서는 표창장이나 상장보다 병장이라는 것을 갖고 싶어 한다고 했다. 표창장이나 상장은 자신의 공로를 인정받는 객관적인 표지이다. 그럼에도 불구하고 이런 포상보다 병장을 갖고 싶다는 것이다. 이는 '~장'이라는 의미는 다르지만 동일한 음성을 가진, 이른바 동음이의(同音異意) 형태의 글자를 이용하여 웃음을 유도한다.

㉢에서는 간부가 '말년'이라고 불러 줄 때 병사들은 가장 기뻐한다고 했다. 말년은 제대를 얼마 남겨 놓지 않은 병사를 의미한다. 그러므로 말년은 말 그대로 병장 중의 병장이라 할 수 있다. 이와 같이 병장이라는 계급은 병사들이 가장 되고 싶고, 가지고 싶은 것이며, 남이 불러주

137) 〈계급별 구분〉의 일부분, 문화일보 2005년 5월 6일자 외 여러 곳.

기를 소원하는 지고한 가치의 대상이다.

따라서 병장은 최고의 가치이자 군생활의 정점이라 할 수 있다. 그렇기 때문에 병장은 종종 '비틀기'의 소재가 되기도 한다.

> 병장이 된 당사자들은 이렇게 큰 의미를 부여하는 반면에 당시 군 관련 인터넷 유머 중에는 이런 것이 있었다.
>
> **이병** : 적 한 명을 능히 처치할 수 있는 계급
>
> **일병** : 적 두 명을 능히 섬멸할 수 있는 계급
>
> **상병** : 적 세 명을 능히 해치울 수 있는 계급
>
> **병장** : 네 명이 모여야 적 한 명을 겨우 상대할 수 있는 계급
>
> 제대하는 날까지 달력의 날짜 지우기를 취미로 삼고 몸은 최대한 사리는 일부 몰지각한 병장들 때문에 생긴 이야기였다. 아무려면 어떤가. 병장은 군대를 잘 모르는 이들의 이런 모함도 포용할 수 있는, 그야말로 군대의 꽃인 것이다.[138]

이병은 적 한 명을 처치할 수 있는 계급이고, 일병은 적 두 명을, 상병은 적 세 명을 상대할 수 있는 계급이라고 했다. 계급이 높아질수록 군인으로서의 숙련도가 높아지고, 그 결과 적을 처치할 수 있는 전투 능력도 좋아진다. 병사들의 계급과 그가 지닌 전투역량 수준은 서로 비례한다는 생각은 누구나 수긍할 만한 일반적인 견해이다.

그러나 병장에 대해서는 이런 일반적 인식을 적용하지 않고, 도리어 정반대로 이야기한다. 곧, 네 명이 모여야 한 명의 적을 물리칠 수 있다는 것이다. 병장은 병사 중에서 가장 높은 계급이지만 그의 전투역량은 형편없다고 너스레를 떤다.

....

138) 서경석, 『병영일기』, 시공사, 2003, 155～156쪽 ; 장용, 『장용의 단결 필승 충성』, 북로드, 2005, 262쪽.

표면적으로 언급된 내용만으로 보면, 이 유머는 병장의 수준을 매도하는 것처럼 보일 수도 있다. 그러나 전체적으로 보아 이 유머가 병장들의 생활태도를 부정적으로 인식하고 있다고 단정하는 것은 부적절하다. 문면에 표현된 바와 달리, 오히려 병장은 선망의 대상이라는 점을 부각시키거나, 병장 자신의 위상을 과시하기 위한 '의도적 비틀기'라고 보는 것이 옳을 듯하다. 따라서 이 유머는 병장에 대한 비하와 과시, 부정과 긍정이라는 양가감정에 기대어 웃음을 유발시키는 구조를 가지고 있다고 하겠다.

이렇게 말년 병장이 비틀기의 대상이 되고, 양가적인 속성을 갖게 되는 까닭은 무엇인가. 겉으로는 제대를 코앞에 둔 군생활의 말년에 이르렀다는 점을 들 수 있지만, 본질적으로 말년 병장의 생활은 병사들의 일상적인 군생활과 다르다는 점이다. 일반병사들은 정해진 일과에 따라 규칙적인 생활을 해야 한다. 그러나 말년 병장은 자신에게 맡겨진 임무를 후임에게 인계하고, 일상적 일과에서 벗어나 다소 여유 있는 일과를 보내기도 한다.

이렇게 말년 병장이 되면 실제적인 업무에서 손을 떼게 하는 것은, 후임병의 조기적응과 함께 말년 병장의 제대 준비시간을 부여하기 위함이다.[139] 제대 준비는 곧 군에서 사회로의 재진입을 위한 준비를 말한다. 이런 점에서 말년 병장 시절은 군에서의 분리가 시작되는 시기, 군에서 사회로의 전환이 이루어지는 경계지대가 시작되는 부분이라고 할 수 있다.

139) 이성찬, 『너희가 군대를 아느냐』, 권2, 들녘, 1998, 248~250쪽에 의하면, 상병 후반기부터 틈틈이 공부를 할 수 있었다고 하며, 병장 이후에는 사회로 나갈 준비를 시작한다고 했다.

〈김병장의 테트리스〉

어느 날, 군대에서 아무 일 없이 빈둥대던 김병장,

갑자기 얼마 전에 들어온 신참 이병을 불렀다.

김병장 : 야, 이병.

이병 : 예! 이병 아무개!

김병장 : 저기 누워 있어.

이병 : 옛!

그리고는 다시 다른 이병을 부르는 것이었다.

김병장 : 야, 너!

다른 이병 : 예!

김병장 : 너, 저 위에 직각으로 앉아 있어.

다른 이병 : 예, 알겠습니다.

그리고는 그걸 한참 쳐다보더니

김병장 : 야, 너! 넌 저 옆에 쭈그리고 앉아 있어.

또다른 이병 : 예!

이런 식으로 계속 쫄병들을 괴롭히는 김병장,

그런대로 즐거워 보인다.

이하사가 지나가다 김병장의 이런 행동을 보고 의아해 묻는다.

이하사 : 이보게, 김병장! 자네 지금 뭐하는 건가?

김병장 : 예! 좀 심심해서 애들 데리고 테트리스나 하고 있었습니다![140]

신병희학담 성격을 가진 이야기인데, 제대를 앞둔 말년 병장 생활의 단면을 잘 보여준다.[141] 물론 이야기 속에 등장하는 김병장이 말년이라

···············

140) 〈김병장의 테트리스〉, 김진배, 『유쾌한 유머』, 나무생각, 2006, 217~218쪽 ; 스포츠서울, 2006년 7월 7일자 외 여러 곳. 한편, 네이버 카페에 탑재된 자료를 보면 땅에 구덩이를 파놓고, 테트리스를 하듯 선 자세, 물구나무 자세, 누운 자세 등으로 구덩이 안에 사람을 채우는 〈군대 엽기놀이〉라는 변이형도 있다.

141) 신병희학에 대해서는 정재민, "신병유머의 면모와 의식세계," 『웃음문화연구』,

고 언급되어 있지 않지만, 전역을 앞둔 처지임을 쉽게 짐작할 수 있다. 김병장은 말 그대로 심심해서 신병들을 괴롭힌다. 신병들에게 누운 자세, 앉은 자세, 쪼그린 자세 등을 취하고 특정한 위치에 있으라고 하면서 혼자 즐거워한다. 이를 두고 그는 신병을 이용하여 테트리스라는 컴퓨터 오락을 한다고 했다. 이렇게 김병장은 제대를 앞둔 말년 병장의 '심심한' 생활의 실상을 해학적으로 보여준다.[142)]

다음과 같은 유머에서도 이런 양상을 찾아볼 수 있다.

〈군인의 길〉

전문 : 군인의 길은 비포장도로이다.
그 길을 포장도로로 만들기 위해 수단을 가리지 않는다.
하나 : 나의 길은 면회에 있다.
꽃순이 보는 낙으로 일주일을 보낸다.
하나 : 나의 길은 개김에 있다.
불굴의 투지와 깡다구를 기른다.
하나 : 나의 길은 휴가에 있다.
휴가를 가기 위해 수단과 방법을 가리지 않는다.
하나 : 나의 길은 제대에 있다.
개구리복을 입기 위해 최선을 다한다.[143)]

〈군인의 길〉이라는 구호(口號)를 패러디한 유머이다. 이를 보면 군인의 길은 울퉁불퉁한 비포장도로라고 하면서, 이를 포장도로로 만들

....

제1집, 한국웃음문화학회, 2006을 참고하기 바란다. 이와 관련된 조선시대의 신래희학에 대해서는 정재민, "면신례 풍속과 신래희학담의 관련양상," 『민속학연구』, 제18호, 국립민속박물관, 2006에서 자세하게 논의한 바 있다.

142) 이성찬, 앞의 책, 49~50쪽에 실려 있는 카운트 당번도 그러한 사례의 하나이다.

143) 〈군인의 길〉, 폭소닷컴(2004. 1. 23) 외 여러 곳.

기 위하여 수단과 방법을 가리지 않는다고 했다. 이때 언급된 구체적인 수단이 바로 면회, 개김, 휴가, 제대이다. 이중에서도 특히 제대는 생사를 무시할 정도로 절실한 목표라고 한다. 이를 통해 병사들에게 있어서 제대는 군생활의 최고 가치이자 목표임을 재삼 강조하고 있다고 본다. 제대는 병사 개개인의 입장에서 보면 '하나의 신화'이기 때문이다.[144]

원래 〈군인의 길〉은 군인으로서 지향해야 할 충성, 승리, 통일, 군율, 단결의 5가지 가치관을 간명하게 구호화한 것이다. 여기에는 군인이 나아가야 할 바람직한 정신적 자세가 제시되어 있다. 그러나 병사들의 입장에서 패러디된 〈군인의 길〉은 풍자와 익살을 통해 웃음을 자아낸다. 원래의 외적 형식을 따르되, 그 내용을 왜곡하여 변화시키는 방식이다. 원작과 모방작 사이의 거리가 멀고, 그 내용이 이질적일수록 유발되는 웃음의 강도는 커진다. 패러디를 통한 희화화 기법의 일종이라고 할 수 있다.

한편, 병사들에게 있어 최고의 가치인 제대를 실현하기 위해 말년 고참병들이 지켜야 하는 풍자적인 수칙(守則)도 있다.

〈말년 수칙〉

전문 : 말년은 민간인이다.
건강한 몸으로 전역하기 위해 수칙을 지킨다.

하나 : 떨어지는 낙엽도 피해가라.
뇌진탕으로 돌아가실 염려가 있다.

하나 : 길가의 돌 뿌리를 차지 말라.
다리 부러질 염려가 있다.

144) 병사들은 제대하는 날을 '신화가 이루어지는 날'이라고 부르기도 한다.(이성찬, 앞의 책, 297쪽.)

하나 : 접시물에 발 담그지 말라.
행여 익사할 염려가 있다.

하나 : 가랑비를 피해 가라.
머리통에 구멍 날 염려가 있다.

하나 : 길가의 개미를 함부로 밟지 말라.
살인죄의 누명을 쓸 염려가 있다.

하나 : 이쑤시개로 이빨 쑤시지 말라.
이빨이 부러질 염려가 있다.

하나 : 바느질 하지 말라.
말년에 피 볼까 두렵다.

하나 : 삼보 이상 걷지 말라.
발가락이 부러질 염려가 있다.

하나 : 말년 휴가 나가서 아무 여자나 건드리지 말라.
말년에 코 꿸까 겁난다.[145]

이는 〈군인의 길〉 혹은 〈군진수칙(軍陣守則)〉을 패러디한 것으로, 무사하게 전역하기 위해 말년병장이 지켜야 하는 행동수칙을 나열한 유머이다.[146] 뇌진탕에 걸리지 않기 위해서 떨어지는 나뭇잎도 피해야 하고, 다리가 부러지는 불상사를 피하기 위해서 길가의 돌도 차지 말아

145) 〈말년 수칙〉, 장용, 앞의 책, 169쪽 ; 스포츠서울, 2007년 1월 5일자 외 여러 곳.

146) 국군의 이념과 사명을 천명하고 장병들의 정신전력을 강화하기 위해 군에서는 여러 가지 구호를 제정한 바 있다. 1948년 10월에 발생한 여순반란사건 직후 〈국군 3대 선서〉와 〈국군 맹세〉가 공포되었고, 1965년 3월에는 〈군인복무규율〉이 반포되었으며, 1976년에는 〈멸공투쟁 3대 지표〉와 〈멸공 구호〉가 제정되었다. 또한 육군은 1990년 〈군인복무규율〉을 개정하기에 앞서 〈복무신조〉(우리의 결의)를 제정하기로 했다.(조승옥 외, 『군대윤리』, 봉명출판사, 2002, 137～140쪽 ; 〈정훈교육의 강화〉, 동아일보 1968년 7월 8일자 ; 이재전, "제1화 온고지신(85회): 1965년 군인복무규율 제정," 국방일보 2003년 9월 25일자)

야 하며, 익사할 우려가 있으니 접시에 발도 담그지 말라고 한다. 이외에도 개미밟기와 살인죄, 가랑비와 머리손상, 이쑤시개와 치아손상, 바느질과 출혈, 도보이동과 발가락 손상 등 전혀 이치에 닿지 않는 내용들을 나열해 놓고, 이를 말년병장이 지켜야 할 수칙이라고 엄살을 피우고 있다.

이러한 엄살은 표현방식과 구조를 왜곡함으로써 웃음을 자아낸다. 먼저 표현방식에 있어서 조건부분에서 '~하라.'라는 말 대신에 '~하지 마라.'는 말을 사용하고 있다. 이로써 긍정형 표현을 부정형 표현으로 대체하고, 이를 뒷문장과 연계하여 '조건 - 조건위반'으로 이어지는 새로운 구조를 만들어내고 있다. 이는 마치 금기 - 금기위반으로 이어지는 금기형 언술과 유사한 방식이라고 하겠다.[147)]

조건 - 조건위반의 구조는 필연적인 인과관계로 묶이는 것이 자연스러운데, 이 유머 속에서는 그런 인과율이 비틀어져 있다. 원인으로 지목된 낙엽, 돌부리, 접시물은 결과로 제시되는 뇌진탕, 다리골절, 익사와 전혀 인과관계가 성립되지 않는다. 이처럼 두 화소 간의 인과율이 깨어져 있을 뿐만 아니라 원인과 결과의 균형도 무너져 있다. 원인에 걸맞은 결과 혹은 결과에 어울리는 원인이 제시되지 않는다. 지나치게 사소한 원인에 대해 과도하게 과장된 결과를 연계시킴으로써 인과관계를 의도적으로 탈선시키고 있다. 이와 같이 왜곡된 표현방식과 인과관계의 의도적 탈선을 통해 사람들의 웃음을 이끌어 내고 있으며, 매사에 조심하겠다는 태도보다 무사하게 제대하기를 바란다는 병사들의 열망을 반영하고 있다고 하겠다.

147) Alan Dundes, *The study of folklore*, Prentice-Hall, 1965, p.213.

한편, 화소의 나열이나 부연, 또는 과장과 확장을 통하여 병장의 속성을 극대화하여 웃음을 일으키는 유머도 있다.

〈영원불멸의 쫄병수칙〉

고참은 하느님의 동기동창이며 공자의 형님이요 소크라테스의 삼촌이요.
양귀비와 클레오파트라는 고참의 애인이다.
고로 쫄병은 고참을 하늘처럼 모신다.
고참은 떠오르는 태양이요
쫄병은 바람 앞에 꺼져가는 촛불이다.
고참의 말은 곧 법이요 진리요 명언이다.
고참 희롱죄는 전시에는 사형이다.
고참의 입과 귀는 항상 즐거워야 하며
고참이 잘못을 해도 책임은 쫄병이 진다.
고참이 철모에 똥을 싸도
그것은 하나의 작전이요 전략이며 전술이다.
고참의 한숨소리는 쫄병에게는 태풍이다.
고로 고참이 슬픈 일이 생기면
쫄병은 무조건 눈물을 흘러야 한다.
고참이 울면 쫄병도 울고
고참이 웃으면 쫄병도 웃는다.
그것이 쫄병이 지켜야 할 예의이기 때문이다.
고참이 주면 주는 대로 먹고 시키면 시키는 대로 한다.
고참이 하는 일은 모두 다 FM이기 때문이다.
고로 한번 고참은 영원한 고참이다.[148)]

고참과 졸병의 절대적 수직관계를 주제로 한 유머인데, 문면만으로

148) 〈영원불멸의 쫄병수칙〉, 경향신문 1998년 4월 23일자 외 여러 곳.

보아 전역병유머에 해당한다고 단정하기는 어렵다. 다만, 이런 정도로 장난을 칠 수 있는 부류는 병장 중에서도 고참 병장일 가능성이 있다는 점을 감안하여 여기에서 다루기로 한다. 또한 유머의 내용도 말년에 가까운 병장일 경우에 훨씬 잘 어울리는 내용이며, 그 속에 담긴 함축적 의미망도 깊어진다고 생각한다.

이 유머를 관통하는 의식의 핵심은 고참은 절대적인 존재라는 것이다. 고참의 절대성을 강조하기 위하여 여러 가지 기법이 사용된다. '~이요 ~이다'의 형태로 나열하는 기법, '~이면 ~이다'의 형태로 조건을 내세우는 기법, 과장의 기법, 반복의 기법 등이 그러한 대표적인 언어유희의 예이다. 또한 일반사회에서 신성시되거나 존경받는 존재들을 등장시켜 그들의 신성성과 권위를 칭탁하고 있다. 하물며 고참이 철모에 똥을 싸도 그것은 전술적이고 전략적인 행위로 간주되며, 그의 언행은 사회규범에 준하는 것으로 규정된다. 이처럼 신성하고 절대적인 대상으로 만들기 위해 고참이라는 존재를 극대화시키고 있는 것이다.

그러나 존재를 극대화하는 기법을 동원했음에도 불구하고, 정작 고참의 위상은 표현된 것만큼 극대화되지 않는다. 이런 모순과 불일치가 일어나는 지점에서 웃음이 발생한다. 하느님, 공자, 소크라테스 등과 동격이라고 했지만, 고참은 여전히 해학적 말장난의 대상일 뿐이다. 고참을 신성시 혹은 외경시 한다고 하면서 도리어 고참을 희학의 대상으로 떨어뜨리고 있다. 이와 같이 겉으로는 외경심리를 내세우면서도 속으로는 희학심리를 드러냄으로써 웃음을 불러일으키고 있다.

전역병실수담 : 현실과 의식의 괴리 혹은 간섭

전역병유머의 주축을 이루는 또 하나의 이야기는 전역 직후의 실수담이다. 전역 직후의 실수담은 꿈과 현실의 착각에서부터 비롯된다고 할 수 있다. 다음은 바로 그러한 꿈과 현실의 착각 내지 혼동을 잘 보여준다.

> 〈악몽〉
> 군대와 관련된 최대의 악몽은,
> **제대전** : 휴가 나왔다가 복귀 못하는 꿈을 꾸었을 때
> **제대후** : 전역명령이 잘못 되었다고 다시 끌려가는 꿈을 꾸었을 때[149)]

제대 전의 최대 악몽은 휴가에서 미귀하는 꿈을 꾸었을 때라면, 제대 후에는 전역명령이 잘못되어 재입대하는 꿈을 꾸었을 때라는 것이다. 휴가 미귀는 당사자뿐만 아니라 소속부대원 모두에게 심대한 영향을 미친다. 그렇기에 제대 전에는 휴가를 나왔다가 미귀하는 꿈이 최고의 악몽으로 인식된다.

한편, 제대 후에는 재입대 명령을 받는 꿈이 최고의 악몽으로 손꼽힌다. 이러한 꿈을 꾼다는 것은 정신적인 차원에서의 전역이 완성되지 않았음을 의미한다. 비록 현실적으로는 제대가 이루어진 상태이지만, 인식적 차원에서는 아직도 군대와 관련된 심리적 억압감이 잠재되어 있다고 할 것이다. 이렇듯 전역 초기에는 인식과 현실 사이의 괴리를 경험하게 됨을 뜻한다.

··············

149) 〈악몽〉, 폭소닷컴(2004. 1. 22) 외 여러 곳. 이성찬, 앞의 책, 302쪽에도 이와 비슷한 악몽 경험담이 실려 있다.

현실과 인식의 괴리현상은 전역병실수담을 형성시키고, 또한 이를 전승하는 원동력이라 할 수 있다.

> **〈복학생의 실수담〉**
> 신성한 국방의 의무를 마치고 예비역 병장이 된 나!
> 기쁜 마음으로 학교에 복학하러 갔다.
> 예비군훈련 때문인지 복학원서에 이것저것 적는 게 너무 많았다.
> 구시렁거리면서 열심히 작성하고 직원에게 건네자 그 아가씨가 금방 보더니 한마디 한다.
> "군번 말고 학번 쓰세요."
> "……."
>
> 복학하면 열심히 공부할 거라 다짐했다.
> 강의실에서 교수님 바로 앞자리는 항상 나의 차지.
> 초롱초롱 빛나는 나의 눈!
> 교수님의 일거수일투족을 열심히 따라다니며, 어느 것 하나 놓치지 않고 필기하기에 여념이 없었다.
> 교수님도 눈여겨보셨는지 갑자기 날 지명했다.
> "자네!"
> 난 우렁차게 대답했다.
> "네, 벼엉장! 홍! 길! 동!"
> 순간 강의실은 웃음바다가 됐고, 그 이후부터 여자 후배들은 날 '병장 오빠'라고 부른다.[150]

군과 사회에서 사용하는 언어가 다를 경우에 흔히 발생할 수 있는 실수 이야기이다. 이러한 전역병의 실수를 소재로 하여 삽화 형태로

150) 〈복학생의 실수담〉, 서울신문 2005년 5월 10일자 및 문화일보 2005년 5월 12일자 외 여러 곳.

연결시킨 유머이다. 첫 번째 삽화에서는 전역한 후 복학원서를 쓰는데 학번 대신에 군번을 썼다가 직원에게 무안을 당했다고 했다. 두 번째 삽화에서는 강의시간에 교수님의 지명을 받았는데 군대식으로 관등성명을 복창했다는 것이다. 이 두 가지 삽화는 모두 제대 직후를 시간적 배경으로 설정하고 있으며, 무의식 속에 노출되는 군생활의 잔흔을 보여준다는 점에서 동질적이다.

이와 같은 유형에 속하는 일부 자료에는 세 번째 삽화가 추가되어 있기도 하다. 이 세 번째 삽화에서는 강의가 끝난 후에 전역병이 후배들에게 연병장에서 족구나 한 판 하자고 소리쳤다고 한다. 연병장은 군대에서 운동장을 일컫는 용어이고, 족구는 군대에서 많이 하는 스포츠 종목이다. 이러한 용어와 종목은 다분히 군생활과 관련되어 있는 것이어서, 민간인 신분의 후배들은 의아한 태도를 보이는 것이 당연하다. 이로 본다면 세 번째 삽화 역시 현실과 인식의 괴리 현상을 보여주는 이야기로서 묶을 수 있다고 본다.

한편, 전역병실수담은 내부생활, 사격, 봉지라면, 군인말투 등 군생활 전반에 걸친 언술형 유머로 발전하기도 한다.

〈제대 직후 나타나는 군인 신드롬〉

① 팬티, 양말 등을 예쁘게 돌돌 말아서 서랍에 정리한다.
② 슈퍼마켓에서 이것저것 사고 계산할 때 "뭐가 이렇게 비싸요?"라고 묻는다.
③ 영화에서 주인공이 총 쏘는 것을 보다가, '아, 저 총 어떻게 닦지?'라고 생각한다.
④ 전화 받을 때 "통신보안……", "사고예방 시설대 병장 아무개입니다."라고 말한다.
⑤ 집에서 밤에 불빛이 새어나가면 괜히 불안해서 커튼 친다. 일명

등화관제.
⑥ 라면 봉지에 뜨거운 물 부어서 불려 먹다가 스스로 깜짝 놀란다.
⑦ 예쁜 여자 지나가면 휘파람이 저절로 나온다.
⑧ 시외버스 타고 가다 검문소에서 헌병이 올라오면 괜히 가슴이 벌렁거린다.
⑨ 친구 기다리면서 길에서 태권도 연습을 한다.
⑩ 지나가는 장교 보고 자기도 모르게 오른손이 눈썹까지 올라가다 멈춘다.
⑪ 술자리에서 취기 좀 오르면 "야! 노래 일발 장전, 발사!"라고 소리친다.
⑫ 경비아저씨가 아파트 화단 정리하는 모습 보고 잔소리를 한다.
⑬ 꼬마들이 '비비총' 놀이를 하면 꼭 한번은 빼앗아 쏴보고 간다.
⑭ 누군가 삽 들고 있으면 그냥 지나치지 못한다.
⑮ 시내에서 별판 달고 가는 군용차 보면 일단 차렷하고 서 있는다.
⑯ 휴가 나온 군인 보면 애써 부대마크 확인하고 간다.
⑰ 후배가 영장 받았다고 하면 전국에 모든 부대를 자기 집처럼 아는 척한다.
⑱ 일어나자마자 거실로 나와 국군도수체조를 한다.
⑲ 막대기만 보면 그거 들고 총검술 연습한다.
⑳ 바쁜 일도 없는데 목욕탕에서 급하게 씻고 나온다.
㉑ 식탁에 고기반찬 나오면 괜히 흥분하며 마음이 급해진다.
㉒ 제일 먼저 식사 마치고 자기 밥그릇 설거지한다.
㉓ 콩나물이나 무침 나오면 옆으로 스윽 밀어놓는다.
㉔ 된장국 나오면 자신도 모르게 인상이 팍 구겨진다.
㉕ 약속 있다고 청바지에 '칼주름' 잡는다.
㉖ 조카가 먹고 있는 초코파이를 보면 침이 고인다.
㉗ 축구공만 보면 환장한다.
㉘ 비올 때 우산보다는 비닐을 찾는다.
㉙ 유명 브랜드 슬리퍼보다 싸구려 '딸딸이'가 편하다.

㉚ 서점에 가면 잡지 표지에 실린 여자 탤런트 사진을 보고 흥분한다.
㉛ 밥 먹을 때 숟가락 하나로 모든 것을 해결한다.
㉜ 친구들은 PC방 가자는데 혼자 끝까지 사격장 가자고 우긴다.
㉝ 친구가 자동차 몰고 나오면 짐칸이 어딘가 두리번거린다.
㉞ 집에서 헝겊 조각 나오면 슬며시 모은다. 총 닦아야 한다는 생각 때문이다.
㉟ 노래방에서 친구가 노래할 때 따라 부르면서 좌우로 몸을 움직인다.[151]

이 유머 속에는 전역병의 언어와 행동과 사고 속에 잠재적으로 잔존해 있는 군생활의 흔적들을 구체적으로 나열하여 보여준다. 그 종류가 매우 많고 다양해서 일종의 실수 종합세트와 비슷하다. 그것들은 제대 직후에 누구나 한가지 정도는 겪었을 만한 에피소드의 총합이라고 할 것이다. 이런 실수들은 전역병의 뇌리 속에 잠재되어 있다가 무의식 중에 표출되어 본인은 물론 주위사람들까지 당황하게 만들기 일쑤이다.

전역병유머에서 볼 수 있는 현실과 인식 사이의 괴리현상은 탈군대 사회화 과정에서 일어나는 현상이라고 본다. 전역병은 이제 막 군에서 사회로 복귀 내지 재진입한 존재이다. 전역병 자신은 이미 신체적으로 일반사회에 진입해 있지만, 그의 의식세계는 아직도 군과 사회의 접점에 머물고 있다. 그 지점은 군과 사회가 중첩된 경계지대이다.

그렇기 때문에 전역병들은 무의식 중에 군과 사회를 혼동하는 실수를 범하게 되는 것이다. 군대 언어를 사용하거나, 군대식 행동을 하는 등의 실수들이 그러한 예에 해당한다. 운동화를 활동화라고 부른다던지, 전화를 받을 때 '통신보안'이라고 말한다던지, 라면을 먹을 때 봉지.

151) 〈제대 직후 나타나는 군인 신드롬〉, 장용, 앞의 책, 64~65쪽.

라면을 끓여 먹는다던지, 아침 6시만 되면 눈이 떠진다는 등 실로 다양한 삽화가 만들어질 수 있다. 이런 모든 것이 탈군대사회화 과정에서 일어나는 일반적 현상이라고 할 수 있다.

탈군대사회화 과정은 군에서 사회로의 전환 내지 이동이 이루어지는 기간이다. 이 과정에서 군에서 습득된 언어습관과 행동규범에서 벗어나, 그 대신 사회에서 사용하는 언행을 다시 사용하게 된다. 그러나 전역 직후에는 일정기간 동안 군에서 체득한 언어습관과 행동양식이 간섭을 일으키게 마련이다. 이로 인하여 사회로 재진입한 전역병들은 무의식 중에 상황에 어울리지 않는 말과 행동을 하기도 한다.

이렇게 상황과 언행 사이의 불일치 또는 부조화 현상으로 인하여 웃음이 유발되고 있다. 이 시기는 현실세계에서는 제대를 했지만, 의식세계에서는 제대하지 못한 중간적 상황에 머물러 있다. 따라서 이들 전역병유머는 정신적, 인식적 차원에서의 제대를 완성해 가는 과정을 담고 있다고 할 것이다.

군생활과시담 : 기억의 포장 혹은 소영웅주의적 무용 과시

전역병유머에 있어 또 하나의 중심 테마는 과거의 기억 속에 남아 있는 군생활에 대한 과시 욕구이다. 이들 군생활과시담의 소재는 사실성을 가지고 있으면서도 다분히 허구성을 띠고 있는 경우가 많다. 먼저 널리 전승되고 있는 족구 이야기부터 보기로 한다.

〈군대시절 족구 이야기〉

제대 후 동네 친구들을 만나 서로 군대에서 고생한 얘기를 나누다 족구 얘기가 나왔다.

친구가 말했다.
"난 족구 하다가 공 주우러 산 밑까지 뛰어 갔다 왔다!"
또 다른 친구가 말했다.
"난 옆에 개울이 있었는데, 그 개울에 공이 빠져서 떠내려가는 공 주우려고 똥물에 들어가 허우적거리다 익사하는 줄 알았다."
그러자 전방에 다녀온 친구가 말했다.
"너네가 지뢰밭에 공 주우러 들어가 봤어!"[152)]

세 명의 친구가 제대한 후 만나서 군경험을 화제로 이야기를 주고받게 되었다고 했다. 그러다가 족구 이야기가 나왔는데, 한 친구가 공을 주우러 산 밑에까지 뛰어 갔다 왔다고 한다. 군부대는 통상 산등성이에 위치하는 것이 일반적이므로 충분히 일어날 수 있는 상황이라고 생각된다. 그러자 또 다른 친구가 자기는 개울에 빠진 공을 건지려 하다가 익사할 뻔 했다고 한다. 이 또한 부대가 개울가에 있었다면 충분히 있을 수 있는 일이다.

마지막으로 전방부대에 근무했던 친구는 지뢰밭에 들어가 공을 주워왔다고 했다. 전방에는 부대주변에 지뢰지대를 설치한 곳이 많다는 점을 이용한 언술이라고 할 수 있다. 그러나 실제로 생명을 담보로 하는 그런 경험을 했을 가능성은 많지 않다. 앞의 두 친구가 산과 개울을 내세워 자신의 군대경험을 포장했다면, 마지막 친구는 지뢰밭을 끌어들여 자신의 경험이 우월함을 과시한다.

그런데 이들이 내세운 군경험은 점차 그 강도가 강화되고 있는 것을 볼 수 있다. 산 밑에까지 가서 공을 주워온 것은 육체적으로 힘들어도 생명의 위험은 거의 없다. 반면에 익사할 정도로 깊은 물에 빠진 공을

152) 〈군대시절 족구 이야기〉. 폭소닷컴(2004. 5. 12) 외 여러 곳.

주워온 것은 그 위험성이 조금 더 높다. 거기에서 한걸음 더 나아가 지뢰밭에 빠진 공을 주워오는 것은 생명을 담보로 한, 지극히 무모한 행위이다. 그것은 약간의 실수만으로도 생명을 앗아갈 수 있는 매우 위험한 일이다. 그러므로 이런 일은 일어날 가능성이 희박하며, 일어나서도 안 된다.

그럼에도 세 명의 화자는 경쟁적으로 자신의 군경험을 과장하여 진술하고 있다. 과장은 단계를 거듭할수록 그 강도가 강해지다가, 마지막에는 불가능한 수준까지 높아진다.

구분	화자 1	화자 2	화자 3
행위	산밑에까지 뛰어가서 공을 주워옴	똥물에 들어가 공을 꺼내다가 익사할 뻔함	지뢰밭에 들어가 공을 주워옴
수준	보통	조금 높음	비약적으로 높음

공을 주워오는 행위는 육체적 고통, 오물의 혐오감, 생명의 위험 순으로 강화된 의미를 함축하고 있다. '힘들게 공을 주워 왔다.'라는 과거의 단순한 경험이 생명의 위험을 감수하는 대단한 경험으로 과장된다. 이를 통해 자신이 거쳐온 군생활은 일상적 행위가 아닌, 소영웅주의에 입각한 위대한 무용담으로 재포장된다. 이런 재포장 과정에서 마지막 화자에서 비약적으로 강도가 높아지며, 바로 극한상황을 전제로 한 이 대목에서 웃음이 유발된다.

이런 소영웅주의적 무용담은 다음 이야기에서 더욱 두드러지게 나타난다.

〈군대 이야기〉

몇 년 만에 학교에 복학한 형들을 위해 조출한 술자리가 열렸다.

한 잔, 두 잔, 소주잔이 상하 반복 운동을 하다가, 드디어 나오는 예비역들의 술자리 필수 통과의례인 군대 이야기.

육군 소총병 출신의 J형. 자랑스럽게 이야기한다.

"실탄을 쏜 땐 말이야, 어쩌구 저쩌구."

묵묵히 듣고 있던 의경 출신의 Y형. 조용히 툭 한마디 던진다.

"거 참 실탄 한번 못 쏴본 사람 있나?"

J형 머리에 가는 실핏줄이 으쓱으쓱 일어난다.

술이란 가끔씩 나이를 초월하기도 하는 법.

"아니, 의경이 실탄도 쏴요?"

Y형 눈가가 파르르 떨리는 게 역시나 술이 들어간 게 틀림없다.

"당연하지 임마! 나 M16, K1, K2 다 쏴봤다고! 네 놈은 K시리즈 만져보기나 했냐?"

J형 발끈한다.

"아! 그럼요! M16, K1, K2! 거기다 M60까지 쏴 봤다구요! 소총병은 M60도 쏴요!"

앗 Y형 당황한다.

역시나 육군을 상대로 총 이야기는 무리수이었던 것인가?

하지만 나이는 꽁으로 먹은 게 아니다.

우리의 Y형 굳은 표정 비장한 목소리로 한마디 한다.

"그럼 너 스티커 끊어 봤냐?"

순간 벙쪄 버린 J형과 그 외의 사람들.

대한민국 육군 병장 소총병 예비역

오늘 대한민국 의무경찰 예비역에게 완패…….[153]

J는 육군 소총병 출신의 후배이고, Y는 의경 출신의 선배이다. 이들

153) 〈군대 이야기〉, 폭소닷컴(2004. 5. 12) 외 여러 곳.

의 복학을 축하하기 위한 술자리가 마련되었고, 술기운이 오르자 자연스럽게 군대 이야기가 오가기 시작했다고 한다. 먼저 후배인 J가 실탄사격 경험을 자랑한다. 그러자 선배인 Y가 자기도 실탄을 쏘아 봤다고 거짓말을 한다. J가 선배의 거짓말을 지적하고, 자기는 기관총도 사격해 보았다고 기세를 올린다. 이에 Y가 스티커를 끊어본 적이 있느냐고 비장하게 맞받아쳤다는 것이다. 결국 사격과 관련된 군경험담 경쟁은 소총병 출신이 의경 출신에게 판정패 당하는 것으로 마무리된다.

화자 J와 Y 사이의 대화는 의무경찰의 스티커에서 급격하게 종결된다. 실탄에서 M16, K1, K2를 거쳐 M60으로 점차 확장된 진술은 최종적으로 교통위반 스티커로 마무리된다. 수세에 몰린 의무경찰 출신의 예비역이 갑자기 총기류가 아닌 것으로 전환을 시도함으로써, 더 이상의 대화를 단절시켜 좌중의 웃음을 끌어내고 있다. 이로 인해 소총병이 우세했던 판세가 역전되어, 의무경찰이 더 우세한 상황으로 바뀌고 있다.

이런 갑작스런 단절에 의한 판세역전은 전역병들의 소영웅주의적 심리가 작용한 결과라고 생각한다. 전역병 개인 차원에서 볼 때 전역 그 자체가 영웅적 행위이다. 그들에게 있어 하나하나의 군경험은 모두 영웅적 행위로 기억되어야 한다고 믿는다. 이런 인식으로 인해 전역병들은 자신이 겪은 군생활을 험난하면서도 찬란한 행적으로 재포장하여 과시하고픈 심리를 가지고 있는 것으로 생각된다.

화자가 말했듯이, 예비역들이 모인 술자리에서의 군대 이야기는 일종의 통과의례에 가깝다. 거기에다가 서로 간의 경쟁의식이 작용하게 되면, 군대 이야기는 확장 혹은 비약되는 경우도 흔히 볼 수 있다. 이와 같은 경쟁적 확장이나 비약은 기억의 포장이라 부를 만하다. 기억의 포장이란 과거의 경험을 회고할 때 자신에게 유리한 방향으로 확장시키거나 재구성하는 것을 의미한다.[154]

이런 기억의 포장은 전역 직후에 특히 강하게 나타난다. 이 시절에는 무사하게 제대했다는 사실 자체가 전역자의 성취욕을 충족시키는 것으로 생각되며, 그만큼 군생활에 대한 확장적 포장을 위한 동기도 강하기 때문이다. 과거에 대한 확장적 포장은 기억의 왜곡 내지 재구성의 출발점이기도 하다. 이러한 기억의 포장을 통하여 화자는 과거의 경험을 재구성하기 시작하는 것이다. 이렇게 되면 사람이 기억하는 것이 아니라 기억이 사람을 지배하는 현상이 나타나기도 한다.

이야말로 군생활에 대한 애증의 변주가 시작되는 지점이라고 볼 수 있다. 예비역으로서 화자가 가지고 있는 잣대에 따라 군경험은 추억과 그리움의 대상으로 혹은 망각과 배척의 대상으로 재구성된다고 본다.[155] 전역병유머에 나타난 군경험은 대체로 긍정적으로 인식되고 있으며, 화자의 기억 속에서 재포장 과정을 통하여 과장되고 미화되는 양상을 띠는 것으로 보인다. 이는 군경험이 제대 이후의 삶에 자양분을 제공하는 정신적 토대로 작용하고 있기 때문인 것으로 보인다.

154) 기억은 고정된 역사적 순간의 재발견이 아니라 이후의 일상생활을 통해 선택되고, 재해석되며, 왜곡된 결과라고 한다.(권귀숙, "기억의 재구성 : 후체험 세대의 4·3기억," 『한국사회학』, 제38집 1호, 한국사회학회, 2004, 109쪽.)

155) 일제강점기와 6·25전쟁 경험에 대한 노인들의 경험을 연구한 논문에 의하면, 이들 경험은 은폐하고 싶은 경우와 미화되는 경우로 양분되어 나타나는 양상을 가지고 있다고 한다.(양영자, "후기노인들의 역사경험에 대한 생애사 연구," 『한국사회복지학』, 제61권 3호, 한국사회복지학회, 2009, 263쪽.) 이런 양상은 군경험에 대한 인식에서도 찾아볼 수 있다.

전역병유머에 나타난 탈군대사회화의 모습

전역병유머는 내용을 기준으로 하여 말년병장생활담, 전역병실수담, 군생활과시담이라는 세 가지 부류로 구분된다.

첫째, 말년병장생활담은 제대에 대한 갈망을 다룬 것, 병장에 대한 이중적 비틀기를 그린 것, 신병을 괴롭히거나 말년 병장의 일탈적 생활상을 보여주는 것 등의 유머가 전승되고 있다. 이들 유머 속에는 말년병장에 대한 절대적 선망과 그들의 생활상에 대한 과시욕구가 함께 드러나고 있는 것으로 보이며, 이러한 전역병의 생활상은 희화화, 패러디, 과장적 극대화 장치를 통해 웃음을 유발시키고 있다.

둘째, 전역병의 실수를 다룬 것에는 제대 후의 재입대 악몽, 군대식 언어와 행동으로 인한 실수와 관련된 유머가 전승되고 있다. 재입대 악몽은 제대 직후에는 군생활에 대한 심리적 억압감이 상당기간 지속되고 있음을 말해준다. 또한 군대식 언행으로 인한 실수담은 군에서 익힌 언어습관이 제대 이후 오랜 기간 동안 영향을 미치고 있음을 시사한다. 한번 습득된 언어습관은 단번에 고칠 수 있는 것도 아니고, 쉽게 단절할 수 있는 것도 아니다.

따라서 군생활 중에 습득된 언어는 일정기간 동안 전역병들의 언어생활에 간섭현상을 일으킨다. 물리적인 제대는 완성되었으나 정신적, 인식적 제대는 진행과정에 있기 때문이다. 이러한 전역병의 실수담은 현실상황과 인식세계 사이에 일어나는 괴리 혹은 불일치를 통해 웃음을 유발시킨다.

셋째, 군생활과시담은 자신의 무용을 과시하는 소영웅주의적 심리를 보여준다. 이들 유머에는 다수의 화자들이 등장하여 각자 자신의 군경험이 가장 어렵고 대단했다는 점을 과시하면서 상호 경쟁적으로 자랑을 늘어놓는다. 이러한 과시와 경쟁은 단계적으로 높아지다가, 마지막 순간에는 비약적인 상승을 보여준다. 바로 비약적 상승이 일어나는 지점에서 웃음이 유발된다.

이와 같이 전역병유머에 나타난 말년병장에 대한 선망심리, 전역병들이 느끼는 현실과 인식 사이의 괴리와 간섭, 그리고 소영웅주의적 자기과시는 군에서 사회로의 전환이 행해지는 탈군대사회화의 시작을 의미한다고 할 수 있다. 탈군대사회화는 군대에서 일반사회로 진입하기 위해 이루어지는 재사회화 중의 하나이다. 군인으로서 지녀야 했던 생각, 가치관, 행동, 생활방식 등에서 벗어나 민간인으로서 필요한 것들을 갖추어가는 과정이다. 이러한 전변과정은 단숨에 이루어지는 것이 아니라 상당기간 동안 지속되며, 예비군 시절과 중복되어 나타나기도 한다.

예비군유머와 탈군대사회화의 완성

예비군유머의 범주

예비군은 일정기간 동안에만 훈련을 받는 민간인이다. 그래서 예비군은 군인이면서 민간인이다. 평상시에는 민간인 신분이지만, 동원훈련 기간에는 군인이어야 한다. 말 그대로 언제든지 전력화될 수 있는 준비가 되어 있는 예비 군인이라는 뜻이다. 그런 중간적인 존재가 바로 예비군이다.

이처럼 예비군은 현역병과 민간인 사이에 형성된 중립지대에 위치해 있다. 그래서 전역병 시절과 예비군 시절은 군생활과 민간인 생활이 서로 혼착되어 있다는 특성을 가지고 있다. 이들 기간 중에는 정서적, 심리적 측면에 있어서도 군인적 요소와 민간인적 요소가 완전히 분리되어 있지 않다. 이 때문에 두 가지 이질적인 요소가 혼융되어 조화를 이루기도 하고 갈등을 불러일으키기도 한다.

우리나라 남성들은 현역 복무가 끝나면 일정기간 동안 예비군에 편성되어 주기적인 소집과 훈련에 임하여야 한다. 즉 평상시에는 각자 생업에 종사하며 예비군훈련을 받다가, 비상사태가 발생할 경우에는 명령에 따라 동원되는 병력이다. 이렇게 예비군은 반민반군(半民半軍)의 상태에 머물고 있는 중간적 존재이다. 그렇기 때문에 예비군유머는 동원훈련과 관련된 일탈적 행동이나 군생활에 대한 과거의 기억을 다룬 것이 주종을 이룬다.

이야기는 살아있는 유기체이다. 말하는 사람과 듣는 사람의 생각에 따라 또는 그들이 처한 사회적 상황 변화에 따라 이야기의 내용이 변이되기 마련이다. 나아가 이야기 속에 담겨진 의미망에도 변화가 나타나며, 그에 대한 표현방법도 달라진다. 이러한 이야기의 속성과 마찬가지로 군경험이나 군생활을 다룬 이야기들 역시 살아있는 유기체로서 늘 새로운 변화를 추구한다. 이와 같은 변이를 통하여 군경험은 재포장되어 새로운 이야기로 탈바꿈한다. 그러므로 예비군유머는 군생활에 대한 재포장된 기억 혹은 재구성된 기억을 고스란히 담고 있다.

예비군일탈담 : 예비군의 위상확인 또는 정신적 보상

먼저, 예비군의 일탈적 언행을 소재로 한 유머는 주제의식에 따라 다시 세 가지로 세분할 수 있다. 첫 번째는 일탈을 통해 예비군의 위상을 확인하려는 의도가 담긴 경우이고, 두 번째는 조교와의 역학관계를 역전시키는 데 초점을 둔 경우이며, 세 번째는 고의적 일탈로 정신적 만족을 충족시키려는 주제를 담고 있는 경우이다. 이들 세 부류의 예비군일탈담은 각각 분리되어 있기도 하고, 하나의 유머 속에 혼합되어 있기도 하다.

㉠ 〈군대 가야 알 수 있는 것들〉

제일 부러운 사람이 환자고,
제일 불쌍한 사람이 축구 못하는 사람이며,
제일 위대한 사람이 예비군이다.[156]

㉡ 〈훈련병 vs 예비역〉

(부대 안으로 들어갈 때)

훈련병 : 부대의 문이 닫히면서 세상과의 문도 닫힌다.
부대 안의 공기가 답답하게만 느껴진다.

예비역 : 부대의 공기! 정말 상쾌하다.
매연도 없고 대자연의 공기를 마실 수 있다.

(걸음걸이)

훈련병 : 걸음을 걸을 때 앞사람과 발이 딱딱 맞는다.
걸음걸이도 힘차며 팔도 힘차게 흔든다.

예비역 : 양손은 주머니 속에 넣고 흐느적흐느적 걸어간다.
마치 연체동물을 연상시킨다.

156) 〈군대 가야 알 수 있는 것들〉의 일부분, 스포츠서울 2007년 2월 9일자 ; 문화일보 2010년 9월 17일자 ; 이성찬, 『너희가 군대를 아느냐』, 권1, 들녘, 1998, 38쪽에도 이런 내용이 언술되어 있다.

(조교)

훈련병 : 조교는 하늘이다.
조교의 한마디에 천당과 지옥을 왔다 갔다 한다.

예비역 : 조교는 불쌍하다.
우리의 농담 한마디에 천당과 지옥을 왔다 갔다 한다.

(PX)

훈련병 : PX가 뭔지도 구경 못 해봤다.
내무실 대표로 가서 콜라 1개,
초코파이 2개를 일괄적으로 사올 뿐이다.

예비역 : PX가 뭔지도 알고 싶은 생각이 없다.
그냥 동네 구멍가게 취급한다.

(이등병을 바라볼 때)

훈련병 : 작대기 하나가 반짝반짝 빛을 낸다.
진정한 군인으로 보인다.

예비역 : 한숨만 나온다.
불쌍해서 막 뛰어가서 초코파이 하나라도 던져주고 싶다.

(훈련 중에 비가 올 때)

훈련병 : 비가 정말 시원하다.
땀을 씻겨주는 기분이다. 상쾌함을 느낀다.

예비역 : 사방에서 ×소리가 들려오고
곳곳에서 우산을 펴기 시작한다.

(종교)

훈련병 : 초코파이와 떡을 위해 돌팔이 신자가 된다.

예비역 : 제대 후 교회를 가본 적이 없다.[157]

---

157) 〈훈련병 vs 예비역〉, 문화일보 2010년 9월 17일자 외 여러 곳.

㉠은 〈군대 가야 알 수 있는 것들〉이라는 유머의 일부분인데, 병사들의 입장에서 가장 위대한 사람은 예비군이라고 했다. 병사들은 자기 의사와 상관없이 징집되어 복무하는 처지이다. 따라서 이들에게는 제대에 대한 열망이 그 어떤 것보다 강하다. 오죽하면 환자가 부럽다고 할 정도로, 한시적일지라도 군생활에서 벗어나고 싶어 한다. 이런 심리에 기초하여 병사들은 예비군을 가장 위대한 사람으로 인식한다는 것이다. 병사들에게 있어 예비군의 위상이 그만큼 높게 인식된다는 것을 보여주는 유머이다.

㉡에서는 훈련병과 예비군을 대비시켜, 궁극적으로는 예비군의 일탈적 면모를 드러내고자 한다. 부대에 들어갈 때의 심리상태, 걸음걸이, 조교, PX, 강우, 종교 등 모든 국면에 있어서 예비군의 언행은 훈련병의 그것과는 완연히 다르다. 다시 말해 대척점(對蹠點)에 머물러 있다고 보는 것이 합당할 정도로 일탈되어 있다. 그러한 각각의 일탈은 인식적 지향점이 조금씩 상이하다.

구분	항　목	인식적 지향점	영　역
1	훈련입소	심리적 억압감이 없는 예비군 위상을 과시	정서+태도
2	걸음걸이	고의적 제식동작 무시, 정신적 만족감 추구	태도+행위
3	조교	역전된 조교와의 역학관계를 확인	태도+행위
4	PX	구내매점에 대한 무시, 고의적 무관심 표명	태도+행위
5	이등병	현역병에 대한 동정심 표명, 과거의 회고	정서+태도
6	훈련중 강우	불평 표출, 고의적인 일탈행동 표출	태도+행위
7	종교	군대의 종교활동에 대한 비판의식 표출	태도+행동

이처럼 〈훈련병 vs 예비군〉에는 일탈적 언행을 통하여 예비군의 위상을 과시하거나, 조교와의 역학관계가 역전되었음을 확인하거나, 군대규정에서 벗어난 행동을 취하여 정신적 보상심리를 충족시키고자 한다. 동원훈련 입소할 때 상쾌하게 느껴지는 부대 공기, 양손을 주머니에 넣고 연체동물처럼 흐느적거리는 걸음걸이, 조교에게 건네는 농담 한마디, 그리고 훈련 중에 비가 오면 우산을 펴는 행동은 의도적인 일탈행위라고 할 수 있다.

이와 같은 심리상태와 일탈행동은, 예비군은 현역과 달리 비교적 규정과 통제에서 자유롭다는 점을 강조하여 드러내려는 의도적 일탈로서의 함의를 지니고 있다. 이와 같은 예비군의 일탈행동은 한결같이 과거 군생활에 대한 정신적 보상을 추구한다고 할 수 있다. 현역복무 시절에는 하지 못했던 일탈적인 행동을 통하여 과거의 억압된 군생활에 대한 정서적, 심리적 만족감을 만끽하고 있는 것이다.

다음은 과거의 군생활에 대한 심리적 역전을 잘 보여주는 유머이다.

〈예비군 훈련수칙〉

우여곡절 끝에 난 예비군훈련 연병장에 도착했다.

여기저기에 반가운 입수보행을 하는 예비군들과 투덜거리며 조교들과 농담 따먹기 하는 예비군들을 보고, 난 아직 '대한민국의 예비군은 죽지 않았구나!' 하는 반가움에 사로잡혀 기뻐하고 있었다.

"선배님들 담배꽁초는 꼭 휴지통에 버려주세요."

"그래? 알았어." 하며 바닥에 버린다.

"선배님들 거기는 출입하시면 안 됩니다."

"그래? 알았어." 하며 일단 들어가 본다.

"선배님들 제발 이리 와서 줄 좀 서세요."

"그래? 알았어." 하며 화장실 간다.

입소식전 여기저기서 조교들의 눈물 섞인 외침이 계속되지만, 예비군들에게는 한 마디로 소귀에 경 읽기.

절대 조교 말에 귀를 기울이는 예비군은 다행히 없었다.

드디어 8시간 동안의 예비군훈련이 시작된 것이다.[158]

예비군훈련장에서 일어날 법한 상황을 소재로 하여 구성된 이야기이다. 조교가 담배꽁초를 휴지통에 버려 달라고 하자, 예비군은 알았다고 대답하면서 바닥에 버린다. 또 조교가 들어가지 말라고 하는 곳은 일단 한번 들어가 본다고 한다. 조교가 줄을 서라고 할 때에는 일부러 화장실에 간다고 한다. 이처럼 예비군들은 조교의 말과는 정반대로 청개구리처럼 행동하고 있으며, 말 그대로 우이독경의 경지를 실천하고 있는 셈이다. 그런데도 이러한 예비군의 일탈행위에 대하여 화자는 대한민국의 예비군은 살아 있다고 역설적인 평가를 내리고 있다.

조교는 훈련을 준비하고, 필요한 시범을 보이거나, 교관의 위임을 받아 단계별 훈련을 맡아 가르치고 통제하는 임무를 맡고 있다. 그렇기 때문에 조교는 교관보다 피교육생과의 실질적인 접촉이 더욱 빈번하다. 특히, 훈련의 강도가 높은 경우에는 조교의 역할과 권한이 상대적으로 확장되기도 한다. 각개전투나 유격훈련, 공수훈련의 조교 등이 그러한 대표적인 예이다. 이에 현역복무 시절의 조교는 피교육생과는 대립적 위상을 점하고 있다고 할 수 있다.[159]

그러나 조교의 우월한 권위와 위상은 현역병에게만 유효하다. 예비군들은 조교의 권위와 위상을 가급적 인정하지 않으려 한다. 예비군은

158) 〈예비군훈련 수칙〉의 일부분, 폭소닷컴(2004. 5. 12) 외 여러 곳.

159) 장용, 앞의 책, 80~88쪽에 실린 군경험담 하나만 보더라도 조교의 위상을 쉽게 짐작할 수 있다.

조교의 말과 요구에 대하여 오히려 정반대로 행동함으로써 조교의 권위와 위상을 의도적으로 격하시키고 있다. 이때 조교는 단순히 혹독하게 훈련을 시키던 현역복무 시절의 조교를 의미하는 것이 아니다. 그런 단순한 의미를 넘어서서 자신을 억눌렀던 권위적이고 위압적이었던 군 조직을 상징한다고 볼 수 있다. 따라서 조교는 과거의 군생활 중에 정서적, 심리적, 육체적으로 억압했던 모든 지배적 요소를 포괄적으로 의미하는 상징적 존재라고 할 것이다.

이러한 사정을 감안하면, 이 예비군유머는 결국 조교의 말을 일부러 무시함으로써 과거에 대한 정신적 보상심리를 형상화하고 있는 것으로 보인다.

조교의 요청	담배꽁초 투기금지	출입구역제한	집합정렬
예비군의 대답	긍정(+)	긍정(+)	긍정(+)
예비군의 행위	부정(-)	부정(-)	부정(-)

조교의 요청에 대하여 예비군은 일단 긍정적으로 대답한다. 하지만 예비군은 답변내용과는 다르게 조교가 하지 말라는 대로 행동한다. 이렇게 긍정적 답변과 부정적 행위가 동시 발생되는 모순적 상황이 웃음을 일으키는 기제로 작용한다. 다시 말해서 동조적 말과 일탈적 행동이 빚어낸 불일치 상황이 조교의 권위를 비하시키고, 그만큼 예비역들의 정신적 보상심리를 충족시켜 준다. 교육자와 피교육자 사이의 위상을 고의적으로 역전시켜, 과거 군생활에 대한 보상욕구를 만족시키고 있다 하겠다.

이와 같은 예비군의 심리상태와 행동은 훈련 도중에도 이어진다.

〈예비군훈련〉

늦은 저녁 예비군훈련은 시작됐고,

예비군들은 평상시와 마찬가지로 훈련에 열중하는 것이 아니라,

각자 할일에 열중하고 있었다.

예비군1 : (핸드폰으로) 경숙이니? 응, 오빠야.

뭐하고 있냐고? 오빠 지금 예비군훈련 들어왔어.

무슨 훈련 받고 있냐고?

지금 비행기에서 낙하산 타고 두 번 정도 떨어졌고,

이제 탱크 타고 한 바퀴 돌면 훈련 끝날 거야.

예비군2 : (나에게 다가오며) 심심하시죠?

나 : 예 좀 따분하네요.

예비군2 : 할일 없으시면 저하고 짤짤이 한번 하실래요.

나 : 저도 하고는 싶은데 만 원짜리 한 장밖엔 없어서…….

예비군2 : (500원, 100원 짜리 동전을 수십 개를 나에게 보여주며)

그럴 줄 알고 오늘 은행에서 동전으로 바꿔 왔죠.[160)]

예비군훈련 도중의 한 장면을 보여주는 이야기이다. 한 사람은 훈련 중에 여자 친구에게 전화를 걸어 공수훈련을 받는 중이라고 황당한 거짓말을 늘어놓고 있다. 또 다른 예비군은 짤짤이를 하자고 제안한다. 그는 미리 은행에서 동전을 환전해 올 정도로 사전에 치밀한 준비를 했다고 자랑한다. 어느 경우에나 훈련에 집중하지 않는 예비군들의 모습을 적나라하게 보여준다.

예비군훈련은 참가자들의 동기 유발이 미약하다는 이유도 있겠지만, 이러한 행위 역시 과거 군생활에 대한 보상심리의 일환으로 해석할 수도 있다. 여자 친구에게 과장된 거짓말을 늘어놓는 것은 전역병유머에

160) 〈예비군훈련〉의 일부분, 폭소닷컴(2004. 6. 6) 외 여러 곳.

서 볼 수 있는 소영웅주의적 행동의 하나이다. 게다가 짤짤이는 동전을 주먹에 쥐고 홀짝을 맞추는 놀이로서, 주로 청소년 계층에서 많이 하는 놀이이다. 그것은 경쟁과 운수에 의해 이해득실이 결정되고, 부의 생산보다 소유권의 이전을 목표로 하는 우연놀이이다.[161] 그러므로 예비군들이 짤짤이를 하는 것은 연령대에 어울리지 않는 소아적 행위라고 할 수 있다. 이와 같은 소영웅주의적, 소아적 행위들은 가급적이면 예비군 훈련을 의도적으로 외면 내지 회피하기 위한 방편의 하나이다.

예비군훈련에 대해 의도적인 일탈행동을 보이는 것이나, 훈련을 고의적으로 외면하거나 무관심하게 행동하는 것은 반민반군(半民半軍) 상태에 놓인 예비군의 정체성을 잘 보여주는 경우라고 생각한다. 이런 이중적 정체성 속에서는 하나의 행위에 대해 군인적 속성과 민간인적 속성이 뒤섞여 나타나기 마련이다. 예를 들어 주머니에 손을 넣고 걸어가는 것은 군인에게는 규정위반이지만, 민간인에게는 규정위반이 아니다. 훈련 중에 짤짤이를 하는 것은 군인에게 금지된 행위이지만, 민간인에게는 훈련 그 자체가 절실하지 않다.

이런 점에서 예비군들은 민간인이면서 군인적인 태도를 모두 균형있게 갖추도록 요구된다. 하지만 현실세계 속의 예비군들은 군인적 속성은 최소화하는 대신 민간인적 속성만을 극대화하려 한다. 예비군일탈담에서는 이러한 상반된 욕구를 반영하여 민간인적 속성을 극대화시키고 있다. 그 결과 이들 유머에는 일탈행위를 통해 예비군의 위상확인, 조교와의 역학관계 역전, 과거 군생활에 대한 정신적 보상이라는 주제의식을 추구하고 있음을 볼 수 있다.

161) 로제 카이와, 이상률 역, 『놀이와 인간』, 문예출판사, 1994, 28쪽 및 44쪽.

조교질책담 : 과거 군생활과의 소통 혹은 객관화

기억 속에 남아 있는 과거의 사건이나 경험이 현재적 가치를 갖기 위해서는 타자와의 공유가 이루어질 때 비로소 가능하다. 따라서 과거의 기억을 타자와 공유하려면 재현된 현실을 통해 타자에게 과거를 말해주어야 한다. 이를 실현하기 위한 도구로서 과거의 기억이 타자에게 도달하는 길 혹은 타자와 소통하는 회로가 만들어져야 한다.[162)]

예비군유머 중에도 기억 속에 남아있는 군생활을 현재에서 재현시켜 과거와의 소통 내지 객관화를 지향하는 일군의 이야기들이 존재한다. 이를 조교질책담을 통해 살펴보기로 한다.

〈내 남편의 예비군훈련〉
남편이 예비군훈련을 다녀왔습니다.
오후가 되어 남편이 돌아왔는데,
아 글쎄 온 몸이 흙투성이가 되어 돌아 왔더라구요.
"어머! 옷이 왜 그래? 훈련 받아서 그래?"
"아! 아냐. 오늘은 훈련 안 받았어."
"근데 왜 그래? 다른 사람 옷 입고 왔다고 벌 받았어?"
"아냐. 그런 게 아니고……."
말을 제대로 못하고 얼버무리는 꼴이
뭔가 있었던 모양인지라 궁금해진 제가 재촉했습니다.
"그럼 뭐야! 얘기해 봐!"
"저, 그게 사실은……"
남편은 마지못해 얘기를 꺼냈다.
남편이 훈련장 입구에 도착하니
아직 20분 전인데도 한 무리의 군복들이 모여 있더랍니다.

162) 오카 마리, 김병구 역, 『기억 · 서사』, 소명출판, 2004, 148쪽.

남편은 예비군훈련이 강화되니
이제는 입구에서 모여서 단체로 올라가나보다 생각하고
그 줄 끝에 가서 섰다죠.
잠시 후 인솔자로 보이는 병사 둘이 나타나더니
일행을 이끌고 훈련장으로 향했답니다.
그런데 언덕배기를 넘어서기가 무섭게 갑자기,
"앞으로 취침! 뒤로 취침! 좌로 굴러! 우로 굴러!"
하면서 엄청나게 굴리기 시작하더랍니다.
'와! 예비군훈련이 이젠 이 정도로 빡세졌단 말인가?'
하고 놀라면서도 남편은 엉겁결에
구령에 맞춰 땅바닥을 뒹굴었답니다.
물론 다른 사람들도 모두 뒹굴었다죠.
그런데 한동안 구르고 있는데,
"똑바로 못해 이 ××들아!"
하면서 욕까지 나오더랍니다.
야! 이건 너무하는 거 아닌가 싶어서
뒤쪽에서 구르던 남편이 일어섰더랍니다.
그러자 훈련을 시키는 병사중 하나가
의아스런 눈길로 다가오더래요.
그래서 남편이,
"이봐! 조교!
내가 오늘 사정상 동생 옷을 입고 와서 그런데,
나 장교로 전역한 사람이야.
그리고 계급을 떠나 여기 있는 사람들이
모두 자네들 군대 선배들인데
훈련을 강하게 하는 건 좋지만
욕까지 하는 건 좀 심하지 않아요?"
하고 점잖게 따졌답니다.
그러자 남편을 물끄러미 쳐다보던 그 병사 왈,

"아니, 선배님 여기서 뭐 하십니까?
예비군 교육장은 저쪽입니다.
그리고 얘들은 제 선배가 아닙니다.
얘들은 우리 사단에 근무하는 방위병들입니다."
그러니까 방위병들 군기를 잡고 있었다는 얘기.
구르던 방위병들 사이에서 킥킥거리는 소리가 들리고,
남편은 벌개진 얼굴로 뒤도 안 돌아보고 교육장으로 향했답니다.
"오늘 졸지에 장교에서 마지막 방위가 되고 말았어."163)

아내가 화자로 등장하여 남편의 예비군훈련장에서의 실수를 전해주는 형식의 이야기이다. 남편은 20분 정도 일찍 훈련장에 도착했는데, 군복을 입은 사람들이 모여 있었다고 한다. 남편은 별다른 생각 없이 예비군훈련이 강화되었다고 생각하고, 늘어선 줄 뒤에 맞추어 선다. 얼마 후 병사가 나타나 인솔해 가더니, 도중에 얼차려를 실시하기에 열심히 따라 했다고 한다. 그런데 인솔병사가 너무 심한 욕을 하기에 야단을 치던 중에 군복을 입은 무리가 바로 방위병임을 알게 된다. 이에 그는 얼굴이 빨개져서 도망치듯 예비군 교육장으로 갔다는 것이다.

이 이야기는 등장인물 사이의 관계를 고려할 때 삼중구조를 가지고 있음을 알 수 있다. 남편과 아내, 조교와 방위병, 남편과 조교 사이에 일어난 세 가지 사건이 중층적으로 연결된 액자구조를 가지고 있다. 남편과 아내의 대화는 외부 이야기로서 액자에 해당한다. 액자 속의 내부 이야기는 남편 실수와 조교 질책이라는 두 개의 삽화로 구성되어 있다. 남편 실수 삽화는 훈련장 입구에 도착하는 장면부터 방위병 훈련장을 떠나는 장면까지 이어진다. 조교 질책 삽화는 방위병에 대한 얼차

163) 〈내 남편의 예비군훈련〉, 폭소닷컴(2004. 6. 6) 외 여러 곳.

려 장면부터 조교를 질책하는 장면까지이다.

구조적으로 볼 때 남편 실수 삽화가 조교 질책 삽화를 포괄하는 형태를 가지고 있다고 할 수 있다. 따라서 예비군 조교질책담은 아내의 질문과 답변으로 구성된 외부 액자 속에 첫 번째 내부 이야기인 남편 실수 삽화가 들어가 있고, 다시 그 속에 두 번째 내부 이야기인 조교 질책 삽화가 겹쳐져 있는 구조를 지닌 것으로 분석된다.

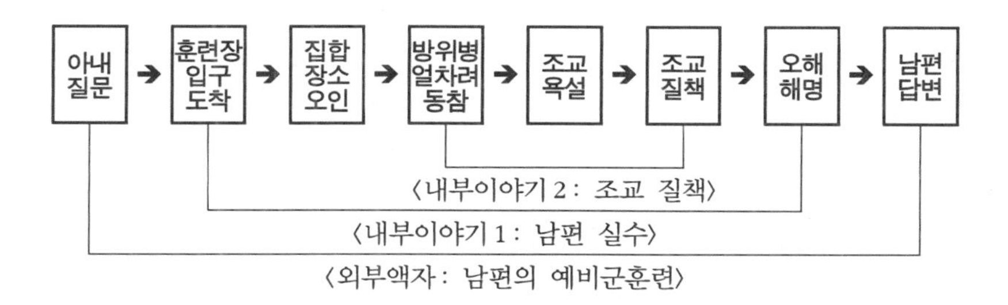

이렇듯 예비군 조교질책담은 외부액자와 내부이야기로 구성된 삼중구조를 이루고 있는데, 그 속에 담겨진 화자의 인식도 이런 구조적 연관 속에서 살펴볼 수 있다. 즉, 첫 번째 내부 이야기에는 과거 군생활의 잔영으로서 심리적 억압감이 드러난다. 두 번째 내부 이야기는 과거의 현재적 재현을 보여주는 한편 그러한 억압감에서 벗어나 과거와 소통하려는 인식이 나타난다. 구조적 특징과 내포된 의식세계가 긴밀하게 연계되어 있음을 잘 보여준다는 점에서 유머의 의미를 부각시키고 있다고 하겠다.

이를 좀 더 자세히 살펴보면, 첫 번째 내부 이야기에서 화자의 인식이 뚜렷하게 드러나는 부분은 무심하게 방위병 뒤에 서서 따라가는 대목이다. 군복을 입고 모여 있는 무리가 어떤 집단인지 알아 볼 수 있는 방법은 매우 간단하다. 방위병들은 남편보다 나이도 훨씬 어릴 뿐만 아니라, 머리도 짧고 군복에 방위병 마크를 달고 있기 때문이다. 설사 그러한 외적 표지를 보지 못했다고 하더라도 조금만 관심을 기울인다면 전후의 사정을 금방 파악할 수 있었을 것이다.

그럼에도 불구하고 남편은 무언가 보이지 않는 힘에 이끌린 것처럼 행동한다. 남편은 무심결에 방위병 뒤에 줄을 서고, 조교의 인솔에 따라 훈련장으로 이동하며, 조교의 지시에 따라 힘든 얼차려를 받는다. 이런 상황이 너무 자연스럽게 이어진 이유는 과거의 군생활 경험에서 각인된 군대사회화의 잔흔 때문이라 할 수 있다. 화자의 무의식 속에 군대사회화의 흔적이 남아 있다가, 예비군 동원훈련을 계기로 하여 외부적 행동으로 발현된 것이다. 이미 오래전에 제대한 처지임에도 불구하고, 예비군의 의식세계 속에는 아직도 군생활의 잔영이 고스란히 자리하고 있다고 하겠다.

두 번째 내부 이야기에서 화자의 인식이 드러나는 부분은 욕을 하는 조교의 잘못을 질책하는 장면이다. 처음에는 조교의 통제에 순응하여 힘든 얼차려를 모두 받는데, 이는 과거 군생활의 현재적 재현이라 하겠다. 현재적 재현이 충실할수록 과거의 사건은 더욱 생생하게 살아나게 마련이다. 마치 자기 자신이 과거의 그 현장에 있는 것처럼 느껴지는 플래시백(flashback) 현상을 통해 과거를 재체험(再體驗)하기도 한다.[164]

하지만, 조교가 욕을 하자 예비군은 조교의 부적절한 언행을 지적한다. 현역시절에는 비인격적 언행임을 알면서도 조교의 욕설이나 과도한 얼차려에 정면으로 대응하기 어려웠을 것이다. 하지만 예비군 시절에는 그러한 잘못된 관행을 바로잡고자 하는 시도가 행해지고 있어 주

164) 오카 마리, 김병구 역, 『기억 · 서사』, 소명출판, 2004, 50~51쪽.

목된다. 이는 제대 이후 의식 속에 잠재되어 있던 군생활의 트라우마(trauma)를 기억해내고, 나아가 이를 불식시키려 노력하는 것과 유사하다.[165]

이러한 질책 행위는 과거와 소통하려는 인식적 노력의 소산이라고 평가할 만하다. 현역시절에는 비인격적인 대우를 받아도 병사들 입장에서는 그에 대응하기 쉽지 않았지만, 예비군 시절에는 군대의 비민주적인 관습을 고치려는 시도와 노력이 나타난다. 이런 점에서 예비군의 적극적 대응태도는 현역시절의 그것과는 다른 인식적 차원을 보여준다고 할 수 있다. 현역시절에는 수직적 위계질서에 눌려 어쩔 수 없이 순응하였다면, 예비군 시절에는 그러한 부당성을 지적하여 고치려 한다. 예비군의 적극적인 대응태도는 곧 과거 군생활의 억눌린 기억으로부터 벗어나고픈 의식과 맥락을 같이 하고 있는 것으로 보인다. 이와 같이 예비군의 변화된 의식은 과거의 군생활에 대한 소통을 시도한다는 점에서 중차대한 의미를 함축하고 있다고 본다.

전역병과 예비군유머, 그 분리와 통합의 이중주

예비군유머는 예비군훈련과 관련된 일탈담과 조교질책담으로 나누

165) 트라우마란 본래 신체적인 외상 전반을 의미하는 용어였다. 그런데 프로이트가 '마음에 가해지 보이지 않는 상처'라는 의미로 외상성 신경증(Tramatic Neurosis)이라는 말을 처음 사용하면서 정신의학적 용어로 자리 잡게 되었다. 한편, 히스테리 환자를 치료할 때는 히스테리 증상 아래 묻힌 트라우마가 드러날 때까지 파내려가서, 트라우마적 기억을 완전히 발굴하여 부식시키는 과정을 거친다고 한다. 이와 마찬가지로, 조교의 욕은 트라우마를 일깨워 이를 깨트리려는 시도로 이어진 것으로 볼 수 있다.(다우베 드라이스마, 정준형 역, 『기억의 메타포』, 에코리브르, 2006, 24쪽.)

어진다. 먼저, 예비군일탈담은 훈련병과 비교하여 예비군의 태도적 일탈을 보여주는 것과, 조교의 말이나 훈련을 무시하는 행위적 일탈을 다룬 것이 주종을 이룬다. 이러한 예비군일탈담은 과거 자신을 억눌렀던 군생활에 대한 정신적 보상욕구를 함축하고 있다. 그뿐만 아니라, 상대적으로 자신보다 상위에 존재했던 조교를 의도적으로 비하시켜 위상을 역전시킴으로써 예비군으로서의 위상을 확인하고자 하는 심리를 보여준다.

조교질책담은 동원훈련 중에 일어난 자신의 실수를 다룬 것으로, 외부액자와 내부이야기로 구성된 구조 속에 과거에 화자 자신이 겪었던 부정적인 군경험과의 소통 노력을 보여준다. 전체적으로는 실수 이야기 형태를 띠고 있지만, 욕을 하는 조교를 야단치는 대목은 과거 군생활의 억압감에서 벗어나 잘못된 관행을 바로잡고자 하는 소통의 노력이 돋보인다. 과거 관행적으로 이어져온 부적절한 군대문화를 시정해 보려는 시도는, 예비군유머에서 나타난 진지한 시선 중의 하나라는 점에서 그 의미를 높이 평가할 만하다.

이처럼 예비군유머에서 볼 수 있는 예비군들의 일탈적 행위와 태도, 그리고 과거의 군생활에 대한 소통 노력은 탈군대사회화의 완성을 의미한다. 탈군대사회화를 통해 지나간 군경험을 반추하고, 과거의 기억들을 재구성한다. 이런 과정을 거쳐 예비군들은 입대 이전과 다른 새로운 일반사회의 구성원으로 돌아온다. 입대와 제대라는 관문을 통해서 차원이 다른 질적 전환이 이루어진다고 하겠다.

한편, 전역병 시절과 예비군 시절은 시기적으로 인접해 있다. 이는 전역병 시절과 예비군 시절이 완전히 분리된 시기가 아니고 현역군인과 민간인의 성격이 중첩되어 있는 시기임을 뜻한다. 따라서 전역병유머와 예비군유머는 시기적으로 인접해 있으면서, 또한 탈군대사회화 과정의 처음과 끝부분을 장식하고 있다. 그야말로 전역병과 예비군유머는 탈군대사회화 과정의 시말을 보여준다고 하겠다.

결국 전역병유머와 예비군유머는 군과 사회의 접경지대 혹은 경계지대를 배경으로 하여 형성된 유머라고 할 수 있다. 이들 경계지대에는 군과 사회가 중첩되어 존재한다. 그렇기 때문에 이들 유머에 등장하는 화자들은 군인이면서 군인이 아니기도 하고, 민간인이면서 민간인이 아니기도 하다. 또한 군인이면서 민간인이고, 민간인이면서 군인이기도 하다. 이런 이중성 때문에 그들은 군생활을 그리워하면서 동시에 벗어나고 싶어 한다. 이와 같은 이중성 혹은 양면성은 군에서의 분리와 더불어 사회로의 통합이라는 이중주를 동시에 보여준다 하겠다. 상반된 분리와 통합을 동시에 추구하는 과정에서 다양한 장치를 강구하여 웃음을 유발하고 있는 것으로 보인다.

병사의 눈에 비친 간부의 모습

권위의식에 대한 풍자와 비판

기간병 시절은 어느 정도 군대라는 조직과 문화에 적응한 시기로서, 이때에는 자신을 둘러싼 여러 요소에 대한 나름대로의 평가와 재인식이 이루어지기도 한다. 부대의 여건이나 제도에 대한 평가도 이루어지지만, 병사들을 지휘하는 간부에 대한 인식도 주요한 화제 중의 하나이다. 군대유머에 형상화된 간부상은 대략 두 가지의 모습으로 요약된다.

하나는 권위적인 행태로 인해 풍자와 비판을 받는 간부상이고, 다른 하나는 존경받는 간부상이다.

먼저 권위적인 중대장에 대한 이야기부터 보기로 한다.

〈고장난 전화〉

새로 부임한 중대장은 통솔의 기본은 권위와 위엄이라고 생각하고 있었다.

하지만 그는 평소 만화 보는 습관을 부임 후에도 버리지 못했다.

어느 날 중대장실에서 한참 만화를 보고 있는데, 노크소리가 났다.

그는 재빨리 만화책을 서랍에 넣고는 수화기에 귀를 대고 들어오라고 소리쳤다.

이윽고 통신병이 들어오자 덧붙였다.

"지금 대대장님과 중요한 통화를 하고 있으니 잠시 후 들어와라."

"중대장님, 저는 지금 전화기를 수리하러 왔습니다."

그러자 중대장은 할 말을 잃고 말았다.[166]

권위와 위엄을 중시하는 중대장이 있었다고 했다. 그는 평소 만화를 즐겨 보는 습관이 있었는데, 중대장으로 취임한 이후에도 이 버릇을 고치지 못했다고 한다. 그런 어느 날 중대장이 만화를 즐기고 있는데 통신병이 전화기를 수리하러 온다. 중대장은 그것도 모르고 고장이 난 수화기를 들고 대대장과 통화하는 시늉을 하다가 통신병으로부터 망신을 당했다는 이야기이다. 이 유머에서 웃음이 유발되는 대목은 중대장의 허위를 청중이 다 알고 있다는 부분이다. 특히, 병사가 중대장의 거짓말을 정면으로 반박하면서 간부와 병사의 위계가 역전되는 지점에서 큰 웃음이 일어난다. 이런 웃음은 허구적 권위의식에 대한 풍자적 웃음이라 할 것이다.

166) 〈고장난 전화〉, 한얼유머동호회, 『유머학』, 미래문화사, 2000, 341쪽.

만화 보기를 즐기는 것은 취미의 영역이다. 단지 그것만으로는 잘못된 행위라고 할 수 없다. 문제는 일과 중에 사무실에서 만화를 본다는 데에 있다. 그러나 이것보다 더 큰 문제는 중대장의 권위적인 리더십이다. 중대장 자신은 일과와 취미를 구분하지 못하면서, 부하들에게는 엄격하고 권위 있게 보이려고 한다는 데에서 치명적인 한계가 있는 것이다. 이 이야기는 바로 이러한 중대장의 이중적인 인식태도와 허구적인 권위의식을 비판적으로 바라보고 있는 있다.

〈너부터 잘해〉
사격을 통제하던 중대장이
어떤 이등병이 계속 불합격하자 화가 났다. 그래서,
"김이병, 이리 나와. 넌 내가 특별히 지도하겠다.
저 50미터 지점에 병을 세워 둬라."
라고 지시하고 의기양양하게 정조준을 했다.
그런데 보기 좋게 빗나가고 말았다.
이에 중대장이,
"이것은 네가 보여준 사격 방식이었어."
하고는 오히려 더 큰소리를 치는 것이었다.[167)]

이 역시 상급자의 허위의식을 고발하는 이야기이다. 사격 통제를 하던 중대장이 계속 불합격하는 이등병에게 시범을 보이기로 한다. 그러나 중대장이 쏜 총알은 보기 좋게 과녁을 빗나가고 만다. 그럼에도 불구하고 중대장은 총알이 빗나간 이유를 이등병에게 전가하면서 오히려 큰소리를 쳤다고 했다. 이 유머에서의 웃음 역시 풍자적이다. 중대장의 형편없는 사격실력이 드러나는 장면과, 중대장이 도리어 큰소리를 치

167) 〈너부터 잘해〉, 한얼유머동호회, 『유머학』, 미래문화사, 2000, 167쪽.

는 장면에서 이런 풍자가 두드러진다.

이 이야기에 등장하는 중대장 역시 자신의 무능력을 인정하지 않는 잘못을 범하고 있다. 중대장은 사격에 관한 이론적 지식을 갖추고 이를 병사들에게 교육할 수 있는 능력을 갖추어야 한다. 거기에다 실제로 명사수의 능력을 가졌다면 금상첨화라고 할 것이다. 명중시킬 능력도 없으면서 직접 시범을 보인다는 것은 지휘관으로서 바람직하지 않은 처사이다. 설사 수준급의 사격능력이 있다고 해도 한두 번의 실수는 있을 수 있다. 그런데도 중대장은 자신의 무능력 혹은 실수를 인정하지 않고 이를 병사에게 전가하고 있다.

그러나 병사들의 눈에는 이러한 중대장의 처사는 허위의식의 표출로 비추어지고 있다. 군생활에 적응한 병사들에게 이러한 허위적이고 권위적인 태도는 진지한 비판의 대상으로 인식된다. 기간병은 나름대로 군대조직과 문화에 대한 가치척도가 확립된 상태이기에 상급자의 잘못된 언행은 비판적 여과를 거치게 마련이다.

다음은 명령과 지시의 불합리성과 관련된 이야기를 보기로 한다.

〈군대의 황당한 작업들〉

장교나 하사관들이 사는 군인아파트.
군인아파트에 하수구가 막혔다고 뚫어달라는 연락이 왔습니다.
대간첩침투나 비상상황 발생시 출동하는
우리 5분대기는 한여름에 땀을 흘리며
삽은 차량에 숨기고 완전무장한 채
군인아파트를 갔습니다.
민간인들이 봤을 땐 아마 훈련하는 줄 알았을 겁니다.
막힌 하수도는 파이프가 문제가 아니라
땅속에 묻혀있는 하수관이 문제였습니다.

그런데 암만 찾아도 아파트 정원만 보일뿐,
지하 하수관 뚜껑이 안 보였습니다.
아파트 관리관은 태연하게 말합니다.
"아, 저기 정원 땅바닥 속에 있어. 저기 10미터만 파봐."
'아니, 하수관 뚜껑에다 정원을 왜 만들었지?'
우린 열나게 파들어 갔습니다.
10미터 정도를 넓게 파는데,
어딘지 정확히 몰라서 넓게 팔 수 밖에 없었습니다.
여름날 뜨거운 태양은 넘 짜증스러웠습니다.
그런데 몇 시간을 파내려가도 안 나옵니다.
우린 너무 힘들었습니다.
그때 관리관이 무심하게 한마디 합니다.
"여기가 아닌개벼?"
"……."[168]

전방의 군인아파트에서 한여름에 하수관이 막혀 문제가 발생했다고 한다. 하수관을 뚫기 위해 5분대기조가 출동하여 막힌 하수관을 뚫기로 한다. 그런데 문제는 하수관 뚜껑 위에다 흙을 덮어 정원을 만들었기 때문에 하수관 뚜껑의 위치를 알 수 없다는 것이다. 그럼에도 아파트를 관리하는 간부는 태연하게 엉뚱한 곳을 파보라고 지시한다. 결국 10여 미터를 파도 하수관 뚜껑을 찾지 못했는데, 관리관은 무심하게 여기가 아닌 것 같다고 말했다는 것이다.

하수관 뚜껑의 위치를 정확하게 모르는 상황에서는 막힌 하수관을 뚫는 작업을 계속하기 어렵다. 이런 점에서 병사들의 작업은 심각한

168) 〈군대의 황당한 작업들〉, 폭소닷컴(2004. 4. 27) 외 여러 곳. 한편, 이 유머는 나폴레옹이나 최불암이 군사를 이끌고 산을 넘다가 저지르는 내용의 변이형으로 볼 수 있다.

국면에 처해 있다. 그러나 이를 관리하는 간부는 별다른 고민도 없이 그저 다른 곳을 지정하여 파 보라고 지시할 뿐이다. 이와 같이 이 유머는 간부의 무심한 말 한마디로 심각한 상황을 사소한 것으로 급전시킴으로써 웃음을 발생시키는 구조를 가지고 있다. 간부가 던진 한마디로 말미암아 심각한 상황은 일순간에 아무것도 아닌 것으로 되고 만다. 병사의 진지한 입장과 무관심한 간부의 입장이 어긋나는 국면이 연출된다. 이러한 양자 사이의 불일치 국면에서 풍자적인 웃음이 유발된다.

이 이야기 속에는 여러 가지 문제의식이 들어 있지만, 그중에서 가장 중요한 것은 아파트 관리관의 무책임한 태도이다. 그는 아파트 관리관으로서 하수관 같은 주요시설이 어떻게 설계되어 있는지 알아야 하며, 평소에 또한 이를 잘 관리해야 할 책임이 있다. 그런데 그는 하수관 뚜껑의 위치조차 제대로 알지 못하고 있으며, 5분대기조를 출동시켜 아무 곳이나 파보라고 지시하고 있다.

그 결과 5분대기조 병사들은 본래의 임무와는 상관없는 작업에 동원되어 많은 시간과 노력을 낭비하게 된 것이다. 그나마 그들의 시간과 노력은 아무런 성과도 거두지 못한다. 이처럼 이 유머에서는 상급자의 무책임하고 관료주의적인 태도가 병사들에게 커다란 절망감을 준다는 점을 역설하고 있다.

다음은 상급자의 왜곡된 권위의식을 풍자하는 이야기를 들어보기로 한다.

〈누가 진짜 용감한 병사인가〉

육 · 해 · 공군이 모여 통합 화력 시범을 보이는 자리에서 각군 총장들 간에 자기 병사가 더 용감하다고 언쟁이 오갔다.

먼저 육군 총장이 말했다.

"지상의 왕자인 육군의 모든 병사는 총장의 지시라면 달려오는 탱크도 몸으로 막을 것이다. 내 말이 거짓이 아님을 보여주겠소!"

총장은 시범석에 대기하고 있던 병사들 중에 임의로 한 명을 지정하여,

"귀관, 저 달려오는 탱크를 육탄으로 저지하라!"

라고 지시를 내리자, 병사가 지체 없이 탱크로 달려가 납작하게 깔렸다.

이에 총장은 의기양양하여 육군의 조건반사적인 용감성을 과시했다.

그러자 해군 총장이 한 마디 했다.

"육군의 물리적인 용감성을 잘 보았소! 바다의 왕자인 해군의 생각하고 행동하는 용감성을 보여 주겠소!"

해군 총장은 카메라맨을 대동하고 함포사격을 위해 대기 중인 군함으로 가서 수병에게 지시했다.

"귀관! 현재 가동 중인 스크루(screw)를 몸으로 중지시킬 수 있겠나?"

"총장님, 무모한 짓인 줄 알지만 총장님의 체면을 생각하여 시도해 보겠습니다."

하고는 바다로 뛰어 들었고, 이내 카메라의 렌즈에 바다 색이 일시에 붉은 색으로 물드는 것이 잡혔다.

이에 해군 총장은 생각하고 행동하는 용감성을 자랑했다.

이에 공군 총장이 말했다.

"해군의 생각하는 용감성을 잘 보았소!

하늘의 왕자인 공군의 진정한 용감성을 보여 주겠소!"

공군 총장은 공군 시범석 하단에 대기하고 있던 공군 병사들 중에 임의로 한 명을 지정하여 지시를 내렸다.

"귀관! 잠시 후 활주로에 전투기 한 대가 착륙할 테니 몸으로 착륙을 저지하라!"

그러자 공군 병사는,

"총장님, 미쳤어요!"

하면서 총장 쪽을 바라보았다.

이에 공군 총장이 말했다.

"각군 총장님, 어느 병사가 진정으로 용감한 것인지 대답해 보시오!"[169)]

육·해·공군의 참모총장이 모여 각군 병사 중에서 누가 가장 용감한지 내기를 했다고 한다. 이를 알아보기 위해 육군 총장은 병사에게 탱크를 저지하라고 명령하고, 해군 총장은 함정의 스크루를 정지시키라고 명령한다. 두 병사는 총장의 명령에 복종하여 임무를 수행하다가 목숨을 잃게 된다. 공군 총장 역시 전투기의 착륙을 저지하라고 지시한다. 하지만 공군 병사는 총장의 명령에 따르지 않는다. 그러자 공군총장이 장군의 명령을 따르지 않는 공군 병사가 가장 용감하다고 주장했다는 것이다.

이 유머는 매켄지 제독과 마샬 장군을 소재로 한 외국 유머를 토대로 확장시킨 것으로 보인다.

〈군기〉

한 해군기지 사령관인 매켄지 제독이 역시 군사기지를 맡고 있는 친구 마샬 장군을 방문했다.

기지를 둘러보면서 매켄지는

"자네 부하들 사기는 어떠한가?" 하고 물었다.

"아주 좋다네."라고 마샬은 대답했다.

"해군 쪽 내 부하들은 훈련이 아주 잘 돼서 용감하기로 치면 국내에서 으뜸갈 걸세."라고 방문객은 말했다.

169) 〈누가 진짜 용감한 병사인가〉, 한얼유머동호회, 『유머학』, 미래문화사, 2000, 298쪽.

"내 부하들도 대단히 용감하다네."

"어디 좀 보여주게나."

그러자 마샬 장군은 쿠퍼 이병을 불렀다.

"저기 오는 전차를 네 몸으로 막아봐!"라고 명령했다.

"미쳤어요? 그럼 난 죽어버리는 데 어쩌자고 그렇게 얼빠진 소리를 합니까!"

그렇게 말하고 나서 그 졸병은 도망쳤다.

어리둥절한 매켄지 제독을 보고 마샬 장군이 말했다.

"봤지? 여간 용감하지 않고서는 장군에게 저따위로 말 못하지."[170]

이러한 유머들은 어떠한 명령이든 따라야 한다는 왜곡된 권위의식을 풍자하는 이야기이다. 상급자의 명령은 최소한의 정당성을 가지고 있는 범위 내에서 그 권위를 인정받을 수 있다. 부당한 명령은 어떠한 경우에도 권위를 인정받을 수 없으며, 이를 하급자에게 강요할 수 없다. 그러나 유머 속에서 내려진 육·해·공군 총장의 지시는 목적과 방법에 있어서 정당하지 않다. 그럼에도 그들은 병사들의 목숨을 담보로 하여 자신들의 권위를 내세우고자 한다.

이때 삼군의 총장은 병사들을 지휘하는 상급자를 상징한다. 상급자는 부하의 생명을 자신의 생명처럼 아끼고 사랑해야 하건만 이들에게서는 그러한 모습을 찾아볼 수 없다. 그들은 '용감'라는 가치를 내세워 병사들의 복종심을 시험하고 있는 것이다. 이를 통해 그들의 명령이 갖는 권위를 확인하고 싶어 한다. 따라서 그들의 권위의식은 심각하게 왜곡되어 있으며, 사람들은 이 유머를 통해 왜곡된 권위의식을 비판적으로 인식하고 있다고 하겠다.

170) 〈군기〉, 한국경제신문 2005년 6월 28일자 외 여러 곳.

이와 같이 군대유머에서는 왜곡된 권위의식이 웃음을 일으키는 동기가 된다. 왜곡의 정도가 심하면 심할수록 유발되는 웃음의 강도도 강해진다. 이런 원리에 입각하여 이 유머는 웃음의 강도를 높이기 위해 극단적 극한상황을 이용하고 있다. 무모한 희생 또는 무의미한 죽음을 통해 권위를 확인한다는 설정이 바로 그것이다. 죽음의 가치와 심각성을 왜곡함으로써 간부들의 권위의식에 대한 풍자적 효과를 높이고 있는 것이다.

다음은 중간관리자의 맹목적인 충성심을 비판하는 경우를 보기로 한다.

〈나뭇잎을 되살려라!〉

군단장이 사는 공관은 무척 넓습니다.
넓은 만큼 나무도 많은데 가을철엔
시도 때도 없이 공관으로 가서 나뭇잎을 쓸어야 합니다.
쉴만하면 그 넓은 공관에 낙엽을 쓸러가야 하는 일은
보통 귀찮은 일이 아닙니다.
그래서 우린 꾀를 내서 각자 나무에 올라가
나무를 세차게 흔들어
나뭇잎을 몽땅 떨어뜨려 버렸습니다.
우리는,
“됐다. 이제 떨어질 나뭇잎도 없다. 으하하하!” 하고 웃었다.

초가을, 공관에 나무들은 벌써 겨울처럼 보였습니다.
그날 저녁 가족들은 서울에 두고 혼자서 살고 계신
홀아비 아닌 홀아비 우리 군단장이 한마디 하셨답니다.
“어허! 나뭇잎이 벌써 다 떨어졌나? 더 외롭게 느껴지네.”
마침 옆에 있던 아무개 장교,
다음날 작업 지시가 왔습니다.
“공관에 나뭇잎을 다시 만들어라.”

아, 이게 말이나 되는 지시입니까?
떨어진 나뭇잎을 다시 살리라니?

하지만 그곳은 군대였습니다.
안되면 되게 하라는 군대인 것입니다.
우린 산에 올라가서 나뭇잎을 한 아름 따와
그것도 이쁜 나뭇잎들을 따다가
공관의 황량한 나뭇가지에다 하나하나 다시 붙였습니다.
상상이나 가십니까?
그날 공관에는 파릇파릇한 나뭇잎이 부활하고 있었습니다.
역시 군대는 위대한 곳인가 봅니다.[171)]

매일 공관의 낙엽 청소를 귀찮게 여기던 병사들이 일부러 나뭇잎을 다 떨어버렸다고 한다. 갑자기 겨울 아닌 겨울이 되어 버린 셈이다. 이에 가족과 떨어져 살던 군단장이 낙엽이 다 떨어져서 외롭다고 한다. 이 말을 들은 장교가 나뭇잎을 다시 붙이라고 지시했다는 것이다. 그래서 병사들이 밤새도록 다른 나뭇잎을 따다 붙여서 파릇한 나뭇잎을 부활시켰다고 한다.

병사들이 싫어하는 낙엽 청소를 소재로 하여 꾸며낸 이야기이다. 군에서는 낙엽과 눈이 오히려 병사들을 괴롭히는 요인이 되는 경우가 많다. 일반사회에서 낙엽과 눈은 낭만과 아름다움을 의미하지만, 군에서는 그렇지 않은 것으로 여겨진다. 더욱이 눈은 야외활동을 제한하기 때문에 즉각 치우는 것이 일반적이다. 그렇기에 낙엽청소와 제설작업은 주요한 군대경험의 중의 하나이다.

이 이야기에서도 낙엽청소를 소재로 하여 중간관리자의 맹목적 충성

171) 〈나뭇잎을 되살려라?〉, 폭소닷컴(2004. 4. 27) 외 여러 곳.

심을 고발하고 있는 것으로 보인다. 독백에 가까운 상급자의 말 한마디를 빌미로 하여, 나뭇잎을 따다가 다시 붙이게 했다는 것은 상식에 어긋난 지시이다. 이러한 지시는 그의 맹목적 충성심과 아부를 강조하기 위한 모티프일 뿐이다. 따라서 이야기 속에 등장하는 장교는 맹목적 충성심이 가득한 중간관리자의 모습이라고 할 수 있다.

이 유머에서 웃음이 유발되는 부분은 산에서 따온 잎사귀들을 나무에 붙였다는 대목이다. 장교가 나뭇잎을 다시 붙이라고 지시했을 가능성도 없고, 병사들이 다른 나무의 잎을 따가 붙였을 가능성도 없다. 이 모든 상황이 유머의 재미를 강화하기 위하여 만들어낸 허구일 뿐이다. 이런 설정은 과장된 상황 설정으로 현실과의 격차를 최대한 벌림으로써 웃음을 유발시키는 구조에 해당한다. 비현실적이고 황당한 사건으로 간부들에 대한 풍자의 효과를 얻고 있다 하겠다.

병사를 감동시키는 간부상

한편, 군대유머 속에 등장하는 상급자상이 모두 부정적이지만은 않다. 다음은 존경과 추앙의 대상으로서의 상급자상을 부각시킨 이야기를 보기로 한다.

〈부군단장의 전우애〉
그날 예하부대 지휘관 회의가 있었습니다.
예하부대 사단장이 헬기를 타고 오면
차량을 헬기장으로 보내 지휘부까지 모셔오는데,
그날 회의는 부군단장의 지각과 비서실장의 실수로
엉망이 되었습니다.
밤 12시쯤, 전 위병근무를 서기 위해 위병소로 내려가는데,

연병장에서 3명이서 군장 뺑뺑이를 돌고 있었습니다.
'그들이 누굴까?'
확인하는 순간 전 깜짝 놀랐습니다.
완전군장을 진 한 명은 군단장 부관이었고,
또 한 명은 비서실장이었습니다.
나머지 단독군장으로 뺑뺑이를 돌던 한사람은
다름 아닌 투스타 부군단장이었습니다.
'장성도 군장 뺑뺑이를 도는구나!'
괜히 심장을 벌렁거리며 지나가는데
그 당시 비서실장은 다리를 다쳐서
절뚝거리면서 걸어 다녔습니다.
비서실장이 계속 절뚝거리며 뒤로 쳐지자
부군단장이 비서실장에게 달려갑니다.
부군단장 : 이봐 비서실장 그 군장 이리 내. 내가 들고 뛰지!
비서실장 : 으헉! 아닙니다! 제가 들고 뛸 수 있습니다!!
부군단장 : 이리 내놓으라니까!
그러면서 등에 메고 있던 비서실장의 완전군장을
억지로 뺏어서 자기가 메고 뛰기 시작합니다.
쉰 살이 넘은 부군단장의 전우애, 참 멋지더군요.[172)]

부군단장의 지각과 비서실장의 실수로 지휘관 회의가 엉망이 되었다고 한다. 그런데 그날 밤 부군단장, 비서실장, 군단장 부관이 속칭 뺑뺑이를 돌고 있었는데, 부군단장이 비서실장의 군장을 메고 뛰었다는 것이다. 다리를 다친 비서실장이 절뚝거리자, 부군단장이 이를 안타깝게 여겨 전우애를 발휘하였다고 한다. 엄청난 계급과 연령 차이가 존재하는 상급자와 하급자 사이에서 일어난 일이므로 더욱 감동적이었다는

172) 〈부군단장의 전우애〉, 폭소닷컴(2004. 4. 27) 외 여러 곳.

말이다.

부군단장을 비롯한 세 명의 장교가 벌은 받은 것이 자의적인 것인지, 타의적인 것인지는 중요치 않다. 그것보다 중요한 것은 나이도 많고 계급도 높은 부군단장이 보여준 따뜻한 인간애이다. 이처럼 이 이야기에서는 상급자의 따뜻한 인간미를 찬탄하고 있으며, 이야말로 그러한 상급자에 대한 소망과 기대를 표출하고 있다고 하겠다.

이와 비슷한 이야기는 다른 군경험담에서도 확인할 수 있다.

> 멀리서 행정반 문이 열린다. 호오, 중대장이 나오는 건가? 헐! 저건 또 뭐야? 누군가 완전군장을 메고 행정반에서 나오더니 우리를 향해 무섭게 달려온다. 머, 머야? 누구야? 힝, 우리 소대장이다! 설마 중대장이 소대장한테도 완전군장 돌라고 한 건가? 잠시 페이스를 늦추고 소대장을 기다렸다. 곧 우리 대열에 합류한 소대장은 굳은 인상으로 우리를 둘러보았다.
>
> "야, 3소대!"
>
> "네, 3소대!"
>
> "야아! 3소오대애!"
>
> "네에엣! 3소오대애!"
>
> "너희들 내가 제일 싫어하는 게 뭐야?"
>
> "……."
>
> "왜 나만 왕따 시켜? 흑흑, 죽을래?"
>
> 헉! 소대장은 우리만 뛰니깐 안쓰러웠는지 완전군장을 메고 합류한 거였다. 소대장의 합류로 우리는 천군만마를 얻은 기분이었다. 다 죽어가던 후임들도 사기가 올랐다.
>
> "자, 3소대 군가 하자. 군가는 전우! 하나 둘 셋 넷."
>
> 그날 밤 우리는 밤새 연병장을 돌면서 더욱 진한 전우애로 뭉쳤다.[173]

소대원들이 잘못해서 한밤중에 완전군장 뜀걸음 얼차려를 받았다고 했다. 그렇게 소대원들이 연병장을 돌고 있을 때, 소대장이 자기만 왕따 시켰다고 하면서 완전군장을 메고 합류했다는 것이다. 그래서 지쳐 있던 소대원들이 도리어 사기가 올라 똘똘 뭉치는 계기가 되었다는 감동적인 경험담이다. 잘못은 병사들이 저질렀기 때문에 굳이 소대장까지 벌을 받을 필요는 없었다. 그럼에도 불구하고 소대장은 자기 부하에 대한 인간적인 애정을 보여줌으로써 소대원들을 감동시켰다는 것이다. 이처럼 병사들은 그들을 인간적으로 대해주는 간부들을 존경하기 마련이다.

또한 병사들이 저지른 사소한 실수나 의도하지 않은 잘못에 대해서 간부들이 보여준 관용적 태도도 병사들에게는 강한 인상을 남겨준다.

〈합체는 언제 하나?〉

그 이등병 운전수는 떨리는 손으로 차의 핸들을 잡았다.
곧 이어 장군이 뒷좌석에 앉았고 대령들도 자리를 함께 했다.
이윽고 이등병은 운전대를 잡고 운전을 시작했다.
"출발하겠습니다!"
부르릉.
그런데 이등병은 갑자기 변속이라는 말이
떠오르지 않는 것이었다.
당장 말은 해야 하고,
그리고 바로 대박이 터져버렸다.
"2단으로 변신하겠습니다!",
"3단으로 변신하겠습니다!"
대박이었다.

173) 황현, 『악랄 가츠의 군대이야기』, 바오밥, 2009, 149~150쪽.

옆의 조교의 표정은 굳어졌고
대령들은 피식거리는 웃음을 참지 못하고 있었다.
그러나 장군은 표정 하나 변함없이 침묵을 지키고 있었다.
얼마나 시간이 흘러갔는가?
드디어 목적지에 도착했고 다들 내릴 시간이 되었다.
그때 장군이 운전병을 불렀다. 그리고 말했다.
"자네 합체는 언제 하나?"[174)]

어떤 이등병이 장군용 관용차의 운전병으로 선발되어 처음으로 운전대를 잡았다고 한다. 군에서는 기아를 변속하거나 방향을 바꿀 때에는 그 내용을 먼저 말한 후에 실행하는 것이 일반적이다. 그런데 이등병은 너무 긴장한 탓에 변속이라는 단어가 떠오르지 않는다. 한참을 머뭇거리다가 그는 "2단으로 변신하겠습니다."라고 말해 버린다. '변속'이라고 해야 할 것을 '변신'이라고 말한 것이다.

이런 경우 운전병은 다른 보직으로 바뀌는 등의 조치가 취해지는 것이 통상적이다. 함께 동승했던 참모들이 피식거린 것은 이런 상황을 예측했던 까닭이다. 그런데 목적지에 도착한 군단장은 언제 합체할 것이냐고 물어봄으로써, 경직된 분위기를 풀어준다. 이 한마디는 긴장감에 따른 이등병의 실수를 용서해 준다는 의미를 내포한다. 실수와 잘못을 구분하는 아량을 보여준 것이다.

이 유머의 웃음 유발 대목은 두 군데이다. 첫 번째는 운전병이 변속을 변신으로 잘못 말한 곳이고, 두 번째는 장군이 침착하게 합체는 언제 하느냐고 묻는 곳이다. 변속과 변신은 소리의 유사성으로 인한 실수라면, 합체라는 말은 변신과 어울리도록 의도적으로 지어낸 해학이라

174) 〈합체는 언제 하나?〉, 블로그 파란닷컴(2003. 9. 8) 외 여러 곳.

할 수 있다. 둘 다 의외적인 상황이기는 하지만, 첫 번째에서 두 번째로 이어지면서 웃음의 강도가 기하급수적으로 증폭되었다고 본다.

이렇게 해학을 할 줄 아는 여유 있는 장군의 모습은 병사들의 처지와 마음을 이해할 줄 아는 상급자를 상징한다. 그는 병사들의 작은 실수를 포용하는 관용의 실천자로서의 모습을 잘 보여준다. 이야기의 화자는 이러한 아량과 관용을 가진 상급자를 기대하고 있다고 할 수 있다. 이것이 바로 병사들이 기대하는 바람직한 상급자상이라고 할 만하다.

근대유머,
그 유쾌한 웃음과 시선

군대유머 속에 내재된 사회문화적 함의

정신적 내상과 치유 혹은 성장통의 흔적

성인사회 진입을 위한 예기사회화의 과정

한국형 코뮤니타스 혹은 성년으로의 통과의례

논의와 확대와 남은 과제들

군대유머,
그 유쾌한 웃음과 시선

군대유머 속에 내재된 사회문화적 함의

군대유머란 군대와 연관된 소재와 내용으로 이루어진 우스운 말이나 이야기를 뜻한다. 단순히 군대생활이 언급된다는 의미가 아니라, 군대생활을 중심적 소재로 하여 군과 관련된 인식을 담고 있는 이야기를 뜻한다. 이뿐만 아니라 그러한 이야기의 주요한 목적 중의 하나가 웃음을 유발하는 데에 있어야 한다. 따라서 군대유머는 웃음을 유발할 목적으로 군과 관련된 직·간접적인 소재와 내용을 형상화한 우스운 말이나 이야기라고 규정할 수 있다.

이러한 조건을 충족시키지 못하는 말이나 이야기는 군대유머에 포함될 수 없다. 예컨대, 군대생활을 있는 그대로 서술하거나 그러한 사실들을 전달하는 데 중점을 둔 것은 군대유머라고 볼 수 없다. 또한 군대에 대한 단편적인 기술이나 비판 등도 군대유머에 해당되지 않는다. 그러나 사실적인 경험을 다룬 이른바 군대 경험담 중에는 충분히 웃음을 유발되는 이야기는 군대유머의 범주 속에 포함시킬 수 있다.

이렇게 본다면 군대유머는 신체검사, 입대, 신병훈련, 내무생활, 훈련, 작업, 휴가, 제대, 예비군 등등을 소재로 하는 우스운 이야기가 두루 포함된다. 군생활의 기점은 신체검사라고 할 수 있다. 신체검사를 거치는 단계에서부터 이미 심리적으로 군생활은 시작되었다고 볼 수 있기 때문이다. 또한 제대 이후 예비군 시절까지도 군생활의 연장으로 볼 수 있다. 예비군 소집 대상에서 제외되었을 때, 비로소 병역의 의무가 끝났다고 할 수 있는 것이다. 따라서 군대유머는 신체검사에서부터 예비군 시절에 이르기까지 군생활 전반을 소재로 하는 우스운 말과 이야기라고 할 수 있다.

한국사회는 오랫동안 지속되어 온 남북분단 상황 하에서 국민개병제를 택하고 있다. 그 결과 한국인들은 직·간접적으로 군대와의 연관성이 높을 수밖에 없다. 이처럼 우리사회는 군대와 불가분의 관계를 형성하고 있으며, 이러한 사회적 환경이 군대유머를 활발하게 전승하게 하는 기본적인 토대가 되어 왔다. 또한 급격한 산업발달로 신세대가 출현하고, 정보화 시대가 도래함에 따라 인터넷을 이용한 유머의 유통도 활발하게 되었다. 이런 사회환경의 변화는 군대유머의 전승과 변이를 활발하게 만들었다. 이뿐만 아니라 입대자들이 대부분 20대 초반에 해당한다는 점에서 군대유머는 생애주기와의 연관성도 함께 고려할 필요가 있다.

이처럼 군대유머는 남북분단과 군대문화, 산업화와 정보화, 신세대의 출현, 생애주기로서의 청년기 등등 우리 사회의 제반 국면들과 밀접하게 연관되어 있다. 이러한 국면들은 군대유머의 내용과 주제와 형식에 중대한 영향요소로 작용했을 가능성이 크다. 이렇게 다양한 요소들이 영향을 주었기에 군대유머는 현대사회의 살아있는 구비문학으로서 위치를 차지하고 있다. 군대유머를 둘러싼 이러한 변수들이 존재하기 때문에, 군대유머는 국민적 공감대를 바탕으로 하여 시대적인 변이를 거듭하면서 생생한 생명력을 유지할 수 있었다고 할 것이다.

이러한 전승환경 속에서 형성된 군대유머는 군생활의 전개에 따라 다섯 가지로 나누어진다. 즉, 군생활의 단계 내지 중요한 마디에 견주어 볼 때, 군대유머는 신검유머, 신병유머, 기간병유머, 전역병유머, 예비군유머로 구분할 수 있다. 그렇다면 이렇게 전승되는 군대유머는 사회문화적으로 어떠한 의미를 가지고 있는가.

우리나라 남성들이 군복무를 이행하는 시기는 대체로 20대 초반이다. 대략 고등학교를 졸업한 이후에 병역을 이행하게 되며, 이어서 성인사회로 진입하게 되는 것이 일반적이다. 이런 점에서 군대유머가 가지는 사회문화적 의미는 무엇보다 먼저 생애주기와 관련지어 생각해보는 것이 적절한 수순이라고 생각된다. 이러한 시각에 입각하여 한국형 성년의례로서, 또는 우리나라 남성들의 성장담으로서 그 의미를 천착해 볼 만하다.

정신적 내상과 치유 혹은 성장통의 흔적

군대유머에는 여러 부류의 인물이 등장하고 그들이 경험했던 다양한 사건들이 펼쳐지고 있으며, 그 내면에는 우리나라 20대 청년들의 의식세계가 투영되어 있다고 할 수 있다. 이들 유머 중에는 다양한 각편이 전승되는 유형도 있고, 그렇지 않은 경우도 있다. 형태상으로도 사건을 형상화하는 데에 치중하는 이야기도 있고, 생각을 전달하는 데에 주력하는 이야기도 있다.

따라서 군대유머는 각각의 독립된 이야기로서의 의미도 가지고 있을 뿐만 아니라, 총체적인 이야기로서의 의미도 함께 가지고 있다. 전자가 개별적인 하위범주 차원의 의미라면, 후자는 전체적인 상위범주 수준의 의미이다. 이들 하위범주와 상위범주는 별개의 것이 아니다. 양자는 부분으로 이루어진 전체 혹은 전체를 구성하는 부분으로서, 상호간에 공고하면서도 유기적인 관계를 맺고 있다.

또한 각편 속에 함축된 개별적 의미는 궁극적으로 군대 이야기라는 상위범주 속으로 수렴되기 마련이다. 그러한 총체적이고 포괄적인 의미 맥락을 추출하는 것이야말로 군대유머의 본령을 파악하는 작업이라고 할 수 있다. 그렇다면 이처럼 형태상, 내용상으로 다기한 군대유머를 관통하는 의식은 무엇인지, 이들의 성격을 단번에 드러낼 수 있는 개념은 무엇인지 포괄적인 시각에서 규정해 볼 필요가 있다.

군대유머는 군생활과 등장인물에 따라 신검유머, 신병유머, 기간병유머, 전역병유머, 예비군유머의 5개의 하위범주로 구성되어 있다. 이들 하위범주에서는 각각의 단계에서 겪는 갈등의 구체적 양상을 찾아볼 수 있다. 이러한 갈등은 군복무를 앞두고 있거나, 현재 군복무 중이거나, 그리고 이미 군복무를 마친 사람들의 정신적 내상(內傷)과 치유의 흔적이라고 할 수 있다.

이러한 흔적은 각각의 하위범주 속에 형상화된 주제의식을 통하여 개괄할 수 있다. 먼저, 신검유머에서는 병역면제에 대한 소망이 핵심적인 주제로 다루어지지만, 그에 대한 전승자의 태도는 다소 상이한 방향으로 구체화된다.

㉠ **등급판정담** : 병역면제에 대한 이중적 시선 및 병역기피 풍조 비판
㉡ **입영준비담** : 병역면제의 심리적 갈등과 당위성 혹은 불가피성 인식

신검유머에 함축된 기본적 인식은 병역면제에 대한 이중적 시선이다. 한쪽에서는 병역면제를 소망하고, 다른 한쪽에서는 현역입대를 소망한다. 이런 이중적 인식의 이면에는 병역의무의 보편성을 인정하는 심리가 자리 잡고 있다. 이와 함께 병역기피 풍조에 대한 비판적 의식이 함께 제기된다. 이런 비판은 신체 일부를 훼손하는 극단적 기괴성을 앞세우기도 하고, 또한 과장된 기준을 제시하는 해학성을 내세우기도 한다. 어느 경우에나 병역을 기피하려는 옹졸한 사회풍조를 풍자적으로 비판하고 있다. 또한 신검유머에서는 병역의 불가피성과 당위성을 역설하기도 한다. 이는 입영준비담에서 두드러지게 나타난다.

이와 같이 신검유머에서는 병역면제와 관련된 두 가지 상반된 인식이 병존하고 있음을 볼 수 있다. 한편으로는 왜곡된 병역면제 방법을 제시하여 그러한 소망을 극대화하고 있으며, 다른 한편으로는 병역의 당위성과 불가피성을 인정하고 있다. 양자의 이면에는 병역에 대한 심리적인 압박감이 자리 잡고 있다고 하겠으며, 이것이 정신적 내상의 요인으로 작용하고 있는 것으로 보인다.

한편, 신병유머에서는 신병훈련과 자대 배치 초기의 생활이 주요한 주제로 다루어진다.

㉠ **입영담** : 입영통지와 입영전야의 불안감과 두려움
㉡ **신병훈련담** : 위상 변화의 확인 및 실수 또는 우행
㉢ **신병희학담** : 신병에 대한 희학과 고참에 대한 역희학

㉣ **신병생활담** : 군생활에 대한 적응과 부적응의 이중주

이러한 주제를 일괄하여 보면 대체로 입대에 따른 환경 변화와 심리적 충격을 다루고 있는 것으로 보인다. 예를 들어 입영통지서를 받았을 때의 불안감과 두려움, 처음 겪어보는 군대의 수직적 위계질서의 억압감, 군대생활과 군대문화에의 부적응과 실수, 고참병의 희학과 그에 대한 역희학 등이 대표적인 경우이다. 이들이 바로 신병유머의 중심을 이루는 내용과 주제의식이라고 할 수 있다.

이처럼 신병유머는 일반사회에서 군대로의 급격한 환경 변화에 따른 신병들의 정신적인 내상을 보여준다고 할 수 있다. 신검유머와는 달리, 이제는 신병훈련소와 자대 배치 초기의 군생활에서 오는 육체적, 심리적 문제들이 구체화되고 있다. 그만큼 이들 이야기에는 입대 직후 병사들이 겪는 정신적 내상의 흔적이 형상화되어 있다고 하겠다. 하지만 아직은 그러한 내상에 대한 치유의 흔적은 두드러지게 나타나지 않는다.

가장 활발하게 전승되는 기간병유머의 주제는 훨씬 다양하다.

㉠ **자아존중과 자기비하** : 군인으로서의 정체성에 대한 혼돈
㉡ **경험의 각인화와 인상화** : 군생활의 편린과 일상성의 회복
㉢ **새로운 바보형 인물의 창조** : 고문관 혹은 군대유머 속의 바보
㉣ **방위병 소재 유머** : 또다른 주변인에 대한 희화화
㉤ **한시적 이탈** : 보이지 않는 선 혹은 군인화 표지의 재발견
㉥ **병사와 가족** : 육친애의 불변성 인식과 가족관계의 질적 전환
㉦ **병사와 애인** : 이성애의 가변성 인식과 이성관계의 질적 전환
㉧ **병사와 여성** : 과잉된 성의식의 내면과 성적 정체성의 확립

이들 기간병유머에는 자기 자신을 비롯하여 주변의 현역병, 방위병,

부사관과 장교 집단, 가족과 애인, 여성 등 다양한 군상이 주인공으로 등장한다. 이처럼 기간병유머는 화자 자신과 더불어, 자신을 둘러싸고 있는 제반 인물군과의 관계를 다룬다. 자신과의 관계는 군인으로 변화되는 과정에서 겪게 되는 정체성의 문제가 언급된다. 일반사회에서의 지위나 능력과 상관없이, 입대 이후에는 군대에서 통용되는 새로운 위상을 획득하여야 한다. 이 과정에서 한 사람의 인간으로서의 정체성에 상처를 입기도 한다.

군생활의 편린을 다룬 유머는 군사훈련이나 내무생활 중에 일어날 만한 인상적인 사건을 다룬 이야기와, 하급병으로서 겪어야 했던 고달픔과 전우애를 다룬 이야기가 많은 편이다. 이들 이야기 속에 등장하는 병사들은 상당한 수준의 군대사회화가 이루어진 상태이기에, 군대의 조직문화적 특성이 부각되어 있다. 탈영병과 휴가병 이야기는 병사들의 고민을 형상화하기보다 군과 사회와의 거리감을 다루고 있다.

방위병 소재 유머에서는 그들의 정체성 부재의식이 우선 주목된다. 방위병은 면제자와 현역병의 중간적 위치를 가지고 있다고 하겠으나, 대체로 현역병과 견주어 이야기 된다. 사정이 이렇다 보니 방위병은 주로 희화화의 대상으로 그려지고 있으며, 이들을 소재로 한 유머에서는 궁극적으로 현역병의 우월의식을 역설하는 데에 초점이 놓여 있다.

가족이나 애인과의 관계를 다룬 유머에서는 그들을 둘러싸고 형성된 새로운 관계망을 보여준다. 가족 중에서는 주로 부모님이 언급되는데, 병사들은 군생활을 통하여 육친애의 불변성을 재인식하게 된다. 그러나 애인에 대한 인식은 반대 현상을 보여준다. 입대 이전의 이성간의 사랑은 부모님의 사랑보다 강한 것으로 생각한다. 하지만 입대 이후 이성애는 그 가변성을 드러내게 되며, 병사들은 고통스럽지만 이성애의 가변성을 인정한다.

또한 병사와 여성의 관계를 다룬 유머는 병사들의 불완전한 성적 정체성을 보여준다. 병사들은 20대 초반의 남성으로서 이성에 대한 관심이 높은 편이다. 이에 따라 군대유머에서는 그들의 과장된 성의식과 성애에의 편향성이 나타나고 있다. 이러한 과장된 성의식은 병사들의 성적 정체성이 불완전하다는 것을 보여주는 분명한 증거이다. 이는 남성으로서의 완전한 성적 정체성을 갖추는 과도기적 단계에 해당한다고 생각된다.

이와 같이 기간병유머에도 자신과 관련되어 있는 인물군과의 관계에서 볼 수 있는 내상과 치유의 흔적을 볼 수 있다. 특히, 동료병사와 관련된 이야기에서는 입대의 충격에서 벗어나 새로운 인간관계를 형성하는 등 그들의 정신적 내상이 치유되고 있음을 보여준다. 또한 가족과의 격리에서 입은 정신적 상처는 육친애의 불변성을 재인식하는 계기가 되고 있으며, 애인의 변심에서 얻은 내상은 이성애의 가변성을 깨우침으로써 궁극적으로 이별의 고통을 치유한다. 불완전한 성적 정체성은 과장된 성의식을 보이기도 하지만, 종국에는 육체적 · 정신적으로 균형이 잡힌 성의식을 형성하기 위한 필연적인 과정을 보여준다.

한편, 전역병유머에서는 고참병장이나 전역 직후의 이야기를 이루어진다.

㉠ **말년병장생활담** : 군생활의 정점에 대한 소망과 기대감
㉡ **전역병실수담** : 현실과 의식의 괴리 혹은 간섭
㉢ **군경험과시담** : 기억의 포장 혹은 소영웅주의적 무용의 과시

병사들에게 있어서 말년 병장은 가장 도달하고픈 현실적 목표이자

군생활의 지향점이다. 그렇기에 전역병유머의 앞머리는 고참병장의 생활상에 대한 자세한 언급이 이루어지고 있으며, 이는 바로 그에 대한 소망과 기대감을 표현이라고 할 것이다. 전역 이후에는 사회에서의 실수담과, 과장된 군대경험담이 전역병유머의 몸통을 이룬다. 이때의 실수는 그리 심각하거나 지속적인 것은 아니며, 전역 직후의 단순한 실수가 대부분이다.

아울러 군경험은 과장되고 재구성되어 전역병으로서의 위상을 과시하는 수단으로 활용된다. 따라서 전역병유머에 이르면 정신적 내상을 다룬 것은 별로 나타나지 않는다. 그 대신 전역에 대한 기대감과 더불어 과거의 군경험에 대한 과시를 통해 군복무 시절의 정신적 내상이 치유되어 가는 과정을 보여준다.

끝으로 예비군유머의 주제는 다음 두 가지로 수렴할 수 있다.

㉠ **예비군일탈담** : 예비군의 위상확인 혹은 정신적 보상
㉡ **조교질책담** : 과거 군생활과의 소통 시도

예비군유머에서 예비군들은 교관이나 조교의 지시에 잘 따르지 않는 것으로 나타난다. 아니 정반대로 행동하는 경우가 더욱 흔할 정도로, 예비군의 언행은 일탈적이다. 이러한 일탈적 언행은 군대의 위계질서나 규범 자체를 무력화하려는 인식의 소산이라고 할 수 있다. 이를 통하여 예비군들은 과거의 억눌렸던 군생활에 대한 심리적 보상과 역전을 도모한다.

다른 한편으로 예비군유머는 과거와의 소통을 시도하고 있어 주목된다. 그들은 현역병들의 잘못된 관행을 질책하고 비판한다. 이러한 질책은 과거와의 소통을 적극적으로 모색하고 있음을 말해준다. 나아가 그

것은 과거의 기억 속에 묻혀있는, 이제는 거의 아물어 버린 정신적 내상에 대한 온전한 치유를 의미한다.

이상으로 신검유머부터 예비군유머에 이르기까지 군대유머에서 주로 다루어진 주제와 그 의미를 포괄적으로 살펴보았다. 그 결과 신검유머와 신병유머는 정신적 내상을 주로 다루고 있으며, 기간병유머에서는 그러한 내상과 치유의 흔적이 병존하고 있었다. 또한 전역병유머는 내상보다는 치유에 치중하고 있었으며, 예비군유머는 온전한 치유를 시도하고 있음을 볼 수 있었다. 이들 군대유머를 하나의 상위유형으로 보았을 때, 군생활 초기에는 정신적 내상에, 중간에는 내상과 치유에, 말미에는 내상보다 치유에 중점이 있다고 할 수 있다.

상위범주	군 대 유 머				
하위범주	신검 유머	신병 유머	기간병 유머	전역병 유머	예비군 유머
의미맥락	정신적 내상		정신적 내상 + 치유	내상의 치유	

한마디로 말해서 상위범주로서의 군대유머가 가지는 일차적인 의미는 병사들이 군복무를 하면서 겪는 정신적 내상과 치유의 이야기라고 규정할 수 있다. 군대유머 속에 담긴 정신적 내상과 치유는 이십대 초반의 우리나라 남성들이 공유하는 삶의 흔적이다. 그것은 청년기에 달한 우리나라 남성이라면 누구나 겪어야 하고, 극복해야 하는 불가피한 과정이다.

사춘기의 열병을 앓고 나서야 한층 성숙할 수 있듯이, 우리나라 남성들은 군복무를 통해 입은 정신적 내상에 대한 치유과정을 경험함으로써 한걸음 더 성인기에 다가선다고 할 수 있다. 따라서 군복무 기간 동안 체험하는 정신적 내상과 치유는 성인기로 이행하기 위한 성장통(成長痛)으로서의 성격을 가진다고 본다. 이런 점에서 군대유머는 정신적 내상과 치유의 이야기이면서, 또한 우리나라 남성들의 성장담이기도 하다.

군대유머에서 나타난 정신적 내상과 치유의 흔적, 그리고 성장통과 성장담의 측면은 군복무 경험에 대한 여론조사에서도 확인할 수 있다. 한국 갤럽조사연구소에서 실시한 조사결과에 의하면, 대체로 우리나라 사람들은 군복무 경험이 사회생활에 도움이 되는 것으로 생각하고 있다.[1] 또한 군복무 경험이 갖는 유익한 측면에 대해서는 어른스러워진다는 의견, 인내력이 생긴다는 의견, 사회적응력이 생긴다는 의견, 사회대우가 좋아진다는 의견, 성격이 원만해진다는 의견, 책임감이 생긴다는 의견이 나타났다.[2] 이러한 유익한 측면은 조직체의 일원으로서의 협동심, 계획성, 조직적 사고력을 배양한 것으로 보인다.

성인사회 진입을 위한 예기사회화의 과정

우리나라 남성은 국민개병제에 따라 누구나 예외 없이 소정의 기간 동안 군복무를 해야만 한다. 이것은 헌법에 명시된 대한민국 국민으로

1) 1988년 한국 갤럽조사연구소에서 발표한 『군에 대한 전국민 여론 조사』에 의하면 군 복무 경험이 사회생활에 도움이 된다는 질문에 86.1%가 긍정적으로 답변하였다.(박재하 · 안호룡 · 독고순, 『군 문화와 사회발전』, 한국국방연구소, 1991, 109쪽에서 재인용.)
2) 위의 책, 109쪽.

서의 의무 중의 하나이다. 병역의 의무는 누구나 감당하여야 하며, 반드시 거쳐야 하는 필수불가결한 과정인 것이다. 그렇기 때문에 우리나라 남성은 병역의 의무를 마친 이후에 직장을 구하고 결혼을 하는 것이 일반적이다. 물론 군복무를 마치기 이전에 회사에 다니거나 결혼을 하기도 하지만, 이는 그다지 보편적인 경우는 아니다. 이를 보면 한국 남성의 일생을 두고 볼 때, 군생활은 생애주기에 비추어 나름대로 특별한 의미를 가진다고 할 수 있다.

다음 유머는 군생활이 갖는 의미의 일단을 드러내는 데에 훌륭한 실마리가 된다. 이야기가 다소 길지만, 논의의 효율성을 위하여 전문을 인용해 보기로 한다.

〈남자들이 군대가야 하는 이유 20가지〉

① 반찬투정을 안하게 된다.
엄마가 해 주시는 반찬이 맛이 없는가?
군대에 가보라. 엄마가 해 주시는 밥이 제일 맛있다.

② 여자가 다 이뻐 보인다.
내가 만나고 있는 여자 친구보다 다른 여자들이 더 예뻐 보이나?
그렇다면 군대에 가라. 치마만 두르면 아줌마도 이뻐 보인다.

③ 축구를 사랑하게 된다.
축구라면 밤에 잠을 자지 않고 중계방송을 보게 된다.

④ 뻥이 는다.
좋은 말로 하면 넉살이 좋아진다고 해야 하나?
암튼 군대만 가면
"내가 있던 부대가 대한민국에서 제일 힘든 부대가 된다."

⑤ 낭만보다는 실리를 찾게 된다.
그렇다. 군대 가기 전에는 낭만이 있어 좋았다.
그러나 군대 갔다 오면 실리가 없는 곳에는 가지 않는다.
예를 들어 보자. 군대 가기 전에는 눈이 오면 좋았다.
그런데 군대 있으면서 눈이 내리면 욕이 먼저 나온다.

⑥ 알뜰해진다.
한 달 월급이 ×만원 안팎이다.
이걸로 한 달 살려면 알뜰해질 수밖에 없다.

⑦ 다리가 길어진다.
태권도 승단심사를 위해 다리를 찢기 때문이다.
침상 위에서 베개를 딛고 올라가
한쪽 베개를 툭 쳐내면서 다리를 째기도 한다.
우! 아직도 살 떨린다.

⑧ 생활력이 좋아진다.
그렇다. 군대에 가면 최소한 삽질은 배워온다.
이 삽질 하나만으로 공사판에서 십장의 지위까지 오른
입지전적인 인물이 다수 있는 것으로 안다.

⑨ 아버지가 선거에 출마하실지 모른다.
지난번 선거 때 보지 않았는가?
아들이 군대 안간 것이 선거에 치명적인 결과를 가져온다.
고위층 아들이 되고 싶다면 빨랑 군대 가라.

⑩ 대한민국의 모든 욕을 알아듣게 된다.
대한민국에서 통용되는 모든 욕은
그곳에서 들을 수 있다.

⑪ 사이코를 많이 만날 수 있으며

이는 사회생활을 위해 감내해야 한다.
별의별 인간을 다 만날 수 있는 곳이 군대다.
심지어 세면대에다 오줌 누는 인간,
기둥 붙들고 신음소리 내는 인간 등등.
다양하게 만날 수 있는 기회가 제공된다.

⑫ 라면의 새로운 조리법을 알게 된다.
라면을 봉지 째 뜯어서 뜨거운 물 부어먹는 '뽀글이'를 배운다.
이는 어느 정도 고참이 되어서야 가능하다는 것을 알게 될 것이다.

⑬ 1등이 좋은 것은 아니라는 것을 알게 된다.
군대에서 1등은 바보나 하는 것이다.
군대에서의 1등은 곧 수많은 사역을 하게 된다는 말이다.
1등이 반드시 좋은 것은 아니라는 것을 배우게 된다.

⑭ 숏다리 콤플렉스에서 벗어날 수 있다.
군대에서 롱다리는 고난의 연속이다.
높은데 뭐 올릴 때도 롱다리,
행군 중에 맨 앞에서 중대기 들고 걷는 것도 롱다리 몫이다.
숏다리에게는 어지간해서는 먼저 뭐 시키는 법이 없다.
아, 하나 있다. 개구멍 통과…….

⑮ 담요 터는 법을 배우게 된다.
아파트에서 보면 힘들게 담요를 터는
아낙들의 모습을 간혹 보게 된다.
그러면 나는,
"음, 저 여자 남편은 군대를 안 갔거나 방위출신이군."
하는 생각을 하게 된다. 생각해보라.
부부가 오붓하게 군대식으로 담요 터는 모습을…….
얼마나 아름다운가?

담요 털 때 발생하는 요란한 파열음은 일종의 카타르시스를 제공한다.

⑯ 군대 안 간 사람들을 욕할 수 있다.
그렇다. 군대 안 간 연예인들을 씹고 싶은가?
그렇다면 먼저 군대에 다녀오라.
군대 갔다 온 사람이 욕하는 건 아무도 안 말린다.

⑰ 군대 갈 사람들에게 겁줄 수 있다.
"야. 군대 가면 얼차려 많이 받어. 죽인다.
치약 뚜껑에 머리박아 봤어?" 등등

⑱ 싫어하는 여자 떨쳐낼 수 있는 방법을 터득하게 된다.
여자들이 제일 싫어하는 얘기
3위 군대 얘기, 2위 축구 얘기, 1위 군대에서 축구한 얘기 등을 자유롭게 구사할 수 있다.

⑲ 낯이 두꺼워진다.
즉, 쪽팔리는 것을 두려워하지 않는다.
예를 들어 아무데서나 방귀뀔 수 있다.

⑳ 자부심을 갖는다.
진짜 남자가 된다.
이 나라를 내손으로 일부 지켜냈다는 자부심을 갖게 된다.
자기 여자 하나만은,
자기 가정만큼은 지킬 수 있는 배포를 갖게 된다.[3)]

남자들이 군대에 가야 하는 이유 20가지를 별다른 기준이 없이 나열

3) 〈남자들이 군대에 가야하는 이유 20가지〉의 일부분, 폭소닷컴(2004. 9. 18) 외 여러 곳.

한 언술형 유머이다. 이때 남자들이 군대에 가야 하는 이유란 역으로 말하면 군복무를 통해서 얻을 수 있는 이점을 의미한다. 이러한 이점을 좀 더 분명하게 드러내기 위해서는 몇 개의 의미 범주로 구분해 보는 것이 유리하다.

성격 · 신체 관련 :
① 반찬투정 안함 : 모성애 또는 가족에 대한 재인식
⑦ 태권도 수련의 고통 : 다리가 긴 체형으로 변화
⑭ 숏다리에 대한 인식 : 신체적 콤플렉스의 극복

사회성 관련 :
④ 넉살이 늘어남 : 사교성과 처세술의 발달
⑤ 눈에 대한 혐오 : 실리적이고 현실적인 사고 발달
⑥ 용돈 절약 : 성숙한 경제관 정립 및 근검절약 정신 체득
⑧ 삽질 경험 : 생활력 강화
⑩ 욕에 대한 인내심 배양 : 조직사회에 대한 경험
⑪ 다양한 인간상 경험 : 대인관계 유지능력 강화
⑬ 1등의 나쁜 점 인식 : 상황파악 능력 및 적응력 구비
⑲ 부끄러움을 망각 : 담대한 성격으로 변화

남성성 관련 :
② 여성의 미모를 중시 : 남성성의 강화
③ 축구를 애호하게 됨 : 경쟁에 의한 승패 체험
⑫ 뽀글이 요리법을 배움 : 군경험의 자부심 견지
⑮ 담요 털기를 배움 : 남편의 역할을 재인식
⑰ 병역미필자를 혼냄 : 병역이행의 자긍심과 과시욕구
⑱ 군경험을 자랑 : 군생활에 대한 과시
⑳ 군복무의 자부심과 남성성과 국가의식 구비

국가의식 관련 :

⑨ 제대후 출세의 조건 : 병역의무의 당위성 강조

⑯ 병역기피자를 욕함 : 병역기피 풍조 비판

⑳ 군복무의 자부심과 남성성과 국가의식 구비

이러한 범주화가 완전하다고 할 수 없으나, 군복무 경험을 통하여 일어나는 신체적, 정신적 변화의 대체적인 범주를 보여주기에는 충분하다. 먼저 ①, ⑦, ⑭는 개인적 차원에서 성격이나 신체적으로 긍정적인 변화가 일어남을 말해준다. 반찬투정을 하던 버릇을 고치고 어머니의 은혜를 새삼 인식한다거나, 신체적인 콤플렉스를 극복하기도 한다. 태권도 승단심사를 위해 다리를 찢는 것은 고통스럽지만, 그로 인해 롱다리가 되고픈 소망을 실현한다. 또한 롱다리가 겪는 어려움을 보고, 반대로 숏다리 콤플렉스에서 벗어나기도 한다. 이처럼 군대생활은 좋지 않은 습관을 고치거나 신체적인 콤플렉스를 극복하는 계기가 된다는 것이다.

다음 ④, ⑤, ⑥, ⑧, ⑩, ⑪, ⑬, ⑲, ⑳에서는 사회성과 관련된 변화가 일어나는 항목이다. 이들 중에서 ⑤, ⑥, ⑧은 성인사회에 필요한 인식으로서 의미가 있다. 낭만보다 실리를 추구하고, 자신의 재화를 절약하면서 사용할 줄 알며, 적극적이고 악착스러운 생활력을 갖추게 된다. 이러한 요소들은 성인에게 필요한 기본적인 자질이라고 할 수 있다. 그리고 ④, ⑩, ⑪, ⑬, ⑲, ⑳의 나머지 항목은 나와 타인의 관계에서, 혹은 개인과 조직과의 관계에서 필요한 것들이다. 넉살 좋은 사교성, 갖가지 모욕을 참아낼 수 있는 조직경험, 각양각색의 인간을 접해보는 대인경험, 담대한 성격의 형성, 남성으로서의 자부심 구비 등은 조직의 구성원으로서 필요한 요소에 해당한다고 할 수 있다.

남성성과 관련된 항목으로는 ②, ③, ⑫, ⑮, ⑰, ⑱, ⑳을 들 수 있다. 이성에 대한 인식이 달라지는 것, 축구를 좋아하게 되는 것, 뽀글이를 끓일 줄 알고 담요 터는 방법을 알게 되는 것은 주로 군대에서 경험하거나 배울 수 있는 것들이다. 또한 ⑰, ⑱, ⑳에서는 군경험과 남성성의 관계가 표면적으로 드러나고 있다. 군복무 경험은 앞으로 군대에 입대할 미필자를 겁주거나, 군대 이야기를 통해 자신을 과시할 수 있으며, '진짜 남자'가 되었다는 자부심을 갖게 해준다는 것이다. 이들 중에서 일부 요소는 남성성과 직접적인 관련성은 약하지만, 간접적으로 남성성을 지향하고 있다고 할 수 있다.

끝으로 ⑨, ⑯, ⑳의 세 항목은 국가의식과 관련되어 있음을 볼 수 있다. 군복무 경험은 곧 병역의무의 불가피성을 역설하거나, 병역 기피자를 비하하며, 나라를 지켜야 하는 국민으로서의 자부심을 갖게 해준다는 것이다. 이런 인식은 군복무를 마치기 전에는 내면화하기 어려운 것들이라고 생각되며, 우리나라 성인 남성으로서의 정체성과도 깊이 관련되어 있다고 본다. 왜냐하면 병역의 이행은 한국 남성의 젠더의식과 밀접하게 연관되어 있기 때문이다.

> 한국 사회는 한편으로는 남성에게 많은 특권을 부여하면서도 다른 편으로는 그에 못지않은 의무를 부여하기 때문이다. 무엇보다 남성에게 특권을 부여하는 이유는 남성의 선천적 우월성의 믿음에 근거하는 것이고 현실의 남성은 이 우월성의 신화에 맞추어 살아야 하는 끊임없는 강박증에 시달리게 된다. 우리 사회는 남성과 여성이란 무엇임을 규정하고자 하는 끊임없는 충동을 보여준다. 남자는 강해야 하고, 성공해야 하고, 감정을 함부로 표현하지 말아야 하고, 신중해야 하고, 남을 이끌 줄 알아야 하는 등등 수많은 남성성의 규정이 있다. 이에 따라 남성들은 어려서부터 남자다움의 교훈을 배우고 "남자가

왜 울어?" "남자답게 푹푹 퍼 먹어." 등의 잔소리를 반복해서 듣고 자라는 것이다.[4)]

결국, 군복무는 우리나라 남성들에게 인격적으로 성숙하고, 사회성을 함양하고, 남으로서의 성적 정체성을 정립하며, 올바른 국가의식과 같은 가치관을 확립하는 결정적인 계기로 작용한다고 본다. 2년여의 군대생활을 통하여 신체적, 정신적으로 긍정적인 변화를 경험하게 된다고 볼 수 있다. 이러한 변화는 기존의 가정생활이나 학교생활에서는 배양하지 못했던 요소들이다. 따라서 군대생활은 가정생활과 학교생활과 더불어 우리나라 남성들의 사회적 인식을 성장시켜주는 주요한 경험요소라고 하지 않을 수 없다.

한 사람의 일생을 염두에 두고 생각한다면, 이러한 가정생활, 학교생활, 군대생활은 모두 성인사회로 진입하기 위한 준비과정이라고 할 수 있다. 다시 말해서 가정생활과 학교생활이 궁극적으로 성인사회에 필요한 요소를 구비하는 기간이라면, 군생활도 그러한 연장선 위에서 이루어지는 사회화 과정의 일부분으로 보는 것이 합당하다.

군생활은 낯선 구성원과 조직규범 속에서 자신의 개인적 · 사회적 정체성을 찾는 과정이다. 이런 점에서 군대는 혈연을 매개로 하는 가정이나 교우관계를 매개로 하는 학교보다 성인사회적 성격이 훨씬 더 강한 조직이다. 그러므로 군생활은 성인사회에 대한 일차적이고 시험적인 적응기회이며, 그에 적응하기 위한 자질을 배양하고 경험을 축적하게 되는 계기라고 할 수 있다.

··············

4) 이수연 · 백영주 · 박군석, "남성의 균형적 삶을 위한 젠더의식 개선방안," 한국여성정책연구원, 2009, 29쪽.

이러한 시각에서 한사람의 일생에 견주어 보았을 때, 군생활은 가정생활과 학교생활과 더불어 성인사회로 진입하기 위한 예기사회화 과정이라고 보아도 무방할 듯하다. 가정보다는 학교가, 학교보다는 군대가 성인사회적 성격이 한층 두드러지는 조직이다. 그러나 군대는 병사들이 평생 동안 머무는 조직은 아니다. 통상 학교와 직장 사이의 어느 기간에 군복무를 하는 것이 일반적이다. 따라서 군대는 완전한 사회인으로 진입하기 이전에 정해진 기간 동안에만 일시적으로 몸담는 집단이다. 이처럼 군대는 진정한 성인이 되기 위한 예비적인 체험의 하나라고 할 만하다.

한국형 코뮤니타스 혹은 성년으로의 통과의례

군대생활의 특징의 하나는 일정기간 동안 가족과 친구들과 떨어져 동년배와 동성으로 이루어진 집단 속에서 지내야 한다는 점이다. 즉, 정해진 병역의무기간 동안에는 기존에 속해 있던 집단에서 격리되어 비슷한 나이의 남성들과 새로운 공동체를 형성하여 생활해야 한다는 것이다. 군대에서 행해지는 격리는 강제적이고 철저하다. 이는 기존의 집단과 완전하게 격리된다는 의미이다. 따라서 입대 시에 겪는 격리 체험은 상당한 충격과 의미로 다가오기도 한다.

〈공익비사 에피소드〉
"입소자들은 빨리 위병소 앞으로 모여주시기 바랍니다."
"어, 엄마, 모이래. 잠깐 갔다 올게."
"그래."

그런데 그게 헤어짐일 줄이야…….
보통 논산, 춘천 등의 신병교육대는 부대 안에서 헤어지지만
거긴 특별하게 위병 앞에서 바로 헤어진다.
부모님에 대한 교육과정, 시설안내 등은 얄짤이 없는 것이다.
위병소 통과 후,
"너희들은 이제 인간이 아니다!
우산은 인간이 쓰는 것이지
인간이 아닌 너희들이 쓰는 것이 아니다!
빨리 갖다 주고 와!"[5)]

신병훈련소 앞에서 입대하는 장면을 옮긴 것이다. 아들은 '잠깐' 갔다가 오겠다고 했지만, 이것이 바로 '헤어짐'이었다고 했다. 이별의 절차를 제대로 갖추지 못한 것도 충격인데, 기간병들은 입소자들에게 "이제 인간이 아니"라고 윽박지르고 있다. 이와 같이 입대 순간은 격리의 충격을 경험한다는 점에서 매우 특별한 순간이라고 할 수 있다.

군대에서의 격리는 다른 경우의 그것에 비하여 한층 철저하고 엄격한 것으로 유명하다. 그것은 입대할 때 입고 온 옷을 벗고 군복으로 갈아입은 후, 사복을 집으로 부치는 장면에서 절정에 이른다고 할 수 있다.

기간병이 소포 겉에 자기집 주소와 이름을 쓰라는 명령을 내리자 또 일제히 움직이기 시작했다.
'××시 ××구 ××동 ××맨션 ××호 …… 이성찬 (앞)
보내는 사람과 받는 사람이 둘 다 나라니! 쓰고 보니 정말 이상한 기분이 든다. 태어나서 처음으로 내가 나 자신에게 물건을 부쳐 본다.

5) 〈공익비사 에피소드〉의 일부분, 갓이브러브넷(1999. 8. 27) 외 여러 곳.

> 어머님이 이 소포를 받고 어떤 기분이 드실까?
> 아들을 군에 보내는 어머니는 보통 입대할 때 한 번 우시고, 소포를 받고 또 한 번 우신다는 말이 있던데……. 우리 어머님도 그러시진 않을까?[6]

입고 온 사복을 포장하여 소포로 부치는 것은 군복을 갈아입는 것 이상으로 큰 의미를 가진다고 할 수 있다. 사복은 일반사회의 마지막 상징물이다. 그것을 소포로 돌려보낸다는 것은 기존의 속해있던 일반사회와의 철저한 단절을 뜻한다. 이렇게 함으로써 입대자는 상징적인 차원에서 일반사회와의 완전한 격리를 달성하게 된다.

격리 이후의 입대자는 신병훈련소를 거쳐 자대생활을 하게 되며, 이 과정에서 '사람이 아닌' 군인으로 다시금 태어난다. 군대에서는 일반사회에서 인정되었던 능력이나 지위와 가치는 더 이상 인정되지 않는다. 병사들은 군대에서 요구되는 행위와 규범을 지켜야 하며, 만약 이를 어기게 되면 엄격하게 제재를 받기도 한다.

> **㉠ 〈군대의 인재들〉**
> 어느 날 김병장이 대원을 소집했다.
> **김병장** : 야 여기 피아노 전공한 사람 있어?
> **박이병** : 네, 접니다.
> **김병장** : 그래. 너 어느 대학 나왔는데?
> **박이병** : K대 나왔습니다.
> **김병장** : 그것도 대학이냐? 다른 사람 없어?
> **조이병** : 저는 Y대에서 피아노 전공했습니다.
> **김병장** : Y대? S대 없어? S대?

6) 이성찬, 『너희가 군대를 아느냐』, 권1, 들녘, 1998, 25면.

전이병 : 제가 S대입니다.
김병장 : 그래. 여기 피아노 좀 저기로 옮겨봐라.[7]

㉡ **〈군대 훈련의 유래〉**
뺀질거리는 서울 출신 군인 때문에 인원파악이 생겼고
동작 느린 충청도 출신 군인 때문에 선착순이 생겼고
탈영하는 전라도 출신 군인 때문에 불침번이 생겼고
말 안 듣는 경상도 출신 군인 때문에 줄빳다가 생겼고
물에 사는 제주도 출신 군인 때문에 도하훈련이 생겼고
비탈진 곳에 사는 강원도 출신 군인 때문에 유격훈련이 생겼다.[8]

㉠은 일반사회에서의 가치가 군대에서는 통용되지 않는다는 것을 보여주는 대표적인 유머이다. S대는 우리나라 일류대학에 해당하지만, 군대에서는 더 이상 그러한 권위가 인정되지 않는다. 일류대학에서 피아노를 전공하는 학생이라도 그것은 일반사회에서만 통용되는 지위와 능력일 뿐이다. 군대에서 그러한 능력은 중요하지 않다. 군대와 일반사회의 가치평가 기준이 상이함을 보여주는 대표적인 이야기이다.

㉡은 군대에서 행해지는 규범과 훈련, 얼차려가 생기게 된 유래를 설명하는 이야기이다. 군대는 팔도에서 소집된 각양각색의 청년들 때문에 다양한 규범과 훈련이 생겼다는 것이다. 이러한 유머는 몇 가지 측면에서 중요한 의미를 내포하고 있다. 군대라는 조직은 다양한 성격의 구성원으로 이루어진 공동체라는 점, 일반사회와는 다른 규범과 훈련이 있다는 점, 그리고 그러한 규범이 지켜지지 않으면 얼차려가 주어진다는 점이 바로 그것이다. 이러한 규범과 얼차려와 훈련은 일반인을

7) 〈군대의 인재들〉의 일부분, 문화일보 2004년 10월 23일자 외 여러 곳.
8) 이성찬, 『너희가 군대를 아느냐』, 권1, 들녘, 1998, 101쪽.

군인으로 탈바꿈시키기 위한 군인화의 수단이라고 할 수 있다.

이렇게 일반사회와는 다른 군대 특유의 규범과 가치를 익히고 배우는 과정에서 병사들은 '사람'에서 '군인'으로 변하게 된다. 이때의 변화는 외적인 변화뿐만 아니라 내적인 변화까지 포함한다.

〈입대전 vs 입대후〉

(운동)

입대전 : 자신의 건강을 위해
조깅, 헬스, 등산, 수영, 스쿼시 등을 한다.

입대후 : 삽질하기, 돌나르기, 후후.
운동 안 해도 미스터 코리아 될 수 있다.

(가장 사랑하는 사람)

입대전 : 가장 사랑하는 사람은 애인이다.
애인이 세상에서 최고다.

입대후 : 가장 사랑했던 사람과,
그리고 앞으로도 가장 사랑할 사람은 바로 부모님이다.

남자는 군대를 갔다 와야 한다.
군대 갔다 오면 사람이 된다.[9)]

입대전과 입대후의 변화를 대조시켜 보여주는 방식의 유머이다. 이를 통해 입대전에 비해 입대후에는 육체적, 정신적으로 변화가 일어난다는 것을 잘 보여준다. 강인한 육체를 갖게 되는 것, 부모님의 사랑을 새삼 깨닫는 것은 군에 입대한 이후에 생겨난 분명한 변화라고 할 수 있다. 그런데 더욱 주목할 만한 부분은 이 유머의 마지막 언술이다.

9) 〈입대전 vs 입대후〉의 일부분, 폭소닷컴(2004. 6. 6) 및 문화일보 2006년 1월 24일자 외 여러 곳.

이야기를 끝내면서 화자는 남자는 군대에 갔다 와야 하며, 그래야만 사람이 될 수 있다고 했다.[10] 이는 군복무를 통하여 남자로서, 사람으로서의 탈바꿈하게 된다는 것이다. 결국, 군생활은 군인으로 다시 태어나는 과정이며, 동시에 성인 남성으로 전환되는 과정이라는 것이다.

한편, 제대 이후에는 일반사회에의 재적응이 필요하다. 군복무 기간 동안에도 일반사회는 계속 변화되어 왔으며, 입대 이전에 몸담았던 집단의 구성원들도 바뀌었기 때문이다.

> 시간이 많이 남아서 아무 생각 없이 그냥 창밖으로 연병장(?)만 내다보고 있는데 갑자기 뒤에서 지영이라는 여학생이 나를 툭툭 치길래 돌아보았다.
>
> "저, 아저씨…. 이 강아지 좀 데리고 놀아도 돼요?"(중략)
>
> 그렇게 대답하고 다시 창밖을 보려다가 갑자기 뭔가가 뒷골을 땡기는 걸 느꼈다.
>
> '뭐, 뭐 어째? 아저씨라고? 으으. 내가 아저씨라고?'[11]

제대하고 복학한 화자는 운동장을 바라보면서 연병장이라고 생각한다. 전역하여 일반사회로 돌아왔지만, 그의 의식 속에는 군대와 사회와의 겹침 현상이 일어나고 있는 것이다. 그러다가 여학생이 아저씨라고 부르자, 그는 당황해 한다. 아저씨라고 불리는 자신을 새삼 발견한 것이다. 그는 이제 오빠라고 불리기보다 아저씨라고 불리는 자신을 객관적으로 발견하게 된다. 성인화된 자신을 타자화하는 과도기적 단계에서 적지 않은 정신적 혼란과 충격을 맛보고 있다.

··············

10) 이러한 언급은 각종 글에서 쉽게 확인할 수 있다.(장용, 앞의 책, 39쪽 ; 유차영, 『여명에 돌아온 전우』, 21세기군사연구소, 2003, 244쪽.)
11) 이성찬, 『너희가 군대를 아느냐』, 권2, 들녘, 1998, 307면.

오빠라는 호칭과 아저씨라는 호칭은 군복무 이후 생겨난 변화를 상징적으로 보여준다. 아저씨는 성인 남성을 부를 때 가장 많이 사용하는 호칭어이다. 한마디로 아저씨는 성인 남자의 통칭이다.[12] 이처럼 전역자는 아저씨로 불리게 됨으로써 이제 성인 남자로 취급되고 있음을 보여준다. 이 말을 뒤집어 생각하면, 입대 전에는 성인 남자가 아니었다는 의미를 포함한다. 다시 말해서 남자이되 성인이 아니었던 존재가, 제대 이후에 남자이면서 성인으로 바뀌었음을 말해준다.

군복무를 전후하여 일어나는 이러한 변화는 질적 수준에서 특기할 만하다고 본다. 다시 말해서 군복무 과정은 일반사회에서 격리되고, 군인으로 탈바꿈하며, 다시 일반사회로 복귀하는 3단계 과정을 두루 포함한다. 이때 군인으로 탈바꿈하는 과정은 이른바 성인사회로 진입하기 위한 예비적 경험으로서의 의미를 갖는다. 성인사회에서 필요한 사회성과 남성성, 그리고 국가의식도 이러한 질적 전환에 모두 포함된다.

이런 점에서 우리나라 남성들에게 있어서 군대생활은 성년식에 비견될 만하다고 본다. 성년식은 분리, 전이, 통합의 세 단계의 과정을 거치는 것이 일반적이며, 전이단계에서 질적인 전환이 이루어진다.[13] 이런 성년식을 거친 이후에야 비로소 진정한 사회구성원으로서의 위상과 지위를 공인받을 수 있게 된다. 터너(Victor Turner 1920~1983)는 전이 단계에서는 신분질서가 역전되며 권력관계가 없어져 혼돈스런 상태가 생긴다고 하면서, 이를 코뮤니타스(communitas 융해)라고 이름 붙였다.[14]

12) 조선일보사 · 국립국어연구원 편, 『우리말의 예절』, 조선일보사, 1991, 190쪽.
13) 반겐넵, 전경수 역, 『통과의례』, 을유문화사, 1985, 40쪽 ; 아야베 쓰네오, 유명기 역, 『문화인류학의 20가지 이론』, 일조각, 2009, 168쪽.
14) 빅토 터너, 박근원 역, 『의례의 과정』, 한국심리치료연구소, 2005, 147~148쪽 ; 아야베 쓰네오, 유명기 역, 위의 책, 165~169쪽.

코뮤니타스는 '어떤 상태'와 '다른 상태'가 중첩되어 있는 경계영역, 즉 리미날리티(liminality)에서 나타나는 인간의 상호관계 양식이다. 이러한 경계영역에 위치하는 인간은 신분 · 질서 · 지위 · 재산 · 남녀성별 · 계급 · 조직의 차원을 초월한 자유롭고 평등한 상태에 머문다. 코뮤니타스의 특성은 경계성, 국외자성(局外者性), 구조적 열성(劣性)으로 요약된다. 즉, 코뮤니타스는 사회구조가 균열된 곳에서 발생하며, 주변부에 위치하고, 사회에서 낮은 저변을 점하고 있다는 것이다.

성년식과 코뮤니타스의 이러한 특성에 기대어 살펴보면, 군복무 역시 성년식에 준하는 과정을 거칠 뿐만 아니라, 일생 중에 통과하는 코뮤니타스와 유사한 성격을 가지고 있는 것으로 생각한다.

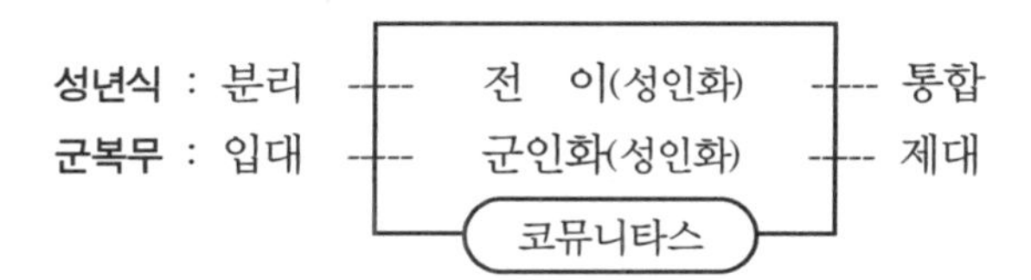

군복무는 사회로부터 분리되어 신병훈련소에 입소하는 것에서 시작된다. 신병훈련소 입소는 그야말로 강제적 격리의 현장으로서 기존집단에서 분리되는 과정에 해당한다. 이후 신병시절을 거쳐 기간병으로 근무하는 동안 군대사회화 과정을 겪으면서 코뮤니타스를 통과하게 된다. 코뮤니타스라는 전이과정을 경험하는 기간 동안에는 어떤 사회적 지위나 신분, 재산이나 직업도 가질 수 없고, 세속적 의복도 착용할 수 없으며, 새로워지기 위한 획일성이나 동질성이 강조된다.[15]

코뮤니타스의 이러한 성격은 병사들이 겪는 군생활과 비슷한 측면이

15) 빅토 터너, 박근원 역, 『의례의 과정』, 한국심리치료연구소, 2005, 146쪽.

적지 않다. 보편적인 우리나라 남성들의 일생 전체에 있어서, 군생활은 주변적이며 경계적이다. 그들은 동일한 제복을 입고, 동질적인 언어를 사용할 것을 요구 받는다. 병사들은 군조직의 저변을 채우는 집단적이고 익명적인 존재가 되어야 한다. 이런 요구로 인하여 병사들은 군인화된 자신을 낯설어하거나 자기비하적인 언어와 행위를 일삼기도 한다.[16] 이와 같은 과정을 통하여 병사들은 좀 더 성숙한 군인으로 다시 태어나며, 성인사회에서 필요로 하는 인식과 경험을 축적하게 된다.

따라서 군복무 기간 동안 진행되는 군대사회화는 군인화(軍人化)의 과정이자 성인화(成人化)의 과정이기도 하다. 군인화이건 성인화이건 간에 군생활은 힘들고 어려운 과정이다. 입대 이전과 완전히 다른 생활환경 속에서 새로운 경험을 하게 되고, 이런 경험을 통해 예전에는 없었던 새로운 인식과 능력 그리고 자질을 구비하게 된다. 이는 곧 예전에 비해 한 단계 높은 새로운 존재로 승화되는 전이과정을 거쳤음을 뜻한다. 결국 군복무가 갖는 또 하나의 사회문화적 의미는 성년식으로서의 역할을 한다는 점이다. 그것은 우리나라 남성들에 대한 한국형 코뮤니타스의 경험이며, 성인사회로의 진입하기 위한 통과의례의 하나이다.

나아가, 군경험은 대한민국 국민으로서의 정체성을 확립하는 핵심기제이기도 하다.

....

16) 예를 들어 병사들이 자신들을 일컬어 군바리라고 비하하거나, 특히 휴가 중에 탈선적인 언어와 행위를 많이 하는 경우를 들 수 있다. 메리 더글라스는 어떤 문화에서나 경계선 상에 서 있는 사람은 위험한 존재 혹은 부정한 존재로 인식된다고 한다. 이런 점에서 병사들 자기비하적 언행을 일삼는 이유 역시 접경지대에 위치한 중간적 존재라는 그들의 자기인식에서 비롯된 것으로 볼 수 있다. (메리 더글라스, 유제분 · 이훈상 역, 『순수와 위험』, 현대미학사, 1997, 156쪽.)

> 아동과 청소년에게 모두 9년간에 걸친 학교와 군대의 경험은 일종의 새로운 통과의례로 작용하면서 이들로 하여금 '국민'으로서의 정체성을 확립하게 되는 핵심적인 기제로 역할을 했다. 그들은 다름 아닌 '국민'학생과 '국민'병이라고 불렸다.[17]

군대는 국가를 수호하는 책무를 수행하는 조직으로, 국가이념을 안정적이고 체계적으로 전파하는 국민교육의 도장으로서의 역할을 일부 담당해 왔다. 그래서 군대는 '국민적 가치관'의 전도사 역할을 해왔다는 평가를 받기도 한다. 이를 통해 학교와 군대는 근대적 '국민'을 형성시키고 사회통합을 이룩하는 사회적 기초가 되어 왔다는 것이다. 이러한 학교교육과 군복무 경험은 대한민국이라는 나라에 뿌리를 박고 사는 진정한 성인을 탄생시키는 코뮤니타스 또는 통과의례로서의 가치를 가지고 있다.

논의의 확대와 남은 과제들

군대유머는 어느 한 사람에 의해서 창작된 산물이 아니다. 다수의 한국인들이 세대를 거쳐 전승해온 공동 창작물이다. 군대유머는 신검부터 시작하여 예비군훈련까지 이어지는 군생활의 제반 국면을 담고 있으며, 동시에 한사람의 전체 일생 차원에서의 포괄적인 의미도 함께 담고 있다. 즉, 군대생활의 시간적 전개를 고려하여 신검유머, 신병유머, 기간병유머, 전역병유머, 예비군유머라는 개별적이고 하위적인 의

17) 강인철, "한국전쟁과 사회의식 및 문화의 변화," 한국정신문화연구원 편, 『한국전쟁과 사회구조의 변화』, 백산서당, 1999, 207쪽.

미망을 지니는 한편으로 우리나라 특유의 집단경험으로서의 전체적이고 상위적인 의미망도 갖고 있다.

따라서 군대유머는 우리사회에서 존재하는 엄연한 문화적 텍스트 중의 하나라고 할 수 있다. 군대유머가 형성된 저변에는 국민개병제라는 병역의 의무, 일반사회와 다른 특수한 군조직과 군대문화, 최근의 산업화와 정보화 추세, 생애주기와 군복무 시기의 관련성 등이 토대를 이루고 있다. 이러한 사회문화적 변수들은 문화현상의 하나로서 군대유머를 활발하게 전승시켜온 원동력이 되었다고 생각한다.

한국사회에 있어서 군대유머는 병사들이 겪어야 했던 정신적 내상을 속속들이 보여줄 뿐만 아니라 그러한 정신적 상처에 대한 치유과정도 함께 보여준다. 곧, 군대유머가 정신적 내상을 드러내 치유하는 역할을 감당해 줌으로써 유쾌하고 건강한 유머로서의 자리를 차지할 수 있다고 본다. 군대유머 속에는 우리나라 20대 남성들의 성장통 내지 성장담이 그려져 있으며, 성인사회로의 진입을 준비하는 예기사회화의 과정이 형상화되어 있다. 또한 성년식과 유사한 성격의 한국형 코뮤니타스, 즉 성인으로서 사회적 인정을 받는 통과의례적 의미도 지니고 있다고 할 수 있다.

이렇게 군대유머가 가지고 있는 개별적 의미와 전체적 의미를 살피는 일은 군대문화에 대한 사회문화적 성격을 드러내는 데 기여할 수 있다고 본다. 나아가 이러한 논의는 군대 이야기에 대한 포괄적인 접근 가능성을 가늠해보는 좋은 척도가 될 수 있을 것이다. 이러한 입장에서 이 책은 군대 이야기 연구의 출발점에 해당한다. 이를 계기로 하여 논의를 확대해 나감으로써 군대 이야기의 내적 면모를 깊이 드러내고, 현대 구비문학의 외연을 확대할 필요가 있다고 본다.

이와 관련하여 몇 가지 남은 과제를 함께 언급해 두기로 한다.

첫째, 전통적 이야기 문학과의 연관성을 살펴 볼 필요가 있다. 이는 전통적 설화와 현대적 설화 사이의 연결고리를 찾아내어 그들 사이의 상관성을 드러내는 일이 될 것이다. 예를 들어, 조선시대에 성행했던 신래 희학담과 신병희학담의 비교, 바보이야기의 전통과 고문관 이야기의 비교는 좋은 연구대상이 된다고 본다. 이외에 조선시대 무인(武人) 이야기에 나타난 인물의 형상과 군대유머에 나타난 인물의 형상에 대한 비교도 가능하다.[18]

둘째, 군대 이야기의 외연을 확대할 필요가 있다. 앞서 언급한 조선시대 무인 설화는 물론이고, 한국전쟁과 베트남 파병과 관련된 이야기에도 관심을 가져야 한다. 순수한 의미에서의 군대경험담 연구도 절실하다고 하겠다. 이들에 대해서는 현재 인터넷을 비롯한 정보매체에서 많은 자료가 축적되어 있으므로, 그에 대한 구비문학적 접근이 시급한 편이다. 이러한 연구는 그야말로 현대 구비문학의 보고가 될 수 있다고 본다.

셋째, 서양의 군대 이야기 연구와의 비교도 필요하다. 서양에서는 리처드 도슨이 처음으로 제기했던 GI Folklore, 즉 군대 이야기에 대한 현대 구비문학적 연구의 필요성을 제기한 이래 몇몇 학자들이 연구를 진행한 바 있다. 따라서 그들의 연구결과를 우리나라의 군대 이야기와 비교하여 심화시킬 필요가 있다.[19]

18) 조선시대 신래희학담에 대해서는 정재민, "면신례 풍속과 신래희학담의 관련양상," 『민속학연구』, 제18호, 국립민속박물관, 2006에서 논의한 바 있다.
19) Richard M. Dorson, *American Folklore*, Chicago: The Univ. of Chicago Press, 1959, 제7장.

넷째, 실용적 관점에서의 군대 이야기에 접근할 필요도 있다. 군대 이야기 연구의 궁극적 목적은 그 문학성을 드러내는 데 있음은 두말할 필요도 없다. 그러한 작업과 더불어 실제적 차원에서의 연구를 병행하는 것도 구비문학 연구에 기여할 수 있다고 본다. 예를 들어 군대 이야기에 담겨진 인식을 살펴봄으로써 바람직한 군대문화의 정립방향을 제시할 수도 있을 것이다.

군대유머, 그 유쾌한 웃음과 시선

군대, 진정한 사나이로 다시 태어나는 곳!

군대는 분명 힘들고 위험한 곳이다. 그럼에도 왜 부모는 자식을 군대에 보내는가? 또한 병사들은 다소의 망설임을 뒤로하고 국가의 입대 명령을 따르는가? 그들은 왜 현역병으로 입대하는 것을 자랑스럽게 생각하고, 때로는 최전방 근무까지도 마다하지 않고 '진짜 군인'이 되고 싶어 하는가?

"사나이 중의 사나이로 다시 태어나야 한데이!"
군 입대 전날 아버지는 내 손을 꼭 잡으시며 이런 말씀을 하셨다. 비장미가 흘렀다고 할까. 하나밖에 없는 아들을 군대에 보내는 아버지의 심정이 그 간절한 눈빛에 담겨 있었다. 그 마음이 전해졌는지 나도 가슴이 아렸다.
"이왕 군대에 가는 거, 최전방에 배치 받아서 추운 겨울에 철책 근무도 서 보고 간첩도 몇 마리 잡고 헬기에서 뛰어내리는 훈련도 하고……. 그게 진짜 군인 아니겠냐? 남자라면 군에 가서 혹독한 훈련과 시련을 통해 새로운 남자로 다시 태어나는 거다. 알겠냐?"

그때 난 마음속으로 아버지께 이런 약속을 했다.

"예, 아버지. 꼭 멋진 남자로 다시 태어나서 아버지의 자랑스런 아들이 되겠습니다."[1]

아들을 군에 보내는 아버지의 심정을 잘 보여주는 글이다. 군대는 아버지도 젊은 시절에 다녀온 곳이다. 그런데 어느 새 자식이 자라서 아버지가 갔던 그 길을 떠나려 하고 있다. 아들을 바라보는 아버지의 눈빛은 비장하면서도 간절하다. 겪어본 사람만이 아는 힘든 길이기 때문이리라.

그런데도 아버지는 이왕이면 최전방에 배치되어 한겨울 강추위 속에서 철책 근무도 서 보고 헬기 레펠 훈련도 했으면 좋겠다고 한다. 만약 군대에 갈 수도 있고 안 갈 수도 있는 선택권이 주어져 있다면 아버지는 이렇게 말하지 않았을 지도 모르겠다. 그러나 병역은 선택이 아닌 의무이기 때문에 아버지는 혹독한 훈련과 시련도 참아 내고 '새로운 남자'로 태어났으면 좋겠다는 역설적인 소망을 드러내고 있다. 아들 역시 아버지의 말뜻을 깊이 이해하고 있다. 그렇기에 멋진 남자로 다시 태어나서 자랑스러운 아들이 되겠다고 다짐한다.

이를 보면 우리나라 남성들에게 있어 군대는 피할 수 없는 관문이 아니라, 꼭 다녀와야 하는 필수과정으로 인식된다. 그래서 군대를 국민교육의 도장이라고 말하기도 한다. 군대의 교육과 훈련은 지 · 덕 · 체를 고루 갖춘 전사(戰士)를 양성하는 전인교육의 도장이다.[2] 군생활을 통해서 사회에서 교육받지 못하는, 그리고 평소 느끼지 못했던 순수한

1) 장용, 『장용의 단결 필승 충성』, 북로드, 2005, 39～40쪽.
2) 이봉원, 『지휘관, 무한책임의 주역』, 양서각, 2011, 90쪽.

애국애족 정신, 민주시민으로서 소양, 인간관계, 인내심, 적응력, 복종의 미덕, 겸양지덕, 진정한 전우애와 우정 등을 몸소 체험할 수 있다는 말이다.

국민교육 담당기관으로서 군대의 역할은 1950년 초반에 시작된 국민개병제와 함께 시작되었는데, 이는 '군대 갔다 와야 사람 된다.'는 함축적인 말로 인구에 회자되어 왔다. '군대 갔다 와야 사람 된다.'에서 '사람'이란 대체로 "집단주의적 문화, 민족의 사명에 대한 투철한 인식, 근대적 기술을 습득한 인간"을 가리키는 것이었다.[3] 군경험은 제대 이후 살아야 할 우리사회에서 꼭 필요한 요소로 인식되어 왔음에 틀림이 없다. 그래서 '군대 갔다 오더니 사람 됐다.'라는 말은 있어도 '군대에 가더니 사람 버렸다.'라는 말은 없다는 것이다.[4]

그러면 군대를 다녀온 후에는 어떻게 달라지는가? 우리가 흔히 하는 말처럼 군대 갔다 와서 '사람'이 되기는 했는가? 이를 알아보는 방법은 최근에 흥미진진한 군경험담을 책으로 만든 전역병의 이야기를 들어보는 것이 가장 간단하면서도 명확한 방법이 아닐까 생각한다.

'가츠'라는 닉네임으로 블로그에 자신의 군경험담을 연재했던 황현 씨는 2005년 초에 입대하여 2년여 동안 중부전선에 위치한 이기자 부대에서 생활했다. 전역 후 그는 『악랄 가츠의 군대이야기』라는 유쾌한 제목의 책자를 발간하면서 그 서문에서 이렇게 군생활의 소회를 밝혔다.

> 유난히 걷는 것을 싫어하던 나. 그런 내가 강원도 전방의 소총수로 2년간 군생활을 하게 되었다. 처음에는 죽도록 힘들고 괴로웠지만,

3) 강인철, "한국전쟁과 사회의식 및 문화의 변화," 한국정신문화연구원 편, 『한국전쟁과 사회구조의 변화』, 백산서당, 1999, 292쪽.
4) 이봉원, 앞의 책, 91쪽.

> 군대도 엄연히 사람이 사는 곳이었고 그곳만의 매력이 있었다. 전국 각지에서 올라온 전우들과 부대꼈고, 사회에서는 좀처럼 경험할 수 없는 수많은 사건들이 하루도 빠지지 않고 벌어졌다. 내가 경험한 군대는 선배들이 말한 것처럼 무섭기만 한 곳이 아니었다. 웃음이 있었고 사랑보다 진한 전우애도 있었다.[5]

가츠의 군생활을 요약하면 육체적 · 정신적으로 힘들었던 생활, 다양한 지역 출신의 동료들과 어울려 살았던 생활, 사회에서 좀처럼 볼 수 없었던 특별한 사건들을 경험했던 기간이라 할 수 있다. 군생활은 녹록한 생활은 아니었으나, 군대 역시 인간의 희노애락이 점철된 인간사회였다는 것이다. 군대는 입대 전에 선배들로부터 전해들은 것처럼 그저 무섭기만 한 곳이 아니라, 웃음과 사랑이 넘쳐나는 곳이었다. 나름대로 끌리는 매력이 있었다고 했다.

이와 같이 군대는 우리나라 청년들이 '사나이'로 다시 태어나는 국민교육의 도장이라 부를 만하다. 청소년기 병사들은 군복무 기간을 통해 자립적 · 자율적 인간으로서의 자아정체성을 확립하고, 집단생활 체험을 통해 조직적 마인드를 기르며, 국가의식과 국민적 일체감을 고취하게 된다.[6] 이러한 군생활의 순기능적 요소들은 제대 이후 일반사회 또는 사회조직 속에서 생활할 때 그 참된 가치를 발휘할 수 있을 것이다. 청년기에서 성인기로 넘어가는 접경지대에 자리한 군생활은 성인화 과정의 핵심부분이며, 한국 남성들의 정체성을 확고하게 정립하는 기간이라 할 수 있다. 이처럼 중요한 인생주기의 전이기(轉移期)를 의미 있

5) 황현, 『악랄 가츠의 군대이야기』, 바오밥, 2009, 8~9쪽.
6) 백종천 외 4명, 『한국의 민군관계』, 군사연구총서 제8집, 육군사관학교 화랑대연구소, 1992, 186~188쪽.

게 보내야 하는 까닭이 여기에 숨어 있다고 하겠다.

이렇게 되기 위해서는 전제조건이 있다. 군에 입대하는 청년들 스스로 군복무를 숭고한 소명으로 받아들여야 한다는 것이다. '피할 수 없으면 즐겨라!'라는 말이 있듯이, 병역의 의무를 즐기려는 마음가짐이 필요하다. 행복해서 웃는 것이 아니라 웃어서 행복해질 수 있다고 한다. 군복무 역시 즐길 수 있어야 군생활이 행복해질 수 있으며, 나아가 병역도 강제적 의무가 아닌 자발적 소명으로 다가올 수 있다.

사실 같은 유머들, 유머 같은 사실들!

군대유머는 군생활 혹은 병영문화와 매우 밀접한 연관성을 가지고 있다. 이는 두말할 필요조차 없이 명확한 사실이다. 이는 '군대유머를 가장 애호하는 계층은 누구일까?' 하는 물음을 던져보면 분명해진다. 당연히 군대유머를 좋아하는 계층은 20대 이상 성인 남성층이다. 오죽하면 대한민국 여자들이 가장 싫어하는 이야기가 '군대에서 축구한 이야기'라는 우스개가 있겠는가.

그렇다면 군대유머가 얼마나 군생활을 사실적으로 그리고 있는지 또는 병영문화의 현장을 생생하게 그려내고 있는지 생각해볼 필요가 있다. 이를 위해 유사한 소재나 내용을 가진 군대유머와 군경험담을 비교해 보기로 한다.

① **〈호적조사〉**
상병 : 야! 너 집 어디냐?
이병 : 예, 서울입니다.
상병 : 서울이 모두 네 집이냐? 집이 어디냔 말이다!

이병 : 서대문구 북가좌동 218의 13호입니다.

상병 : 누가 호적조사 나온 줄 알아, 임마.[7)]

①′ 다른 고참이 내 더플백을 풀어서 한 캐비넷에 관물정돈을 시켜주며 물어본다.

"야! 너 '빽' 있어?"

"없습니다."

"이 자식 봐라? 빽이 없는데 어떻게 국방부에 와? 우린 전부 다 빽이 있어서 왔는데. 정말 없어?"

"예, 없습다!"

"이 자식, 뒤져서 나오기만 해봐라…."

그러더니 고참은 내 더플백에서 세면백을 꺼낸다.

"얀마, 여기 더플빽하고 세면빽 니꺼 아냐?"

"……."

고참이 말장난을 하고 있단 걸 그제야 깨달았다.

"제, 제것입니다."

"근데 빽이 없어?"

"시정하겠습니다."

고참들은 서로 새로 온 신병을 구경하느라고 난리였다.[8)]

①″ 내 옆에 나란히 걸어가던 고참 하나가 나를 향해 윙크를 날렸다. 못 본 척할 수도 없고, 그렇다고 같이 윙크로 대답할 수도 웃을 수도 없고, 이거 뭐 어쩌라는 거야?

"얼레? 이 색히 이거. 고참이 윙크를 하는데도 반응이 없네?"

"이이벼여어엉 가아아츠으으! 감사합니다아!"

"머가 감사해?"

"어어, 그게……."

……………

7) 서정범, 『이바구별곡』, 범조사, 1988, 136~137쪽.

8) 이성찬, 『너희가 군대를 아느냐』, 권2, 들녘, 1998, 25쪽.

"얼씨구, 이등병이 더듬게 되어 있나?"
"아닙니다아!"
이 녀석 질이 좋지 않아! 이대로 있다가는 교회 문턱도 못 밟게 생겼다. 이 녀석에게서 벗어나야 한다. 그러나 대열을 이탈할 수는 없는 노릇이다. 그 고참은 안절부절못하는 나를 보며 연신 입맛을 다시고 있었다.[9)]

①은 신병희학을 다룬 대표적인 군대유머이다. 선임병은 신병에게 주소를 묻고, 극도로 긴장한 신병은 번지수까지 자세하게 자기집 주소를 말해준다. 겉으로 보면 물음에 대한 가장 정확하고 친절한(?) 답변이라 할 수 있다. 그러나 이로 인해 신병은 오히려 선임병에게서 예기치 않은 구박을 받는다. 속된 말로 갈굼을 당하고 있다. 다분히 신병을 괴롭히기 위한 말트집 잡기라고 하겠다.

①′는 실제로 겪은 군경험담의 일부이다. 선임병은 신병의 관물을 정돈해주면서 무슨 '빽'으로 국방부로 왔느냐고 닦달한다. 신병이 빽이 없다고 하자, 더플빽(duffle bag)과 세면빽은 빽이 아니냐고 다그친다. 그제야 신병은 선임병의 말장난을 인지하고 그에 맞게 대응한다. 이로써 즐거운 분위기 속에서 선임병과 신병과의 유쾌한 첫만남이 성사되었다고 할 수 있다.

①″ 역시 실제 군경험담이다. 고참이 엉뚱한 행동으로 신병을 괴롭히는 희학담의 하나이다. 병사 상호간의 윙크는 아주 특별한 경우를 제외한다면 군인에게는 부적절한 행위임에 틀림없다. 신병이 고참의 윙크에 즉각 대응하지 못한 것도, 또한 고참의 닦달에 감사를 표명하는 엉뚱함도 모두 적절한 언행은 아니다. 그럼에도 불구하고 부적절한 언

9) 황현, 『악랄 가츠의 군대이야기』, 바오밥, 2009, 51쪽.

행의 결과는 늘 신병에게 불리하게 작용할 뿐이다.

이들 군대유머와 군경험담은 신병희학을 소재로 한다는 점에서 동일하다. 특히, 〈호적조사〉와 거의 동일한 경험담도 찾아볼 수 있다는 점에서 군대유머는 병영문화의 현장을 생생하게 담고 있는 것으로 보인다. 이를 보면 군대유머가 사실 같기도 하고, 반대로 사실이 군대유머 같기도 하다. 그러나 분명한 것은 군대유머는 절대 사실이 아니라는 점이다. 단지 사실적일 뿐이다.

그렇다면 고참들은 신병을 대상으로 왜 이러한 장난을 치는가. 고참이 걸어오는 장난의 속뜻은 무엇인가. 신병희학과 유사한 풍속은 조선시대에도 성행했었는데, 그 실상을 보면 신병희학이 이루어지는 이유를 어느 정도 짐작할 수 있다. 고려 말기부터 시작되었다는 면신례(免新禮)에 관한 기록을 보면, 그 당시에도 갓 과거에 급제하여 관직을 받은 신진관원(新進官員)들을 괴롭히는 풍속이 있었다.

> 방 가운데서 서까래만한 긴 나무를 신귀(新鬼)로 하여금 들게 하는데, 이것을 경홀(擎笏)이라 하며 들지 못하면 신귀는 선생 앞에 무릎을 내 놓으며 선생이 주먹으로 이를 때리고, 윗사람으로부터 아랫사람으로 내려간다.
>
> 또 신귀로 하여금 물고기 잡는 놀이를 하게 하는데, 신귀가 연못에 들어가 사모(紗帽)로 물을 퍼내서 의복이 모두 더러워진다.
>
> 또 거미 잡는 놀이를 하는데, 신귀가 손으로 부엌 벽을 문질러 두 손이 옻칠을 하듯 검어지면 또 손을 씻게 하는데, 그 물이 아주 더러워져도 신귀로 하여금 마시게 하니 토하지 않은 사람이 없다.
>
> 또 신귀로 하여금 두꺼운 백지로 자서함(刺書緘 오늘날의 명함)을 만들어 날마다 선생 집에 던져 넣게 하고, 또 선생이 수시로 신귀의 집에 몰려가면 신귀는 사모를 거꾸로 쓰고 나와 맞아하는데, 당중(堂

中)에 술자리를 마련하고 선생에게 기녀 한 명씩을 안겨주는데, 이를 안침(安枕)이라 하며, 술이 거나하면 상대별곡(霜臺別曲)을 노래한다.[10]

서까래만한 경홀 들기, 연못에 들어가 사모로 물고기 잡기, 부엌 벽에 있는 거미 잡기, 사모를 거꾸로 쓰고 나와 맞이하기, 술자리를 마련하여 대접하기 등 신래침학(新來侵虐)의 몇 가지 사례만 보아도 그 장난의 정도가 얼마나 심했었는지 짐작할 만하다. 희학의 정도를 넘어 퇴폐적인 풍속이라 하지 않을 수 없다. 그래서 조선 말기에 이르기까지 면신례를 금해야 한다는 상소가 끊이지 않았다.[11]

이렇게 우리 선조들이 면신례를 행했던 이유는 신입자로 하여금 "호사(豪肆)의 기를 꺾고 상하의 구별을 엄격하게 하여 규칙을 따르게"[12] 만들기 위함이었다. 신참들의 교만한 기운을 꺾어서 선후의 위계질서를 바로잡고, 또한 선배들의 억눌림 속에 용인(容忍)하는 덕을 길러주기 위한 길들이기의 일종이라는 것이다.

면신례를 행했던 선조들의 생각은 오늘날 신병희학을 이해하는 데에도 어느 정도 유용한 것으로 보인다. 실제로 선임병의 입장에서 본다면 새로 전입해온 신병은 반가운 존재이자 부담스러운 존래라는 양면성을 갖는다. 새가족이 생긴다는 것은 좋은 일이지만, 그가 기존 구성원과 잘 어울릴 수 있는 성격의 소유자인지 또는 부대에 잘 적응할 수 있을지 등은 큰 부담으로 다가온다. 만약 전입 신병이 군생활에 잘 적응하

10) 성현, 『용재총화』, 권1(민족문화추진회, 『국역 대동야승』, 권1, 민문고, 1989, 27~28쪽.)
11) 정재민, "면신례 풍속과 신래희학담의 관련양상," 『민속학연구』, 제18호, 국립민속박물관, 2006, 61~79쪽의 여러 곳.
12) 성현, 『용재총화』, 권1(민족문화추진회, 『국역 대동야승』, 권1, 민문고, 1989, 20쪽.)

지 못하거나 그럴 소지를 가지고 있는 관심병사라면 그가 소속된 분대, 소대, 중대에 미치는 영향이 크다. 경우에 따라서 관심병사 한 명이 미치는 영향이 어마어마할 수 있기 때문이다. 오죽하면 병장의 몸과 마음이 무거운 이유는 양팔과 왼쪽 가슴 그리고 이마에 벽돌을 4개씩이나 지니고 있기 때문이라 하지 않는가.[13)]

그러므로 고참들은 신병이 들어오자마자 상담과 대화를 통해 그의 신상명세를 빨리 알아내려고 노력한다. 고향, 주소, 학력, 가족관계와 같은 기초적인 정보부터 시작하여 특기, 취미, 병력, 여자 친구, 성격 등에 이르기까지 최대한의 정보를 수집하기 위해 노력한다. 이 과정에서 일부 말장난이 이루어진다. "신병이 오면 고참들이 짓궂은 질문을 하면서 괴롭히는 것 같아 보이지만, 사실 알고 보면 그러면서 신병의 상태를 파악해보는 것이기도 하다."[14)]

그러나 아무리 신병과의 심리적 간격을 좁히기 위한 것이라 하더라도, 신병들의 감정을 상하게 하는 부정적 의도의 말장난은 바람직하지 않다. 종로에서 뺨 맞고 한강에서 눈 흘기는 것은 정당하지 않기 때문이다. 고참이 자기도 신병시절에 당했던 것처럼 해주겠다거나, 남들도 다 그러니 괜찮다는 식으로 신병을 괴롭히는 행위는 근절되어야 한다. 특히, 자신의 주관적 감정을 상대방에게 전가시키려는 의도를 가진 말장난은 좋지 않다.

다음은 신세대 병사들과 관련된 군대유머와 군경험담을 보기로 한다.

13) 김봉주, 『내가 느낀 군대 나만의 병영일기』, 에세이, 2007, 155쪽.
14) 황현, 『악랄 가츠의 군대이야기』, 바오밥, 2009, 245쪽.

② 〈신세대 신병들의 에피소드〉

고참들은 신병들의 군기를 잡기 위해
최고참이 맨 앞에서 뛰고 신병들을 가운데 뛰게 한 다음
군기를 담당하는 사병이 맨 뒤에서 뛰면서
신병들의 군기를 잡기로 했습니다.
서서히 신병들이 지쳐갈 때쯤,
앞서서 뛰던 최고참이 서서히 속력을 높이기 시작했고,
아니나 다를까 신병들이 서서히 뒤처지기 시작했습니다.
그러자 그때를 놓치지 않고 맨 뒤의 군기사병이 소리를 치기 시작했죠.
"어쭈! 이 자식들이 점점 처지네, 빨리들 뛰어!"
그러자 신병들은 열심히 뛰기 시작했지만
얼마 못가서 다시 처지기 시작했죠.
그러자 다시 군기사병이 소리를 쳤습니다.
"야! 이 자식들이 빨리빨리 뛰지 않을래!"
그러자 이때 어느 신병이 하는 말,
"바쁘시면 먼저 가시겠습니까?"[15)]

②′ 한 시간쯤 올라갔을까? 잠깐 쉴 법도 한데 우리 소대장은 쉬는 시간도 아깝다며 주구장창 올라가신다. 서이병은 이미 단독군장 해제상태로 질질 끌려가고 있었고 그의 고참들은 그의 총과 조끼, 탄띠를 대신 들고는 연방 욕을 하고 있었다. 그러게 10이 지났을 무렵, 2분대 쪽에서도 고함소리가 들려왔다. 송이병도 뒤처지기 시작한 거다. 솔직히 그 녀석은 정말 낙오하지 않을 줄 알았다. 황당해진 2분대 고참들은 득달같이 전직 복서를 갈구기 시작했다.

"야 이 미친 색히! 너 임마, 운동선수잖아. 네가 왜 낙오해? 이런 나약한 놈! 너 미친 거 아냐?"

....

15) 〈신세대 신병들의 에피소드〉, 블로그 네이버닷컴(2004. 11. 10) 및 한국유머연구회, 『유쾌한 웃음백서』, 꿈과희망, 2006 외 여러 곳.

그 순간, 잊을 수 없는 한마디가 송이병의 입에서 처절하게 흘러나왔다.

"허억 허억… 정상병님! 복싱은 3분 뛰고 쉬었다 합니다. 살려주세요! 엉엉…"[16]

둘 다 당돌하게 자신의 의사를 말하는 병사를 소재로 하고 있다는 점에서 공통점이 있다. 차이가 있다면, ②는 선임병들이 신병들의 군기를 잡기 위해서 일부러 폭풍구보를 실시한 반면에 ②′에서는 순전히 훈련상황에서 빨리 목표지점에 당도하기 위해 산악행군을 강행한다는 점에서 다르다. 전자가 신병들의 군기를 잡겠다는 특정의도를 감추고 있다면, 후자에는 그런 의도적 상황이 설정되어 있지 않다.

그럼에도 불구하고 신세대 병사들은 특정의도나 훈련의 긴급성을 파악하지 못한 채 자기중심적인 발언으로 선임병으로 하여금 충격을 느끼게 만든다. 바쁘시면 먼저 가라거나, 복싱은 라운드 사이에 쉬는 시간이 있다는 말은, 일종의 펀치라인(punch line)의 역할을 한다.[17] 급격한 전환을 통해 그 이전의 상황을 역전시키는 힘을 가진 짤막한 결론이기 때문이다.

이런 돌출발언이 일어난 것은 선임병과 후임병의 가치관이 다르기 때문으로 보인다. 폭풍구보는 애초부터 불순한 의도를 감춘 채 선임병들에 의해 연출된 상황이다. 산악행군은 불순한 의도는 없지만 남다른 체력을 소유한 소대장을 기준으로 삼았기 때문에 벌어진 상황이다. 합리성을 추구하는 신세대 병사의 시선에서 볼 때, 둘 다 합리적이지 않

16) 황현, 『악랄 가츠의 군대이야기』, 바오밥, 2009, 69쪽.
17) 테드 코언, 강현석 역, 『농담 따먹기에 대한 철학적 고찰』, 이소출판사, 2001, 16쪽.

고 즐거운 일도 아니라고 하겠다. 신세대 병사들의 특징은 합리성을 추구하고, 즐거움과 보람을 중시하며, 개인의 영역을 존중하고, 다양성을 인정하기 때문이다.[18] 이 점이 바로 선임병과 후임병의 인식이 갈리는 부분이다. 선임병은 템포를 조절하면서 뛰자거나, 잠깐만 쉬었다가 가자고 했을 것이다. 아니면 조금 무리가 되더라도 인내심을 가지고 버티려 했을 가능성이 높다. 그러나 신세대 후임병은 그런 불합리한 인내심보다는 합리적인 이유를 들어 자신의 생각을 강변한다.

다음은 간부에 대한 병사들의 의식이 나타나는 자료를 보기로 한다.

③ **〈부군단장의 전우애〉**
완전군장을 진 한 명은 군단장 부관이었고,
또 한 명은 비서실장이었습니다.
나머지 단독군장으로 뺑뺑이를 돌던 한사람은
다름 아닌 투스타 부군단장이었습니다.
'장성도 군장 뺑뺑이를 도는구나!' 괜히 심장 벌렁거리며 지나가는데
그 당시 비서실장은 다리를 다쳐서 절뚝거리면서 걸어 다녔습니다.
비서실장이 계속 절뚝거리며 뒤로 쳐지자
부군단장이 비서실장에게 달려갑니다.
부군단장 : 이봐 비서실장 그 군장 이리 내. 내가 들고 뛰지!
비서실장 : 으헉! 아닙니다! 제가 들고 뛸 수 있습니다!!
부군단장 : 이리 내놓으라니까!
그러면서 등에 메고 있던 비서실장의 완전군장을
억지로 뺏어서 자기가 메고 뛰기 시작합니다.
쉰 살이 넘은 부군단장의 전우애, 참 멋지더군요.[19]

18) 안영호, 『군복무! 의무에서 보람으로』, 해바라기, 2009, 40~46쪽.
19) 〈부군단장의 전우애〉의 일부분, 폭소닷컴(2004. 4. 27) 외 여러 곳.

③′ 수십 킬로미터의 도로를 걸으니 우리 눈앞에는 경기도와 강원도의 경계점인 도마치 고개가 보이기 시작했다.

"자자, 2분대! 도마치 고개만 넘으면 우리의 홈그라운드다. 힘내자!"

나는 분대원들을 독려했고 힘차게 고개를 올라가기 시작했다.

당시 새로 부임한 대대장은 아주 멋진 분이었다. 전임 대대장은 진급에 눈이 멀어 우리 병사들을 마치 로봇처럼 막 다뤘다. 그러나 결국 그는 진급을 하지 못했다. 자신의 직속부하인 대대원들에게도 존경받지 못하는 지휘관이 어떻게 진급할 수 있겠는가?

하지만 지금 우리가 모시고 있는 대대장은 부임하자마자 병사들의 인권을 보장해주었고 항상 열린 마음으로 병사들과 소통을 했다. 고로 병사들의 존경을 한 몸에 받았다. 우리는 아무리 힘든 훈련이라 할지라도 대대장의 한마디에 수류탄을 들고 적진을 향해 돌격하는 마음가짐으로 임했다.

아니나 다를까? 오르막길에 접어들자 지휘관 차량이 정치하더니 대대장이 내렸다. 그리고는 우리와 함께 걷기 시작했다. 오오, 감동적이야! 대대장이 몸으로 보여준 격려는 우리에게 큰 힘이 되었다. 이에 고무된 우리 대대원들은 더 빠른 속도로 정상을 향해 치고 올라갔다.[20)]

③″ 오전에는 정신교육이라고 해서 중대장님께 군생활 즐기기라는 주제로 강의를 들었다. 별생각 없이 강의를 듣다가 졸려서 졸았는데, 강의 끝나고 나오는 도중에 누군가가 내 어깨를 주물러 주는 것이었다. 누군가 해서 돌아봤는데, 내 눈을 피하면 얼굴을 숙이는 것이었다. 그래서 난 그냥 아는 전우겠지 하고 별생각 없이 그냥 계속 주무르라고 둔 다음 나의 내무실에 도착할 때쯤 뒤를 돌아보니까 아까 강의를 하셨던 중대장님이셨다. 나는 황당한 마음을 감출 수 없었고, '감사합니다.'라는 인사를 드리기만 했다. 중대장님의 모습은 오

20) 황현, 『악랄 가츠의 군대이야기』, 바오밥, 2009, 264쪽.

랫동안 잊을 수 없을 것 같다.[21)]

이들 세 편은 존경하는 상급자 내지 간부를 소재로 한 이야기들이다. 첫 번째는 부군단장이 부하의 완전군장을 대신 짊어지고 얼차려를 받았다는 것이고, 두 번째는 대대장이 부하들과 함께 산악행군을 실시하여 수범을 보여주었다는 것이다. 세 번째는 중대장이 교육시간에 졸았던 병사를 야단치지 않고 몰래 어깨를 주물러 주어 병사에게 감동을 주었다고 했다. 이들 부군단장, 대대장, 중대장이 보여준 행동은 전우와 부하에 대한 사랑을 몸소 실천한 사례라고 할 것이다.

특히, 두 번째 이야기에 등장하는 대대장은 병사들의 인권을 보장하고 열린 마음으로 부하들과 소통하려 노력했다고 했다. 이는 권위적으로 지휘했던 전임 대대장과 다른 점이다. 그렇기에 대대원들은 한결같이 그를 존경했으며, 그의 명령에는 수류탄을 들고 적진으로 돌진하는 마음가짐으로 임했다고 했다.

이를 보면 병사들의 시선에서 존경받는 상급자의 덕목이 무엇인지 잘 보여준다. 간부는 병사들과 함께 동고동락하는 자세로 솔선수범해야 한다는 것이다. 병사들 위에 군림하는 제왕적 리더는 존경받기 어렵다는 것을 시사한다. '상급자의 눈은 속일 수 있어도 부하들의 눈은 속일 수 없다.'라는 진리를 잘 보여주는 이야기들이라 하겠다.

끝으로, 군인들이 가장 좋아한다는 운동인 축구를 소재로 한 이야기를 보기로 한다.

21) 김봉주, 『내가 느낀 군대 나만의 병영일기』, 에세이, 2007, 16쪽.

④ 〈한국 축구의 힘 군대스리그〉

한국팀이 월드컵에서 보여준 저력을 세계 각국이 경악하는 가운데
라이벌 일본이 비밀리에 전담 연구팀을 조직해
마침내 그 비밀을 알아내고 경악했으니,
이름하여 '군대스리가 보고서'
독일 분데스리가를 능가하는 군대스리가의 특징은 다음과 같다.
3-4-3, 4-4-2, 3-5-2 따위의 포메이션은 없다.
단지 스트라이커는 상대 골대 앞에 머무를 뿐이다.
포지션은 짬밥대로 헤쳐 모인다.
완벽한 1대1 찬스에도 고참에게 패스하는 미덕(?)을 보인다.
짬밥 안 되는 선수가 슈팅하거나 드리블 하면 바로 교체되거나
그 자리에서 약간의 몸풀이를 한다.
점수는 야구경기 같다. 보통 9대7, 11대9 정도다.
반칙은 단 하나뿐이다. 핸들링.
페널티킥 성공률이 30% 미만이다. 대부분 홈런이다.
팀 구별은 유니폼으로 한다. 살색(맨살) 유니폼과 국방색(러닝셔츠)
유니폼.
야간경기는 절대 없다.[22]

④′ 왜 군인들은 그토록 축구에 목을 매는가? 축구는 전쟁이다. 상대편 골대에 공을 집어넣기 위해 죽을힘을 다해 온 몸을 부딪치며 돌진하는 모습은, 치열한 백병전 끝에 고지를 점령하는 각개전투와 본질적으로 다르지 않다. 더구나 축구는 혼자 잘한다고 이길 수 있는 개인 운동이 아니다. 전쟁터에서만큼이나 단단한 팀워크가 요구되는 운동인 것이다. 그래서인지 우리 군대에는 '축구력=전투력'이라는 독특한 등식이 오랜 전통으로 내려오고 있다. 화려한 기술보다는 우직한 체력과 근성이 군대축구에서 강조되는 이유다. 군대에서 축구를 전투체육이라는 이름으로 부르는 이유이기도 하다.[23]

22) 〈한국 축구의 힘 군대스리그〉, 문화일보 2006년 6월 22일자.

축구를 소재로 한 군대유머와 군경험담을 옮긴 것이다. 군대에서 축구한 이야기야말로 최악의 군생활 후일담이라 하지만, 군대에서 축구는 유달리 사랑받는 스포츠임에 틀림이 없다. 〈한국 축구의 힘〉은 이른바 군대스리가에 대한 우스개이다. 군대스리가의 포메이션, 포지션, 고참에게 패스, 반칙, 유니폼에 이르기까지 축구의 다양한 국면을 이용하여 재미있게 꾸며낸 유머이다.

이런 군대축구에 관한 군대유머가 만들어질 수 있었던 토대는 축구를 즐기는 군인들이 그만큼 많기 때문으로 보인다. 축구는 공 하나만 가지면 할 수 있는 단체운동이다. 한 편의 선수 수도 마음대로 조정할 수 있다. 그래서 군대축구에서는 양편의 인원수에 상관없이 제대별 총력전을 하는 경우도 있다. 이때 축구는 운동이 아니라 각개전투와 같은 전쟁을 방불케 한다.

지금까지 살펴본 바와 같이 군대유머는 군생활을 상당부분 사실적으로 반영하고 있다. 그만큼 사실적인 내용을 가지고 있을 뿐만 아니라 향유집단의 의식세계를 함축하고 있는 것이다. 그래서 군대유머는 곧 군생활이고, 군생활은 곧 군대유머라고 할 만하다. 또한 군대유머는 군생활이 아니고, 군생활은 군대유머가 아니기도 하다. 비록 짧고 간단한 형태의 군대유머라고 할지라도 우리는 그 속에 담겨진 깊은 함의에 귀를 기울일 필요가 있다고 본다.

유머는 유머일 뿐, 오해하지 말자!

한때 모 방송사의 유명한 개그 프로그램에서 출연자들이 '유머는 유

23) 황현, 『악랄 가츠의 군대이야기』, 바오밥, 2009, 45쪽.

머일 뿐 오해하지 말자!'라고 외치면서 코너를 마무리하던 장면이 아직도 생생하게 뇌리에 남아 있다. 아마 유머를 현실로 오해하거나 착각하여 문제를 제기했던 사람이 있었나 보다. 또는 유머를 유머로 받아들이지 않고 지나치게 진지한 태도로 생각하는 부류에 대한 경계심을 상기시켜주기 위한 일종의 '공익광고'를 했던 것일 수도 있다.

군대유머도 마찬가지이다. 군대유머는 군대유머일 뿐이다. 군대유머의 대부분의 내용들이 사실적인 군생활에 기초하고 있다 하더라도 유머는 유머일 뿐, 사실은 아니다. 이는 수많은 문학작품이나 드라마 영화가 사실이 아닌 것과 같다. 그것은 하나의 예술작품으로서 작가의 상상력으로 풀어낸 가공의 세계이다. 군대유머 역시 군대유머를 향유하는 집단이 만들어낸 허구의 세계이다. 다만, 독자층의 흥미와 관심을 끌기 위해서, 너무나 사실인 것처럼 상황을 설정하고 인물을 등장시키며 사건을 허구적으로 꾸며 낸다. 따라서 군대유머가 갖는 사실성의 정도는 중요한 국면이 아니다.

예비군훈련과 관련된 유머를 들어 군대유머와 실제와의 거리를 살펴보기로 한다.

⑤ 늦은 저녁 예비군훈련은 시작됐고,
예비군들은 평상시에 마찬가지로 훈련에 열중하는 것이 아니라,
각자 할일에 열중하고 있었다.

예비군1 : (핸드폰으로) 경숙이니? 응, 오빠야.
뭐하고 있냐고? 오빠 지금 예비군훈련 들어왔어.
무슨 훈련 받고 있냐고?
지금 비행기에서 낙하산 타고 두 번 정도 떨어졌고,
이제 탱크 타고 한 바퀴 돌면 훈련 끝날 거야.

예비군2 : (나에게 다가오며) 심심하시죠?
나 : 예 좀 따분하네요.
예비군2 : 할일 없으시면 저하고 짤짤이 한번 하실래요.
나 : 저도 하고는 싶은데 만 원짜리 한 장밖엔 없어서…….
예비군2 : (500원, 100원 짜리 동전을 수십 개를 나에게 보여주며)
그럴 줄 알고 오늘 은행에서 동전으로 바꿔왔죠.[24]

⑤′ 다음 날 아침부터 선배들과의 재미나는 동원훈련이 시작되었다. 눈 뜨자마자 용호정을 한 바퀴 돌아주는 폭풍구보가 시작되었다. 역시 우리 예비역님들 태반이 낙오다. 소대로 들어오자마자 투정부리는 선배들.

"우와, 이런 미친 부대를 봤나! 내 현역 때도 안 뛰던 구보를 동원와서 뛰다니… 아놔, 탈영할까?"

저녁을 먹고 돌아서는데 이게 무슨 하늘의 장난인가? 하늘에서 빗방울이 한두 방울 떨어지기 시작했다. 예비군들은 아이처럼 신나서 외치기 시작했다.

"역시 하늘은 우리를 버리지 않았어! 비가 오잖아, 우하하하. 두 다리 쭈욱 펴고 잘 수 있겠구나. 레인 땡큐!"

그 모습을 본 우리는 그들에게 말해주고 싶었다.

'하늘이 우리를 제대로 버리시네요. 우리 부대가 무슨 당나라 부대입니까? 비 온다고 행군 안 가게! 흑흑… 비 왜 오는 거야? 흑흑…….'

정확히 30분 후, 우리는 군장을 메고 판초우의를 챙겨 입고 연병장에 집결했다. 예비군들은 이미 제정신이 아닌 것 같았다. 그날 밤 우리는 892고지 정상을 넘어서 장장 네 시간에 걸친 야간 산악행군을 실시했다. 한밤중에 소대로 복귀한 예비군들은 하나같이 "내일 설문조사 할 때 두고 보자! 국방부 홈피에다가 다 처올릴 거다!"라며 이를 갈고 있었다.[25]

24) 〈예비군훈련〉의 일부분, 폭소닷컴(2004. 6. 6) 외 여러 곳.
25) 황현, 『악랄 가츠의 군대이야기』, 바오밥, 2009, 121, 123쪽.

⑤는 예비군훈련을 소재로 한 군대유머이고, ⑤′는 예비군훈련을 기록한 군경험담이다. ⑤에서는 동원훈련에 임하는 예비군들의 일탈적인 태도를 적나라하게 보여준다. 그들은 동원훈련에 들어오기 전부터 이미 적극적으로 훈련에 임할 마음을 갖고 있지 않았으며, 그 결과 입소 이후에도 어그러진 행동을 보여주기 일쑤이다. 이렇듯 예비군들의 일탈적 언행은 많은 부분이 사실에 부합하리라 생각된다.

그러나 ⑤′의 예비군훈련은 상황이 조금 다르다. 동원훈련에 입소하는 예비군들의 마음자세는 비슷하지만, 실시되는 훈련의 내용과 강도는 확연하게 다르다. 예비군들은 현역병과 동일하게 폭풍구보도 실시하고, 비가 내리는 가운데 야간 산악행군도 완주해야 했다. 예비군이라고 편의를 봐주지 않고 원칙대로 훈련을 실시한 결과이다.

이를 보면 예비군들의 마음자세까지 바꾼다는 것은 지나친 이상일 수 있다. 하지만, 예비군들이 훈련에 열심히 참여할 수밖에 없도록 계획하고 통제한다면, 얼마든지 훈련의 강도를 높일 수 있다. 예비군들의 소극적인 태도만을 탓할 것이 아니라 그들을 통제하는 사람들이 주도면밀한 방법을 강구하면 문제를 해결할 수 있다.

이와 같이 군대유머와 군경험담은 실제 사실과 다른 내용도 많이 가지고 있다. 군대유머는 웃음을 유발시킬 목적으로 구연되는 반면에 군경험담은 체험을 있는 그대로 생생하게 전달하는 데 목적을 두고 있다. 그래서 유머의 속성 상 일상적 궤도를 벗어난 것 또는 독자층의 기대치와 어긋난 것이 우스개의 소재로 채택될 수 있다. 이런 소재들이 그렇지 않은 소재들보다 훨씬 재미있고 우습기 때문이다.

오히려 진정 중요한 것은 다른 데 있다. 제일 중요한 것은 군대유머 속에 내재한 속뜻이다. 따라서 군대유머를 만들어내고 유통시키는 사람들이 생각하는 의미망에 관심을 가져야 한다. 군대유머는 어느 한사람의 의식만 반영하는 것이 아니다. 군대유머는 우리사회 구성원 다수가 함께 참여하여 만들어내는 공동창작물(共同創作物)로서, 많은 사람들이 공유할 수 있는 공통된 경험과 인식을 담고 있다. 그래서 사회 구성원 모두가 쉽게 공감할 수 있을 뿐 아니라 인터넷이나 출판물을 이용하여 활발하게 유통될 수 있는 것이다. 이 점이 바로 시나 소설 같은 개인 창작물과 크게 다른 성격이다.

따라서 군대유머를 바라보는 시선은 유쾌하면서 또한 진지해야 한다. 군대유머 속에 담긴 웃음의 세계를 즐길 줄 알면서 동시에 그 내면에 감추어진 의미망을 간파하는 것이 중요하다. 이는 웃음으로 장식된 의미망을 찾는 일이다. 그렇다고 해서 너무 진지해질 필요는 없다. 지나친 엄숙주의는 유머의 본질과 참맛을 훼손할 수도 있다. 군대유머는 유머 그 이상도 아니고, 또한 유머 그 이하도 아니다. 군대유머는 오로지 군대유머일 뿐이다. 그러므로 군대유머는 유머로서 즐기는 것이 최우선이다. 그것이 바로 유머에 대한 기본예의라고 생각한다.

근대유머,

그 유쾌한 웃음과 시선

군대유머
제목별 색인 ………

참고문헌 ………

국립국어원(www.korean.go.kr), 『표준국어대사전』
김부식, 『삼국사기』, 권46, 열전, 〈설총〉
『논어』
서거정, 『사가집』, 권4, 〈골계전 서〉(한국고전번역원, 『국역 사가집』, 권12, 2008.)
서거정, 박경신 역, 『태평한화골계전』, 권1, 국학자료원, 1998.
성 현, 『용재총화』, 권1 (민족문화추진회, 『국역 대동야승』, 권1, 민문고, 1989.)
『시경』 (이기석 · 한백우 역, 『신역 시경』, 홍신문화사, 1984.)
박을수 편, 『한국시조대사전』, 아세아문화사, 1992.
『예기』 (권오돈 역, 『예기』, 홍신문화사, 1982.)
이 익, 『성호사설』(민족문화추진회, 『국역 성호사설』, 권4, 민문고, 1989.)
이제현, 〈역옹패설 후집 서〉 (민족문화추진회, 『국역 익재집』, 권2, 중판, 민문고, 1989.)
일 연, 『삼국유사』, 권5, 〈경흥우성〉
김봉주, 『내가 느낀 군대 나만의 병영일기』, 에세이, 2007.
사오정을 사랑하는 사람들, 『내가 바로 사오정이다』, 자작B&B, 1998.
서경석, 『병영일기』, 시공사, 2003.
서정범, 『이바구별곡』, 범조사, 1988.
서정범, 『가라사대별곡』, 범조사, 1989.
서정범, 『너덜별곡』, 한나라, 1994.
이성찬, 『너희가 군대를 아느냐 1 · 2』, 들녘, 1998.
장 용, 『장용의 단결 필승 충성』, 북로드, 2005.
한국유머연구회, 『유쾌한 웃음백서』, 꿈과희망, 2006.
한얼유머동호회, 『유머학』, 미래문화사, 2000.
황 현, 『악랄 가츠의 군대이야기』, 바오밥, 2009.

강원일보 2004년 9월 18일자.
경향신문 1994년 10월 6일자, 1996년 8월 3일자, 1997년 6월 7일자, 1997년 8월 16일자,

1998년 10월 15일자, 1999년 1월 21일자, 1998년 4월 23일자, 1999년 10월 21일자, 2003년 5월 23일자, 2006년 4월 18일자.
매일경제신문 2003년 9월 4일자.
동아일보 1968년 7월 8일자, 1999년 12월 8일자.
문화일보 1998년 10월 15일자, 1999년 10월 28일자, 2003년 4월 29일자, 문화일보 2004년 9월 15일자, 2004년 9월 16일자, 2004년 10월 12일자, 2004년 10월 23일자, 2005년 1월 10일자, 2005년 3월 22일자, 2005년 4월 13일자, 2005년 4월 15일자, 2005년 5월 6일자, 2005년 5월 12일자, 2005년 7월 13일자, 2005년 10월 6일자, 2006년 1월 24일자, 문화일보 2006년 1월 31일자, 2006년 3월 3일자, 2006년 6월 22일자, 2006년 9월 7일자, 문화일보 2007년 2월 15일자, 2007년 3월 29일자, 2009년 6월 23일자, 2009년 9월 2일자, 2010년 9월 17일자.
서울경제신문 2003년 8월 26일자.
서울신문 2005년 5월 10일자, 2006년 12월 20일자.
소년동아 2004년 8월 26일자.
스포츠서울 2006년 7월 7일자, 2006년 12월 1일자, 2007년 1월 5일자, 2007년 2월 9일자.
스포츠조선 2004년 8월 24일자.
조선일보 2007년 7월 13일자.
한국경제신문 2005년 6월 28일자.

갓이즈러브넷(GodisLove.net)
김하사닷컴(kimhasa.com)
드림위즈닷컴(dreamwiz.com)
블로그 네이버닷컴(blog.naver.com)
블로그 야후닷컴(blog.yahoo.com)
블로그 파란닷컴(blog.paran.com)
야후재미존(kr.fun.yahoo.com)
웃긴대학(web.humoruniv.com)
유머박스넷(humorbox.net)
전진넷(junjin.net)
폭소닷컴(pokso.com)

강인철, "한국전쟁과 사회의식 및 문화의 변화," 한국정신문화원 편, 『한국전쟁과 사회

구조의 변화』, 백산서당, 1999.
구자순, "신세대와 문화갈등," 『사회이론』 제14집, 한국사회이론학회, 1995.
구현정, "유머 담화의 구조와 생성 기제," 『한글』, 제248호, 한글학회, 2000.
권귀숙, "기억의 재구성: 후체험 세대의 4 · 3기억," 『한국사회학』, 제38집 1호, 한국사회학회, 2004.
김경동, 『현대의 사회학』, 신정판, 박영사, 1997.
김 민, "청소년들의 인터넷 중독과 사이버 섹스 중독 실태 연구," 『청소년복지연구』, 제5집 1호, 2003.
김선웅, 『개념중심의 사회학』, 한울아카데미, 2006.
김성재, "남북한의 반평화적 교육과 군사문화," 오호재 편, 『한반도군축론』, 법문사, 1989.
김애순, 『성인발달과 생애설계』, 시그마프레스, 2002.
김영종, "군사문화가 부패를 구조화시킨다," 『신동아』, 1988년 5월호.
김윤식, 『한국 근대문학의 이해』, 일지사, 1973.
김종회 · 최혜실 편, 『사이버문학의 이해』, 집문당, 2001.
김진배, "유머 리더십," 『웃음문화』, 창간호, 한국웃음문화학회, 2006.
김진배, 『유쾌한 유머』, 나무생각, 2006.
김진화 · 최창욱, "신세대 대학생의 사회의식 조사 연구," 『한국농촌지도학회지』, 제4권 2호, 1997.
김진희 · 김경신, "청소년의 심리적 변인과 인터넷 중독, 사이버 비행의 관계," 『청소년복지연구』, 제5집 1호.
김형효, 『구조주의의 사유체계와 사상』, 인간사랑, 1989.
독고순 · 신동현 · 김윤정, 『군과 여론 조사』, KIDA Press, 2005.
문승숙, 이현정 역, 『군사주의에 갇힌 근대』, 또하나의 문화, 2007.
박경숙, "생애 구술을 통해 본 노년의 자아," 『한국사회학』, 제38집 4호, 한국사회학회, 2004.
박상기, "탈식민주의의 양가성과 혼종성," 고부응 외, 『탈식민주의의 이론과 쟁점』, 문학과지성사, 2003.
박재하 · 안호룡 · 독고순, 『군 문화와 사회발전』, 한국국방연구소, 1991.
박재홍, "신세대의 일상적 의식과 하위문화에 관한 질적 연구," 『한국사회학』, 제29집, 한국사회학회, 1995.
박종한, "중국문화 연구의 기초: 문화의 정의, 구조 및 속성," 『제90차 중국학연구회 학술발표논문집』, 중국학연구회, 2010.
박홍갑, "조선시대 면신례 풍속과 그 성격," 『역사민속학』, 제11집, 한국역사민속학회,

2000.
배은경, "군가산점 논란의 지형과 쟁점," 『여성과 사회』, 제11호, 한국여성연구소, 2000.
백종천, 『국가방위론』, 박영사, 1985.
백종천 · 온만금 · 김영호, 『한국의 군대와 사회』, 나남출판, 1994.
백종천 외 4명, 『한국의 민군관계』, 군사연구총서 제8집, 육군사관학교 화랑대연구소, 1992.
사회문화연구소 편, 『오늘의 사회학』, 사회문화연구소, 1992.
서대석 외, 한국인의 삶과 구비문학, 집문당, 2002.
서우석, "청소년의 인터넷 사용과 사회화," 『정보와 사회』, 제6집, 한국정보사회학회, 2004.
손세모돌, "유머 형성의 원리와 방법," 『한양어문』, 제17집, 한국언어문화학회, 1999.
신동흔, "현대구비문학과 전파매체," 『구비문학연구』, 제3집, 1996.
신동흔, "PC통신 유머방을 통해 본 현대 이야기 문화의 한 단면," 『민족문학사연구』, 제13집, 민족문학사연구회, 1998.
심광현, "문화사회를 위한 문화 개념의 재구성," 『문화과학』, 제38호, 문화과학사, 56～62쪽.
심우장, "통신문학의 구술성에 관하여," 리의도 외, 『우리 말글과 문학의 새로운 지평』, 역락, 2000.
안상수, "군가산점 부활 논쟁과 남성의 의식," 『페미니즘연구』, 제7권 2호, 한국여성연구소, 336～339쪽.
안연선, 『성노예와 병사 만들기』, 개정판, 삼인, 2004년.
안영호, 『군복무! 의무에서 보람으로』, 해바라기, 2009.
양영자, "후기노인들의 역사경험에 대한 생애사 연구," 『한국사회복지학』, 제61권 3호, 한국사회복지학회, 2009.
오호재 편, 『한반도군축론』, 법문사, 1989.
유종영, "고대 그리스와 로마 시대의 웃음이론," 『독일어문학』, 제23집, 한국독일어문학회, 2003.
유종영, 『웃음의 미학』, 유로, 2005.
유차영, 『여명에 돌아온 전우』, 21세기군사연구소, 2003.
육군본부, 『청장년의 의식구조와 군복무의 효과』, 1978.
육군사관학교, 『현대지휘심리』, 1983.
윤진 · 김도한, "군복무 경험이 청소년기 발달에 미치는 영향," 『'95 연차대회 발표논문집』, 한국심리학회, 1995.

이도영, “유머 텍스트의 웃음 유발 장치,” 『텍스트언어학』, 제7집, 1999.
이돈형, 『어떻게 지킨 조국인데』, 풀잎, 2004.
이동희, 『한국군사제도론』, 일조각, 1982.
이봉원, 『지휘관 무한책임의 주역』, 양서각, 2011.
이세용, “인터넷과 청소년의 성의식,” 『정보와 사회』, 제2집, 한국정보사회학회, 2000.
이수연 · 백영주 · 박군석, “남성의 균형적 삶을 위한 젠더의식 개선방안,” 한국여성정책연구원, 2009.
이익섭, 『국어학개설』, 재판, 학연사, 2000.
이재윤, 『군사심리학』, 집문당, 1995.
이재전, “제1화 온고지신: 1965년 군인복무규율 제정,” 국방일보 2003년 9월 25일자.
이정엽, 『디지털 게임: 상상력의 새로운 영토』, 살림, 2005.
이학종, 『기업문화론』, 법문사, 1989.
장덕순 외, 『구비문학개설』, 일조각, 1973
장미향 · 성한기, “집단 따돌림 피해 및 가해 경험과 사회정체성 및 사회지지의 관계,” 『한국심리학회지』, 제21권 1호, 한국심리학회, 2007.
정양은, “사회화의 사회심리학적 고찰,” 『한국심리학연구』, 제1권 2호, 1983.
정재민, “면신례 풍속과 신래희학담의 관련양상,” 『민속학연구』, 제18호, 국립민속박물관, 2006
정재민, “군대유머의 사회문화적 위치,” 김규철 외, 『어문학연구의 넓이와 깊이』, 역락, 2006.
정재민, “신병유머의 면모와 의식세계,” 『웃음문화』 창간호, 한국웃음문화학회, 2006.
정재민, “사회화 과정으로 본 기간병유머의 양가성,” 『국문학연구』, 제16호, 국문학회, 2008.
정재민, “기간병유머에 나타난 관계망의 변화와 그 의미,” 『한국군사학논집』, 제66집 1권, 2010.
정재민, “전역병과 예비군유머의 탈군대사회화의 시작과 완성,” 『한국군사학논집』, 제67집 1권, 2011.
조남욱, “신세대의 가치서열과 혁신적 사고방식,” 『국민윤리연구』, 제36집, 한국국민윤리학회, 1997.
조동일, “웃음 이론의 유산 상속,” 『웃음문화』, 창간호, 한국웃음문화학회, 2006.
조선일보사 · 국립국어연구원 편, 『우리말의 예절』, 조선일보사, 1991.
조성숙, “군대와 남성,” 『96년 후기사회학대회논문집』, 한국사회학회, 1996.
조성훈, 『한미군사관계의 형성과 발전』, 국방부 군사편찬연구소, 2008.

조승옥 외, 『군대윤리』, 봉명출판사, 2002.
조용수, 『한국의 신세대 혁명』, LG경제연구원, 1996.
추병식, "신세대의 '가벼움'에 담긴 개혁성," 『청소년학연구』, 8권 2호, 2001.
통계청, 『2003 청소년 통계』, 2003.
편찬위원회, 『국문학신강』, 새문사, 1985.
한국정신문화연구원, 『한국전쟁과 사회구조의 변화』, 백산서당, 1999.
한국청소년개발원, 『청소년 정보화 실태조사 연구』, 2002.
한규석, 『사회심리학의 이해』, 개정판, 학지사, 2002.
한상복 · 이문웅 · 김광억, 『문화인류학개론』, 서울대학교출판부, 1985.
한상복 · 이문웅 · 김광억, 『문화인류학』, 한국방송통신대학출판부, 1992.
한성일, "유머 텍스트의 원리와 언어학적 분석," 경원대학교 박사학위논문, 2002.
한용섭, "상징적 군대문화에 관한 연구," 국방대학교 석사논문, 1992.
홍두승, "군사문화와 일반문화," 『화랑대 국제학술심포지엄 논문집(I)』, 육군사관학교, 1991.
홍두승, 『한국 군대의 사회학』, 개정증보판, 나남출판, 1996.
홍기원, "대학생들의 성차의식이 심리적 안녕감에 미치는 효과," 『한국심리학회지』, 제6권 2호, 한국심리학회, 2001.
황상민, "신세대(N세대)의 자기표현과 사이버 공간에서의 상호작용: 사고와 행동 양식의 변화를 중심으로," 『한국심리학회지: 발달』, 제13권 3호, 2000.

나시카와 나가오, 한경구 · 이목 역, 『국경을 넘는 방법』, 일조각, 2006.
다우베 드라이스마, 정준형 역, 『기억의 메타포』, 에코리브르, 2006.
데이비드 베레비, 정준형 역, 『우리와 그들: 무리짓기에 대한 착각』, 에코리브루, 2007..
도미야마 이치로, 임성모 역, 『전장의 기억』, 이산, 2002.
레스리 A. 화이트, 이문웅 역, 『문화의 개념』, 일지사, 1977.
로제 카이와, 이상률 역, 『놀이와 인간』, 문예출판사, 1994.
메리 더글라스, 유제분 · 이훈상 역, 『순수와 위험』, 현대미학사, 1997.
반겐넵, 전경수 역, 『통과의례』, 을유문화사, 1985.
빅토 터너, 박근원 역, 『의례의 과정』, 한국심리치료연구소, 2005.
셰리 오토너, 김우영 역, 『문화의 숙명』, 실천문학사, 2003.
아놀드 반 겐넵, 전경수 역, 『통과의례』, 을유문화사, 1985.
아리스토텔레스, 천병희 역, 『시학』, 문예출판사, 1976.
아리스토텔레스, 이병길 · 최옥수 역, 『정치학』, 중판, 박영사, 2003.

아야베 쓰네오, 이종원 역, 『문화를 보는 열다섯 이론』, 인간사랑, 1987.
아야베 쓰네오, 유명기 역, 『문화인류학의 20가지 이론』, 일조각, 2009.
앤드류 애드거 · 피터 세즈윅, 박명진 외 역, 『문화이론사전』, 한나래, 2003.
앤서니 기든스, 김미숙 외역, 『현대사회학』, 제5판, 을유문화사, 2009.
에드거 셰인, 김세영 역, 『조직문화와 리더십』, 교보문고, 1990.
오카 마리, 김병구 역, 『기억 · 서사』, 소명출판, 2004.
요네하라 마리, 이현진 역, 『유머의 공식』, 중앙북스, 2007.
요시다 유타카, 최혜주 역, 『일본의 군대』, 논형, 2005.
클리퍼드 기어츠, 문옥표 역, 『문화의 해석』, 까치, 1998.
테드 코언, 강현석 역, 『농담 따먹기에 대한 철학적 고찰』, 이소출판사, 2001.
Dorson, Richard M., *American Folklore*, Chicago: The Univ. of Chicago Press, 1959.
Dundes, Alan, *The study of folklore*, Prentice-Hall, 1965.
Gary Wamsley, "Constrasting Institutions of Air Force Socialization: Happenstance or Bellwether?," *American Journal of Sociology*, V.78, 1972, September.
L. Broom and P. Selznick, Sociology, New York : Harper & Row, 1968.
Cynthia Enloe, *Does Khaki Become You? The Militarization of Women's Lives*, London:Pandora, 1988.

저자 정재민

경기도 양평에서 태어나 양평고등학교, 육국사관학교를 졸업한 후 서울대학교 대학원에서 구비문학 전공으로 문학박사 학위를 받았다. 우리나라 민담 연구에 관심이 있으며, 최근에는 설화문학과 군대문화와의 접점을 찾는 데 주력하고 있다.
주요 논저로 『한국 운명설화의 연구』, 『작문의 이론과 실제』, 『화법의 이론과 실제』, 『문학의 이해』, 『문예사조 연구』 등을 비롯한 다수의 논저가 있으며, 현재 육군사관학교 교수로 재직 중이다.

군대유머, 그 유쾌한 웃음과 시선

초판인쇄 2011년 10월 1일
초판발행 2011년 10월 12일

저 자 정재민
발 행 인 윤석현
발 행 처 박문사
등록번호 제2009-11호
책임편집 박채린, 정지혜, 이신

우편주소 132-702 서울시 도봉구 창동 624-1 북한산현대홈시티 102-1206
대표전화 (02) 992-3253(대)
전 송 (02) 991-1285
홈페이지 www.jncbms.co.kr
전자우편 bakmunsa@hanmail.net

ISBN 978-89-94024-67-7 93810 **정가** 20,000원